第一章

1

　文京区本駒込二丁目の小ぢんまりし[illegible]ンションの五階の一室で、唐沢(からさわ)龍二(りゅうじ)はノートパソコンの画面を注視して[illegible]

　そこには二つのウィンドウが並んで[illegible]示されているのは向かいのマンションの五階の一室だ。もう一つのウィン[illegible]ているのは、そのマンションのエントランス。どちらもこちらのマンショ[illegible]設置したウェブカメラで撮影した映像で、そこから室内のパソコンに無線で送られてくる。

　こういう便利な道具が家電量販店やネット通販で数千円で買える。警察にとってそんな時代の到来はじつにありがたい。いまは八月の上旬で、東京都内は連日の真夏日だ。午後四時を過ぎても外の気温は三〇度を超す。

かってはこんな季節でも屋外での張り込みを余儀なくされて、行動確認が捜査の肝の公安刑事にとって、夏は地獄の季節というべきものだった。

唐沢は警視庁公安部公安第一課の第四公安捜査第七係の主任で、階級は警部補。一緒にいるのは同じ班に属する五名の刑事だ。部屋は手狭なワンルームで、唐沢を含む六名は交代で雑魚(ざこ)寝するしかない。

近隣の住民に不審がられてはまずいので、揃って飯を食いにも出られない。やむなく若手の刑事が近くのコンビニで買ってくる弁当とペットボトル入りのお茶で三食を済ませる。いつ踏み込むことになるかわからないから、アルコールの類(たぐい)はご法度だ。

唐沢たちの捜査対象はいわゆる極左暴力集団で、いま張り込んでいるのはかつての左翼過激派セクトの末裔(まつえい)の小グループだ。

よど号ハイジャック事件や浅間山荘事件をはじめ、世を震撼させる大事件を引き起こし、一大社会勢力として存在感を示したかつての極左のセクトも、幹部の高齢化が進み、凶悪な内ゲバやテロ事件で市民社会からも爪はじきにされ、いまではほとんど過去の遺物というべき存在だ。

公安部内においても、一大勢力だった極左担当の部署は、そんな流れのなかで人員が縮小され、こちらもあわや過去の遺物になりかけている。

だからといって気は許せない。イスラム過激派組織ISに志願しようとした日本の若者もいたくらいで、世の中には、いまや天然記念物と化した昔の過激派リーダーに心酔し、テロに憧れ、実行のチャンスを狙っている物好きな連中が少なからず存在する。

いま張り込んでいるのもそんなグループの一つだ。かつての新左翼系セクトの系譜を受け継いだ親組織は、自然保護や反グローバリズムといったリベラル系の市民団体を装いながら、裏でそうした小チームの別働隊を組織して、虎視眈々と攻撃のチャンスを窺っている。

目の前のマンションにいるグループは「剣」の異名を持ち、かつての過激派セクト、革労同戦線派の後継組織である反グローバリズム市民連帯の別働隊と目されている。そのメンバーの一人がスピード違反で検挙された。

公安が捜査対象としている人物については、地域や交通、刑事などの各部門に手配書を渡している。どんな微罪でも通報してもらうのがその狙いで、立ち小便のような軽犯罪法違反でも、公安にとっては有効な別件捜査のネタになるからだ。有力な情報なら公安部から報奨金が出る仕組みだから、各部署の警官も喜んで協力してくれる。

村木（むらき）というその男は、そのとき刃渡り一〇センチのナイフを所持していて、銃刀法違反で現行犯逮捕された。連絡を受けて唐沢たちは所轄に飛んだ。

所持品をすべてチェックしたところ、一枚のＳＤカードが出てきた。そこに記録されていたのはＰＤＦ化された『腹腹時計』だった。

『腹腹時計』は三菱重工爆破事件を引き起こした極左グループ――「東アジア反日武装戦線」によって地下出版され、爆弾の製造方法からそれを用いたゲリラ戦法まで、詳細に解説したテロリストのバイブルとでもいうべきものだ。

さらに驚いたことに、車のトランクから硝酸アンモニウムの微粉が採取された。硝酸アンモニウムは主に化学肥料の原料として利用されるが、硝安爆薬の主原料でもあり、入手し易く、テロに利用されることも多い。『腹腹時計』にもその製法が詳しく書かれており、一九九五年に起きたオクラホマシティ連邦政府ビル爆破事件でも硝安爆薬が使われている。

村木は執拗な取り調べに一貫して黙秘を貫いた。しかし唐沢たちは反グローバリズム市民連帯の中枢にいるメンバー数人をエス（内通者）としてリクルートしていた。

彼らからの情報を糸口に、剣のメンバーと思しい人間を徹底的に行動確認し、突き止めたのがそのマンションの一室だった。

それからまもなく張り込みを始め、きょうで二週間あまり。対象者たちはそのあといっこうに姿を見せない。

マンションを管理している不動産会社に確認すると、いまも賃貸契約は続いており、近隣の人間の話でも、最近そのマンションから誰かが引っ越していった形跡はないという。

捜索差押許可状はすでにとってある。これが刑事捜査なら、いま摑んでいる程度の証拠ではまず許可状は発付されない。

しかし公安の捜査の性格が刑事捜査とは違うことを裁判所もわかっていて、捜索差押許可状程度なら、ほとんどの場合、審査らしい審査もせずに発付してくれる。

とくにテロが疑われる事案の場合、実行されたら悲惨な事態が起きる可能性を示唆しておけば、裁判所もあとで責任をとらされるのは嫌だから、緊急性の名目のもとに即刻発付してくれるのが通例だ。

そういう連中が一時的にアジトを空けるのは珍しくない。村木の逮捕を察知して、急遽、雲隠れした可能性もある。

彼らにとっても正体を隠してアジトを維持するのはなかなか困難だ。公安に監視されているリスクを絶えず感じているから、引っ越しなどという人目に付く行動にはなかなか出られない。

これまで踏み込んだ過激派のアジトは、長期間の居住が可能なように、冷蔵庫や洗濯機などの家電製品や台所用品、パソコン、ファックス、コピー機などの事務用器材、仮眠用の寝床まで、狭い一室が物であふれかえっているのが通例だった。

それはそれで彼らにとっては便利で居心地がよく、そこまでの環境を構築するにはそれなりの手間がかかっていて、おいそれとは手放せないものらしい。そこに製造中の爆弾まであるとしたらなおさらだ。

いまどき爆弾闘争など起きるはずがないと世間の人は思うだろうが、それは甘い認識だ。事件化しなかったのは唐沢たち公安の予防的対応が功を奏してきたためだ。

微罪逮捕や別件逮捕、エスの活用、あからさまな行動確認といった刑事部門では考えにくい手法を駆使し、モグラ叩きのように潰していく公安のスタイルは、表ざたになれば警察国家だとの批判を受けかねず、さらには極左グループに過剰な警戒心を抱かせる。

だからほとんどの事案がマスコミには公表されず、水面下で制圧される。その点は、殺人事件を解決すれば大々的に報道発表する刑事部捜査一課とは対極にあると言っていい。

公安といえば国民の多くは、かつての特高警察との連想で明るいイメージでは見てくれない。一方でオウム真理教事件や北朝鮮による拉致事件などでは、事件を未然に防げなかった公安の組織のあり方に批判が集中した。

たしかに、すでに社会的影響力が低下した左派政党や極左、極右集団の取り締まりにかまけて、カルト宗教や外国からのテロ事案に対する捜査が手薄だったという指摘は当たっているだろう。それをかつての特高警察の体質を受け継ぐ公安の闇の部分とみる者もいる。

そんな旧態依然の体質に、唐沢も忸怩たるものを覚えるときもある。しかし現実の問題として、叩き続けなければならない危険な勢力は存在し、彼らが企てる危険なテロは、起きてしまったらすでに手遅れなのだ。

刑事部門なら、捜査着手は事件が起きたあとで、そこから様々な証拠を積み重ねて犯人を追い詰める。それが楽な仕事だとは言わないが、事件の実体はすでに存在する。

しかし唐沢たちの場合はそうはいかない。事件が起きればそれだけで初動が遅いと批判される。しかし起きていない事件の発生を予測して、投網を打つようにその芽を摘むのに必要なマンパワーは刑事捜査の比ではない。

2

「来ましたよ。あれ、安村じゃないですか」

エントランスを映しているカメラの映像を指さして木村隆司巡査が言う。尾行の名手との呼び声が高く、昨年所轄の警備課公安係から抜擢されてきた若手刑事で、今回の剣の件でも、リーダー格と目される安村直人の足どりを執拗に追って、このアジトを突き止める立役者になった。

「間違いない。そろそろ村木の逮捕のほとぼりが冷めたと思ったか、それとも痺れを切らしたか――」

唐沢は頷いた。アジトを突き止めるとすぐ、たまたま空いていた向かいのマンスリーマンションの一室を借りて監視態勢を整えた。その後はグループのメンバーの尾行を一切やめている。それを捜査の手が緩んだものと解釈し、活動を再開してくれたのだとしたら、きょうまで辛抱した甲斐があったというものだ。

安村は胡麻塩頭の痩せぎすの男で、こちらが把握している情報だと年齢は五十一歳。よれたTシャツにジーンズと身なりはパッとしない。なにが入っているのか、かなり大きめのリュックサックを背負い、尾行を警戒するように周囲を見渡してから、そそくさとエントランスに入っていった。

そのマンションの賃貸の名義人が安村だった。唐沢は促した。

「行こうか。もう、とっ捕まえたも同然だ」

「行こうかって、まさか、いますぐ踏み込もうというんじゃないだろうな――」

今回のチームでいちばんベテランの井川和正巡査部長が食って掛かるように言う。

「もうしばらく待てばもっとメンバーが集まる。それで一網打尽にできれば、いちばん手間が省けるんじゃないの。安村一人を逮捕しても、リーダー格となれば口は堅い。そこからほかのメンバーを挙げていくのは至難の業だ」

井川は階級は下でも年齢は唐沢より上で、上司である唐沢にもため口をきき、ことあるごとに張り合ってくる。

現場を仕切るのはデカ長の役割だという自負もあるだろうが、高校を出てすぐ警視庁に奉職し、以来一貫して公安畑を歩んできたゴリゴリの生え抜きの井川が、唐沢の来歴に不信感を抱いているのはよくわかっている。

唐沢は大学では理系の学部だった。警察官で理系出身者はべつに珍しくはない。採用試験でそれがプラスになったりマイナスになったりということもない。

科捜研や鑑識に理系出身者が多いのは事実だが、それも本人の志望や適性から判断された結果であって、刑事を含む一般職にも理系出身者はいくらでもいる。

しかし井川が気に入らないのはそれではなく、唐沢がある種の縁故で採用されたことだった。それだけならまだしも、唐沢にはかつて極左のテログループと関係した前歴があって、唐沢が公安にスカウトされた理由がまさにそれだった。

公安は単なる小遣い稼ぎの協力者は危ないと思えばいつでも切って捨てるが、自身が関わった組織を徹底して憎悪し、その壊滅に情熱を注ぐタイプの協力者は大切にする。そんな関係で縁故採用された公安の捜査員は少なからずおり、唐沢もその一人だった。

たしかに井川の言うように、極左の連中は、逮捕されればそれが唯一知っている日本語でもあるかのように「黙秘する」を連発する。そのうち彼らの弁護を引き受ける左派系の弁護士が登場してしつこく保釈を請求してくる。

刑事捜査とは異なり、公安の捜査の逮捕事由は微罪の場合がほとんどで、保釈の許可は簡単に出る。起訴されたとしてもせいぜい執行猶予付きの有罪で、公判で敗訴するのを惧れる検察が不起訴にすることもしばしばだ。

それが剣のリーダー格の安村となれば、なおさら弁護士も腕によりをかけてくるだろう。

唐沢は覚えず声を荒らげた。

「ふざけたことを言うなよ。安村を押さえるのが先決だ。あいつがあくまで首謀者で、ほかの連中は取り巻きに過ぎない。安村さえ潰せば剣は崩壊する。おれたちの商売の成果は、逮捕した人間の数じゃなく、どれだけ組織に打撃を与えられるかだろう」

全員が集まったときに踏み込めば、こちらの陣容では全員を取り押さえるのは難しい。しかし安村一人なら六対一で圧倒的に優勢だ。

今回の名目はあくまで家宅捜索で、安村を即逮捕というわけにはいかない。踏み込んだあとは逃げられないように身辺を固め、爆発物であれ刃物や銃であれ、法に抵触するものを見つけて現行犯逮捕する。村木の車から硝酸アンモニウムが採取された点から考えれば、硝安爆弾、もしくはその半製品が存在するのは間違いない。

爆発物の製造や所持は爆発物使用予備罪に当たり、懲役もしくは禁固三年以上五年以下。三年で済めば執行猶予が付く可能性もあるが、そこに火薬類取締法違反や凶器準備集合罪の教唆の罪も加わるから、最低でも五、六年は刑務所に入ることになる。

それに捜索現場でパソコンやスマホを押収すれば、そこから彼らの人脈が詳細に把握できるかもしれず、そうなれば市民団体を装う上部組織の関与まで捜査の射程に入ってくる。

しかし井川が主張するように、全員が集まったところで踏み込めば、こちらの手が足りず、眼目の安村を取り逃がしかねない。

「だったら、所轄の公安に助っ人を頼めばいい。外で張っていてもらって、逃げ出したやつを片っ端から逮捕すれば問題ないだろう」

井川も負けずに食い下がる。唐沢は苦い調子で言い返した。

「片っ端からといったって、逮捕状があるわけじゃない。ただマンションから出てきたというだけの連中を、どういう理由で逮捕するんだよ」

唐沢が井川の腰巾着とみなしている木塚肇巡査長が言う。

「あれだけの荷物を背負ってきた以上、安村は長居するつもりだと思いますがね。少なくともここにいるあいだは犯行に走ることはないわけで、そう焦ることはない。じっくり全員集合を待つのも手じゃないですか。踏み込むときは所轄にも応援を頼んで、転び公妨でもなんでもいいから、全員ひっくくればいいんですよ」

転び公妨とは、職務質問を装って対象者に近づき、目の前でわざと転んで公務執行妨害で逮捕するという公安がよく使う裏技だ。唐沢はそういう汚いやり方を嫌っているが、木塚はその名手を自任する。強い口調で唐沢は言った。

「連中は爆弾をすでに完成しているかもしれないだろう。それで脅して立て籠られたらどうするんだよ。SAT（特殊急襲部隊）の出番になって、殉職者も出かねないし、一つ間違えれば近隣を巻き込んだ大惨事になる。いま踏み込めば大騒ぎにせずに片づけられる」

「そりゃ考えすぎだよ、唐沢さん。あの手の連中にそこまでの度胸はない。おれはこの道ずいぶん長いけど、アジトに踏み込んで体を張った抵抗を受けたことは一度もない。シャブでいかれたやくざとは違う。連中には、逮捕されたら次は法廷闘争へという頭があって、それを存在をアピールするいいチャンスだくらいに思ってる。凶器準備集合罪やら爆発物使用予備罪なんてのは刑法犯のなかじゃ微罪の類で、食いっぱぐれの極左の屑どもにとっちゃ、留置場や拘置所も居心地のいい福祉施設みたいなもんだ」

井川は滔々と自説を述べたてる。たしかにそれでうまくいくなら剣は一網打尽だが、それよりまず頭目の安村の身柄を押さえることが、この事案を安全・確実に処理する唯一の道だという考えを唐沢は捨てきれない。

「問題はむしろそこだよ。首尾よく全員を逮捕したとしても、あいつらは留置場や拘置所で共闘するから各個撃破が難しい。下手すりゃせっかく逮捕しても、その日のうちに保釈ということにもなりかねない」

安村一人なら集中的に締め上げられるが、逮捕するのが総勢五、六名となると、その取り調べに人手が分散される。逮捕・勾留すればすぐに弁護士が飛んできて、頻繁な面会を繰り返す。取り調べは個別で互いに接触させることは決してないが、向こうは向こうで弁護士を介して情報を共有する。

捜査二課が扱う選挙違反のような事案では、誰かが落ちたと偽情報を与え、ドミノ倒しのように陣営を瓦解させる手法が有効だと聞くが、極左の連中のやり方はシステマチックいる。

だ。全盛期に培ったノウハウを受け継いでいて、その残党のなかには法曹資格を持つ者も

逮捕された連中は必ず彼らを指名する。警察はそれを拒否できないから、そんな左巻きの弁護士がここぞとばかりに乗り出してくる。

危険な計画は未然に潰せても、逮捕事由が微罪のケースがほとんどだから、検察もやる気は示さず、あらかたは起訴猶予だったり、略式起訴や即決裁判で片づけられ、わずかな罰金や執行猶予付きで釈放される。

その連中がそれで反省するはずもなく、また新たな計画に関与して、こちらはひたすらモグラ叩きを強いられる。

「先のことばかり心配していたら、我々の商売は成り立たないよ。雑魚でもなんでもいいんだよ。仕事の成果はとっ捕まえた頭数で決まるんだから。大事なのは情報の質だ精度だと上の人間は口やかましく言うけど、連中にそれを評価できるような脳みそがついているかどうかが問題でね。けっきょくカウントされるのはいつも質じゃなく量だから」

井川は訳知り顔で言う。たしかに公安は刑事とは違い、犯人の検挙が最終目的ではない。それは危険な勢力を壊滅させるための道筋に過ぎず、常に求められるのはその目的に寄与する情報だ。

ところがその情報はひたすら上に吸い上げられるばかりで、現場にフィードバックされ

ることがほとんどない。

公安という組織はある種のブラックホールで、末端の捜査員は情報収集のためのセンサーの一つに過ぎない。集めた情報から得られる全体像を知るのは、雲の上にいる警察庁の公安トップのみだ。

その頂点が、かつては「サクラ」あるいは「チヨダ」と呼ばれ、現在は「ゼロ」というコードネームで呼ばれる秘密部署だ。

その部署の構成員は全員が職員名簿から抹消されている。トップの裏理事官はエリート官僚の定席で、その経験者から警察庁長官や警視総監クラスを何人も輩出していると聞いている。

警視庁をはじめ全国の警察本部、さらには所轄の公安捜査員は、すべてが「ゼロ」の直轄下にあり、警察本部長や所轄の署長といえどもその活動に口出しはできない。

それも当然で、交通や地域、刑事、生活安全、組織犯罪対策といったほかの部門は予算の大半を地方自治体に依存する。しかし公安の予算に限っては、ほぼすべて国が負担し、その予算規模が国民に報告されることはない。

日本の警察は建前上、自治体警察として位置づけられ、形式的な監督権は各都道府県の公安委員会が握っているが、こと公安に関しては明確な国家警察なのだ。

そんな公安の体質に嫌気がさして辞めようかと思ったことも何度かあった。しかし唐沢には、公安という職務にとどまる理由があった。

あの男の行方を突き止め、逮捕し、訴追し、極刑を含む可能な限りの刑罰を与える――。

それが胸の奥底に秘め続けてきた唐沢の執念だった。

3

一九九八年七月十八日の正午近く、西神田二丁目にある東和興発ビルで激しい爆発音が轟いた。

頭上から硬い鋭いものが降り注ぐ。ビルは総ガラス張りだった。落ちてくるのはその破片だろう。ビルの真下の歩道にいた唐沢は、そこから逃れるために必死で走った。

落ちてくるのはそれだけではなかった。コンクリートの塊やひしゃげた鉄骨――。

周囲で悲鳴や怒号が響き渡る。赤いすりガラスで覆われたように視界がぼやける。唐沢は手の甲で目頭を拭った。ぬるりとした感触がある。見れば手の甲は真っ赤に染まっている。

破れたTシャツにも血が滲んでいる。周囲を走る人も歩道に倒れている人も、一様に露出した顔や手足から夥しい血を流している。オフィス街の通りは普段は閑散としているが、爆発が起きたのは昼飯どきで、ビル前の歩道を歩く人の数はそこそこ多かった。

コンクリート塊や鉄骨の直撃を受けたのだろう。歩道に横たわって呻いている人々をよけながら必死で走る。人を助けていられる状況ではない。自分が死ぬか生きるかの瀬戸際だった。

それは一九七四年八月三十日。千代田区丸の内二丁目の三菱重工東京本社ビルで起き、世相を揺るがしたあの凶悪なテロ事件の再来だった。

実行したのは「汎アジア武装解放戦線」を名乗るグループ。三菱重工爆破事件を起こした東アジア反日武装戦線の後継を標榜していたが、組織的にも人脈的にもまったく繋がりがないことがのちに判明している。

しかし当時はオウム真理教による凶悪な事件の記憶がまだ冷めやらない時期で、死者十三人、負傷者約六千三百人という地下鉄サリン事件のインパクトの前ではその事件は影が薄れ、マスコミの盛り上がりもいま一つだった。二十四年前の東アジア反日武装戦線による連続企業爆破事件は九件に上り、さらに模倣犯によるテロも出現するなど、そちらも数多くの死者や重軽傷者を出している。

一方、多数の怪我人は出たものの、死者がわずか一名で済んだその事件は、時が経つにつれて人々の記憶のなかで風化した。しかし唐沢のその後の人生にとって、その一名の死者こそが決定的な意味を持つものだった。

犯行声明は大手全国紙を中心とするマスコミに郵便で送られてきた。

東和興発は日本のＯＤＡ（政府開発援助）に関連したプロジェクトの立案や現地での事業の実施を請け負うコンサルタント会社だ。

犯行グループは、その企業活動を日本の帝国主義的野望の尖兵として位置づけ、アジア侵略に加担するそうした勢力に鉄槌を加えることがテロの目的だと表明していた。

そのあたりの論理立ては東アジア反日武装戦線に似ていた。どちらの思想的な立場も、かつての極左が標榜したマルクス・レーニン主義とは異なるいわゆる無政府主義で、共産革命やプロレタリア独裁といった新左翼特有の主張とは大きな隔たりがあった。

声明文は封筒の宛名も含め、手書きではなく、そのころ普及していたワープロ専用機で印刷されたものだった。警察は印字の特徴から販路を探ろうとしたが、それが当時売れ筋の製品だったため、けっきょく断念せざるを得なかった。

唯一の糸口になったのが、爆発現場の八階エレベーターホールに散乱していた遺体の破片と、防犯カメラにとらえられていた、エントランスからビル内にスーツケースを持ち込む女性の姿だった。

爆発物が仕掛けられていたのがそのスーツケースだということは現場検証で明らかになった。

重軽傷者は数十名に上ったが、死亡したのは爆発の直撃を受けたとみられる女性一人で、スーツケースの残骸の周囲に散らばっていた遺体の破片は、すべてが同一人物のものと判明した。

それがスーツケースを運び込んだ女性であることは明白だと警察は結論付け、遺体の破片から採取した指紋を指紋自動識別システムで照合したところ、ヒットしたのは吉村久美子（よしむらくみこ）という二十二歳の女性だった。

吉村はその一年前、都内のスーパーで万引きをして逮捕されたが、ごく少額だったため不起訴になっていた。そのとき指紋が採取されていて、それが警察庁のデータベースに登録されていた。

唐沢はかつて久美子と同じ大学に通っていた。知り合ったのは一年生のときで、同じ映画サークルに所属し、映画や音楽の趣味が一致して意気投合し、それが恋愛感情に発展した。

久美子はなにごとにも一途なところがあって、先輩たちとの討論でも怯（ひる）むことなくやりあって、ときに彼らが標榜する杓子定規なリベラリズムに批判的な立場をとることもあったが、そこにはイデオロギーに偏しない素朴な正義感があった。

かといって取り澄ました気取り屋ではなく、ジョークも通じるし快活で社交的でもある。瞳には理知的な輝きがあり、笑えば少女のように愛らしい。すらりとした体形は遠目にも人目を引き、一緒にキャンパスを歩いていると、唐沢は周囲の羨望の目を感じたものだった。

欠点といえば言い出したら聞かない頑固なところだが、それが唐沢からすれば魅力でもあり、そんな歯ごたえのある久美子との会話は、大学の授業よりもずっと頭の刺激になった。

デートのあとは互いにアパートまで送り合い、そのまま一夜を共にすることもあった。将来の結婚を約束したわけではなかったが、もしそうなるならそれもいいと唐沢は考えていたし、久美子もそう感じていると唐沢は確信していた。

そんな交際が二年生のころまで続いたが、そのうち久美子はサークルに姿を見せなくなり、デートに誘ってもああだこうだと理由をつけて応じようとしなくなった。唐沢にはその理由がわからない。

久美子という恋人がいることが、唐沢にとっては年頃の男子としてのプライドの源泉でもあった。二人のあいだに絶えずあった、親密で暖かい空気が希薄になり、唐沢は心理的な窒息ともいうべき日々を送ることを余儀なくされた。授業には身が入らず、単位をいくつか落としさえした。

そんな久美子から、ある日唐突に呼び出しを受けた。場所は大学の近くのあまり流行らない居酒屋で、そこにいたのは、久美子を含む大学生や勤め人風の五、六名の男女だった。

全員が名を名乗ったが、それがすべて外国の俳優のような名前で、久美子はケイトと呼ばれていた。唐沢が自分の名を名乗ろうとすると久美子に止められた。

ハンクスと名乗る三十絡みのリーダー格の男の説明では、彼らは映画愛好者の集まりで、匿名での参加を基本としており、全員が自分で決めたニックネームを用いているとのことで、もし参加する意思があるなら、唐沢にも適当なニックネームを決めて欲しいと言う。

その日、居合わせたメンバーの誰にもとくに危なっかしい印象はなく、どちらかといえば品行方正な部類に見えた。しかし人は見た目では判断できない。

店は唐沢の通う大学の近くだが、久美子を除くメンバー全員がキャンパスでは見かけない顔だった。参加者の名前も素性もわからないというのが、なにより不審な点だった。

当時はまだインターネットが本格的に普及する前だったが、パソコン通信による電子的なコミュニティはすでに盛んになっていた。

現在と同様、そうしたコミュニティではハンドルネームだけで交流するのが普通で、だれも相手の素性を詮索しない。

ハンクスたちの集まりは、そんなコミュニティのオフ会に似ていた。しかし彼らはネット空間では一切接触しないという。そうした世界での交流では発言が無責任になりがちで、互いの魂の熱が伝わらないからだとハンクスは説明した。

一方でネットと同様の匿名性は、互いの私生活への干渉を防ぐという点で意味がある。

彼らはその部分だけを借用し、共通の趣味である映画の話題のみを接点として、互いのプライベートな領域には踏み込まない。それが自分たちの純粋な目的を実現するうえで最適なやりかただと考えているという。

純粋な目的うんぬんの言葉が引っかかったが、とりあえずは映画に対する真摯な情熱といった程度にそのときは理解した。

会の名前は「グループ・アノニマス」で、毎週金曜日、午後六時にその店に集まって映画論を戦わすという。

久美子はゆくゆくは映画関係の仕事をしたいという希望を持っていて、ときおり大学の映画サークルのレベルの低さに不満を漏らすことがあった。そんな集まりに参加することにしたのは、より高いレベルの映画論を期待してのことだろうと唐沢は受け止めた。

唐沢自身はそんな考えにさして興味は感じなかったし、見ず知らずの人間と毎週会って話をしたいほど映画に入れ込んでいるわけでもない。

しかし出席すれば久美子に会える。そう考えれば、参加を拒否する理由はとくにない。関係が疎遠になってからのそっけない態度とは裏腹に、その日の久美子は優しかった。

ニックネームは久美子が名付け親になってくれ、ついた名前がレオナルド。映画「タイタニック」が公開される一年前で、レオナルド・ディカプリオもその後のようなビッグネームにはまだなっていなかったが、新進のハリウッドスターとしてすでに注目を集めており、唐沢としては大いに気をよくしたものだった。

けっきょくその日から唐沢はグループに参加することにした。店の主人は五十代を過ぎていそうだったが、ハンクスとは親しいらしく、奥まったスペースに全員が座れるようにテーブルをセットしてくれて、他の客と接触することもなく映画談議にふけることができた。

その日は公開されたばかりのハリウッドのスペクタクルものに話が集中した。

奇妙に思ったのは、普通の映画ファンなら、キャスティングや俳優の演技、監督の技量、カメラワークといった面に関心があるはずだが、彼らの話題はもっぱら作品の時代背景や政治的意図といった部分に向かう点だった。

違和感を覚える一方で、そこでの彼らのものの見方が新鮮にも感じられた。とくに湯水のように資本を投入し、ありきたりの世界観で埋め尽くされた愚作を乱造するハリウッドの体制への批判は、政治的にはほぼ無色の人生を生きてきた唐沢にも、一映画ファンとして共鳴する部分があった。

話題はどことなく尖（とが）っているが、雰囲気は終始和やかで、お開きになったのは午後十時を過ぎたころだった。

そんな流れに気をよくして、久美子をアパートまで送ろうとしたが、久美子はそれをすげなく断り、グループの仲間とも別れてどこかへ消えていった。

グループのほかの連中も、互いのプライベートな領域には立ち入らないという建前どおり、店の前で解散し、それぞれどこかへ消えていった。

4

本音は久美子との縒(よ)りが戻せるかもしれないという期待があってのはずだった。しかしグループの集まりに何回か通ううちに、唐沢は次第に彼らの話に興味を引かれるようになった。

映画の題材を引き合いに、社会の矛盾を鋭く批判し、それがアメリカを筆頭とする先進諸国が、アジアやアフリカの途上国の犠牲のもとに繁栄を謳歌しているといった話や、資本の論理のもとに徹底して進められている自然破壊、アフリカをはじめとする途上国での貧困や飢餓――。

そんな世界の矛盾を見て見ぬふりをして済ませている自分たち日本人の不作為が人としていかに罪深いことか――。ハンクスたちが語るそんな言葉に、唐沢は知らず知らず共鳴していた。

かつての新左翼の常套句だった、米帝、日帝、反権力、暴力革命といった刺激的な言葉はまったく使わず、この世界の不正を糺(ただ)すのは人としての良心の問題だという理屈は、表面上はソフトだが唐沢の心に深く刺さった。

全共闘運動の時代はすでにはるか過去で、ハンクスたちの話にしても、ごく普通のリベラル系ジャーナリストがテレビや雑誌で語る程度の内容なのだが、普段なら関心もなく聞き流していたそんな議論にも、久美子は真剣な表情で加わっていく。

そんな久美子に触発されるように、唐沢も自分の言葉で積極的に発言をするようになり、彼らと価値観を共にすることに喜びさえ感じるようになっていた。いま思えば、それは巧みなオルグ（勧誘活動）というか洗脳だったのだろう。

久美子との個人的な付き合いも自然に元に戻っていた。というより唐沢には、それが精神的により高いレベルでの新たな出会いのようにさえ思えた。

しばらくしてからは、居酒屋での集いのあと、一緒にお茶を飲み、アパートまで送ったりもするようになった。しかし久美子は、親密ではあったが以前のように体を許すことはしなかった。

それでも唐沢は不満を感じなかった。久美子の気持ちが戻ってくれたことは確信できたし、ハンクスたちとの交流によって、自分が一回り大きく成長したという実感が、心に不思議な充実感をもたらしてくれていた。

しかしそれが愚かしい錯覚かもしれないと気づくのに、それほどの時間は要しなかった。

ある日の集いで、そのころ公開されていた、テロリストを主人公にしたバイオレンス映画がテーマになった。

そのなかであるメンバーから、主人公が仕掛けた爆弾の起爆装置の説明が不自然だという指摘があった。

唐沢の専攻は電気工学で、そのあたりのことなら造作もなく説明できた。たしかにその方法では起爆は不可能で、もちろんそれは模倣を防止しようという映画製作者の意図によるものだっただろう。

ついうっかり、その場で確実に起爆可能な概念図を走り書きしてみせると、ハンクスは、次の集まりまでに、実際に製作可能な図面と部品のリストを書いてきて欲しいという。

さすがに唐沢も不審に思った。なぜそんなものが必要なのかと訊くと、じつは自分も知り合いの映画製作者からそんな映画のシナリオを依頼されており、そこではとことんリアリティを追求したいからその参考にという説明だった。

ハンクスがシナリオライターだという話は初耳だった。お互いプライバシーは明かさないというグループのポリシーに従って黙っていたとの説明だったが、久美子を始めほかのメンバーはそのことに驚く様子もない。

興味があるふりを装って製作会社がどこなのかと訊くと、インディーズ系と呼ばれるいわゆる自主製作映画だという返答で、ますます胡散臭いものを唐沢は感じた。

のちに知ったところでは、そのころ『腹腹時計』はほぼすべてが当局に押収されていて、

ＰＤＦのような電子的なドキュメントとして流通するネット上のインフラもまだ存在せず、入手するのは容易ではなかった。

唐沢は疑った。時限装置付きの爆発物を製作するために、彼らは自分をオルグしたのではないか。唐沢の素性をおそらく彼らは把握していた。もちろん久美子はそれを知っていたから、彼女の口から漏れたのは間違いない。映画製作のためなどというのは口実で、彼らは本気でそれをつくり、爆弾テロを実行しようとしているのではないか。

グループ・アノニマスでの討論にしても、全員が似たり寄ったりの立場からの発言に終始して、激論になるようなことはほとんどなかった。

話の内容はたしかに知的好奇心を搔き立てるものだったが、思えば全員がある方向へ唐沢の思考を誘導しているかのようだった。

マインドコントロールというと、オウム真理教のようなカルト集団のお家芸のように思われているが、じつは左翼のオルグ活動もそれに似ていて、ときにはハニートラップ的な手法まで使われる。

その源流は冷戦期にＫＧＢが開発したスパイ獲得のための心理操作テクニックにあるとされ、その後のカルト集団のマインドコントロール技術もそこから派生したものだとみる専門家もいる。

もともと恋仲だった久美子の場合、ハニートラップとはニュアンスが違うが、それでも彼女の存在が唐沢を彼らのグループに誘引した大きな理由の一つではあり、いま思えば巧妙に仕組まれた罠に嵌められていたと考えざるを得ない。

もちろんそのときの唐沢にそんな知識はなかったが、このままではなにやら危険な世界に引きずり込まれるのではないかという直感的な危惧を抱いた。

翌週の集いを唐沢は欠席した。もちろん起爆装置の回路図は描かなかった。

次の日、久美子から電話があった。当時は携帯電話やＰＨＳが普及し、本体価格や料金も急速に値下がりした時期で、大学生が携帯を所持するのはごく普通になっていた。

どうして出席しなかったのだと久美子は難詰した。唐沢は自分が感じている不安を率直に語り、久美子にも彼らのグループから離れるように忠告した。

久美子はそれに応じようとしなかった。逆に、きょうまでの活動で生まれた同志としての絆をどうして断ち切ろうとするのかと悲痛な声で訴えた。

かつての久美子は、妥協はしないが自説を押し付けるようなこともせず、自分と考えの異なる相手とも険悪にならずに付き合える社交性を持ち合わせていた。しかしそのときは、かつて唐沢には見せたことのない愁嘆場を演じて見せた。

久美子はかつての彼女ではない——。それが偽らざる思いだった。その心のなかでなにが起きたのかもわからない。

なにごとにも真摯な情熱を傾けるタイプだった。その面で彼らの巧妙なオルグに対する抵抗力が弱かったのかもしれないと唐沢は思った。

久美子からはその後も何度も電話がかかり、ぜひグループに戻って欲しいと懇願された。かつての唐沢だったら、その言葉にほだされて考えを変えていたのは間違いない。しかしそのときは違っていた。そんな久美子の態度には、作為的なものさえ感じられた。

やむなくゼミのレポートがあるのアルバイトがあるのと、のらりくらりと言い逃れていたが、そのうちさらに不審なことが起きた。

なぜか大学の最寄り駅や通学路で、ハンクスやほかのメンバーと遭遇する機会が多くなった。彼らはあくまで偶然を装っていたが、それまでの日常生活のなかで、彼らにばったり会ったことは一度もなかった。彼らもなぜ参加しないのかと執拗に誘いをかけてきた。

自分は監視されていると唐沢は感じた。これまでのグループ内での付き合いで、彼らは決して素性を明かさなかったが、理系の学部にいる唐沢には、彼らのなかにその方面の素養のある者がいないのは薄々わかっていた。もちろん久美子も学部は文系だ。

理系の人間には無意識に出てしまう独特の言葉遣いや語調があり、それは同じ理系の人間なら直感的にわかるものなのだ。

自分がその道でそれほど有能な人間だとは思わなかったが、それでも彼らにすれば、喉から手が出るほど欲しい人材だったのは間違いない。だとしたらなにを企んでいるのかは容易に想像がつく。

破局はほどなく訪れた。ある日、たまたま渋谷の街を歩いていると、偶然ハンクスの姿を見かけた。一緒にいるのは久美子だった。

不快なものを覚えて後を追った。二人が向かったのは円山町のラブホテル街だった。

互いにプライベートな接触はしないなどという話はすべて嘘だった。久美子とハンクスはすでにそういう関係で、もちろん久美子の口から唐沢のことはすべて伝わっているのだろう。

一方の唐沢は、久美子以外のメンバーについて、彼らが名乗るニックネーム以外なにも知らない。自分はチームプレーで罠に誘われていたわけで、久美子も彼らとグルだった――。

「久美子!」

唐沢はハンクスと一緒にホテルに入ろうとする久美子に背後から声をかけた。久美子は慌てた。

「龍二――。どうしてこんなところに?」

それを訊きたいのはこちらのほうだった。

「すべて嘘っぱちだった。君たちはおれを引っかけて、いったいなにをしようと企んでいたんだ。テロか。この世界の不正を糾弾するなどと聞こえのいい話ばかり聞かされたけど、要は爆弾テロで罪のない人間を殺害して悦に入る殺人狂の集団じゃないのか」

「勘違いするなよ。おれたちはただの映画マニアだ。映画を愛するあまり言うことが大袈裟になることもある。しかしそれは映画には世界を変える力があると信じているからで――」

ハンクスは慌てて言い訳をする。久美子は言葉を失ったように立ち尽くす。

二人に背を向けて、唐沢は道玄坂を走るように下った。渋谷の駅で電車に乗り、アパートに戻った。

ハンクスなどという得体のしれない男に久美子を奪われた。その悔しさは胸が焼き尽くされるほどだった。

しかしそれ以上に、唐沢は不安を覚えた。ハンクスたちはすでに唐沢のアパートを把握しているはずだった。今後、身に危険が及ばないとも限らない。

警察に通報するか――。しかしいまはまだ彼らは犯行に走っていないし、テロの計画を持っているというのも唐沢の憶測に過ぎない。相手にしてもらえないのは十分想像がつく。

その日から唐沢は、自分のアパートを出て、友人のアパートや研究室を転々と泊まり歩いた。山梨の実家へ帰ろうかとも思ったが、そこを知られてしまえば最後の逃げ場がなくなるし、両親に危害が及ぶこともある。

果たしてそこまで彼らが自分を追ってくるかどうか、考え過ぎのような気もしたが、思えばいかにも不気味な集団だ。

もし連中が爆弾の製造に成功し、本当にテロを実行した場合、自分はその犯人を知っていることになるわけで、事前であれ事後であれ、口封じに動くことは十分あり得る。向こうは唐沢のことをかなり詳しく——少なくとも久美子が知っている範囲までは把握しており、唐沢は彼らのことをなにも知らない。その点があまりにも不利だった。

あの日以来、久美子はキャンパスに姿を見せず、自分のアパートにもいる気配はなかった。

定例の集まりの日、危険を覚悟で例の居酒屋の近くで張り込んだが、けっきょくその日はだれもやってこない。その翌週も同様で、グループ・アノニマスそのものが蒸発したように消えてしまった。

5

それから一年あまり、久美子からはなんの連絡もなかった。

久美子と親しかった同じ学部の学生に訊くと、彼らも消息を摑めず、中退したらしいという噂がもっぱらだった。

ハンクスたちからの接触も途絶えた。けっきょくテロ計画の疑惑は唐沢の考え過ぎだったのか。しかし彼らが唐沢の指摘のあとで一斉に雲隠れしたのは事実で、単に地下に潜伏しただけかもしれない。

彼らが必要とした起爆装置の設計は、唐沢でなくても電気工学の知識のある人間ならだれでもできる。

爆薬そのものについても、唐沢が調べたところ、初歩的な化学知識があれば比較的入手しやすい材料でつくれるものが少なからずあった。もし彼らが計画を断念せずにまた同じ手口で知識のある人間をオルグしているとすれば、すでに完成している可能性すらある。

騒動のあいだに落とした単位は再履修で取り直し、唐沢は無事に四年生に進級できた。久美子への思いも、かつてほど強いものではなくなっていた。

唐沢は大学院への進学を希望し、受験勉強に集中していた。TOEIC（国際コミュニケーション英語能力テスト）のスコアも専攻条件に含まれるため、専門分野のみならず、そちらの勉強も怠れない。

八月に入って、就職希望の学生はほぼ就活の時期が終わり、内定を得たものは卒業までのあいだを長期バカンスと心得て、海外旅行やら合コンにうつつを抜かしているが、唐沢にとってはこれからが正念場だった。

そんな唐沢に、久美子から電話があったのは八月の下旬だった。

「あの、近々会えないかしら。相談したいことがあって」

表示されているのは、彼女が使っていた携帯の番号ではなく、「公衆電話」という文字だった。その声は妙に弱々しく、かつての潑溂（はつらつ）とした久美子の印象とは大きく異なる。

「相談したいことって言われたって、おれはあの連中とは一切付き合う気はないよ。君だって、おれにしたことの意味はわかっているはずだけど」

　唐沢は素っ気なく応じた。この電話にも、なにか新たな陰謀が隠されているのかもしれない。いずれにしてもすでに唐沢は、彼らの思想的な呪縛からは完全に解き放たれていた。久美子に対する不信感も拭い難いものだった。ここできっぱり関係を断ち切ることが、唐沢にすればいちばん自然な成り行きに思えた。

「わかるわ、龍二の気持ち。本当にひどいことをしたと思っているの。でも、私どうしたらいいか。恐ろしいことに巻き込まれそうな気がして」

「まさか、ハンクスたちが本気でテロを起こそうとしていると？」

「わからない。訊いても、そんなことはないって否定するだけなの」

「そもそもあいつらは何者なんだ。どうして君は、あんな連中と付き合ってるんだ」

「この世界が矛盾だらけだというのに、立ち上がって闘おうという人がだれもいない。だから私は――」

「だから？　君にいったいなにができるんだ。君は映画の世界で仕事をするのが夢だったんじゃないのか」

「私だってそのつもりだった。でも、彼らの考えは違っていて――」

久美子は言いよどむ。かつての彼女らしい歯切れの良さがまったく感じられない。唐沢は苛立ちを隠さず問いかけた。

「君が彼らから離れる意思があるんなら、僕にもやれることがなにかあるかもしれない。どうなんだ。そこをはっきり答えてくれないか」

「私、殺されるかもしれない」

久美子は唐突に不穏なことを口にした。唐沢は問い返した。

「どういうことなんだ？　いったいだれが君を殺すというんだ」

「ちょっと待って。あとでかけ直すから」

久美子はそう言って電話を切った。かなり慌てて受話器を置いたようで、その金属的な音が耳に突き刺さった。

電話をかけているところを誰かに見られ、それが彼女にとって危険な人物だった。あるいは誰かに追われていて、急いで逃げなくてはいけない状況に追い込まれた――。

そんな不穏な思いに駆られ、すぐに久美子の携帯に電話を入れたが、返ってきたのは「その番号は現在使われておりません」というアナウンスだった。

唐沢は当惑した。久美子の声は深刻だった。しかしこちらから連絡をとる方法がない。

ハンクスたちが久美子を使ってまたなにか仕掛けてきたのではないか――。そんな疑念も頭の隅をかすめたが、それならあそこで電話を切る理由もないし、なんらかのかたちで、こちらからの連絡手段を用意したはずだった。

殺されるかもしれない――。その言葉の意味を考えあぐねた。もしそうなら、警察に駆け込むなり唐沢のところにやってくるなり、回避する方法はあるだろう。公衆電話から連絡できたということは、どこかに監禁されているような状況でもないはずだ。

しかし唐沢はハンクスたちへの疑念を抱いてから、過去の左翼運動についていろいろ調べていた。連合赤軍による大量リンチ殺人事件をはじめとする陰惨な内ゲバ事件のことを思えば、久美子がそうした内部抗争に巻き込まれている可能性も否定できない。

ハンクスたちの正体はいまも摑めない。しかし久美子がいま危険を感じているのが彼らだとは容易に想像できる。あとで電話をかけ直すと久美子は言った。それが果たして来るのかどうか――。

翌日も翌々日も、久美子からは電話がない。すでに終わった関係だと納得していたつもりなのに、心は不安で覆いつくされ、大学院入試の勉強もまったく手につかない。

一週間経っても、久美子からは電話が来ない。久美子の両親とは面識がなかったが、実家が千葉県館山市の見物（けんぶつ）というところだとは聞いていた。地名が変わっているのでよく話題にしたから記憶に残っていた。父親の名前が晃（あきら）だという話も聞いていた。

一〇四で問い合わせると、電話番号はあっさり判明した。さっそく電話を入れて自己紹介をすると、両親は久美子から唐沢の名前を聞いていたようで、電話に出た母親は、警戒することもなく話に応じてくれた。

久美子の連絡先を知らないかと訊くと、逆に向こうから訊き返された。三ヵ月前から久美子の行方がわからなくなっていたらしい。

それまで使っていた携帯電話は解約したようで、両親は心配になって東京のアパートにも出かけてみたが、そこもだいぶ前に引き払っていたという。

大家に訊いても行き先は知らないとのことで、やむなく警察に捜索願を出したが、とりあえず受理しただけで、捜査に乗り出す気配はなく、途方に暮れているところにかかってきたのが唐沢からの電話だったらしい。

久美子からの電話の件を言うべきかどうか迷ったが、けっきょく黙っていることにした。言っても無闇に心配をさせるだけで、当面できることはなにもない。ハンクスの話に至ってはあまりに荒唐無稽だ。

自分のほうでも、なんとか見つける努力をすると約束したが、両親も居場所を知らないとなれば、唐沢もけっきょく打つ手はない。

警察に相談すべきかとも考えたが、そんな話を信じてもらえるとも思えず、あるいは信じてくれたとすれば、久美子はもちろん自分も危険なグループの一員とみなされて、捜査の対象にされかねない。

どうあがいても始まらない。いまは久美子からの連絡を待つしかない。

6

翌日、唐沢は落ち着かない気分で図書館で調べ物をしていた。久美子からはこの日も連絡がない。ふと携帯を取り出してみると、バッテリーが切れていた。

いつからだったかわからない。乾電池式の充電器をセットして、しばらく経つと携帯が立ち上がった。ディスプレイを見ると、留守電にメッセージが入っていることを示す表示がある。

電源が落ちているあいだに誰かから着信があり、それが留守電センターに繋がったのだろう。慌てて再生すると、切迫した調子の久美子の声が流れてきた。

「龍二。すぐに会いたいの。場所は西神田二丁目にある東和興発ビル。そのエントランスの前で十二時に待ってるわ。お願い。助けて――」

いったいなにが起きたのだ。いま十一時半を過ぎたところ。あと三十分もない。西神田という場所は用事で出かけたこともないし、久美子との思い出がある場所でもない。東和興発ビルとなるとなおさら縁がない。

意味不明のメッセージだが、最後にすがるような調子で言った「助けて」という言葉が耳にこびりついた。

考える余裕もなく図書館を飛び出した。キャンパスの前でタクシーを止め、行き先を指示した。西神田の土地勘はなく、電車で行ってもそのビルを探すのに手間取りそうだった。幸い運転手はそのビルを知っていた。唐沢の慌てた様子を見て、急ぎなのかと訊いてくる。そうだと言うと、高速を使っていいかとさらに訊いてくる。

懐と相談している暇もない。それでいいと答えて、もう一度留守電のメッセージを再生する。切ない思いが湧いてくる。自分は彼女にもっとなにかをしてやれたのではないか。そこまで追いつめられる前に救いの手を差し伸べることができたのではないか――。ハンクスとのデートを目撃して以来、自分からは一切電話をかけなかった。そのころはまだ携帯は通じたはずだった。

真実を知ることから逃げたのかもしれない。自分が久美子に捨てられた――。その事実を彼女の口から聞くことを惧れたのかもしれない。

全力を傾けて説得すれば、久美子にかけられていたハンクスたちのマインドコントロールの呪縛を解くことができたかもしれない。それをしなかったのは、ただ自分のプライドを守ろうというけち臭い思いからだったのかもしれない。

東和興発ビルに着いたのは十二時五分前。久美子の姿は見当たらない。ハンクスやその仲間の姿も見当たらない。

じりじりしながら五分待った。頭上で耳を劈く爆発音がしたのは、そのときだった。

降り注ぐガラスの雨から逃れて、唐沢は立ち尽くした。なにが起きたかは想像できた。ハンクスたちが作戦を決行したのだ。

ではなぜ久美子はその時間、その場所に唐沢を呼び出したのか。その爆発によって、ついでに唐沢も殺害しようとしたのか。つまり彼女は自分を嵌めたのか――。

それも理屈に合わない。爆発現場に呼び出したのならともかく、ビルの前では、死ぬほどの被害を受ける可能性はごく低い。

ほどなく到着した救急車で唐沢も病院に運ばれたが、頭部や手や腕に軽い切り傷があったくらいで、手当を受けてすぐに帰宅を許された。

病院にきていた警察官から簡単な事情聴取を受けたが、久美子に呼ばれてやってきたことはもちろん、そこにいた理由も適当に誤魔化した。

そのことを言えば久美子を警察に売ることになる。なんとか本人と話をして自首をさせたいという思いがあった。そしてそれ以上に、自分をここに呼んだ理由を彼女の口から聞きたかった。

頭のなかは混乱して、どう整理していいかわからない。そのまま帰宅して、悶々とした時間を過ごした。

驚くべき事実を知ったのは、夕刻のテレビのニュースでだった。各局の報道内容は、それまでは爆弾テロの可能性を示唆してはいたが、実行犯は特定できていない、死亡したのが女性一人で、負傷者は十数名。うち三名が重傷だというところまでだった。

ところがそのニュースでは、新しい事実が明らかになっていた。

実行犯は死亡した女性の可能性が高く、スーツケースに仕込んだ爆弾をビル内に運び込み、それを爆発させた。そのとき自らも直撃を受けて即死したものとみられるという。

さらにその女性の身元が遺体の指紋から判明した。その名前を聞いて唐沢は愕然とした。

吉村久美子——。報道ではその行動を「自爆テロ」と表現していた。

第二章

1

西神田の爆発事件のあと、唐沢は大学にも出かけず、アパートに籠りきりの日々を過ごした。あの日起きたことが悪夢であって欲しいと何度も願った。

自爆テロ——。海外の紛争地域でそんな事件が起きていることはニュースで知っていた。平和であることが水や空気のように当たり前の日本で、そうした狂信的ともいえるテロが実行されたとしたら、それだけでも身の毛がよだつ。

しかもその実行犯が、唐沢にとってはかつての恋人であり、事件の直前に助けを求めてきた久美子だった——。事実なら、それが意味していることの重さに唐沢は魂が押し潰されそうだった。

マスコミは自爆テロという言葉を盛んに使い、犯行の煽情的な要素をひたすら強調した。

しかし警察の姿勢はやや異なっていた。犯人がマスコミに送った犯行声明からそれが政治的テロだったことは認めたが、自爆テロという見方には慎重で、久美子の死が、なんらかの手違いによる事故である可能性も否定していない。

ニュース番組のコメンテーターは、それを認めれば自爆テロの有効性をテロ予備軍に教えることになることを警察が惧れているためだろうと解説していた。

真相が何であれ、唐沢もあれが自爆テロだとは信じなかった。久美子がそんな企てのために自らの命を擲（なげう）つような愚かな女性ではないことを知っていた。

それは二年近いあいだ恋人同士として過ごし、その心の襞（ひだ）まで知り尽くしているという自負からくるものでもあった。もちろん、久美子が心のなかのすべてを唐沢にさらけ出していたわけではないだろう。

しかしときおり喧嘩をすることはあっても、それが破局に結びつくことが決してなかったのは、ひとえに久美子の抑制的な理性によるところが大きかった。

そもそも自爆であろうとなかろうと、テロの実行犯になるまで自らを追い詰めるようなことは、久美子に限って絶対にありえない。

久美子にはいつも最後のゆとりとでもいうものがあった。あるいは自分に対する冷めた距離感とでもいうべきか。夢中になると一途に突っ走るようで、ブレーキを踏むタイミングは常に心得ていた。

それに加えて、生あるものへの愛情が尋常ではなかった。グループ・アノニマスの集会でも、飢餓で痩せ細った途上国の子供たちや、商業目的で殺戮（さつりく）される野生動物の姿に涙する場面が何度もあった。

ある日、デートの帰りにアパートまで久美子を送っていったとき、途中で子猫を拾ったことがある。

連れ帰ってミルクを与えたが、それを飲む力もない。捨てられたのか親からはぐれた野良猫なのかわからないが、極端に衰弱しているのは間違いない。鳴き声もか細く切なげで、いまにも息を引き取りそうだった。

久美子は躊躇（ちゅうちょ）なく行動した。すでに夜だったが、タウンページを頼りに電話をかけまくり、なんとか夜間診療をしてくれる動物病院を探し出した。

アパートから何駅も離れたその病院に、子猫を連れてタクシーで駆けつけた。とりあえず点滴をしてもらうといくらか元気を取り戻したが、医師は深刻な様子で首を傾げた。

話を聞くと、血尿が出ており、腹部にしこりがある。単なる衰弱ではなく、腎臓に重篤な疾患を持っているようだという。子猫に多い病気で、このまま治療を続けても保（も）って一週間だと宣告された。

医師は安楽死を勧めたが、久美子はそれを拒否し、子猫をアパートに連れ帰り、夜も昼もつきっきりで看病した。サボれない授業があるときは唐沢が駆り出された。医師からもらった薬を与え、点滴を受けさせるために毎日病院へ通った。

ある日突然、血尿が止まった。猫用のミルクを残さず飲むようになり、元気な鳴き声も聞かせるようになった。医師は奇跡だと言った。余命については医師の見立て違いだったのかもしれないが、久美子の献身的な看護が子猫の命を救ったのは間違いない。

元気になったのはいいが、アパートは動物を飼ってはいけない契約になっていて、鳴き声で猫がいることが大家に発覚した。やむなく久美子は子猫を実家に連れ帰り、そちらで飼ってもらうことにした。

子猫の治療費は学生の身分の久美子には大きな負担だった。その年の夏休みにアメリカへ語学留学する予定で、そのためにアルバイトで蓄えていた貯金を久美子は使い果たした。唐沢も多少のカンパはしたが、けっきょく久美子は留学を断念した。

そんな久美子が、たとえ自分の理想を実現するためでも、人の命を奪うようなことを考えるはずがない。ハンクスたちの集会に参加するようになっても、欧米や日本の巨大資本による途上国での自然破壊や貧富の拡大を批判することはあったが、それを食い止める手段としての暴力を主張したことは一度もなかった。

もっともハンクスたちにしてもその点は同様で、グループそのものがそうした仮面を被(かぶ)っていたらしいといまは考えるしかないが、あの久美子までもがそこまで理性を失っていたとはとても思えない。唐沢がただそう考えたくないだけなのかもしれないが、そう信じなければ、あまりに理不尽なこの出来事をどう受け止めていいかわからない。

2

事件から一週間ほど経ったある日の昼過ぎ、アパートのドアのチャイムが鳴った。

唐沢は緊張した。ハンクスたちかもしれない——。応答せずに息をひそめていると、今度はドアを激しくノックする音がして、苛立ったような男の声が聞こえてくる。

「唐沢龍二君。いるんだろう。警察の者だ。ちょっと話を聞きたいんだが、署まで同行してくれないかね」

警察——。ハンクスたちではなかった。しかしそれは別の不安をもたらした。おそらく久美子の住まいはすでに家宅捜索され、そこから唐沢に繋がるなんらかの情報が出てきたのだろう。帰省中に手紙のやりとりをしたこともある。住所録のようなものがあれば、そこに唐沢の名前は当然あるはずだ。

同様に、そこにハンクスたちの住所や電話番号も書いてあったかもしれない。だとしたら警察が彼らの片割れとして唐沢に目をつけるのは間違いない。しかしハンクスの一味が逮捕されたというニュースはいまも聞いていない。

ドアスコープから外を覗くと、小柄な中年の男が警察手帳をかざしているのが見える。

その傍らを三名の屈強な男が固めている。裏手の窓の外にも見慣れない人影がある。

アパートはすでに包囲されているようだ。これではとても逃げられない。大変なことに巻き込まれたのは間違いない。

チェーンを外し、ドアを開けると、刑事たちは一瞬身構えたが、唐沢に抵抗する気配がないとみたようで、中年の刑事が穏やかに語りかけてきた。

「話を聞きたいのは、例の西神田のテロ事件に関してなんだよ。爆弾を運び込んだとみられる吉村久美子という女性と君は親しかったようだ。知っていることをすべて話して欲しいんだが」

「警察は、僕を犯人グループの一人とみているんですか」

恐る恐る訊いてみた。刑事は曖昧に首を横に振った。

「まだそこまで決めつけてはいない。しかし事件の現場に君が居合わせたのが偶然とは思えないんでね。その理由も含めて事情を聴取したいんだ」

「だったら、やはり容疑者扱いじゃないですか」

「我々は、今回の事件に不審なものを感じている。通称ハンクスという男のことは知ってるね。その男を含め、事件に関与したとみられる人物が八人いる。そのなかに君も含まれるんだが、残りの七人の素性も行方も摑めない。君がなんらかのかたちで事件に関係しているとしても、たぶん中心的な存在じゃないと我々はみている。だから捜査に協力してくれれば、君にとって有利な計らいもできなくはない」

　刑事は微妙な言い回しをする。どういう計らいがあるのか知らないが、犯人グループの一人とみなしているのは間違いない。不安を隠さず唐沢は言った。

「僕はあの事件にまったく関与していません。それを理解してもらえるんなら、ご協力できることがあるかもしれない」

「それは我々が判断することだよ。少なくとも、まだ君の逮捕状は請求していないし、それができる状況でもない。だから身に覚えがないならすべてを話すことだ。それを拒否して得することはなにもないからね」

　口ぶりは穏やかでも、やはり脅しとしか受けとれない。けっきょく任意同行に応じるしかなさそうだ。唐沢も集会に参加したのは事実だし、犯行時刻に現場近くに居合わせたことも、事件直後に病院で受けた事情聴取で警察には知られている。

　しかし唐沢自身はテロに手を貸したわけではない。警察なら話を聞いてくれるはずだし、こちらから提供できる情報もある。ハンクスたちは逆にそれを惧れて、これからずっと唐沢を付け狙うかもしれない。

　どういう経緯があったにせよ、目的を達成するために、ためらいもなく久美子の命を奪った連中だ。いま自分を救ってくれるのは警察しかないかもしれないし、自分が捜査に協力することで、久美子が死んだ理由も明らかになるかもしれない。

しかしそれよりなにより、ハンクスたちを逮捕し然るべく罪を償わせることができなければ、久美子の魂は救われない。自分は死ぬまでその負い目を背負って生きることになるだろう。

隣戸の住人が傍らを通り過ぎながら、怪訝そうな眼差しを向けてくる。こんなところでややこしい話をしていると、近隣にあらぬ噂が広まりかねない。切迫した思いで唐沢は応じた。

「わかりました。いま支度をしますので、ちょっとお待ちください」

3

中年の刑事は高坂邦夫といい、警視庁公安部公安第一課所属の警部補だという。ほかの刑事はとくに名を名乗らなかったが、高坂の口ぶりから、本庁ではなく所轄署の刑事らしいことがわかった。

覆面パトカーに乗せられて、連れていかれたのは神田警察署だった。エレベーターで四階に上がり、通されたのは狭苦しい小部屋で、窓には鉄格子が取りつけられている。ドアにはなにも書かれていなかったが、そこが取調室だということはすぐにわかった。

そこへ行く途中に講堂のような大部屋があり、入り口に「西神田ビル爆破事件特別捜査本部」と大書した紙が貼られている。

開いたドアの前を通り過ぎると、なかにいた刑事らしい男たちの目がいっせいにこちらを向いた。唐沢がどういう理由で連れてこられ、これからなにが始まるか、彼らはすでに知っているようだった。

事件があった西神田は神田警察署の管轄なのだろう。殺人などの重大事件では、現場を管轄する所轄署に特捜本部が設置されるらしいことは、たまに観る刑事ドラマで知っていた。しかしそんな場所に自分が連れてこられる羽目になるとは、これまで一度も想像しなかった。

「君は爆破事件が起きた時刻、どうしてあのビルの前にいたんだね」

筆記係とおぼしい木島（きじま）という若い巡査を傍らに従えて、高坂は単刀直入に訊いてきた。

唐沢は、大学の図書館にいて久美子からの留守電メッセージに気づいたこと。その内容が、西神田二丁目にある東和興発ビルのエントランスの前で十二時に待っているというものので、助けてという切迫した言葉で終わっていたこと。すぐにタクシーで西神田に向かい、十二時五分前に現場に到着し、そこで久美子を待っていたところへ、あの爆発が起きたことを冷静に説明した。

「つまり、彼女が会いたいと言った理由を、君はそのとき知らなかったわけだね」

高坂は生真面目（きまじめ）な顔で問いかける。信じる気があるのかないのか、その表情から腹の内は読みとれない。唐沢は言った。

「じつはその一週間ほど前に――」

久美子から電話があり、「殺されるかもしれない」という謎めいた言葉を残して通話を切ったこと、そのとき彼女が誰かに追われているような気配を感じたことを話すと、高坂はやおら身を乗り出した。

「君は彼女が殺されたと考えているわけだ」

「久美子がテロの実行犯になるなんて、僕にはとても考えられないんです。それも自爆テロなんて――」

「しかし、現場の状況からすると、爆弾を仕込んだスーツケースを持ち込んだのが彼女なのは疑いないいんだよ」

「テレビのニュースはすべて観ました。スーツケースの爆発で彼女が死んだのは間違いないでしょう。でも、彼女はあいつらに騙されたんだと思います」

唐沢は強い確信とともに言った。根拠といえば、自分が知っている久美子がそんなことをするはずがないという思いだけだった。しかし自分にとっていま重要なのは、理屈よりも心の真実だった。高坂は表情を変えることもなく頷いた。

「つまり、君の心証はそうだということだね。そもそも、ハンクスたちと接触したきっかけは？」

たぶん高坂はそれを百も承知だろう。久美子は記録魔の傾向があって、日常の出来事や映画や読書の感想を何冊もの大学ノートに書き溜めていた。唐沢はときどきそれを読まされて感想を聞かれることもあった。二人の関係が疎遠になってからもその習慣は変わっていなかったはずで、グループ・アノニマスでの議論について、自分の考えをまとめるような作業は欠かさず行っていただろう。

警察はそれを含めて久美子が所持していたノートやメモ、住所録、手紙や葉書の類をすべて押収したはずで、唐沢とハンクスたちとの繋がりに注目したのも、そうした情報からなのは間違いない。

「もうご存知じゃないんですか。それで僕がここへ呼ばれたわけでしょう」

瀬踏みするように唐沢は問い返した。まだ逮捕はされていないが、自分が容疑者の一人として扱われているのは間違いない。迂闊なことを喋って、あとで不利な材料に使われては困る。

「我々が知っていることと、君が話すことに齟齬（そご）があってはまずいんでね。君が嘘を吐（つ）かない人間かどうか我々には確認するすべがない。あるいは逆に、我々が把握していると思っていることが間違っている場合もあり得る。そこは慎重に進めないとね」

高坂は穏やかに言う。その理屈は道理に適っていて、はなから威圧するような態度ではない。その点、こちらが想像していた刑事のイメージとはだいぶ違う。

いわゆる刑事という種類の人間と面と向かって付き合うのが唐沢は初めてだった。テレビドラマでは刑事が容疑者を怒鳴りつけるような場面がよく登場するが、それはほとんどが捜査一課の刑事だ。

そもそも高坂が所属する公安という部署が、具体的にどんな仕事をする部署なのか、唐沢はよく知らない。カルトや過激な政治集団が起こしたテロ事件などでは重要な役割を果たすようだが、そのオウム真理教事件では、公安の捜査の立ち遅れをマスコミが批判していた記憶がある。オウム真理教事件の報道では「公安警察」という名称がニュースで飛び交った。

「あなたが最初から僕を容疑者の一人とみているんなら、僕もうっかりしたことは喋れませんから」

猜疑心を隠さず唐沢は応じた。高坂は鷹揚に笑った。

「君は頭がいいね。しかし我々だって無実の人間に罪を着せて一件落着などという考えは毛頭ない。それじゃ本当の犯人を取り逃がす。我々公安の捜査の目的は、今回のような事件を未然に防ぎ、この国の治安を守ることが第一義で、ただ単に犯人を捕まえることじゃない。むしろ君に対する容疑ばかりが濃くなって、特捜本部の捜査があらぬ方向に向かうことを惧れているんだよ」

「そんな動きがあるんですか」

不審な思いで問いかけると、ここはオフレコだというように傍らの木島に目配せして、高坂は声を落とす。

「いま立ち上がっている本部は、我々公安第一課と刑事部捜査一課の寄り合い所帯でね。公安と刑事は立ち位置が違うから、捜査のやり方や考え方もどうしても違ってくる。捜査一課の連中は、犯人を捕まえてなんぼという商売だから、当初から君に焦点を絞り、まず検挙ありきで動こうとしていた。きょう君に任意同行してもらったのは、彼らに先に手を付けて欲しくなかったからなんだ」

身を硬くして唐沢は問い返した。

「僕を逮捕するとしたら、どういう容疑になるんですか」

「解明されていない点がまだいくつもあるんだが、事件が爆弾テロなのは間違いない。だとしたら、爆発物使用罪の共犯ないし幇助に当たる。爆発物使用罪は、主犯なら法定刑が殺人や放火と同等の重罪でね」

「だったら死刑もあり得るんですか」

高坂は慌てて首を横に振る。

「多数の怪我人は出たが、死亡したのは実行犯とみられる吉村久美子だけだから、そこまでの量刑になることはまずないだろうね。しかし実刑を受けるのは間違いない」

「でも、僕はなにもやっていません。久美子にしたって――」

「騙されたと言いたいわけだね」

「そうじゃないとしても、脅されてやったと考えて間違いないと思います」

「じつは、我々も不審なものを感じていてね。現場に散乱していた爆発物の破片のなかに、目覚まし時計のものとみられる部品が含まれていたんだよ」

「というと？」

怪訝な思いで問いかけると、高坂はさらに声を落とす。

「つまりあの爆発物には、時限式の起爆装置が取り付けられていたんだよ」

「そんな情報は、ニュースでも聞いていませんが」

「まだマスコミには公表していない。犯人だけが知り得る事実に相当するものだからね。しかし捜査はすでに膠着気味だ。新たな情報を集めるには、そろそろ開示してもいいと考えているところなんだ」

「わざわざ時限装置をしかけていたということは？」

「少なくとも、自爆ではなかった可能性が高い。彼女が死んだのは、タイマーにセットされていた時間を間違えたか、あるいは――」

「そのスーツケースに爆弾が仕掛けられていることを知らなかった可能性だってあるでしょう」

唐沢は身を乗り出した。高坂は曖昧に首を横に振る。

「そこまでは考えにくいが、当初から彼女を使い捨てと考え、タイマーがセットされていることを教えなかったか、あるいは時間をずらして教えた可能性はあるだろうね」

「そんなことをされる気配を、彼女は感じていたんだと思います。だから僕にあんな電話を寄越したんです」

胸が締め付けられる思いで唐沢は言った。

「君からその話を聞いて、いまは私もその線が強いと思うようになっている。そうなると、ハンクスを名乗る人物と彼女の繋がりの解明が重要になる。それについて、君が知っている限りのことを話してくれないかね」

唐沢に寄り添うような口ぶりで高坂は言う。自分を容疑者として任意同行を求めた刑事にどこまで心を許していいかどうか、いまも唐沢には判断がつかない。

しかしハンクスの悪意に満ちた行為によって久美子が命を奪われた——。そのことにもはや疑いはない。その事実を明らかにし、ハンクスとその仲間を検挙できるのは警察だけだ。いま唐沢にできるのは、そんな思いを高坂にしっかりと伝えることだけだった。

唐沢は久美子との馴れ初め(なそ)から、ハンクスたちとの出会いの経緯までを余さず語った。さらに彼らの集会に絶えず感じていた、いま思えばマインドコントロールを想起させる胡散臭さ、あるいは起爆装置に対するハンクスの異常な関心について、さらに渋谷で発覚したハンクスと久美子のただならぬ関係にも言及した。

その後、久美子が大学から姿を消して、携帯電話も通じなくなり、住んでいたアパートも引き払って、一年あまり連絡がとれなくなったこと。そして突然かかってきた切迫したあの電話――。

すべてを話し終えたところで、高坂は親身な口調で訊いてきた。

「彼女の身元が割れた理由を、君は知らないだろう」

「知りません。どうしてわかったのかニュースでは触れていなかったので、疑問に思っていました」

「これもまだ公表していない事実なんだが、君にとっては意味のある話かもしれない。じつは彼女は一年ほど前に、都内のスーパーで万引きをして逮捕されていたんだよ。そのときの指紋が警察のデータベースに残っていて、死体の指紋と照合した結果、すぐに身元が割れたんだ」

「万引きですか」

唐沢は当惑した。唐沢が知る知的でプライドの高い久美子と、万引きというさもしい犯罪のイメージが頭のなかで結びつかない。高坂は続ける。

「生活に困っていたのかもしれない。ハンクスとかいう頭目に貢がされてね。地下活動をしている左翼の過激派の世界では、あまり珍しいことじゃない。その辺はカルトの世界とよく似ている」

「盗んだものは？」

「総菜の類で、金額的にはさしたるものじゃなかった。代金を支払って起訴猶予になったが、その場合でも指紋は取られるからね。そのときは、ただ出来心からだという供述だけで、なんらかの背後関係を示唆する話は出なかったらしい」

「僕がその電話をもらう三ヵ月くらいまえまでは、実家の両親とは連絡がとれていたようです」

「それは我々も確認している。そのあと行方がわからなくなったようだね」

「それよりだいぶ前に、彼女は僕と付き合っていたころのアパートから引っ越していました。そのあとまた引っ越したようですから、都内を転々と移動していたんでしょうね。僕に寄越した電話は公衆電話からです。携帯電話を持ち続けるだけの経済力もなかったのかもしれません」

切ない思いを隠さず唐沢は言った。高坂は頷いた。

「親御さんが言うとおり、万引き事件を起こしたときのアパートからは三ヵ月ほど前に引っ越していた。なぜか住民票の移動はきちんとやっていて、今回の事件のときの住所はすぐにわかったよ。そういう地下組織の連中は、大概が住所不定になっているものなんだが」

「どこに住んでいたんですか」

「練馬区内のアパートだった。四畳半一間の共同トイレで家賃は二、三万円といったところかな。部屋にはほとんど家財はなかった」

「そこに、僕との関係を示すものが残っていたんですね」

「君とやりとりした手紙や葉書を、大事に仕舞っていたよ。グループ・アノニマスの集会での話の内容を克明に記録したノートも見つかった。そこにはハンクスとかなんとか、外国の俳優の名前しか出ていなかったが、全体の文脈から、君がレオナルドで彼女がケイトだと判断できた」

「ほかのメンバーの本名や素性は把握できたんですか」

「彼女も知らなかったのか、あるいは組織運営上の極秘事項だったのか、ヒントとなる材料は見つからなかった」

「彼らの電話番号も？」

「なかった。事件の前に彼女が始末したのかもしれないし、あるいは事件直後にハンクスたちが部屋を訪れて、足がつきそうなものを処分したとも考えられる」

「だったら、そのノートが残っていた理由は？」

「彼女にとって、なにか思い入れのあるものだったのかもしれない。押入れの奥に仕舞い込んであった。それで彼らが見落としたんじゃないのか」

「そのノートを、彼女は僕によく読ませてくれました。わざわざ残しておいたのは、僕に対するなにかのメッセージだったのかもしれません」

「いまは重要な証拠品なので表には出せないが、捜査が終了したらご両親に渡すことになる。そのとき君も読ませてもらったらいい」

情のこもった調子で高坂は言う。胸を突かれる思いで唐沢は応じた。

「お願いします。精神的にも経済的にも、きっと追い詰められていたんでしょう。でも実家に頼ることもできなかった」

「そのころ彼女は大学に通っていなかったようだから、アルバイトでもすればそれなりの収入は得られたはずだが、それもできない事情があったんだろうね。テロの計画が進行中で忙しかったのかもしれないし、世間に顔が露出するのを避けたのかもしれない」

「どうしてそんなことになったのか、僕は皆目わからないんです。でも彼女が殺されたのは間違いない。彼らを捕まえるためなら、僕はなんでも協力します」

憤りを吐き出すように唐沢は言った。だからといって、たかが大学生の自分になにができるか、とくに思いつくわけでもない。しかし高坂は身を乗り出して訊いてきた。

「君はその集会に集まっていた連中の顔を覚えているか」

「ええ。時間が経っているんで全員となると自信はないですが、リーダー格のハンクスに関しては、しっかり頭に焼き付いています。会えば絶対にわかります」

「だったら面割りに協力してもらえないだろうか」

「面割りというと？」

「写真を使った面通しだよ。我々がこれまでに収集した極左テロ集団のメンバーと目される人物の写真を見てもらって、そこにハンクスを含むグループ・アノニマスのメンバーがいたら教えて欲しい。かなりの枚数になると思うが、協力してもらえるかね」

「もちろんです」

「それはありがたい。捜査一課を中心に、特捜本部の主力はいま爆発物の原料や起爆装置の部品の入手先を特定しようと走り回っているんだが、なかなか結果が出ない。まあ、それが刑事部門のお決まりのスタイルなんだが、こういうテロ事件ではうまくいったためしがない。過激派の連中は、他の犯罪者と違って、犯行の痕跡を消すことには長けているからね」

捜査一課を商売敵とみなしているように、高坂は張り合うような口ぶりで説明する。要するに事件が起きるまえからそういうことをやりそうな組織を監視しており、犯人特定に結びつく基礎情報の充実度において、捜査一課は相手ではないと言いたいようだった。

それならその情報を共有すれば、より効率的な捜査ができそうなものだが、公安部門と刑事部門は呉越同舟で、あまり仲が良くないというニュアンスが高坂の言葉からは滲む。

それから何時間もかけて三百枚ほどの写真を見せられたが、唐沢がこれだと確信をもって指摘できる人物の写真はそこには存在しなかった。彼らがそれだけの数の顔写真を集めていることには驚かされたが、けっきょく高坂が言う公安の情報収集能力も、言っているほどではないとみざるを得ないようだった。

写真による面割りが空振りに終わると、高坂は今度はメンバーの似顔絵作成の協力を求めた。鑑識には、似顔絵を描くのが達者な部員がいるらしい。

犯人の特徴について目撃者の話を聞き、確認を求めながら描き上げる似顔絵は、機械的に作成されるモンタージュ写真よりも犯人検挙に結びつく確率が高く、捜査の現場で使われるのはもっぱら手描きの似顔絵だという話を唐沢は初めて聞いた。

さすがにその言葉どおりで、高坂に呼ばれてやってきた本庁の鑑識課員は、ハンクスをはじめとするメンバー一人一人について要を得た質問をし、それを目の前でかたちにし、違う部分は即座に修整して、唐沢の頭のなかでは朧（おぼろ）げになっていた彼らの人相を、まるで実物が目の前にいるかのようにリアルに描き起こす。

とくにいちばん印象の強かったハンクスに関しては、まさにそのものずばりといったイメージに仕上がった。そんな感想を口にすると、高坂は勢い込んだ。

「だったらこれで全国手配しよう。ああ、それから、君の話に出てきた、毎週、集いがあったという居酒屋なんだが――」

つい先ほど、その店に捜査員を向かわせたが、店は一ヵ月ほど前に閉店していて、店主の行方もわからない。あまり流行らない店だったから、借金をつくって夜逃げしたのではないかというのが近所の噂らしい。

「君の話だと、店主はハンクスたちと親しかったらしい。名前はわかっているから、戸籍や住民票から居場所の見当はつく。我々としては、いなくなったのは夜逃げじゃなく、事件と関係があるとみざるを得ない。トカゲの尻尾切りの可能性はあるが、少なくとも尻尾からそれがどういうトカゲだったかは判断がつく」

そんな捜査事情を向こうから明らかにするということは、高坂の頭のなかで、唐沢を犯人グループの片割れとみなす考えが、すでに消えてなくなっているとみてよさそうだった。

4

ようやく解放されたのは午前零時近くだった。高坂は覆面パトカーでアパートまで送ってくれた。その車内で高坂は言った。

「身辺には十分気を付けてくれ。今後、君には極秘の警護をつけることにするよ」

「警護って、どういうことでしょうか。監視の言い間違いじゃないんですか」

唐沢は皮肉な調子で問いかけた。高坂は意に介するふうもなく言う。

「君は今後、我々にとってなくてはならない切り札になる。協力者というとスパイのような印象があるから不愉快かもしれないが、我々にとって、いまや命綱のような存在だ。ひょっとすると、ハンクスたちが君に接触するかもしれない。つまり君が次の口封じのターゲットになりかねないからね」

「次の口封じって、どういう意味ですか？」

「君の彼女は殺害された可能性がある。次に狙われるのは君かもしれない」

これまでは口にしなかったが、高坂はすでに唐沢が抱いている疑念を共有しているらしい。しかし自分までその対象だとなると、俄かには実感が湧いてこない。

「話せることはすべて話しましたよ。いまさら僕を殺しても遅いんじゃないですか」

しかし高坂は深刻な顔で首を横に振る。

「きょう君から得た情報を、我々は当分表に出さない。それが明らかになると、彼らをいたずらに警戒させることになるからね」

「だったら、あの似顔絵が意味をなさないじゃないですか」

「あれは必ずしも公開手配するためのものじゃない。我々は過激派組織の内部にも情報源を持っている。エスという符丁で呼んでいるんだが、要はスパイのことだ。さっきの面割りでは答えが出なかったが、我々もその手の人間の顔写真をすべて集めているわけじゃない。しかし彼らの世界は案外狭い。あの似顔絵を頼りに、これまで得られなかった情報が集まることを期待しているんだよ」

「テレビや新聞で公開したほうが、もっと大勢の人の目で探せるような気がしますが」

「そうなると、彼らはより深く潜伏する。いまは彼らに動き回ってもらって、足跡を積極的に残させるほうがいい」

「のんびりしていると、また新たなテロに走るかもしれませんよ」

唐沢が不安を口にすると、高坂も苦衷を覗かせる。

「この国の警察のパワーを総動員しても、そういう連中を完全に封じ込めることはできない。彼らはしばらく大人しくして、ほとぼりが冷めたころにまた動き出す。警察もそういつまでも厳重警備の態勢を続けられない。事件はほかにも起きるし、似たようなテロリストの予備軍はいくらでもいる」

「三菱重工爆破事件のときも、模倣犯がずいぶん出たようですね」

そんな話をテレビのニュース番組でやっていた。高坂は頷いた。

「頭の弱い連中による模倣事件もいくつかあったが、中心は同系統のグループによるテロだった。今回もハンクスのグループ以外に、連携して動く連中が出てくるかもしれない」

「だとしたら、ハンクスたちが口封じに僕に接近してくれれば、むしろチャンスかもしれませんね」

唐沢は大胆に言った。わが意を得たりというように高坂は頷く。

「危険が及ばないように万全の警護態勢をとるつもりだ。そのうえで、聞こえは悪いが君にはおとりになってもらいたい。案外そこが重要な突破口になるかもしれないんでね」

高坂がそう見ているなら、唐沢に迷いはない。その話に乗る乗らないにかかわらず、ハンクスたちが自分を狙ってくる可能性は否定できない。そして自分は久美子の命を奪った連中を決して許せない。そのために力になれるなら、協力を惜しむ気は毛頭ない。

定例の集いの場で、ハンクスは公安警察への批判を何度か口にした。国家権力に奉仕し、市民生活に監視の目を光らせる民主社会の敵だというような理屈で、そのときは唐沢も共感するところがなくもなかった。

しかしそんな民主社会の守護神面をしていたハンクスが、身勝手な理想を実現するために無辜の市民を犠牲にするテロを企て、あまつさえその道具として久美子の命を奪った。だったら彼らが蛇蝎のように嫌った公安警察の協力者となって久美子の仇を討つことこそが、唐沢にとってはいまや宿願とでもいうべきものになっていた。

5

それから数日が経過した。高坂はふたたび事情聴取に呼び出すことはなかった。

アパートの周辺にはすでに捜査員を配置し、不審な人物の接近を見張っているというが、唐沢は彼らの存在にまったく気づかない。

高坂は日中何度も電話を寄越し、ハンクスたちから電話や手紙による連絡がないか確認してきた。警護の人間がどこにいるのか訊いても、それを知ると唐沢がそちらに気を回し、監視行動がばれる惧れがあるから教えられないと言う。唐沢のような素人に気づかれるような間抜けな張り込みはしないと言っているようにも聞こえる。

似顔絵による手配の状況や居酒屋の主人の行方を含め、その後の捜査の進展については、高坂は捜査上の機密だと言って口をつぐむ。勘繰れば、要するに教えられるほどの成果が出ていないという意味でもありそうだ。なにか情報が出てくれば、その裏をとる意味でも唐沢になにか訊いてくるはずだ。

それから一週間、唐沢の身辺ではなにも起こらなかった。大学院進学のための受験勉強も遅れていた。その前に卒業論文を書き上げる必要もあった。そのための資料を漁るには大学の図書館が頼りで、いつまでもアパートに閉じこもっているわけにはいかない。

そんな相談をすると、高坂はもちろんＯＫだと答えた。これまでも食事や近隣のコンビニやスーパーでの買い物に出かけはしたが、遠出すれば警護が難しくなると思い、唐沢のほうで勝手に自粛していた。

キャンパスに向かう路上や電車のなかで、さすがに素人の唐沢にも、ときどきメンバーを入れ替えながら、絶えず近くにいる男たちの姿が確認できた。

その一人は先日の事情聴取の際にも同席した木島で、視線を向けると見るなというように小さく首を横に振る。高坂が事情をよく知る彼を警護チームの一員に加えたようだった。

服装は刑事の制服ともいうべきダークスーツではなく、ごくありきたりのカジュアルウェアで、キャンパスにいても学生と区別はつかないだろう。

そんな生活が三日ほど続いたが、身辺に不審な連中の姿は見かけない。彼らも捜査の網が広がっているのは知っているから、いまの状況で、飛んで火にいる夏の虫のような真似は敢えてしないだろう。おとり作戦はどうやら空振りの気配が濃厚だった。

外部に開放している大学図書館も一部にはあるが、唐沢の大学はそうではない。入館するには学生証が必要だから、木島たちも外で待機するしかない。しかしグループ・アノニマスのメンバーにしても、久美子を除けば全員がキャンパスで見かけない顔だったので、たぶん彼らも館内には入れないから、そこにいる限り、おとりになれない代わりに、身に危険が迫る惧れもない。

そんなある日、卒論を書くためにどうしても必要な文献が、唐沢の大学の図書館にはないことがわかった。司書に頼んで検索してもらうと、近隣の理工系大学の図書館にあるという。さっそく紹介状を書いてもらい、そちらの図書館に向かった。木島ともう一人の捜査員もついてきた。

目指す文献はたしかにあった。ただし禁帯出になっていて、館内で閲覧するしかない。コピーを取ることもできたが、そのあとまた自分の大学の図書館に戻るのも億劫だ。だったらと腰を落ち着けて、ここでじっくり資料を読むことにした。重要な箇所はノートにメモを取りながら、一時間ほど集中してページを繰った。

そのとき、台車に蔵書を高く積み上げて傍らを通り過ぎた男の顔が目に入った。胸に付けた名札は片山春樹（かたやまはるき）となっている。どうやらこの図書館の司書のようで、蔵書の移動作業をしているようだった。

アーノルド――。一瞬、声をかけようと思ったが、唐沢は思いとどまった。それがグループ・アノニマスでのその男のニックネームだった。唐沢がそこにいることに男が気づいた様子はなかった。

唐沢はロビーに移動して、そこから高坂に電話を入れた。高坂はさっそく反応した。すぐに応援要員を覆面パトカーで向かわせる。木島に事情を説明し、そちらから電話を入れさせるので、そのまま待ってくれという。

五分もしないうちに知らない番号から着信があった。応答すると木島からだった。応援部隊が到着し次第、図書館に出向いて片山に任意同行を求めるという。

まだ逮捕状が請求できる段階ではないが、拒否されたとしても水も漏らさぬ監視態勢をとるから、取り逃がすことはないと木島は自信を示し、唐沢は気づかれないように片山を監視し、外出するような気配があったら連絡を入れてくれと依頼された。

承知したと答えて通話を終えると、すぐに今度は高坂が電話を寄越した。木島とのやりとりを伝えると、それでいいと応じ、自分もパトカーでこちらに向かっているところだと言う。

問題は、片山というその男がグループ・アノニマスに参加していたアーノルドだということを証明する手段が唐沢の証言以外にない点だ。集会では参加者のスナップ写真一枚撮っていない。

しかしそれを指摘しても高坂は意に介さない。事情聴取に呼び出しさえすれば、そこで正規の手順を踏んで唐沢に面通しをしてもらう。さらに事件当時のアリバイや交友関係といった補強材料を引き出せば、爆弾テロという緊急を要する事案だから、裁判所はすぐに逮捕状を発付するはずだと言う。

しかし唐沢の印象では、片山がグループのなかでそれほど大きな位置を占めていたとは思えず、ハンクスがあれだけ秘密保持に神経を使っていた点からすれば、彼がハンクスの素性をどれだけ知っているかは微妙なところだ。そんな考えを伝えると、自信ありげに高坂は応じた。

「むしろ逆だよ。中枢にいる人間ほど、訴追された場合の不利益が大きいから口が堅い。それに連中は小さなグループだから、一緒に行動すれば情報を共有する部分も必然的に大きくなる。大きな組織ならただの歯車に過ぎなくても、ああいう小グループの場合はそうはいかない」

唐沢としては、そういうものなのかと納得するしかない。

元の席に戻り、片山に気づかれないように俯(うつむ)いて資料に目を落としながら、ちらちらと横目で館内の様子を確認する。

いまいるのは一階で、二階と三階もあるからそちらには目配りできないが、彼が外に出るようなことがあれば、一階を通るのは間違いない。玄関ロビーに向かうには唐沢のいる階を通過するしかないから、取り逃がすことはまずないだろう。

片山は台車を押しながらまた戻ってきて傍らを通り過ぎる。それから十分ほどのあいだに、同じように何度も行き来した。そのうち木島から連絡が入った。

「本部から応援部隊が到着したよ。大学というのはやかましいところで、警察車両は許可なく入れない。いま全員が徒歩で配置についたところで、裏手の通用口も固めたから逃げられる心配はない。これからおれと相棒で片山を呼び出しに行くよ」

「ちょっと待ってくれますか。その前に試したいことがあります――」

彼が通りかかったところで、こちらからニックネームで声をかける。それに反応するようだったら、それ自体が、彼がアーノルドである動かぬ証拠になるという考えを伝えると、それはいいと木島は乗ってきた。

片山がまた傍らを通り過ぎる。大規模な書棚の引っ越しでもしているのか、ずいぶん忙しいようだ。唐沢は背後から声をかけた。

「アーノルド。久しぶりだね」

片山は一瞬歩みを止めた。しかし振り向きはせず、素知らぬ顔で歩き続ける。唐沢はさらに呼びかけた。

「アーノルド。こんなところにいるとは知らなかったよ。ちょっと話をしないか」

片山は台車を押しながら、走り去るように奥に向かった。ロビーの案内図では裏口はなかったが、職員専用の通用口や災害時のための非常口があるのかもしれない。

唐沢は片山のあとを追いながら木島の携帯を呼び出した。状況を説明すると、してやったりという調子で木島は応じる。

「裏手に非常口のドアがあるそうだ。そこに捜査員が何名か待機している。出てきたらすぐにしょっ引ける。おれたちはこれから受付で片山を呼び出してもらう。君はそれ以上は深追いしないほうがいい」

「わかりました。あとはお任せします」

そう応じて唐沢は通話を切った。片山はいちばん奥の書棚の裏手に入ったまま出てこない。唐沢はいったん席に戻った。

ロビーに木島ともう一人の捜査員の姿が見え、受付で係員となにか話している。

そのとき建物の外で複数の男の怒声が響いた。窓の外を男が走り過ぎる。片山だ。それを追うようにさらに数名の男の姿が続く。

人がもみ合うような物音と声が聞こえて、まもなく静まった。窓の近くにいた利用者が慌てて外を覗く。高坂たちから連絡を受けたようで、木島たちも外に駆け出した。

唐沢も窓辺に向かおうとしたとき、携帯の着信音が鳴った。応答すると、息を荒らげた高坂の声が流れてきた。

「いま片山を逮捕したよ」

「逮捕状はまだなんでしょう」

驚いて問い返すと、さもない調子で高坂は応じる。

「公務執行妨害の現行犯だよ――」

非常口から出てきた男がいたので、片山かと声を掛けたらなにも言わずに走り出した。隣の建物とのあいだの狭い通路だったので、前方にいた刑事と体が接触した。それで公務執行妨害罪が成立したと判断したらしい。

「黙って職質を拒否して立ち去ればよかったものを、よほど慌てたのか、そういうことに慣れていない新米だったのか。いずれにしても大収穫だよ」

高坂はまるで自分たちの手柄のような口ぶりだ。しかし偶然とはいえ、自分がグループ・アノニマスの一員の逮捕に一役買えたことに、唐沢は強い喜びを覚えた。

6

片山は取り調べに対し、グループ・アノニマスなどという集団とは一切関わりがない、人違いだと一貫して主張した。

唐沢は留置場での面通しを行い、ほかの容疑で勾留中の複数の人間と並んで立たされた片山を指さし、アーノルドで間違いないことを即座に指摘した。それが面通しの際の正式な手続きらしい。

もちろん予想したように、片山は写真その他の証拠がない点を突いてきた。しかし図書館で唐沢が「アーノルド」と呼びかけたことに反応し、非常口から逃走しようとしたことは動かぬ状況証拠だと高坂は自信を示す。

ただ気になるのは、左翼過激派のメンバーを逮捕すると、普通は必ず彼らのシンパである左翼系の弁護士を呼べと要求するが、片山はそれをしない点だった。

もちろんその手の弁護士を選任すれば、それ自体が馬脚を露すことに通じる。いまは自分がその種の集団とは無縁だと主張することが最優先だから避けているとも考えられるが、あるいはグループ・アノニマスが、そういう左翼系の人脈から切り離された孤立した集団なのかもしれないとの危惧も生まれると高坂は指摘する。

そうだとしたら二十四年前の三菱重工爆破事件と共通する特徴だ。テロを実行した東アジア反日武装戦線は、マルクス・レーニン主義を信奉していたそれまでの左翼過激派集団とはまったく別の潮流に属する、アナーキズム（無政府主義）を信奉する集団だった。そのため当時の公安が収集していた情報のなかからは具体的な犯人像が浮かび上がらず、捜査は難航し、犯人全員の一斉逮捕に至るまでに十ヵ月近くを要したという。

とはいえ厄介な左翼の弁護士がいなければ、妨害なしに追及できるし、さらに片山の周辺で聞き込みをすれば、ほかのメンバーとの接触の事実が確認できるかもしれない。場合によっては片山をいったん釈放したうえで、徹底した監視下に置くことも考えていると高坂は言う。

居酒屋の主人の行方は相変わらずわからない。戸籍謄本から判明した親類縁者すべてを当たったが、どこにも立ち寄った様子がなく、経済的に困窮しているという相談を受けたこともないらしい。当人には妻も子供もおらず、店舗の近くで借りていた住居のアパートも引き払われているという。

周辺の同業者や仕入れ先にも聞き込みをしたが、行き先を聞いているものは一人もいない。家賃や仕入れ先への支払いは滞っているが、失踪する前の分まではちゃんと支払っており、その点から見れば、夜逃げ説はおそらく当たっていない。

集会のメンバーは全員がニックネームを使っていたが、店の主人は川内健治（かわうちけんじ）という本名を隠しておらず、その点では正規のメンバーではなかった可能性がある。しかし高坂たちの極左の活動家に関するデータのなかにも、その名前はなかったらしい。

グループのメンバーのなかでもハンクスととくに親しい様子だったという唐沢の証言から、高坂たちは川内が重要な事実を知っていた可能性が高いとみている。だとすればハンクスたちの犯行と彼の失踪が無関係だとは考えにくく、口封じのために殺害された可能性もある。

総括という名のもとに十二名の同志の命を奪った連合赤軍による大量リンチ事件を思い起こせば、ハンクスたちにも似たようなメンタリティがないとは言えず、現に久美子は自爆テロを偽装して殺害されたと唐沢は考えていて、高坂たちもそれを否定しない。だとしたら川内についても、高坂たちの危惧はあながち外れてはいないかもしれない。

川内の捜索は今後も続けるというが、しかしいまもっとも太い糸口は片山だ。その口からどういう情報を聞き出せるかは高坂たちの腕の見せどころで、唐沢としては高みの見物をさせてもらうしかない。

7

それから一週間ほどは高坂も唐沢の身辺に捜査員を張り付けていたが、とくに不審な人物が接近する様子もなかった。唐沢もつい気を遣って日常の行動が制約される。名目は警護でも実態は監視されているのと変わりない。そんな思いを伝えると、高坂はむしろ渡りに船と乗ってきて、警護行動は翌日から取りやめになった。

彼らも川内の捜索や片山の身辺での聞き込みに人員を割かなければならない。そのためには人手が必要だが、刑事部門の手を借りる気はなく、公安が入手した情報に基づく捜査はすべて公安の人員で賄いたいという。

それではなんのための特別捜査本部かということになるが、彼らの世界には、部外者にはよくわからない縄張り意識があるようだ。

けっきょく高坂は、逮捕の二日後に片山をいったん釈放していた。容疑が公務執行妨害だけでは、そういつまでも留置場に泊めておけない。片山はハンクスたちとの関わりについては一貫して否定した。唐沢の証言だけでも爆破テロの容疑で逮捕・送検は可能だが、現状では公判で勝てる見込みがないというのが検察の判断だったらしい。

だったらむしろ泳がせようという高坂の当初からの腹案を実行することにしたわけだった。無罪放免ということで、大学側もとくに処分することはなく、司書としての仕事に片山は復帰した。

しかし高坂たちは、所轄の公安刑事も動員して二十名近くのチームを組み、片山を徹底した監視下に置くとともに、身辺での聞き込みを集中的に行った。

聞き込みの結果によると、司書としての片山の勤務態度は真面目で、図書館利用者からの評判も良く、学内で活動する左翼系グループとの接触もない。

一方で、仕事以外で人と付き合うことがほとんどなく、図書館の同僚と仕事帰りに飲んだことは一度もないという。年齢は三十少し前で、妻子はおらず、周囲の人間も彼の私生活についてはほとんど知らないとのことだった。

釈放されてからしばらくのあいだ、片山は、ときおりスーパーやコンビニで買い物をしたり一人で外食するくらいで、ほぼ職場と自宅マンションのあいだを行き来するだけの生活だった。

ところが高坂の配下の公安捜査員の尾行技術がよほど上手(うま)かったのか、片山はそのうち気が緩んだようで、一ヵ月ほどしてから動きがあった。

職場からの帰りに、片山は、それまではただ通り過ぎていた最寄りの繁華街の居酒屋に入った。尾行していた捜査員が素知らぬ顔で店内に入ると、そこである男と待ち合わせていたようだった。

その顔を見て捜査員は驚いた。唐沢の証言から描き起こしたクルーニーというニックネームの人物そのものだった。

店は混んで騒がしかったし、席も離れていたので会話は聞こえなかったが、二人は深刻な表情で二時間ほど話して別れた。捜査員はすぐに応援を要請し、店を出たあとのクルーニーの行き先を突き止めた。

帰っていったのは、片山の職場のある大学からさほど離れていない住宅街の賃貸マンションの一室で、表札は出していない。翌日、マンションを管理している不動産業者に問い合わせると、入居しているのは谷岡明彦という人物だと判明した。

捜査本部は色めき立った。事件で用いられたのは硝安爆弾だった。その原料の硝酸アンモニウムは主に肥料として使われ、法的に販売が規制されているわけではない。しかし海外のテロで硝安爆弾が使われた事例がいくつもあり、警察は全国の肥料販売店に購入者の身元確認を徹底するよう求めていた。

刑事部門の捜査員は、人海戦術で爆発物の原料や起爆装置の部品の購入経路を追っていた。彼らが集めた情報のなかにその名前があった。谷岡は一ヵ月ほど前に、肥料や農薬を扱う都内の専門店で硝酸アンモニウム二〇キロを購入し、用途を訊くと農業用だと答えていたらしい。

さらにその数日後、起爆装置に使用されたパーツの購入ルートを当たっていた捜査員が、秋葉原の電気街で宝を掘り当てた。一ヵ月ほど前に、ある男がメーカーもタイプも同じコンデンサーを買っていた。

そのコンデンサーは起爆用の雷管に使用される特殊なもので、そのとき男は、こういうものに使うが間違いないかと回路図を示して確認したという。電気関係の知識が豊富なその店員は、一目でそれが電気雷管の回路図だと気づいたが、商売だと割り切って販売した。一個の単価は二十円程度で、ばら売りはしないので、男は百個入りのパッケージを購入していったという。

捜査員が確認すると、店員は迷うことなく片山の似顔絵を指し示した。電気雷管を扱うような業界の人間にしてはあまりに知識が乏しく、西神田の事件もあったため、ずっと気になっていたという。

捜査はそこから一気に進んだ。特捜本部は片山と谷岡の逮捕に踏み切った。思想犯としての信念は必ずしも強くなかったようで、それだけの証拠を突きつけられた結果、二人は知っている限りのことを自供し、そこから芋蔓式にグループ・アノニマスのメンバーが特定された。

唐沢が知っていたのは久美子を含め女性二名、男性五名で、毎回全員が顔を出すわけではなかったが、何度か参加した限りでは、それがフルメンバーだと考えてよかった。

二人の自供から新たに特定されたのは女性一名、男性二名の三名で、久美子以外でそこから欠けていたのはハンクスだけだった。

それはハンクスが考案した巧妙なリクルート方式のためだった。片山をリクルートしたのは谷岡だった。やり方は唐沢のときとまったく同様で、会合の場では本名も素性も明かさず、ニックネームのみで付き合うことを要求された。

つまり片山と谷岡はもともと互いのことを知っていたが、他のメンバーについてはなにも知らない。谷岡をリクルートしたメンバーも大学時代の友人だった。そんな仕組みになっているから、今回のように芋蔓式に検挙が進まない限り、誰か一人が逮捕されても、全員の素性は明らかにならない。

その繋がりのなかで、最後まで判明しなかったのがハンクスの正体だった。メンバーのうち一人は川内の紹介でグループに参加していて、素性が判明したメンバーのなかに、ハンクスに直接リクルートされた者はいなかった。久美子がそうだった可能性はあるが、すでに彼女はこの世にいない。

高坂たちは検挙したメンバーを爆発物使用罪の容疑で送検した。しかしそこでもハンクスの作戦は巧みだった。

谷岡がやったのは大量の硝酸アンモニウムと添加物としての灯油の購入のみで、片山のほうは例のコンデンサーを含む起爆装置用の電気部品の調達だった。

別のメンバーはラジコンが趣味だったため、ハンクスから渡された図面に従って起爆装置を製作した。爆弾を仕込んだスーツケースは女性のメンバーが調達した。

もう一人の男性メンバーは、現場を下見し、ビルの構造や周辺地理の詳細なレポートを作成した。ハンクスはそれらを直接受け渡しせず、それぞれ異なる駅のコインロッカーに預け、その鍵を川内に渡すように指示していたという。

もし事実なら、検挙したメンバーの誰もが事件の全容を知らなかったことになる。彼らはそれが実際のテロを意図したものだとは知らされておらず、爆発物使用罪はもちろん、その共犯や幇助の罪にも当たらないと主張した。さらに厄介な点は、事件が起きたとき、その全員にアリバイがあったことだった。

第三章

1

ハンクスと久美子を除くグループ・アノニマスのメンバー五名は、爆発物使用予備罪および幇助罪の容疑で起訴された。

全員に事件当時のアリバイがあったため、より刑の重い爆発物使用罪の適用は見送られ、うち三名が懲役六年、二名が懲役四年と、世間を驚かせた事件の割には求刑は軽かった。

久美子は被疑者死亡のまま書類送検された。

主犯とみなされたハンクスの行方は摑めず、身元も明らかになっていない。その正体を知っている可能性が最も高かった居酒屋の主人の川内は、彼らが送検された二ヵ月後に富士の裾野の青木ヶ原の樹海で白骨死体となって発見された。

身元は所持していた運転免許証から判明したが、遺体を引き取ろうという縁者もおらず、地元自治体の手で荼毘に付され、無縁墓地に埋葬されたという。

　自殺の名所とされる場所で樹木から首を吊った状態で発見されれば、常識的には自殺と考えたいところだが、失踪時の状況からすれば、当人にその動機があったとは考えにくい。しかし他殺を示唆する物証はなく、白骨死体では司法解剖で死因を特定することもできない。

　それからしばらくして、新左翼系組織を担当する公安の捜査員がある情報を拾ってきた。たまたま親しくしていたエスに川内の写真を見せると、見覚えのある男だという。そのエスは新左翼との繋がりの強い出版社の社員で、公安が神経を尖らせるような過激な評論や理論書の出版をしばしば手掛けている。

　いまや新左翼運動自体は影もかたちもないほどに衰退し、その種の本を書店で見かけることはまずないが、それでも一定の需要はあるようで、競合するライバルがほとんど存在しないこともあって、通販を主体にそこそこの売り上げがあるらしい。

　そこに何度か原稿を売り込みに来た男が川内とよく似ているという。十年ほど前のことで、いまは歳相応に老けてはいるが、まず間違いないとのことだった。

　男は幸田翔馬と名乗った。おそらくペンネームだろう。持ち込まれた原稿は本にできるレベルのものではなく、そのままお引き取り願ったので、本名や住所までは確認していなかったという。

ただ気になったのはその男の思想性だった。広義の新左翼には入るがその系統は異質で、一九七四年の三菱重工爆破事件を起こした東アジア反日武装戦線に類似したアナーキズムを標榜していた。

出版を断ったのは、文章の出来もさることながら、そこで主張している思想の過激さによるものでもあった。

東アジア反日武装戦線の正統な後継者を自認し、近い将来、ふたたび同様の大規模なテロ事件が連続して起こり、それによって日本の資本主義体制は瓦解し、その帝国主義的野望は打ち砕かれる。

いわゆる新左翼を名乗る体制の補完勢力を含む既存左翼もともども終焉を迎え、日本の政治と経済は混沌の坩堝(るつぼ)と化す。そこから立ち上がる真の人民の意思から新たな希望の政治が生まれ、それが狼煙(のろし)となって世界革命の火蓋が切られる――。

思想そのものはごく幼稚で、そこから生まれる新たな政治体制についての言及は一切なく、とにかく日本を、世界を、混乱の坩堝に陥れることが自分たちの使命であり、その後のことは人民の意思によって決まるとすべてを丸投げにする。

彼が売り込んできた原稿の大半は爆弾闘争を中心とするテロの有効性について割かれ、政治理論に関わる部分は驚くほど希薄で、その編集者の目には、単なるテロの煽動書に過ぎなかった。

かといってそれが無害というわけではなく、読み手に不思議な陶酔感を与える。危険度においては『腹腹時計』に匹敵し、伝統的な左翼思想についての知識がない若者に対しては、ある種の洗脳効果があるかもしれないとその編集者は見た。

ときに新左翼系の過激な出版物は扱うが、テロに直結するようなものは企業経営上も好ましくないというのがそこの社長の考えだった。もしその本の影響を受けてテロが実行された場合、出版社にも警察の捜査が及び、下手をすれば幇助の罪で社長や関係者が逮捕されかねないからだ。

幸田は現在、革命を志す若者を集めて政治塾を主宰しており、行く行くは前衛的かつ戦闘的な政治結社に発展させると豪語していたが、付き合いのある新左翼シンパの物書きに訊ねても、そんな名前の人物は知らないとのことだった。

触らぬ神に祟りなしと考えて、アプローチがあっても体よく断っているうちに向こうから遠ざかり、その後も、新左翼に近いライターたちのあいだで幸田の名前を聞くことはなかったという。

その幸田が死んだ居酒屋の主人の川内だとしたら、年齢差やそのとき彼が吹聴していた話からして、ハンクスはその教え子だったのかもしれない。しかし非情さも含めたあらゆる面でハンクスが上手で、幸田こと川内は母屋をとられ、挙句は命まで奪われたのかもしれない。

それが高坂たちの解釈で、いずれにせよ川内の死によって、ハンクスに繋がる最後の糸は断たれたようなものだった。

2

十一月に入り、唐沢は卒業論文をなんとか書き終え、大学院入試の準備にとりかかっていた。しかし久美子の事件は心にいまも深い傷を残し、大学院に進んだところでその傷が癒えるとも思えない。高坂たちがハンクスの足どりをいまも摑めないというような話を聞けばなおさらで、受験勉強にも気持ちが入らない。

そんなある日、高坂から電話があった。気分転換に一杯やらないかという。公安はそんなふうに心が揺れている人間に接近し、エスに仕立て上げると高坂本人の口から聞いたことがある。

といっても唐沢自身は、ハンクスたちはもちろん過激な政治集団とは繋がりがないから、スパイの役割は果たせない。気も滅入っていたし、その後の捜査の状況についても話が聞きたかったから、二つ返事で誘いに応じた。

高坂はわざわざ唐沢のアパートの最寄り駅までやってきて、駅の近くの落ち着いた小料理屋に誘った。唐沢の懐具合では普通は入れないクラスの店だった。

とりあえずのビールで乾杯したあと、捜査の進展状況を訊くと、高坂は渋い表情で首を横に振った。

「現在、君の協力で作成した似顔絵で全国手配しているんだが、これといった情報が入らない。国外に逃亡している可能性もあるが、そもそも身元が判明しないから、入管の出国情報から調べるわけにもいかないんだよ」

「じゃあ、事件は迷宮入りですね」

落胆を隠さず唐沢は言った。ハンクスを取り逃がすこと以上に、久美子の爆死の真相がこのまま闇に埋もれてしまう。それは唐沢にとってあまりに切ないことだった。

事件の直前の二度の電話で、彼女は唐沢に助けを求めていた。それに応えられなかった自分に、唐沢はいまも忸怩たるものを感じていた。

もちろんあのとき、唐沢にできたことはなにもなかった。警察に通報したとしても、居場所もわからないし、なにが起きているのかもわからないのでは、警察だって対応のしようがなかっただろう。

「申し訳ない。君にはずいぶん協力してもらった。どうやら我々はハンクスにしてやられたようだ。だが、私はこれからも追い続けるよ。我々の仕事というのは、思いがけないところから答えが見つかるものでね。十年も二十年も経ったころに、突然、網にかかるようなケースが珍しくないんだよ」

「そう言われても、僕にできることはもうなにもないんです。あのときの久美子の声がいまも耳から離れない。事件が起きるまえだったらやれることはいろいろあった。でも僕はその状況から逃げてしまった」

「君が思い詰めることはない。もし相談を受けていたとしても、たぶん警察はなにもできなかったはずだよ。公安は大きな予算を使って左右の政治組織に網を張ってきた。しかしハンクスはその網の外にいる人間だった。北朝鮮による拉致事件にしてもオウム真理教事件にしても、どちらも公安の死角で起きた。ハンクスたちの事件も、旧態依然たる世界観を引きずって、社会の変化に適応してこなかった公安の怠慢によるものだ。そういう我々の姿勢に対する世間の批判はもっともだと思う」

「べつに、高坂さんを責めているわけじゃないんです」

「いや、責められて当然なんだよ。だからといって、長年にわたって染みついた組織の体質は、私ごときが心を入れ替えたって変わるもんじゃない、必要なのは新しい血だよ」

「新しい血？」

「君のような、公安の仕事に対して古臭い先入観を持たない、そしてハンクスたちのような反社会的勢力に対して、強い憎悪をもつ若者だ」

高坂は空いていた唐沢のグラスにビールを注ぎ足して言った。

「僕をスカウトしてるんですか」

唐沢は訊いた。高坂は頷いた。

「大学院に進むと言っていたが、いまも本気でそう考えているのかと思ってね」

「どういう意味ですか?」

どこか癇に障る言い方に思わず言葉が尖ったが、高坂は宥めるようにそれに応じた。

「大きなお世話だと言いたい気持ちはわかるよ。そもそも私が言えた義理でもないこともね。しかし、それより大事なことがあると、君の顔には書いてある」

「大事なことってなんでしょうか」

「君自身の手でハンクスを捕まえることだよ。違うかね」

これまで心の底にわだかまってはいても明瞭には意識できなかったことを、高坂に言い当てられたような気がした。

「でも、どうやって?」

「我々の仲間になればいい」

「つまり、スパイになれと?」

「違うよ。公安の刑事になるんだ」

「刑事に?」

思わず問い返した。これまでの人生で、警察官になりたいと希望したことは一度もない。かといってただのサラリーマンになることにも興味が持てなかった。大学院への進学は、積極的な目的があってというより、自分が真に目指すべきものに出会うためのモラトリアムとでもいうべきものだった。

「とくに高収入なわけでもないし、世間の人から尊敬される仕事でもない。むしろ警察官というのは、税務署職員と並んで一般庶民からいちばん好かれない職業だというのが内輪の人間の実感なんだがね。なかでも公安に対しては、戦前・戦中の特高警察のイメージを重ねる人間も少なからずいる」

高坂は自虐的に言って笑った。しかし唐沢には思い当たるものがあった。久美子の死の真相を知りたいという思いに突き動かされてではあったが、それでも高坂に協力してハンクスたちの足どりを追う仕事に、不思議に心躍るものを感じていた。

そしてそれにも増して高坂が指摘したように、唐沢を突き動かしていた衝動の源は、ハンクスのような卑劣な連中に対する、殺しても飽き足りないような憎悪だった。

このまま大学院に進学してもその憎悪が癒えるとは思えず、むしろなすすべもなく魂を焼き尽くされてしまいそうな気さえしていた。もし自分に目指すべき人生があるとしたら、高坂が勧めるその道なのではないかと思い当たった。唐沢は訊いた。

「そういう仕事に、僕は向いているでしょうか」

「もちろん向いているよ。君には人を信じさせる力がある。公安の刑事にとっては、そこがいちばん大事な点なんだ。君を任意同行したとき、我々はそのまま逮捕に繋げるつもりだった。しかし君は、話しているうちに私を信じさせてしまったんだよ。絶対にシロだってね」

「嘘をついて誤魔化そうという気はありませんでした。客観的に見れば、僕は明らかに怪しい立場でしたから」

「公安の仕事の大半は人から情報をとることだ。そのとき重要なのが、その人物が嘘を吐くかどうかの見極めだ。自慢じゃないが、その点では我々もプロだ。しかしそれ以上に重要なのが、相手にこちらを信じてもらうことなんだ。そこで求められるのはテクニックじゃない。この人間になら賭けてもいいと思わせるある種の魂の共鳴なんだよ。君はそれを私に感じさせた」

　高坂は微笑んで言った。その場では即答しなかったが、唐沢の心はすでに傾いていた。それを察知してでもいるかのように高坂は続けた、

「大卒を対象とする警視庁の採用試験は、四月、九月、翌年一月と年に三回あってね。一月ならいまからでも間に合う。試験のほうは、君なら我々が裏から手を回す必要はないと思うが、入庁したあとはこちらでうまくやる。一年目は交番勤務と決まっているが、次の年からは公安に異動できるようにするよ。もちろん私のいる部署にね」

　テーブル越しにさりげなく差し伸べた高坂の手を、唐沢は覚えず強く握り返した。

3

「ベランダの窓が開きましたよ」

パソコンを注視していた木村が声を上げた。唐沢はその肩越しに画面を覗き込んだ。咥え煙草でのんびりした顔の安村が、掃き出し窓を大きく開いて外に出てきた。しばらく人が入らなかったから、部屋の風通しでもしているのだろう。

窓から見える室内は雑然としていて、パソコンやコピー機らしい事務機器が置かれたテーブルの周りには段ボール箱がいくつか重なり、その奥の様子がどうなっているのかわからない。

五分ほど煙草をふかして安村は室内に戻り、掃き出し窓はぴたりと閉じられた。唐沢はチームのメンバーを促した。

「すぐに踏み込もう。いまなら安村を挙げられる」

「まだ早いよ。これからお仲間が全員集合するんだから」

井川は自説を譲ろうとしない。唐沢は声を荒らげた。

「さっきも言っただろう。こっちにあるのは捜索差押許可状だけで、逮捕状はない。安村が逃げられないように身辺を固めておいて、爆発物の材料でもなんでもいいから現行犯逮捕の口実になるものを見つけるんだよ。全員集合されたら、こっちの頭数じゃ間に合わない」

「だから言ってるじゃないか。おれがこれから所轄に動員をかける。せっかく公務執行妨害で一網打尽にできるチャンスを、ここで逃すわけにはいかないだろう」

階級では格上の唐沢の顔を立てる気はさらさらないようで、この場を仕切るのは古参のデカ長の権限で、主任は現場の飾りだとでも言いたげだ。

「命令が聞けないのか」

唐沢はむきになったが、どこ吹く風という顔で井川は応じる。

「この道三十年のこのおれに、あんたごときが指図するのがそもそもおこがましいんだよ。捜査の現場で大事なのは階級じゃなくて経験だ」

「心配ないですよ、唐沢さん。所轄の連中は捕り物に慣れてますから。転び公妨の名手が何人もいます。ああいう連中を相手にきれいごとは言ってられませんから」

腰巾着の木塚がさっそく井川の肩を持つ。木村がおずおずと口を開く。

「でも、あいつら素人じゃないですよ。僕も尾行中に何度か撒かれましたから。警察の人間がマンションの周りにいるのに気づいたら、当分寄りつかなくなるかもしれない」

「所轄の連中はそこまで頓馬じゃないから任せておけって。場合によっては助っ人を頼むかもしれないと、向こうの係長にはとっくに言ってある」

井川は携帯を取り出した。そんな話を唐沢は聞いていない。勝手に段どりを決めていたらしい。現場指揮官としては情けない限りだが、ここで拳を振り上げても、おそらく井川は梃子でも動かない。

主任といってもその権限は、最古参のデカ長である井川と大差ない。だから普段の捜査で唐沢が井川と組むことは滅多にない。相棒は班でいちばん若い木村で、今回のアジト発見は、唐沢の腹心の彼の手柄だった。

しかし許可状をとって踏み込むとなると、木村と二人では手に負えない。やむなく井川に協力を要請した。ただでさえ階級の違いなど意にも介さず、先輩風を吹かせてため口をきく。その井川に協力を求めた以上、こういう成り行きは想像できた。

井川は携帯を取りだして、所轄の警備課の公安係長を呼び出した。そちらも唐沢と同じ警部補で階級では上なのに、井川の話しっぷりはほとんど命令口調だ。勝手にひとしきり喋り終えて、井川は自信満々の顔で向き直った。

「班の全員を引き連れてすぐに飛んでくるそうだ。ここは大船に乗った気でおれに任せろよ」

それから十分ほどして井川の携帯が鳴った。所轄の係長からだろう。それを耳に当て、ご満悦の体で井川は応じる、

「遅かったじゃないか。これからメンバーが集まるから、気取られないように待機してく

れ。裏口もしっかり監視してくれよ。おれたちが踏み込んだら、転び公妨でもなんでもいいから、マンションから飛び出したやつを引っくくるんだ――」

こんども威勢のいい言葉を並べたて、相手にほとんど喋らせずに通話を終えて、井川は意気揚々と唐沢たちを振り向いた。

「準備万端整ったぞ。メンバーが全員集まったのを確認したら、まずおれたちが踏み込む。解錠しないようならドアをぶち壊す。逃げるやつらは所轄の連中に任せて、こっちは室内をじっくり捜索すればいい。爆弾の材料や現物が出てきたら、そいつらは全員、爆発物使用予備罪の現行犯に容疑を切り替える。安村だって逃げられっこないから、この事案はもう一件落着だよ」

そう簡単にことが運ぶなら公安の仕事も楽でいいが、木村が言うように彼らは素人ではない。一般の犯罪者と違い公安の手の内を知り尽くしている。過去の犯罪で指名手配され、その後長期間、ときには何十年ものあいだ潜伏し続けている活動家は珍しくない。

唐沢にとって宿命的な標的ともいうべきハンクスもそんな一人だ。彼らの言葉で言う「人民の海」には数々の協力者による迷路のようなネットワークがあり、そこに身を潜めている限り、公安の捜査の網にもまず引っかからない。

彼らを匿ったり資金提供したりする人間には、会社経営者や大学の教員、地方議会の議員などもいて、そうした社会的地位のある人間の場合、公安が監視対象にするのはなかなか難しい。

けっきょく逮捕のきっかけになるのは、向こうがうっかり尻尾を出したようなケースに限られる。そんな僥倖が頼りの地道な捜査が、公安を穀潰し扱いする世間の目の所以でもある。いまここで安村を取り逃がしたら、次のチャンスが果たしてあるのか。唐沢は自信を持って答えられない。

高坂の誘いを受けて警視庁に奉職し、約束どおり入庁二年目で公安に配属され、当初は高坂の下で東和興発ビル爆破事件の継続捜査を担当したものの、ハンクスの足どりはまったく摑めなかった。

似顔絵による全国手配もほぼ空振りで、公安に配属されてしばらくは月に数十件の通報があったが、唐沢が確認すれば、すべて別人だとすぐにわかった。

久美子がアパートに残していたノートは検察から返却された。そこに綴られた内容には唐沢の胸を打つ箇所がいくつもあったが、ハンクスの身元や行方に繋がるような記述は見つからなかった。テロ計画に関することにもまったく触れていない。

それはハンクスたちとの付き合いが始まる以前からの久美子のノートの特徴でもあって、そこには日記の要素がまったくない。いわば映画や小説、社会での出来事についての評論で、個人的な心情の吐露はほとんど見られない。

実名を記さなかったのは、ハンクスたちのグループへの忠誠によるものだったのか、あるいはそんな記述をハンクスに発見されたとき、我が身に及ぶ危険を惧れてのことだったのか、いまとなってはわからない。

唯一救いだったのは、レオナルドというニックネームで呼んではいるものの、唐沢に語りかけているような部分にだけは、私的な思いが込められているように感じられたことだった。

彼らと付き合うようになってからも、久美子は心の繫がりを断ち切ろうとはしなかった——。しかしそのことが、むしろ唐沢に重い荷物を背負わせた。

そんな魂の宿題をいくつも抱え込むことが、公安刑事の仕事なのだといまはわかっている。地下に潜伏したまま生きているのか死んでいるのかわからない、そんな亡霊のような逃走犯こそが唐沢たちの標的なのだ。

ただの刑事事件の犯人ではない。彼らは確信犯であり、新たな犯行の機会をつねに窺っている。ここで安村を逃したら、さらに新たな宿題を増やすことになる。

4

「まずいですよ、あの刑事。あんなところに突っ立っていて——」

カーテンを細めに開けて窓の外を覗いた木村が声を上げる。唐沢もそこから外を眺める。

監視カメラの視野に入らない、マンションからやや離れた路地の入り口によれたスーツ姿の男が立っている。見るからに新人といった若い男だ。

酷暑の八月にそんな格好で突っ立っていれば、安村の仲間ならすぐに刑事だと気づくだろう。井川も外を見て、慌てて携帯をとりだした。

「なにやってんだよ。あんたの部下に馬鹿が一人いて、道端で公安でございと看板を立ててるぞ。どういう教育をしてるんだ。いますぐ引っ込めろ」

相手は先ほどの係長のようだが、井川の辞書に遠慮という言葉はないらしい。ほどなく係長から連絡が行ったようで、刑事は慌てて路地の奥に引っ込んだ。しかし、それから三十分経っても一時間経っても剣の仲間はやってこない。

「まずいんじゃないですか。連中に気づかれたんですよ。向こうもマンションに近づくときは警戒するはずですから」

木村が不安げに言う。唐沢は井川に皮肉な視線を向けた。

「だったらいくら待っても、誰一人マンションには近づかないかもしれないぞ。一網打尽の思惑も空振りに終わりそうだな」

「なんだよ。まるでおれの作戦が外れたような言い草だな。悪いのは所轄の頓馬のせいじゃないか」

手柄はすべて自分のお陰で、失策はすべて他人のせいというのが井川の信条で、それで煮え湯を飲まされた同僚は少なくない。忠実な腰巾着の木塚以外の全員が、またかという表情で顔を見合わせる。

「いますぐ踏み込んだほうがいいな。これで安村にとんずらされたら、きょうまでの苦労が水の泡だ」

強い口調で唐沢が言っても、井川は余裕綽々だ。

「まだわからないだろう。向こうだって時間を決めて全員集合なんて間抜けなことはしない。なんにせよ、安村がアジトに舞い戻ったということは、これから人が集まって一仕事始めようという算段だ。裏口も含めてマンションは包囲している。少なくとも安村に関しては取り逃がしようがない。もうしばらく様子を見たらどうだ」

「時間をかければいいってもんじゃないよ。ちゃんと許可状をとってるんだから、堂々と踏み込んで動かぬ証拠を押さえればいい。さっき室内のごちゃごちゃした様子を見ただろう。やばい品物があるのは間違いない」

「なかったらどうするんだよ。そのときは安村を現行犯逮捕もできない。それこそきょうまでの捜査が空振りに終わる。それより一発脅しをかけて、逃げたやつを片っ端からしょっ引いて、とりあえず頭数を稼ぐことだよ。爆弾テロなんて大仕事は安村一人じゃとてもできない。子分どもをなるべく多くひっくくれば、最悪、安村を逮捕できなくても、テロの実行は難しくなる」

「いや、あそこに危ない品物がないはずがない。あんたの話を聞いていると、はなから安村を逃がそうと思っているとしか思えないな。あいつとなにか情実でもあるのか」

皮肉な調子で唐沢は言った。あながち冗談ではない。公安の刑事は内部情報を求めて捜査対象の組織の人間に接近する。それは常識的に見れば異常接近とも言うべきレベルで、暴力団を取り締まり対象とする組織犯罪対策部第四課——通称マル暴の四課とも共通する部分がある。

暴力団と四課の刑事の癒着はよく話題になる。捜査対象から情報を吸い上げるには飲食も含めた接触が欠かせない。成績を上げるには情報が必要で、それを得るために、ギブ・アンド・テイクで警察サイドの情報を渡すことは珍しくない。当然、ミイラ取りがミイラになる状況も生じ、やがて汚職の領域にまで進んでしまう。

公安の刑事も似たようなもので、エスや捜査対象との関係が友情に変わってしまうことがある。

やくざとは違い、過激な政治集団に警察を金で買うような資金力はないが、逆に公安の刑事は領収書の要らない金を潤沢に使える。

エスを大勢抱えていれば、組織内ではできる刑事と見なされる。同時にそれは自由に使える金の額が膨らむことをも意味している。井川が巡査部長程度の給料には見合わない、高級なスーツや腕時計を身に着けているという評判はよく耳にする。

今回の張り込みではさすがにポロシャツにサマージャケット、チノパンという出で立ちだが、それも海外ブランドの値の張りそうなもので、愛車はレクサスだという噂だ。マル暴の四課とはまた違った意味で、公安刑事にとってエスが金の成る木だという話は嘘ではない。

さらに別の問題もある。エスといっても決して一方的な情報提供者ではない。いわゆる二重スパイである可能性もあれば、公安刑事を洗脳してシンパにしてしまうような手練れもいる。

現にオランダ・ハーグのフランス大使館襲撃事件を指導したとされ、海外逃亡を含め二十数年雲隠れしていた日本赤軍の最高幹部の重信房子を、敬愛していると言って憚らない公安刑事も大勢いたくらいだ。もちろん敵ながら天晴れというニュアンスだろうが、そんな危うい心理に陥るリスクを公安の刑事はいつも抱えている。

「どういう意味だよ。ふざけた因縁をつけやがって。そもそもあんた自身が、西神田の爆弾テロの実行犯と懇ろな関係だったじゃないか。そこをしらばくれて警察に取り入って、ちゃっかり公安の刑事におさまった。そういうのを盗人猛々しいと言うんじゃないのか」

井川は息巻く。ことあるごとに持ち出す嫌みで、慣れているから聞き流すしかないが、それがあるからこそ唐沢は、金の面では自らを厳しく律してきた。エスとの関係でも馴れ合うことなく、信用できないとみれば容赦なく切り捨てた。湧き上がる憤りを抑えて唐沢は応じた。

「だったら、まず安村に手錠をかけるのが先決じゃないか。雑魚を何匹捕まえたって、代わりはいくらでも湧いて出る」

「唐沢さんの言うとおりですよ。最大の標的が目の前にいるというのに、いまここで躊躇する理由はないでしょう」

若手巡査部長の滝田が痺れを切らしたように言う。階級は同じでも、なにごとにつけ先輩風を吹かす井川には、日頃から反感を抱いているようだ。

かといって唐沢になびくわけでもなく、どちらかと言えば一匹狼の気風がある。班内に決まった相棒がいるわけではなく、いつも一人でふらりとどこかへ出かけて、夜中まで帰ってこない。

公安第二課から一昨年異動してきたが、着任当初からそのやり方で、油を売っているのだろうと最初は悪い噂が立ったが、どこでどう仕入れるのか思いがけないネタをもってくる。最近もそんな情報から、地下出版したテロ技術の教本をネット販売していたグループの摘発に成功した。

「滝田の言うとおりだよ。結果についてはおれが責任をとる。じゃあ行こうか。所轄の連中には井川さんから連絡を入れておいてくれ」

有無を言わさず唐沢は言った。木村が傍らに置いてあったリュックサックを背負って立ち上がる。なかには安村が解錠に応じなかった場合に備えて、ドアを壊して踏み込むためのハンマーやワイヤーカッターが入っている。もちろん万一に備えて全員が拳銃を携行している。

賃貸マンションの場合、大家や管理会社が合鍵を持っているケースが多く、それなら現場に来て解錠してもらえるが、なかには無断で錠を付け替える借主もいて、安村もそんな一人だと事前の聞き込みで確認している。

井川は渋々といった様子で携帯を耳に当て、なにかぼそぼそ言っている。自分の作戦が否定されて面子が立たないのか、さっきまでの威勢の良さは鳴りを潜めているようだ。

5

マンションに向かうと、もう身を隠す必要はなくなったとみて、所轄の刑事たちもエントランスの前に集まってきた。

向こうの係長の話では、駐車場のある裏手の出口にもすでに人を配置しているというから、安村に逃げられる心配はない。唐沢は本庁側のメンバーを率いて、エレベーターで五階へ向かった。

部屋は五〇二号室で、エレベーターを出てすぐ右手だ。唐沢はドアの前に立ってインターフォンを押した。応答はない。何度押しても安村は反応しない。やむなくドアを叩いて呼びかけた。

「安村直人、警察だ。家宅捜索の許可状が出ている。すぐにドアを開けろ。応じなければドアを壊す」

室内は静まりかえっている。ノブを動かしてみるが、もちろんなかでロックされている。

「やってくれ」

唐沢は木村に声をかけた。木村は張り切って大型のハンマーをドアノブに打ち下ろす。二度、三度と繰り返すうちにノブがそっくり外れた。一瞬、不審なものを覚えた。ドアチェーンが掛かっていない。

唐沢は開いたドアから慎重に踏み込んだ。木村たちがあとに続く。万が一のためにホルスターのフラップと銃のセーフティは外してある。暴力的な抵抗はまずないと思うが、相手は人を殺すのを厭わないテロリストだ。予断は許されない。

室内の間取りは事前に確認しておいた。二ＬＤＫで、都心部の賃貸マンションとしては比較的広いほうだ。唐沢は呼びかけた。

「安村、どこにいる？　許可状を確認して捜索に立ち会え」

左右にある部屋やトイレのドアを開けてなかをチェックしながら、奥のリビングへと廊下を進む。

　最初の部屋は、仲間が集まったときの寝室のようで、手づくりらしい不細工な二段ベッドが二列並び、六畳ほどの部屋はそれだけでいっぱいだ。次の四畳半ほどの部屋は物置として使われているようで、段ボール箱が山のように積み上げられている。

　リビングのドアを開けると、そこが彼らの仕事場のようだった。足元には段ボール箱がいくつか重なってはいるが、思ったより整頓されていて、パソコンや、ファックスとコピーの機能を持つ複合型プリンター、シュレッダーなどが、窓際に置かれた会議テーブルやその周囲に設置されている。新左翼のアジトでお馴染みのプロパガンダ用の機関誌や書籍、ビラの類は見当たらない。

　不思議なのは安村の姿がないことだが、こちらはカメラでエントランスを監視していたし、それからまもなく所轄の刑事たちが周辺に張り付いたから、マンションの外に出た可能性はない。

　浴室からキッチンから物置や寝室代わりの部屋から、すべて改めて確認したが、安村はやはりいない。爆発物ないしその半製品とみられる品物も見当たらない。

　物置部屋に積み上げられている段ボール箱を含め、とりあえずすべてを押収するしかない。それには立会人が必要だが、本人がいなければ大家や管理会社の人間でも可能ということになっている。しかし状況からして本人の不在は想定しなかったから、そちらの手配はしていなかった。このマンションには管理人が常駐していない。唐沢は木村に言った。

「管理会社に電話を入れて、立ち会いに人を寄越すように言ってくれ。それから、すべての入居者のリストも持ってくるように言ってくれ」

「唐沢さんもそう考えているんですね」

滝田が言う。唐沢は頷いた。

「ほかに思いつかないんだよ。所轄の連中も安村が外に出たのを見ていない。それにドアチェーンが掛かっていなかった。剣のメンバーかシンパがこのマンションのどこかに部屋を借りていて、そこに隠れていると考えざるを得ないだろう」

「やはり例の刑事が姿を見られてたんですよ。それで安村にも連絡が行って、すぐに部屋を出てそっちに移った。それにそもそもこの部屋、爆発物の製造現場にしては雑多なものが多すぎます。そのための材料や工具の類も見つかりませんから」

「別室のほうが爆弾工場の可能性があるな。井川さん、ほかの所轄からも人を動員してくれないか。こうなると、このマンションの部屋すべてにローラー作戦をかける必要がありそうだ」

声をかけると、井川は渋い顔で応じる。

「そんな大騒ぎをしたら、爆弾を抱えて籠城されかねないだろう。そうなったら藪蛇じゃないのか」

　唐沢がそれを心配したときは、安村たちにそんな度胸はないと決めつけたのに、今度は掌を返すような言い草だ。井川と安村には情実があるのではないかとさっき言ったのは、むろん半ばは冗談のつもりだったが、こうなるとあり得ない話でもなさそうだ。

「あんたのほうになにかいい考えがあるんなら、ぜひ聞かせて欲しいもんだがね」

　挑発するように言うと、当然だという顔で井川は応じる。

「いったん引いてみせるしかないだろう。おれたちはまた向こうのマンションから監視を続けて、所轄の連中にもこのマンションの周辺にしばらく張り付いてもらう。人間、そういつまでも身を隠してはいられない。こっちが身を潜めていれば、そのうち自分からのこのこ出てくるよ」

「あんた、よっぽど安村に手錠をかけるのが嫌そうに聞こえるな」

　疑念をあらわに唐沢が言うと、井川は気色ばむ。

「そんなことあるわけないだろう。おれをスパイ扱いする気か」

「だったら、いますぐローラー作戦に入るべきじゃないのか。室内にある品物をすべて押収して、さらに鑑識を入れれば、爆発物の製造に関わった証拠は必ず出てくる。マンションに出入りする人間は安村だけじゃない。ぐずぐずしていたら、住民に紛れて別の人間が爆発物を持ちだして、テロを実行してしまうかもしれないだろう」

　強い口調で唐沢は言った。滝田が追い打ちをかける。

「そのときは誰が責任をとるんですかね。もっとも井川さんが責任をとって済む話でもないですが」

苦虫を嚙み潰したような顔で井川は応じる。

「だったら好きなようにやれよ。言っとくが、おれは安村と付き合ったことはないぞ。そういうケチをつけたい理由があるのは、むしろあんたのほうだろう」

井川はまた昔の話を蒸し返す。唐沢も堪忍袋の緒が切れた。

「安村を挙げたら、過去の公安との付き合いについてもいろいろ訊いてみる必要があるな。そこからあんたの名前が出てこなきゃいいんだが」

「喧嘩を売ってるのか」

井川は身構える。しかしその口調が先ほどと比べればいくらか弱い。

そのときマンションの管理会社の人間がやってきた。張り込みを始める際に聞き込みをした、すぐ近くの支店の店長だ。開口いちばん嚙みついてくる。

「ひどいじゃないですか。なにも錠を壊さなくても、業者にきてもらえば簡単に開けられたのに」

「許可状はとってます。提示が事後になったけど、緊急性があった場合のドアの破壊は法律で認められてるんで」

「緊急性って、どういうことですか」

店長は不満げな顔で食い下がる。深刻な調子で唐沢は言った。

「ここは爆弾テロを計画している連中のアジトで、ぐずぐずしていると、それを所持したまま籠城される惧れがあったもんですから。一つ間違えば大惨事になりかねない」

「爆弾テロ？」

店長はあんぐり口を開けて二の句が継げない。唐沢は続けた。

「なかから応答がなかったんで、踏み込みを強行するしかなかったんですよ。ところが――」

警察がマンションの周囲を固めていて、逃げられるはずがないのに室内に安村がいなかった。考えられるのは爆弾を所持してマンション内のどこかに潜伏していることで、安村が別名義で借りているか、あるいは彼らの仲間が借りている部屋の可能性があることを説明すると、店長の顔が青ざめた。

「だったらこのマンションのどこかにその爆弾が存在するわけですね」

「そうです。防犯カメラは設置してますか」

「もちろんです。ただプライバシーの問題もあって、各階の廊下にはないんです。あるのはエントランスと駐車場のある裏口です」

だとしたら安村が部屋を移動する姿は映っていない。唐沢はさらに訊いた。

「入居者名簿は？」

「持ってはきましたが、個人情報に関わるものなので、見せていいかどうか上司に相談しないと」

言いながらも店長は動揺を隠さない。そうした情報の開示を求める場合、本来なら捜査関係事項照会書を提示する必要があるが、そんな悠長なことはしていられない。上司も緊急を要する事情はわかるだろう。脅しつけるように唐沢は言った。

「急いでください。おたくだって、マンションが破壊されたり入居者から怪我人や死人が出たら困るでしょう」

「もちろんそうです。ちょっとお待ちを」

店長は深刻な顔で応じて、携帯から会社に電話を入れた。早口で事情を説明し、向こうの応答に何度か相づちを打って、通話を終えて唐沢に向き直る。

「了解がとれました。入居者の安全のためならやむを得ないとのことです」

「ご協力ありがとう」

礼を言って名簿を受けとり、六十戸ほどある入居者のリストに目を走らせる。滝田と井川も覗き込み、最後のページまで行くと、どちらも首を横に振る。唐沢も心当たりのある名前は見つけられなかった。

「木村。近くのコンビニに行って、高坂管理官にこれをファックスしてきてくれ」

木村はその意味を察したように、名簿を持って部屋を飛び出した。公安がこれまでの捜査で着目した人物のリストはすべて部内のサーバーに入っているが、そこにも公安の機密体質の壁があり、アクセスできるのは管理官以上の役職の者に限られる。

唐沢をスカウトした高坂は、いまは警視に昇進し、管理官として唐沢が所属する班を含めた三つの班を束ねる立場にある。

唐沢は高坂に電話を入れて、現在の状況を説明した。高坂はリストが届いたらすぐにチェックすると応じ、ローラー作戦を実施するなら、係長ともども自分も現場に乗り込んで陣頭指揮を執ると張り切った。ついでに鑑識にも連絡を入れておくという。

係長の佐伯は今年の春に着任したばかりで、前任の部署は公安総務課の第五公安捜査だった。総務課と言ってもそこは現業部隊で、左翼政党の監視を主任務にしているが、最近は日本共産党の退潮に伴って、捜査の対象を市民運動や反グローバル運動、カルト教団などに広げている。

今回の捜査対象の剣にしても、その上流には反グローバル運動の市民団体を装った新左翼セクトがあり、その地下組織である剣のようなグループを扱う唐沢たちの班の係長には、その方面に精通する佐伯が適任だという考えで高坂が引っ張ってきた。

とはいえ、まだその手のテログループの捜査には馴染んでいないため、高坂が自ら現場に乗り込むケースは珍しくない。そのあたりはグループ・アノニマスの捜査とも共通するところがあり、高坂はいまもその方面に執念を燃やしている。

6

高坂と佐伯はまもなく現場にやってきた。状況を説明すると、秘匿捜査の必要はもうないから、現場から目と鼻の先の駒込警察署に本部を設置して、大々的な包囲作戦に切り替えようということになった。

管理会社から提供された入居者名簿に、データベースに登録されている新左翼関係の活動家の名前は安村以外なかった。もちろん公安が収集した情報が完璧だとは誰も思っていないから、安村と繋がりのある人間がそこに含まれている可能性はまだ否定できない。

高坂はさっそく公安第一課長と相談し、近隣の複数の所轄から公安の職員を動員し、駒込警察署に臨時対策本部を設置した。

事態が長引くようなら公安部長に具申して特別捜査本部に格上げしてもらうが、現状ではスピーディーな解決が眼目で、看板が大きくなれば動きにも制約が出ると言い、いまの規模なら、自分が統括する三つの班と、所轄からの応援で十分片付けられると自信をみせている。

問題は、安村が爆弾を持って立て籠るという最悪の事態にどう対処するかだった。そうなる前に万全の備えが必要で、まずマンションの入居者全員に退避を呼びかけるべきだというのが高坂の考えだった。

店長に確認すると、館内にはインターフォンと兼用の内線電話があり、それを使って一斉通報もできるが、それでは話が伝わったかどうか確認できない。そのため一戸ごとに連絡せざるをえず、その点は普通に電話をかけるのと同じことになる。ただし内線なら、セールスとみられて居留守を使われる心配はほとんどないという。

近くの公民館ならかなりの人数の入居者を収容できるので、さっそくそこが借りられるように手配をし、手間はかかるが入居者一人一人に連絡を入れて、そちらに退避してもらうことにした。

それには別のメリットもあった。退避に応じない入居者がいれば、その部屋に安村がいる可能性が高いと判断できる。しかし単に偏屈なだけの人間もおり、そこの判別が難しい。あるいは安村が居留守を使うと、本当の留守と区別がつかない。管理人の話だと、日中は留守の部屋が多いとのことだった。

それでもやってみるしかない。唐沢たちはマンションに戻り、管理人用のブースに入った。管理人は常駐していないが巡回はしており、その際の仕事場として用意されている小部屋らしい。

ビジネスフォンタイプの内線電話を会議モードにして、店長は名簿を見ながら次々連絡を入れた。応答した入居者でも、事情を飲み込んでもらうのには時間がかかる。話がこじれそうになると唐沢が電話を代わり、警察の者だと名乗って説得を試みる。

マンションの外には所轄から応援にきた公安と警備の警官が出動服姿で散開している。警察側のプレゼンスを強調し、安村に抵抗の意思を失わせる狙いもあるが、入居者に状況が緊迫していることを伝える意味もある。外の様子を見てくれと言うと、納得してくれる入居者が多かった。

しかしどうしても応じない者もいる。単なる偏屈によるものか、安村がそこにいるからか、判断するのは容易いことではない。現場に詳しい巡回管理人にも来てもらい、入居者の職業や年齢、性格についての意見も聞きつつ判断することにした。

高齢で頑固な性格の人物なら過激派とは関係ないと考えるのは早計で、かつての左翼過激派の大物たちはほとんどがすでに老境に達している。彼らが現在の極左テロリストにシンパシーを感じていないとは一概に判断できない。

安村の部屋のことは管理会社も気にしていたという。契約を無視して勝手に錠前を交換したこともそうだが、安村以外の不特定の人間がしばしば出入りするかと思えば、一、二ヵ月留守にすることもある。安村もマンションの人間とはほとんど口を利かない。いったい何者でなにをしているのかと、近くの部屋の住人が不安がっていたらしい。

退避の要請に応じたのは三十戸余り、人数にして五十名ほどで、電話に出ても要請を拒否したのは三戸だったが、その入居者はいずれも夫婦ないし一人暮らしの高齢者だった。

やむなく唐沢が直接出向いて警察手帳を提示し、事情を説明して納得してもらった。いずれも話した印象では、頑固で保守的な人々で、新左翼とは無縁とみてよさそうだった。

問題なのは内線からの電話に応答しない入居者だった。本当に留守ならいいが、そこに安村がいれば、やはり居留守を使うだろう。管理会社が勤務先や携帯番号を知っている入居者とはなんとか連絡がとれたが、それもすべてを把握しているわけではない。

時刻は午後七時を過ぎていて、これから帰宅する人もいるはずだから、エントランスと駐車場に面した裏口に警官を待機させ、帰ってきたところで退避を要請する。とりあえずはそれで、不審な入居者が絞り込めることを期待するしかない。

ガサ入れをした安村の部屋からは、コンピュータや光ディスク、メモリーカードなどのほか、段ボール箱に入った品物がすべて押収された。紙の書類はほとんどなく、機密保持のためのペーパーレス化を徹底していたようで、コンピュータや記録媒体の中身もおそらく暗号化されているものと思われる。

こちらの読み通り、段ボール箱の中身は硝安爆弾の主原料である硝酸アンモニウムの小袋と、混合剤として使われる五〇〇ミリリットル缶入りの白灯油だった。さらに起爆用に必要なダイナマイトまで用意されていた。

どういうルートを使ったのか、怪しまれないように少しずつ買い集めたものと思われるが、その総量からすればビルを何ヵ所も爆破できそうで、ここを基地にして大規模なテロ作戦を実行する、空恐ろしい計画が進んでいたものと想像できた。

特捜本部態勢にしなかったのが幸いしてか、マスコミには感づかれてはいない。まだ爆弾を抱えて立て籠っているわけではないので、メディアに公表する積極的な理由もいまのところない。

しかし退避した住民や近隣の住民から、口コミやSNSで情報が広がるのは避けられないだろう。それでマスコミが事件を察知し、ヘリが飛んでくるような事態はなんとか避けたい。警視庁の広報には高坂から、問い合わせがあった場合、事態の深刻さを考慮して、派手な報道は自粛するように依頼して欲しいと伝えてあるが、強制力はないから応じてくれるとは限らない。

安村が完成品の爆弾を所持しているとしたら、室内にあった材料の量からすれば、それだけでもかなりの威力があるとみていいだろう。

帰宅してくる入居者をすべて退避させれば、マンションに残るのは安村とその仲間だけということになるが、三菱重工ビルや東和興発ビルの規模の爆発になると、近隣にも大きな被害が及ぶ。

それを見越して一帯はすべて退避というかたちがいちばんの安全策だが、まだ安村が籠城しているわけでもない現状では、そこまでことを大袈裟にすべきかどうか悩むところだ。

午後九時を過ぎるとほとんどの入居者が帰宅して、そのまま部屋には戻らず、退避の要請に応じてくれた。高坂は公安部長と相談し、一時間ほど前にマンションの周辺住民にも退避を要請したため、道路沿いやマンションの常夜灯を除けば、一帯の家々にはほとんど明かりがない。

マンション周辺では交通規制を行い、警察関係者とその車両以外は近づけない。安村に圧力を加えるのがいまは得策だと判断し、それまで控えていた投光器を使用し、マンション前の道路には赤色灯を点けたパトカーを何台も並べて、包囲されていることを印象付けるようにした。万一の際に備えて、SATにも即応態勢で待機するよう要請してある。

マスコミも大挙して取材にやってきたが、警視庁側の要請には応じてくれたようで、規制線の外側からビデオカメラで撮影するくらいで、ヘリを飛ばしたりはしていない。

ほどなく、外出先や勤務先でテレビのニュースを観たという入居者からも問い合わせがあって、事情を説明すると、帰宅を控えるか、あるいは退避の要請に応じてくれた。

それら確認済みの入居者を名簿と照合すると、未確認の部屋が三戸残った。うち二戸は二階と三階にあり、もう一戸が安村の部屋と同じ五階だった。

それぞれの部屋に赴き、インターフォンを押したが応答はない。メーターボックスを調べると、どの部屋も電気のメーターはかすかに動いているが、テレビなどの待機電力や冷蔵庫もあるから、それだけでは居留守の証拠にはならない。

夜に入っても気温は高いから、安村がどこかの部屋に潜んでいるとしたら、エアコンもつけないで我慢しているのだろう。水道を使えばメーターが動くが、それを知っていればトイレの水も流さないかもしれない。

二階の入居者は独身の女性で、管理者名簿では無職となっているが、化粧も服装もけばけばしいといいたいほど派手で、水商売か、あるいはどこかの金持ちに囲われている愛人ではないかと巡回管理人は見ているようだ。

郵便物の溜まり具合からすると、自宅を空けているのはよくあることで、いまも留守だと考えて間違いないだろうという。

三階の住人も独身男性で、職業は投資家となっているが、会社勤めをしている様子はない。一度、配水管に亀裂が入って室内が水浸しになったことがあり、そのとき巡回管理人が入室しているが、室内にはコンピュータや大型のモニターがいくつも置いてあったという。

画面に映っていたのは為替のチャートのようで、配水管を補修しているあいだもコンピュータの前を離れず、画面を注視して夢中になってキーボードを操作していたらしい。FX取り引きかなにかで生計を立てているのだろう。駐車場にある車はベンツの高級車で、家具や調度も値の張りそうなものを揃えていて、金回りは悪くなさそうだと巡回管理人は言う。

直感的にその二人は安村とは繋がらないと唐沢は判断し、井川も滝田もそれに同意した。問題は五階の入居者だった。部屋番号は五〇五で、安村の部屋からはあいだに一部屋あるだけだ。

入居者名簿によれば、仕事はある大学の教員で、妻と娘の三人家族。娘は小学三年生だという。

その大学はいまも活動が活発な新左翼のセクトの拠点で、そのセクトは剣との深い関係が疑われる反グローバル運動の実体とみなされている。

「その男でおそらく決まりだな。しかしどうやって踏み込むかだよ。まだ安村は犯罪に類することをやっていないし、その大学教員だという男に至ってはなおさらで、逮捕状はとりようがない」

現場を所轄の捜査員に任せ、駒込署の本部に戻って報告すると、高坂は悩ましげに唸った。滝田も困惑をあらわにする。

「その男が安村のシンパだとしても、妻と娘は無関係でしょう。すでに人質に取られていると考えていいんじゃないですか」

「今夜も熱帯夜ですよ。この酷暑の時期にエアコンもつけずに室内に籠っていたら、娘さんの健康状態も心配になりますよ」

木村も不安げだ。意を決して唐沢は言った。

「こうなったら、こっちから挑発して安村を引っ張り出すしかないでしょう」

このままただ隠れていられる限りなすすべがない。公民館に退避している住民たちも、そのうち痺れを切らすだろう。なにも起きないなら帰ると言い出す者も出てきかねない。むしろ仕掛けて籠城に追い込むことで、局面打開のチャンスが生まれる。

「どういう手がある?」

高坂が問いかける。唐沢は井川を振り向いた。

「頼りはあんただよ。安村の携帯の番号を教えてくれないか。おれが直接話をするから」

「どういう意味だよ。どうしておれにそんなことを訊くんだよ」

井川は明らかに動揺した。唐沢はさらに押していく。

「自分が使っているエスは、同じ部署の刑事同士でも秘匿するのが公安の暗黙の了解ごとだ。安村の監視に入って以降、こちらの情報を垂れ流していないんなら、あんたを咎めだてする気はないよ」

まさにその監視に入って以降の井川の態度が問題で、彼と安村のあいだになんらかの情実があるという疑念は、いまや唐沢のなかで確信に変わっていた。高坂と佐伯が顔を見合わせる。滝田と木村は微妙な表情で頷き合う。唐沢はさらに言った。

「人の命に関わることだ。ぜひ協力して欲しい。安村にこれ以上罪を犯させないことが、エスとして面倒を見てきたあんたの責務じゃないのか」

　今回の捜査に着手してから、すべてのキャリアに安村名義の携帯の番号を問い合わせた。GPSの位置情報で足どりが追えるかもしれないという思惑だったが、その名義での契約は存在しないという回答だった。安村は固定電話も引いていなかった。もちろん入居者名簿にも連絡先の番号は記載されていない。

　いまどき電話も持たずにテロリスト商売は成り立たない。だとしたら使っているのは他人名義の携帯で、それなら警察も把握のしようがない。

　もちろん井川がそれを知っているというのは唐沢の直感で、外れればチームは空中分解しかねない。伸るか反るかの賭けだったが、どうやら当たったようだった。井川は渋々携帯を取り出してボタンを操作する。

「ここへかけてみろ。ただし、出るかどうかはわからない」

　手渡された携帯には、聞いたことのない名前の通話先と、その番号が表示されていた。

第四章

1

高坂は、肥田知也（ひだともや）の名前で井川の携帯に登録されていた携帯電話の位置情報取得の令状を請求した。人命に関わる緊急事態だと説明すると、裁判所はほぼ即決で令状を発付した。以前は位置情報を取得する際、相手の携帯にその旨が表示される仕組みになっていたため、犯罪捜査の現場ではほとんど使えない手法だった。しかし現在はそれなしに取得できるように法令が改正されている。

といっても相手がＧＰＳを切っていれば使えないし、アイフォンのようにもともと位置情報を提供する機能を実装していない機種もあるから、必ずしも万能とはいえないが、捜査する側にとって大きな進歩なのは間違いない。

幸運にも肥田こと安村の携帯は、アイフォンではなくＧＰＳを切ってもいなかった。提供された位置情報はほぼ正確に現在のマンションの位置を示した。その携帯を所持する人物がこのマンションにいて、それが安村なのは疑いない。

そんな確認作業が終わったところで、井川が肥田名義の番号に電話を入れた。呼び出し音が鳴り続けるが応答しない。

唐沢がかけるつもりでいたが、井川は自分がやると言い出した。たしかに井川の番号を使ってかけたのが井川以外の人間だとわかれば、安村は警戒して電話を切ってしまう惧れがある。

というよりそもそもこの状況では、たとえ井川の番号からの着信でも応答しないかもしれない。しかし安村にしてもいまは追い詰められている。藁にもすがる思いで応答する可能性もある。

いずれにしても安村と対話のできる状況をつくることが先決で、投降の呼びかけに素直に応じるとは思えないが、このままの状態が続くより、たとえ籠城されてもそこで交渉の糸口が摑めれば、こちらには対処するための抽斗（ひきだし）がいくらでもある。

しばらく呼び出しを続けると、留守番電話に切り替わった。井川は自分の名を名乗り、大事な話があるから電話が欲しいとのメッセージを吹き込んだ。安村を刺激するようなことは一切言わない。

十分待ち、二十分待ったが、安村は電話を寄越さない。井川の話では、安村をエスとして使っていたのは約二年間で、そのあいだ決して安くはない報酬を支払い、しばしば酒席も設けたが、けっきょく役に立つ情報は得られず、一年ほど前に自分のほうから縁を切ったという。

唐沢たちの捜査で安村の名前が浮上したとき、なぜそのことを言わなかったのかと唐沢は詰問したが、今回の事案は当初から自分の担当ではなく、唐沢に頼まれたからやむなく張り込みに付き合っただけで、ここ最近の安村の動向についてはなにも知らない。提供できる情報がないなら、あえてかつてのエスの話を持ち出す理由はない。個々の捜査員が自分の情報ソースを秘匿するのは公安の現場では暗黙の了解ごとで、唐沢だってそこは同様だろうと反発した。

言われればそのとおりで、唐沢も発覚すればその身に危害が及ぶようなエスのことは、部内の人間にさえ喋らない。上司の高坂や佐伯もそのへんは阿吽の呼吸で、いちいち報告を求めることもない。

だからといって今回のことで、これほど状況が膠着するまで黙っていたとなれば、犯罪の幇助にも該当しかねない。安村との付き合いを利用してたんまり小遣い稼ぎをしていたであろう井川としては、その事実が発覚するのを惧れてのことだと推測はできるが、唐沢にしつこく突かれて、このままでは立場が怪しくなると、いよいよ観念したわけだろう。余裕を覗かせて井川は言う。

「なに、そのうち向こうからかけてくるよ。自分が追い詰められているのはわかっている。あいつは案外気が小さくて、警察を相手に勝負を仕掛けるような根性はない。頭はいいから、爆発物使用予備罪だけなら比較的量刑が軽いことは知っている。しかし人質をとって立て籠ったりしたら、逮捕監禁罪や人質強要罪が加わり、罪は一気に重くなる。もし連絡がついたら、そのあたりからじっくり説得してやるよ」

その楽観的な読みが当たってくれれば言うことはないが、本人の部屋にあった大量の爆薬の原料からすれば、安村が半端な気持ちで今回の計画に乗りだしたとは思えない。井川の言うように気の小さい人間だとしても、窮鼠猫を嚙むという諺もある。

それに安村は損得勘定で行動するタイプの犯罪者ではない。彼らには思想に殉じるという、一般の犯罪者にはない動機がある。いまあえてことを荒立てる必要はないが、井川の言動からは、安村にある種のシンパシーを抱いている気配さえ窺える。井川の普段の言動からして、彼個人が左翼思想にかぶれているとは思えないが、公安刑事とエスとの結びつきには極めて人間的な側面がある。

「とりあえず、ここはあんたに任せるしかないが、おかしな取り引きを持ちかけて、足を掬われたりしないようにな」

唐沢は釘を刺した。井川は不快感を滲ませる。

「自分の怪しい来歴は棚に上げて、あくまでおれに責任を負わせようという魂胆か。通話の中身はすべて録音するんだろう。相手を利するような話ができるわけないだろう」

そこは井川の言うとおりだ。いまのスマホは通話の自動録音が可能なものが多いが、それが上手くいかない場合に備えて、井川の携帯には専用の録音機材を接続してある。その機材を介して、スピーカーフォンを使わずに通話中のやりとりもモニターできる。

唐沢をリクルートした自分のいる場所でそういう口を利く井川を高坂は鼻白んだ表情で眺めるが、内輪で悶着を起こしている場合ではないと察してか、とくに口出しすることもない。

「じゃあ、お手並み拝見としよう。しかし電話を寄越す気はなさそうだな。しつこくかけてみるしかないんじゃないのか」

唐沢は促した。井川はふたたび電話を入れるが、また呼び出し音が続いて留守電センターに繋がった。電源を切っていれば呼び出し音なしで留守電に切り替わる。つまり安村は携帯の電源を切っていない。こちらとのコミュニケーションを完全に絶つ意思はないということだ。井川はやむなくまたメッセージを入れるが、相変わらず刺激を避けるように及び腰で、唐沢たちに対する普段の口の利きようとはえらい違いだ。

「あんたが甘い言い方をするから、こっちの本気度が伝わらないんじゃないのか。遠慮しないといけない理由でもあるようだな。けっきょく、おれがかけるしかなさそうだ」

皮肉な調子で言って、唐沢は高坂に視線を向けた。高坂はやっていいというように頷いた。井川は面子を潰されたと言いたげに顔を歪めたが、その場の面々に同情する気配はなく。腰巾着の木塚もここでは口を挟まない。

井川のときと同様に、電話は呼び出し音のあとに留守電に繋がった。妥協のないメッセージを唐沢は吹き込んだ。

「安村直人。こちらは警視庁公安部だ。おまえは包囲されている。SATも強行突入の態勢で待機している。抵抗するようなら射殺も辞さない。いますぐ人質を解放して投降しろ。一時間待って連絡がなければ、我々は速やかに行動に移る」

人質がいる可能性がある以上、即強行突入というのはあり得ないが、まずはプレッシャーをかけることが重要で、それにどう反応するかで安村の腹の据わり方がわかる。井川が言うとおり気の弱い男なら、それだけで惧れをなして投降するかもしれないが、それを期待する姿勢をみせれば、逆に安村に舐められる。

「いいのか、そこまで大口を叩いて。開き直って本気で籠城に入られたらどうするんだ」

井川はいかようにも難癖をつけてくる。唐沢は言った。

「せめて籠城にでも入ってもらわないと、話の糸口すらないからだよ。室内の状況は皆目わからない。部屋の住人が井川のシンパの可能性はあるが、妻や娘も一緒にいたら、そちらは人質以外の何者でもない。大学の教員だというその男だって、好き好んで安村の行動に付き合うとは考えにくい。そのあたりの事情を把握しないと、こちらは作戦の立てようがないだろう」

それまで黙っていた高坂が苛立ちを隠さず声を上げる。

「唐沢の言うとおりだ。説得するにせよ突入するにせよ、まずそこを確認するのが先決だ。爆発物を持っているかどうかだって、本当のところはまだわからない。持っていなければ、ＳＡＴに出張ってもらうまでもなく、我々だけで片付けられる」

係長の佐伯も滝田や木村も、所轄の係長や配下の捜査員たちも一様に頷いた。井川は面目丸潰れという様子で口をひん曲げる。木塚はこの場の空気を読もうとでもするようにきょろきょろ瞳を動かしている。

安村からは応答がない。一時間というタイムリミットにはまだ間があるが、唐沢の脅しが利いているなら慌てて連絡を寄越すはずだ。舐めてかかっているのか、あるいはなにか作戦を練っているのか。いずれにしても、井川が言うように簡単に投降に応じるとはとても思えない。

2

三十分が経過した。安村からはまだ応答がない。唐沢たち臨時対策本部の主立った面々は、そのあいだに駒込署の大型人員輸送車でマンションの近くに移動した。

安村がいると見られる部屋の窓に明かりはない。あれからも捜査員が何度かメーターボックスを確認したが、電力メーターは相変わらず待機電力程度の動きしかしておらず、水道のメーターもガスのメーターも止まったままらしい。

今夜も熱帯夜だ。日中からエアコンも使わず部屋に籠っていれば、熱中症に罹る惧れもある。小学生の娘も室内にいるとしたら、すでに危険な状況にあるかもしれない。

そんな事態に備えて規制線の外に救急車を待機させているが、この状態でも反応がないことからすると、妻と娘、あるいはその夫さえも、じつは自宅にいない可能性もある。

もしそうなら、いつでも踏み込めるのにここで静観していることになる。そんな悠長なことをしているうちに、なにかの拍子で爆発でも起きたら、公安にとっては致命的ともいえる失態だ。

マンションの様子はすでにテレビで報じられている。居留守を装うためにテレビは点けていないにしても、スマホやガラケーがあればワンセグ放送は視聴できる。先ほど唐沢が入れた留守電メッセージからも包囲されていることは知ったはずだし、カーテンの隙間から外を覗けば、マンションの周囲が騒然としているから十分察しがつくだろう。

それでも投降する気配を見せないということは、ある程度の覚悟があっての行動のはずで、すでに安村が持久戦に入っているとしたら、勝負は情報量が決定的に少ないこちらが不利だ。

「ほら見ろ。おまえが脅しをかけるから、野郎、亀みたいに首を引っ込めちまったじゃないか。これで娘が熱中症で死ぬようなことがあったら、すべておまえの責任だぞ」

井川得意の低レベルな責任論がまた始まった。それなら自分からもっと早く安村に連絡を入れて、ここまで膠着するまえに手が打てたはずなのに、そのことには触れようともしない。

そのとき唐沢の携帯が鳴った。所轄の公安の主任からだった。すべて同報通信であちこちで同時に音声が鳴り響く警察無線は、現在のような状況には至って不向きだ。近年は行動確認や包囲作戦の現場での通信手段はもっぱら携帯で、警察無線の出番はほとんどなくなっている。

「部屋の前の外廊下で張り込んでいる捜査員から連絡がありました。電力メーターが突然大きく動き出したそうです。水道のメーターも動いています。マンションの真下にいる捜査員からは、エアコンの室外機が動く音が聞こえるという報告がありました。あ、いま部屋の明かりが点りました。カーテンがかかっていてなかの様子は見えませんが」

「いよいよ辛抱できなくなったか。さらになにか動きがあるかもしれない。しっかり監視を続けてくれ」

そう応じて報告すると、車両のなかの一同にどよめきが起きた。喜色を隠さず高坂が言う。

「チャンスかもしれないぞ。少なくとも持久戦では向こうがギブアップしたことになる」

今度は井川の携帯が鳴った。録音装置は接続されたままだ。唐沢が手を伸ばすよりも早く、井川が摑みとって呼び掛ける。

「おれだよ、安村。久しぶりだな。いったいどういうつもりなんだよ。知らない仲じゃない。じっくり腹を割って話そうじゃないか」

安村はそっけなく応答する。

「あんたと話す気はない。さっきメッセージを入れたもう一人の刑事に代わってくれ」

「なにを言うんだよ。こういうことは気心が知れた同士で話し合うのがいちばんだ。悪いようにはしない。いまはまだ未遂の段階だ。立件されるとしたらせいぜい爆発物使用予備罪で、執行猶予がつく可能性もある。だからいますぐ投降しろよ。おれがうまく取り計らってやるから」

「いちばん信用できないのがあんただよ。人を利用することにしか興味がない。おれをだしにしてずいぶん小遣い稼ぎをしたはずだ。もうたくさんだから、さっきの刑事を出してくれ」

「おまえに喧嘩を売った男だぞ」

「騙されるよりはそのほうがいい。おれは交渉したいんだよ」

苛立つように安村は言った。唐沢は立ち上がった。

「どうやらおれの出番のようだな。あんたはお役御免らしい」

唐沢が差し出した手に、井川は渋々携帯を手渡した。唐沢は安村に呼びかけた。

「警視庁公安部の唐沢という者だ。血を見るような騒ぎにはしたくない。いますぐ投降しろ。逃げるのは無理だ。これ以上罪を重ねて得をすることはなにもないぞ」

「そういう話をしたくて電話を入れたんじゃない。ここの小学生の娘がひどい高熱で、意識が朦朧としている。たぶん熱中症だ。急いで救急車を呼んで欲しい」

惧れていたことが起きたようだ。唐沢は気持ちを引き締めた。

「こっちもそれを心配して救急車を待機させている。そこの奥さんやご主人は大丈夫なのか」

「大丈夫だ。いまエアコンを入れたから、あとは心配ない。ただ娘は重症だ」

「わかった。いますぐ救急隊員を向かわせるから、ドアを開けて待っていてくれ」

「そうはいかない。どさくさに紛れて踏み込まれちゃかなわない」

「だったら運び出しようがないだろう」

「ドアの前に張り込んでいる連中を一人残らずそこからどかせろ。それを確認したら、娘はドアの外に出しておく。外廊下の様子はウェブカメラでチェックしているから、ふざけたことをしていたらすぐにわかる。その場合は部屋ごと木っ端みじんだ」

「カメラなんてどこにもないじゃないか」

唐沢は言った。それは張り込んでいる捜査員がすでに調べていた。安村はあっさり切り返す。

「どこに仕掛けてあるかわかるようじゃなんの役にもたたない。外廊下全体の状況をこっちはいつでもチェックできる。小細工を弄している時間はない。いまは女の子を救うのが先決だ」

カメラの件ははったりの可能性が高いが、確認している暇はない。症状がそんなに悪化するまで放置していたのはおまえのほうだとやり返したいところだが、それで話がこじれて少女が命を落とすようなことがあれば、警察側の責任は免れない。

高坂はモニタースピーカーから流れる音声で事態を把握して、いまは余計な詮索をするなと言うように、指でＯＫマークをつくって唐沢に合図を送る。

「いますぐ捜査員を退去させる。そちらで確認して、問題がなければ娘さんを戸口に出して、おれに連絡を入れてくれ。すぐに救急隊員を向かわせる」

「くれぐれも小細工はするなよ。そのときはすべてが終わりになると覚悟しろ。おれも死ぬが、田口(たぐち)とその妻も死ぬ。ただその女の子だけは助けたい」

安村の声には真剣な響きがある。田口というのはその部屋の住人の名だ。

「わかった。その言葉を信じる。先のことはあとでゆっくり話そう。これから準備に入る」

長話をしていられる状況ではないし、そこで言葉尻をとらえられて事態が紛糾するようなことは、いまは極力避けるべきだ。

所轄の警備係長は、ドアの前の捜査員に速やかに持ち場を離れろという指示を出した。さらに救急隊にも連絡し、規制線の外で待機している救急車を急いでエントランス前に移動して、安村から連絡があれば、すぐ隊員が五階に向かうよう要請した。救急隊員は勇敢で、躊躇することなくそれに応じてくれた。

「室内の状況がこれで把握できたな。田口とその妻子がいるのが確認できたのは一歩前進だ。ただ安村と田口の関係がまだよくわからない」

不安げな調子で高坂が言う。思い惑いながら唐沢も応じた。

「我々が把握した剣のメンバーには田口の名前は含まれていなかったし、うちのデータベースにもなかった。剣の上部団体が拠点としている大学の教員ということですから、知り合い程度の関係はあったのかもしれませんが、そのくらいだと、人質か共犯かの線引きが難しいですね」

「もし仲間だとしたら、人質のふりをしてこちらの動きを封じられた場合、下手をすると取り逃がしかねないな。逃走用の車両を用意しろとか、いろいろ要求してくるかもしれん。もちろんそんなことを認めたら大恥さらしだが」

高坂は唸る。唐沢は井川に向き直った。

「正直に言ってくれないか。あんた、田口という男のことをなにか知ってるんじゃないのか」

「またおれを疑っているわけか。そのうちおれも犯人グループの一人にされかねないな」

「そんなことは言ってないよ。ただ安村をエスとして使っていた時期があるんなら、なにかピンとくることがあるんじゃないかと思ってね」

「田口という男の情報が耳に入ったことは一度もないよ。勤めている大学はたしかに剣の上の団体の牙城だが、安村はそこの出身じゃない。安村は五十一だが、入居者名簿によれば田口は四十二で、年齢的にも隔たりがある。案外左繋がりの知り合いじゃなく、たまたま部屋が近くて顔なじみだっただけかもしれないな」

井川は慎重な口ぶりだ。たしかに無理に二人を繋ぐより、そう考えるほうが自然だという気はする。

「だとしたら、娘は解放されるにしても、田口氏と妻は人質と考えざるを得なくなる。さっきの安村の口ぶりからも、爆弾を抱えているのは間違いなさそうだ。そうなると、こちらの攻め口も変わってきそうだな」

「ああ。爆弾を所持したままとんずらを許して、あいつらの言う人民の海に逃げ込まれたら、安村自身は二度と浮上しないかもしれない。その代わり別の連中の手に爆弾が渡って、予想もできない場所でテロが起きる惧れがある」

「逃がすくらいなら射殺したほうがいい。もちろん最悪のケースを想定しての話だが」

不退転の決意で唐沢は言った。同感だというように高坂が口を開く。

「いますぐＳＡＴの出動を要請するよ。場合によっては狙撃を考慮する必要がある。そのためのポイントを確保しておかないと」

「それなら、我々が監視に使っていた向かいのマンションがいいでしょう。距離は一〇メートルに満たないはずですから、べつにＳＡＴに出張ってもらわなくても、我々でも狙撃は可能です」

木村が張り切って言う。高坂はたしなめる。

「そういう仕事をするためにＳＡＴが創設されたんだ。おれたちがそんなことをすれば、特別公務員暴行陵虐罪に問われかねない。ＳＡＴが出動しての結果なら、やむを得ない事情があったと世間に納得してもらいやすい」

高ぶる気持ちを自ら諫めるように唐沢も言った。

「狙撃にしてもあくまで選択肢の一つで、まずは説得を試みてからだ。希望は安村が女の子だけは助けたいと申し出たことだな。必ずしも血も涙もない男じゃない。女の子の搬送が済んだら、安村も多少は話に応じるかもしれない」

そのとき井川の携帯の呼び出し音が鳴った。出ろというように高坂が目顔で促す。唐沢は手にとって応答した。

「いま女の子をドアの外に出した。急いでくれ。かなり重篤だ」

安村の声は切迫している。どういう方法でか、捜査員がいなくなったのを確認したらしい。だとしたら、ウェブカメラの話はあながちはったりでもないようだ。唐沢は応じた。

「わかった。いま救急車を手配する。たぶん五分もかからない」

その応答を聞いて、所轄の係長は救急隊に電話を入れる。ほどなく救急車のサイレンが鳴り響く。一帯の道路は封鎖されているからサイレンは不要なはずだが、救急車の到着を安村に知らせるために、そうすることに決めてあった。

「感謝するよ。このあとの話し合いも、いい方向で進むといいんだが」

期待を滲ませて唐沢は言った。

「余計な話はいまはしない。女の子のことをよろしく頼む。状況がわかったら教えて欲しい」

安村はそっけなく応じて通話を切った。

ほどなく救急車が到着し、飛び出した救急隊員がストレッチャーを押してエントランスに入っていき、少女を乗せて五分ほどで戻ってきた。そのまま車内に運び込み、救急車はサイレンを鳴らして走り去った。そんな素早いプロの手際にも驚いたが、それ以上に、爆弾魔がいるマンションに臆することなく飛び込んだ彼らの勇敢さには改めて頭が下がった。

3

佐伯の携帯に連絡が入る。救急隊員からの報告のようだ。しばらくやりとりをして通話を終え、佐伯は報告した。

「少女はドアの外に布団を敷いて寝かせられていたそうだ。安村が言っていたほど重い症状じゃなさそうだが、もう少し遅れれば急速に悪化していたはずで、ぎりぎりセーフといったところらしい」

「とりあえず一人は命が救えたな。安村への容態の報告は病院で治療を受けてからでいいだろう。問題はあいつがこれからどう出るかだが、そのあたりはどう思うんだ、井川くん？」

高坂が問いかける。安村と付き合ったことがあるのは井川だけで、ここは嫌でも頼らざるを得ない。ただし自分に不利になることは喋るはずもないから、眉に唾をつけて聞く必要があるだろう。

「あいつは血を見るのが嫌いで、蚊を潰すのも躊躇うくらいなんですよ。自分のでも他人のでも、血が流れることには本能的な恐怖を感じるといつも言っていましたから。抵抗するにせよ自爆するにせよ、結果は間違いなく流血の惨事になる。あいつは絶対にそれを嫌います。その点はおれが保証しますよ」

「あんたが保証したからって、安村が期待に応えてくれるかどうかはわからないが、もしその読みが当たりなら、強気で押す作戦が有効ということになる。ただし、外れたら目も当てられないがな」

「そこを上手に操るしかないでしょう。おれは安村に見限られたようですから、あとは唐沢さんに任せて、お手並み拝見とさせてもらいます」

井川はあっさり丸投げする。その腹のうちがいま一つ読めない。これまでの唐沢との因縁を考えれば、そこに落とし穴がないとも限らない。井川にすれば安村はいまや厄介な存在で、逮捕されたあと、なにかと不都合なことを喋られては困るという事情もあるだろう。

井川の筋読みを信じて強気で押した結果、予想に反して安村が抵抗すれば、強硬手段に出ざるを得なくなる。安村が射殺されれば井川は胸をなでおろすはずで、それで田口とその妻が救出されれば、唐沢たちも然るべく任務を果たしたことになる。

しかしそれは最悪ではないにせよ、最善の結果でもない。安村の仲間は公安の張り込みに感づいて蜘蛛の子を散らすように逃げ出した。そのなかから安村の後継が出てきかねないし、似たようなテロリスト予備軍によって安村が偶像化される惧れもある。

「あくまで逮捕が優先だぞ、唐沢。安村が女の子の命を救おうとしたのは紛れもない事実だ。そう考えると、田口夫妻を道連れにするとは考えにくい。まだ交渉の余地はある」

抑制的な口ぶりで高坂が言う。そのとき佐伯の携帯が鳴った。応答した佐伯の顔に安堵の色が浮かんだ。

「病院からの連絡では、女の子の命に別状はないそうだ。いま点滴で水分を補給しているところで、順調に回復すれば、あすの朝には退院できる」

佐伯の報告を受けて、唐沢は安村に電話を入れた。こんどは数回の呼び出しで安村は応答した。佐伯からの報告を伝えると、安心したように安村は応じた。

「それについては感謝するよ。さて、今度はおれたちのことだが――」

こちらから持ち掛けようとしていた話を、安村のほうから切り出した。気を引き締めて唐沢は応じた。

「我々に最悪の選択をさせないで欲しいな。まず田口夫妻を解放してくれ」

「冗談じゃない。そのあとＳＡＴが踏み込んで、おれを殺して一件落着という筋書きなんだろう。おれにはまだまだこの先やる仕事がある」

「逃げることはできないぞ。マンションは完全に包囲されている」

唐沢は強気で押したが、安村はしらばくれた調子で押し返す。

「だったらあんたたち、もう少しマンションから離れていたほうがいいぞ。爆発のとばっちりで死人が出ても知らないぞ」

「自爆するつもりなのか。まだやる仕事があると、いま言ったばかりじゃないか」

「それが出来ないのなら、ほかに選択肢はない。田口夫妻には気の毒だが、かつては革命を志した同志だ。彼らも悔いはないと思うよ」

安村は意味深なことを言い出した。唐沢は問い返した。

「二人はおまえの仲間だったのか」

「違うよ。おれがこのマンションに部屋を借りてから付き合うようになった。世間話をしているうちに、かつてそういう運動に関わっていた話が出てきてね。いまはその世界から離れているが、シンパシーは感じていたようで、ときどき一緒に食事をしたりしてたんだよ」

「それで娘さんを？」

問いかけると、安村の口ぶりにわずかに温かい響きが混じった。

「おれになついてくれていたもんだからね。あの子だけは道連れにしたくなかった」

「だったら田口夫妻だって同じだろう」

「できればそんなことはしたくないんだが、そこはおたくたち次第だよ」

「なにを望んでいるんだ」

「車を一台、用意してくれ。ＧＰＳとか無線発信機を取り付けてないやつをな」

「夫妻を解放する気はあるのか」

「安全圏まで逃げ切れたらな。そのまえにふざけたことをしたら、その場で自爆する。繁華街だろうと公共施設のなかだろうとな」

安村はストレートに恫喝をかけてきた。井川の話が出鱈目（でたらめ）だったのか、あるいは度胸もないのにはったりを利かせているのか――。井川という唯一の情報ソースに信頼がおけないことが判断に迷いを生じさせる。

「その要求は断じて受け入れられない。いますぐ二人を解放して投降しろ。我々はこういう状況をマネージすることには慣れている。あらゆる選択肢がテーブルの上にある。舐めてかからないほうが賢明だ」

いまはこちらもはったりを利かせるしかない。

どこかと携帯電話で話していた佐伯が唐沢に歩み寄って耳打ちする。唐沢たちが監視に使っていた向かいのマンションの一室には、すでにSATの狙撃班が待機しているとのことだった。しかし窓はカーテンが閉め切られていて、安村がどこにいるかが確認できない。つまり現状では狙撃は困難だという。

「だったらなんでもやってみろよ。起爆装置はおれの手元にある。おれにそれを押す度胸があるかどうか、試してみるのもいいんじゃないのか」

安村は足元を見るようにチキンレースを仕掛けてくる。井川の言うとおりだとしたら、その度胸がないことに賭けるべきだという答えになる。

SATなら屋上からロープでベランダに下りて、窓を破壊して強行突入できる。唐沢たちもそれに呼応して、ドアを破壊して室内に突入することも辞さないが、もし安村が言っているのがはったりでなければ、人質になっている田口夫妻のみならず、強行突入したSATの隊員にも、唐沢たちにも死傷者が出る。

安村の要求どおり逃走用の車を提供し、感づかれないようにGPSや無線発信機を取り付けて行き先を遠隔追尾し、夫妻が解放されたところで安村を逮捕するという方法もなくはないが、もし発覚して繁華街や公共施設で自爆されたら、どれだけの死傷者が出るか見当もつかない。

高坂が両手でばってんをつくる。いったん間をおけという意味だ。唐沢はやむなく安村に言った。

「わかった。我々も最善の方法を検討する。くれぐれも早まったことはしないでくれよ」

「一時間待つ。おれの要求どおりにする以外に二人の命を救う道はない。普段から公安はおれたちを市民社会の敵のように言うが、自分たちの面子にこだわって平気で二人を犠牲にするようなら、市民の命など意に介さない国家権力の犬の本質が露わになるぞ」

蚊も潰せないという井川の言葉とは裏腹な、ふてぶてしい口ぶりで安村は応じた。

4

「予想どおりの要求だよ。安村は自分が優位に立っていると思っている。だから一時間後きっかりに自爆したりはしない」

高坂は確信のある口ぶりだ。井川も身を乗り出す。

「おれの言うことに間違いはないよ。あいつの大口はブラフにすぎない。狙撃銃を構えたSATの姿でも見せてやれば、震えあがって投降するに決まってる」

「試しにやってみる価値がありそうじゃないか。規制線の外にはSATの別チームがいる。テレビ局のクルーもいるはずだから、銃を持った姿を撮影させれば、安村はそれをテレビで観るだろう」

佐伯も頷く。とりあえずの威嚇としてはいいアイデアかもしれない。高坂もそれに同意する。

「佐伯さん。所轄の課長と話をしてくれないか。SATとはおれが話をつける。向こうだって、殺生をしないで済めばけっこうな話のはずだ」

佐伯はさっそく携帯を手にして、別の車両にいる所轄の課長に電話を入れた。高坂も携帯を取り出して、SATの分隊長にじかに連絡を入れる。ことを大袈裟にして特捜本部を立ち上げていたら、とてもこうは迅速に動けない。臨時対策本部という中途半端な態勢がとりあえずは当たりのようだった。

報道は控え目にして欲しいという警視庁側の要請があったため、いい絵が撮れないと不満を漏らしていたマスコミはその方針転換を歓迎した。SATの分隊長も、それで最悪の方向に進むのを抑止できるのなら結構だと了承した。

マスコミの対応は素早く、十分後には各局が臨時ニュースで、SATの突入間近というアナウンスとともにその映像を流した。安村は慌てた様子で電話を寄越した。唐沢が受けると、挑むような調子でまくしたてる。

「やれるものならやってみろ。おれは本気だ。おまえたちが人質を見殺しにすれば、公安警察が人民の敵以外のなにものでもないことに誰もが気づく。それが革命の狼煙になるなら、おれはいつでも命を擲つ覚悟がある。もちろん田口とその妻にも、その人柱になってもらう」

唐沢は手応えを覚えた。テレビの映像に動揺した様子が窺える。井川の言うことは当たりだったかもしれない。ゆとりを覚えながら唐沢は言った。

「落ち着けよ。まだ強行作戦に入ると決めたわけじゃない。さっきのニュースはマスコミの先走りで、おれたちはまだ話し合う余地があると思っている。おまえは女の子の命を救った。おまえたちが言う人民にしたって、そういう一人一人の命の集まりじゃないか。そんな命を大切にすることこそ、おまえたちの考える理想の社会の基盤じゃないのか」

「いままさにその命を奪おうとしているのが、あんたたちだという自覚はないのか」

「そうならないように、こうしておまえと話をしている。無辜の人間の命を犠牲にして成り立つ社会が理想の社会だとおれは思わない。この社会に問題があるなら、それを解決する方法はほかにいくらでもあるはずだ。革命だなんだとご大層な理想を掲げても、そうした人民の命一つ一つを大切にする考えが抜け落ちていたら、思い上がりも甚だしい空理空論だ。おまえはそのことをよく知っている。だから少女の命を救った。そこを原点に、もう一度人生をやり直したらどうだ。まだ遅くはない。これ以上無意味な罪を犯すな」

思いのたけを唐沢は吐き出した。いまもその理由が理解できない久美子の死――。途上国の子供たちの不幸な運命に涙し、懸命の介護で瀕死の子猫の命を救った。そんな久美子が、あるいは多数の人命を犠牲にしたかもしれない自爆テロを自らの意思で実行したということがいまも信じられない。

たとえ主張は異なっても、だれにも理想の社会を実現するために行動する自由はある。しかしその原点にあるべき最小の単位は、一人一人の人間の命であるはずだ。そこをないがしろにする思想こそ、唐沢からみればテロの温床以外のなにものでもない。

「無意味だって？　おまえのような権力の犬にそんなことを言われたくはないな。いまの世界は政治も経済もなにもかもが、底辺の人民の抑圧の上に成り立っている。その壁を打ち砕くために血を流すことを、おれは決して惧れない」

「おまえにとってそれが理想の社会だとしても、だれもそんなものを望みはしない。考え直せ。そんなことをして人心に見放されれば、ますますおまえたちは孤立する。革命なんて見果てぬ夢でしかなくなるぞ」

「これ以上レベルの低い議論を続けても意味はない。どうなんだ。おれの要求に応える気はないのか」

「残念ながら、それには応じられない。おまえが人質を解放して投降すれば、すべてが解決する。これ以上罪を重ねることにどんな意味がある。拒否すれば二つの可能性しかなくなる。おれたちが武力を用いておまえを無力化するか、あるいはおまえが手にしている起爆装置のスイッチを押すかどちらかだ」

「だったら正直に言えばいい。あんたたちの頭のなかには、最初からおれを殺害して事態を収拾しようという作戦しかなかったんじゃないのか」

安村は決めつける。強がっているのか自棄（やけ）になっているのか、その腹のうちがまだ読めない。唐沢は問いかけた。

「田口夫妻は無事なのか」

「ああ、元気だよ」

「だったら、声を聞かせてくれないか」

「聞いてどうするんだ」

「無事かどうかわからないと、こちらも対応策がとれない」

「可能性は二つしかないといったのはそっちだろう」

安村は鼻を鳴らす。唐沢は不信感を滲ませた。

「そもそも、二人はそこにいるんだろうな」

「いるに決まっているだろう。信じないのは勝手だが、その前提で行動すれば目も当てられない結果になるぞ」

「二人は身体を拘束されているのか」

「そういう情報は一切出せない。出せばあんたたちに有利に働くからな」

こちらにとっては喉から手が出るほど欲しい情報だが、それは安村もわかっている。室内の状況については、病院にいる少女に訊ければいいのだが、いまは絶対安静で、警察の事情聴取はあすの朝以降にしてくれと病院側は言っているらしい。

「だったらこちらはこちらの考えで動くしかない。言っておくが、おれたちが最重要視するのは人質の救出だ。そのためには手段を選ばない。覚悟しておいたほうがいいぞ」

籠城事件では、警察側が恫喝めいたことを口にするのは一般的に禁忌とされるが、この膠着した状況を動かすには避けられない。安村が血を見るのが嫌いな小心者だという井川の主張もむろん唐沢の頭にある。

「できるものならやってみろよ。それより、あと三十分ちょっとで時間切れだ。最悪の事態を招かないために、急いで車を用意したほうがいいぞ」

安村はせせら笑う。しかし唐沢は確信した。少なくとも現時点で安村に自爆する意思はない。だったらこちらも、もうしばらくチキンレースに付き合ってやればいい。

「それも含めて検討している。ただ短時間で結論が出せる話じゃない。警視庁のような大きな組織では、上を説得するにも手間がかかる。時間を決めてどうこうできる次元の話じゃないんだよ」

唐沢はとぼけて応じた。いまの態勢なら高坂の胸三寸で決められるが、ここはお役所仕事の悪評を存分に利用させてもらうことにする。安村は苛立ちを隠さず問いかける。

「いつまで待てというんだよ」

「もうしばらく、というしかないな。ここまでくると、おれのような下っ端刑事が口を挟める話じゃないんでね」

「そうやって時間稼ぎをして、強行突入のチャンスを見つけようという作戦だろう。いいよ、やってみたらどうだ。素人がつくった爆弾だと思って舐めてるんじゃないのか。突入したが最後、そっちだって一瞬でミンチになるからな」

安村はぞくりとするような言葉を口にする。井川の話が、また当てにならなくなってきた。

「どうしてそういう馬鹿なことを考えるんだ。おれはだれ一人死なせたくない。おまえだってそうだ。ここで死んだら無駄死にだろう。世の中の仕組みをもっとましなものに変えようという考えを否定はしない。だからといって、テロなんかじゃない、もっと市民の支持が得られる方法があるはずだ。人を不幸にしないでやり遂げる方法があるはずだ」

「つまらない説教は聞きたくない。そういえば、あんた唐沢といったっけな。二十年前の西神田のビル爆破事件で自爆テロを実行した女の彼氏らしいな」

安村はおかしな方向に話を持っていく。唐沢は問いかけた。

「うちの井川から聞いたのか」

「ああ、そうだよ。あの事件の首謀者を追いかけるために、公安の刑事になったそうじゃないか」

「なんでそんな話を持ち出すんだ」

「追っているのはハンクスという男だろう」

「行方を知っているのか」

「ああ、知っている。おれがそのハンクスだよ」

腹の底から怒りが湧いてきた。唐沢は吐き捨てるように言った。

「おれをからかってなんの得がある。おれはハンクスの顔を知っている。おまえとは似ても似つかない男だ」

「冗談だよ。しかしあれはひどい事件だった。あいつのやり方はあまりに汚い」

「ハンクスのことを知っているのか」

「警察に追われていると言うんでしばらく匿った。知り合いの活動家に頼まれてね。おれたちのセクトとは別のグループに属していたが、とくに敵対していたわけでもなかったから」

「あの事件の首謀者だと知ってなのか」

「そのときは知らなかった。あの事件が起きる前だよ。軽微な罪で追われているという話だった。おれのところにいたのは二週間くらいで、そのあと黙って姿を消した」

「どうしてハンクスだとわかったんだ」

「あの事件の手配書の似顔絵だよ。交番に張り出してあったのを見かけたんだ」

「その話を、うちの井川には聞かせたのか」

「言っていない」

「なぜだ。おまえは彼のエスだった時期があるんだろう」

「訊かれもしないことを言う必要はない」

「だったらどうして、彼はおれの話をしたんだ」

「あんたのことがなにかと癇に障っていたようだな。さんざん愚痴られたよ。あんたの足を引っ張れるような情報を聞きたかったんだろうが、まさかおれがハンクスのことを知っているとまでは考えもしなかったんだろう」

「その男の名前は？」

「溝口俊樹（みぞぐちとしき）と名乗っていたが、本名かどうかはわからない。おれたちの世界では、偽名を使うのは珍しくもないから」

「そんな話を、どうしておれに教えるんだ」

「公安がおれたちの宿敵なのは間違いないが、なんだか話しているうちに、あんたとは気持ちが通い合うような気がしてきてね。おれはハンクスのやったことが許せない。あんたの彼女はあいつに殺されたんだよ」

不快感を滲ませて安村は言う。唐沢は当惑した。言っているのは唐沢がいまも確信していることで、それ自体に驚きは感じない。気になるのは、それを口にする安村の腹のうちだった。なんらかの取引材料にしようという計算でもあるのか——。

「どうしてそう言えるんだ」

「証拠はない。あくまでおれの考えだよ。しかし、当時、おれたちの世界でもあの事件は注目された。自爆テロという手法は誰も考えすらしなかったし、それはいまも変わりない。だから絶対にあり得ないと誰もが思った。おれたちは宗教的信念に基づいて行動しているわけじゃない。むしろ宗教は精神を蝕む害悪だというのがおれたちの立場だ。だが海外で起きる自爆テロの背景には必ず宗教がある。神の教えに殉じれば、死後に天国に行けるという信念があるからだ。だから自爆テロの実行犯になるのは、現世で生きるのに絶望している貧しい人々が大半だ。あんたの彼女はそういう人間じゃなかったはずだ」

「むしろ対極にいた。貧困にあえいでいたわけでもないし、宗教に関心はなかった。そもそもどんなかたちであれ、テロを政治的な問題の解決手段として認めるはずがなかった」

「そのあたりはおれにはわからない。しかし彼女がそこで死んだことで、ハンクスこと溝口は自分に繋がる一切の糸口を断ち切った。一種の完全犯罪だというのがおれたちの見方だ。同志をすべて犠牲にし、そのうち二人を殺害して、自分一人が逃げ延びた」

またも思いがけない言葉が飛び出した。唐沢は問いかけた。

「二人というと？」

「自殺したことになっている川内も、やつに殺されたに決まっている。あの事件はテロでもなんでもない。残虐な殺人そのもので、そこに政治的な理想はかけらもない」

「どうしてそれがわかる」

「おれが匿っているあいだ、いろいろ話をしたんだよ。あいつの思想性はうわべだけだった。口だけは達者だったから、素人をオルグするにはそのレベルでも通用したのかもしれないが、その屁理屈をことごとくおれに論破されて、居心地が悪くなって出ていったんだろうと、そのときおれは思っていた」

「そのあと、あの事件が起きたんだな」

「ああ。手配書の似顔絵で首謀者があいつだと知って、堪らない気分になった。犯行声明も新聞で読んだ。中身はおれに論破された大言壮語のオンパレードだった。正体は単なる愉快犯で、殺人が趣味の変質者に過ぎないと確信したよ。主義主張は異なっても、おれたちはそれぞれの大義のために闘っている。しかしあいつに関しては大義もへったくれもない。爆弾闘争はただの趣味だ。そして自分一人が逃げおおせるために同志を殺した。それは我々の理想を糞壺に放り込むようなものだった」

安村は憤りを滲ませる。それがあながち演技ではないように感じられる。唐沢は問い返した。

「だったらどうして、警察に通報してくれなかった」

「おれだって活動家のはしくれで、当時から公安に付け回されていた。そんなことをしたら自首するようなもんだろう」

「そういう情報の提供者なら、公安だって扱いが違ってくる。あんただってエスをやった経験があるんだから、そのあたりの呼吸はわかるだろう。これからでもいい。そっちの件でおれたちに協力してくれないか。おまえにとっても、ハンクスは許せない敵じゃないのか」

「おれのほうからは、いま言った以上の情報は提供できない。溝口俊樹というのが偽名だとしても、その名前で活動していた時期はあるだろう。どこかに痕跡が残っているはずだ。

でかいヒントをくれてやったんだから、あとはそっちでやってくれ」

唐沢はもう一度確認した。

「投降する気はないんだな」

「ないよ。おれはハンクスのような汚い人間じゃない。人質を殺すのは忍びないが、それをさせるかさせないかはあんたたちにかかっている。革命のために死ぬ覚悟はいつでもある。ここで命を惜しんだら、ハンクスと似た者同士になってしまう」

安村はあっさりと言ってのける。そのとおりなら、こちらの選択肢は要求どおり車を用意するしかないが、いま聞かされたご大層な話がどこまで本音かはまだ判断できない。

そもそもハンクスについての情報自体が裏の取りようがなく、その筋書きにしても唐沢たちの想定とさして齟齬がない。安村と唐沢は、立場が真逆でもその世界に精通している点では似た者同士だ。あの事件の顚末について、同様の筋読みをしたとしてもなんの不思議もない。

唯一ハンクスの行方を探るうえで役に立ちそうなのが、その男が自称していた溝口俊樹という名前だ。

安村が言うとおり偽名だとしても、ハンクスを名乗る以前の足どりはたどれるかもしれない。もちろんそれも安村が出任せを言っているのではないという前提においてだが。

「食事とか飲み物は不自由していないか。必要なものがあれば差し入れするよ」

唐沢は穏やかに問いかけた。立て籠り事件では常套的な戦術で、それを突破口に突入に成功したケースは少なくない。もちろん安村もそこは読んでいる。

「なにも要らない。買い置きの食料がたっぷりある。残念だな。突入のきっかけにしようという作戦だろうが」

「もちろん隙があればそれも辞さないが、おまえだって十分警戒するだろう。心配なのは、なによりも人質の健康状態だよ。遠慮は無用だ。欲しいものがあればなんでも言ってくれ」

「大きなお世話だよ。長話している時間はない。早く結論を出してくれ。もっとも答えは一つしかないがな」

安村は言い捨てて通話を切った。

5

そのとき高坂の携帯に電話が入った。苦り切った表情で相手の話に耳を傾ける。どうもいい話ではなさそうだ。

五分ほどで通話を終えて、困惑をあらわに高坂は言った。

「理事官からだ。上のほうで、ここを特捜本部に格上げすることが決まったそうだ。それも警備一課と合同で――」

「警備一課ですか。もうＳＡＴが出張ってますよ。せっかくうまく連携がとれているのに、それじゃ無駄な船頭を増やすだけじゃないですか」

佐伯が不満をあらわにする。ＳＡＴは警備一課に所属している。いまは協力要請に応じて一分隊が出張っているだけで、それも最悪のケースに備えてというのが唐沢たちの考えだが、警備一課が本気で乗り出すとなると、現場の主導権はそちらに握られかねない。

「なにやら大仕掛けになりそうだ。爆発物処理班も加わるらしい」

高坂はお手上げだというように天を仰ぐ。唐沢は怪訝な思いで問いかけた。

「公安部長は、そもそも特捜本部の開設には乗り気じゃなかったんでしょう。どうして雲行きが変わったんですか」

「人質をとっての籠城となれば明らかに刑事事件で、自分たちの出番だと捜査一課が張り切り出して、帳場（特別捜査本部）を立てようと刑事部長をプッシュしたらしい。それを聞いた警備部長が、それじゃ面目丸潰れだと慌てて動いて、公安部長の尻を叩いたんだそうだ。要は縄張り争いだよ。ここへきてマスコミが大きく報道したもんだから、美味しい事件だということになって、みんなが首を突っ込んできたわけだ」

高坂はなにをかいわんやという表情だ。唐沢は問いかけた。

「本部長は誰ですか」

「警備部長だよ」

「公安部長じゃなく？」

「わかってるだろう。警視庁のみならず、警察組織全般において、序列としては警備が上だ」

高坂は苦虫を嚙み潰したように言う。たしかに、公安部が独立して存在しているのは全国の警察本部で唯一警視庁のみで、ほかはすべて警備部の一部署としての公安課という位置づけだ。警察庁においてもそれは変わらず、公安は警備局のなかの一部署に過ぎず、警察庁長官や警視総監は、警備部長や警備局長経験者が圧倒的に多い。

機動隊やＳＡＴ、災害救難、爆発物処理や化学防護から要人警護まで、警視庁切っての実戦部隊であり、人員も予算も潤沢な警備部と張り合えば、刑事部を上回る規模を誇る公安部も影が薄くなる。

捜査一課にも立て籠り事件や誘拐、企業恐喝といった凶悪事案を扱うＳＩＴ（特殊事件犯捜査係）という部署があり、ＳＡＴと比較されることが多い。今回の立て籠りのような役割が重なる事案では、双方が同じ現場に出張って張り合うケースも少なくない。

「捜査一課は弾き出されたわけですね」

「言っちゃなんだが、警備と公安のタッグの前じゃ、桜田門の大看板の刑事部捜査一課も吹けば飛ぶような存在だよ」

「我々の立場はどうなるんですか」

唐沢は訊いた。高坂は重苦しく呻いた。

「どうやらお役御免らしい。まもなく警備第一課長がＳＡＴの制圧部隊と爆発物処理班、さらに機動隊一個中隊を引き連れて臨場する」

「どういうつもりなんですか。彼らに犯人と交渉するノウハウはないでしょう」

「その代わり、急襲と制圧のノウハウは万全だと息巻いているらしい。安村を生け捕りにしようという気はさらさらなさそうだな」

「射殺ですか。それでいいんなら我々だってここまで苦労することはなかった。人質はどうなるんですか」

「絶対に救うと言っている。なにか秘策があるらしいんだが」

「当てになりませんよ。まだ説得して投降させる余地はあったのに」

「彼らには、警備警察の実力を知らしめることが、テロの抑止に繋がるという単細胞的な発想がある。あれだけ強力で大規模な実戦部隊をあてがわれれば、どうしてもそういう考えに傾くだろうな」

「そうなると、安村はテロリスト予備軍の偶像に祭り上げられますよ。これから第二、第三の安村が出てきかねない。むしろ投降させて、あいつが死をも惧れない英雄ではない、ただの人間だということを知らしめるほうが、はるかに抑止力になるんじゃないですか」

「そういう理屈をわかってくれるようなら、こんな横車は押してこないよ。いつも縁の下の力持ちのような任務ばかりやらされているから、テレビで派手に報道される事案で脚光を浴びたいという願望が腹の底にあるんだろうよ。どうやらお誂え向きの檜舞台を提供しちまったようだな」

高坂は嘆く。腸が煮えくり返る思いで唐沢は言った。

「冗談じゃないですよ。せっかく苦労して追い詰めた安村を、ここで生け捕りにできなきゃ公安の面目は丸潰れです。あいつは私が必ず落としてみせます」

第五章

1

唐沢は安村に電話を入れた。安村はすぐに応答したが、相変わらずの舐めた調子だ。

「話はまとまったのか。それともまたくだらない御託を並べて、時間稼ぎをしようという作戦か」

切実な思いで唐沢は言った。

「チキンレースはもうやめにしないか。状況が変わった。まもなく別の部隊が現場にやってくる。おれたちはお役御免だ」

「どういう意味だ。だれが出しゃばってくるというんだよ」

「本庁の警備一課だ。ＳＡＴの元締めだよ。急襲部隊と機動隊一個中隊、さらに爆発物処理班も引き連れて乗り込んでくる。特捜本部が開設されて、警備一課がすべてを仕切ることになった」

「あんたの出る幕がなくなるというのか」

そう言う安村の声がどこか不安げだ。唐沢は問いかけた。

「正直に言え。死にたいとは思っていないんだろう」

「その覚悟はあると、何度も言ってるじゃないか」

「これから出張ってくる連中はおれのように甘くはないぞ。有無を言わさず強行突入する作戦だ」

「人質もろとも殺害して一件落着というわけだ。そのときは突入した連中だって命はないぞ。警視庁にそこまでの馬鹿がいるとは思わなかったな」

「身内の悪口を言いたくはないが、そういう馬鹿がどうやらしゃしゃり出てきたらしい」

「そう言えばおれが投降すると思ってるんだろう。あんたもなかなかの狸だよ。馬鹿の暴走をブラフに使って、おれを落とそうという作戦だ。ドラマでよくある悪い刑事といい刑事を演じ分けようというわけだ」

「そんな小賢しいことは考えていない。人が死ぬのはまっぴらだ。人質だけじゃない。おまえにだって生きて欲しい。しかしこれから乗り出してくる警備一課には、交渉によって局面を打開しようという発想がまるでない」

発想はもちろんノウハウもない。立て籠りやハイジャック事案では、普通は捜査一課の

ＳＩＴや犯人グループの内情を把握している公安の各部署が現場での交渉を担当し、ＳＡＴや機動隊が出張るのは、あくまで万一の際のバックアップのためだ。それが今回前面に出てきたのは、唐沢にとってもあまりにも意外だった。

ＳＡＴの装備を含め、警備部門にはあらゆるハイテク装備が集積しており、今回の事案に関しては、それを駆使して制圧する自信があるらしい。言い換えれば、そこにはこの事案をそうした装備の実験に使おうという思惑さえありそうだ。

しかし急襲と制圧のノウハウは心得ていても、立て籠り事件の扱いに関しては彼らは素人で、一つ間違えた場合の結果は目に見えている。唐沢たちの発想では、それはあくまで最後の手段であるうえに、そのきっかけを摑むためにも、周到な交渉過程がまず必要なのだ。

挑むような調子で安村は応じる。

「けっこうな話じゃないか。おれだってこれ以上くだらない交渉を続ける気はない。爆弾を使う場所が当初の計画と違っただけで、べつにここでやったってかまわない。ただしおれたちの計画では、死人も怪我人も出ないはずだった。この成り行きだと何人死ぬことになるかわからないが、それはそっちが仕向けたことで、責任はすべてあんたたちにある」

どこまで本気なのか、安村の本音はわからない。しかし警備一課がＳＡＴを前面に出しての制圧作戦に乗り出せば、予測される結果はまさに安村の言うとおりだろう。

起爆スイッチを握る安村のみを無力化し、爆発をさせずに人質の命を救う——。それが可能なら唐沢も同意することにやぶさかではないが、リスクがあまりに大きいうえに、そのリスクを負ってまで実行しなければならないほど状況が切迫しているとは思えない。

「おまえは一人の少女の命を救った。その心をおれは信じたい。人を殺すことを決して望んではいないはずだ。おれたちもそうだ。おまえにも生きてもらいたい。おまえの世界観や政治的主張に賛成するわけじゃない。しかしおまえにとってそれが人生をかけた大義だというのなら、それを貫くもっと別の方法があるはずだ。こんなところで犬死にをするな」

安村は久美子を殺したハンクスを、殺人が趣味の変質者と断じた。それが一縷（いちる）の望みでもあった。過激で危険なテロリストではあっても、彼には彼なりの倫理観があるはずだ。かといって、彼らからすれば権力の犬に過ぎない警察の威嚇に屈して投降すれば、張り子の虎と見なされて、彼らの主張も権威も地に落ちる。

だから投降せざるを得ないにしても、抵抗の姿勢をある程度は示す必要がある。しばらくそれに付き合って、面目が立つようにしてやれば最終的に折れてくる——。唐沢にはそんな読みもある。しかしそうした説得を試みる時間はもはやなさそうだ。

「あんたたちにどういう手があるというんだよ。急襲でおれ一人を無力化しようとしたってそうはいかない。起爆装置は電気式で、ボタンを押した瞬間に爆発は起きる。頭に鉛弾をぶち込まれたって、それを押すくらいの余裕はあるぞ」

安村は強気で言い放つ。装置を常時手に握っているとしたら、その可能性は否定できない。警備一課がそこまで計算に入れて急襲計画を練っているとは思えない。いますぐ動くとしたら拙速もいいところで、少なくとも急襲プランを策定するためには、唐沢たちが現在得ている以上の情報が必要だろう。

「短気を起こすな。警備一課だっていますぐ動けるわけじゃない」

「だったらそっちが考え直せよ」

「ああ。おれたちも熟慮する。特捜本部にも、拙速な動きをしないように説得するよ」

「あんたはお役御免だと言ってただろう」

唐沢は携帯と録音装置を繋いでいるケーブルを引き抜いた。

「おまえと話を続ける手立てはある。この電話での通話は、今後は特捜本部にモニターされるかもしれないが、おれの携帯からならそれはない。いまかけ直すから、そっちを受けてくれ」

唐沢は通話を切って、使っていた井川の携帯を本人に戻し、自分の携帯を取り出して、安村の携帯を呼び出した。安村はすぐに応答した。唐沢はスピーカーフォンモードに切り替えた。

「どうしてそこまでおれに肩入れするんだよ」

安村は怪訝な調子で訊いてくる。唐沢は言った。

「おまえを信じているからだよ」

「おれを信じる？」

「ああ。おまえは人を殺さない」

「勘違いするなよ。人質を殺すのはあんたたちだ。それがいやなら車を用意しろ。期限は迫っているぞ」

「警備一課が出張ってしまった以上、それはもう無理だ」

「その手には乗らないよ。ＳＡＴだって自殺志願者の集まりじゃないだろう。上からの命令があったって、そんな無茶な作戦を実行したりはしないはずだ」

「もうじき、おれたちにも本部からお呼びがかかるだろう。おまえの言うとおり、上は馬鹿でも、体を張ることになるＳＡＴは優秀だ。自殺行為になるような指令に応じるとは思わない。こっちもその線から本部のお偉方を説得する。その状況はこの携帯で連絡する。本部から電話が入るかもしれないが、そっちの話は真に受けなくていい。正確な情報はおれが伝える」

唐沢がやろうとしていることの意味がわかったのか、高坂はそれでいいと言いたげに頷いている。井川は仏頂面をしているが、ここでは特段口を挟まない。他の面々は、むしろ行け行けと言いたげな表情だ。

「それじゃあんた、スパイになっちまうだろう」

安村は驚いたように問い返す。腹を括って唐沢は応じた。

「おまえたちからみれば、公安自体がスパイ組織みたいなもんだろう。案外気脈が通じるんじゃないのか」

「そんな話を信じるほど、おれがお人好しだと思うのか」

「信じろよ。だれであれ、おれは人を死なせたくない。おまえだって同じだろう。人質を道連れに死んでみせたところで、だれもおまえを英雄とは崇めない。むしろ市民はこれまで以上におまえたちを忌み嫌う。長い目で損得を考えたら、頭を冷やして投降したほうが利口だぞ。人質の娘さんの命を救ったことに世間は好感をもつだろう。ここで人質を解放して投降すれば、むしろおまえたちへの認識はいい方向に変わるんじゃないのか」

「強行作戦を考えている連中は、その逆を望んでいるんだろうがな。おれが人質の命を楯に抵抗したからやむなく制圧を試みた。人質が死んだのはすべておれのせいで、警察に殉職者が出れば、それも市民の怒りを煽り立てる材料になる」

「おまえたちをぶっ潰したいという点ではおれも一緒だよ。だからといってそのために、人質やSATの隊員を死なせていいとは思わない。もし上がそんなことを考えているんなら、おれは全力でそれを阻止する。目的が正しければ人を殺していいのなら、それは警察ではなく軍隊だ」

「おれだって人質を殺したくはない。しかしあんたの見方が当たっているなら、警備一課が強行策に出ようというのは国家の意思だ。あんたみたいな下っ端刑事がなにを言ったって、聞く耳を持つはずがないだろう」

そういう安村の言葉に、こちらに歩み寄るようなニュアンスを感じた。人質を殺したくないというのが本音なら、説得に応じる可能性はある。

「下っ端刑事にも意地がある。もしそんなことをされたら、おれたち公安警察だってイメージが悪化する。ただでさえ市民に好かれる存在じゃないことは、おれたち自身がいちばんよく知っている。警備と公安が別組織になっているのは警視庁だけで、世間の人の目には一体に映る。そんな事態になったら、おれたちの仕事もやりにくくなる」

「だったら車を用意しろよ。それが唯一の妥協点だ」

「いまの状況で、それはハードルが高すぎる。そんなことを主張していると、警備一課に急襲の口実を与えることにしかならないぞ」

「なんだよ。けっきょくは悪い刑事といい刑事じゃないか。強面(こわもて)の連中の存在をブラフに使い、あんたが懐柔するような口を利いて、おれをぐらつかせようという作戦だ。その手に乗るほど間抜けじゃないよ」

安村はせせら笑う。もちろんこの程度の話で投降に応じるとは思っていない。しかし唐沢は手応えを覚えた。安村の気持ちは揺れている。警備一課が出てきたことがその理由の一つなら、それは必ずしも無意味ではなかったことになる。少なくとも要求に応じないことに癇癪を起こして、人質もろとも爆死するほど理性を失っているわけではなさそうだ。

「おれを信じてくれ。なんとかいい落としどころを模索する。また電話をするから、必ず出てくれよ」

「わかったよ。あんたを信じているわけじゃないが、警備のゴリラどもとは話す気にもなれない。ただしおれを騙しているとしたらただじゃおかないからな」

言い捨てて安村は通話を切った。唐沢は高坂を振り向いた。

「勝手に話を進めて済みません。あのままじゃ結果が目に見えていましたので」

「それでいい。もうじき帳場が立っておれたちにもお呼びがかかる。井川君の携帯はたぶん本部に召し上げられるだろうから、独自のホットラインをつくったのはいいアイデアだ」

そのとき高坂の携帯が鳴った。それを耳に当て、しばらくやりとりをして通話を終え、唐沢たちを振り向いた。

「うちの理事官からお呼びだよ。まもなく駒込署に帳場が立つから、おれたちもそこに顔を出せとの仰せだ」

「いまここを離れるわけにはいきませんよ。ＳＡＴの狙撃部隊はすでに出張っています。本部から指令を飛ばして、勝手に行動されたら堪りませんから」

苦り切った気分で唐沢は言った。もちろんだというように高坂は頷いた。

「とりあえずおれと佐伯さんが顔出しするよ。おまえたちはここで状況を注視してくれ。例のホットラインを駆使するにもそのほうが都合がいい。なに、現場の状況を把握しているのはおれたちだ。その情報なしにはＳＡＴだって作戦を立てられない。公安部長もうちの課長も、警備の横車には不快感を持っている。せいぜいごねて、警備の連中の手足を縛ってやるよ」

2

高坂と佐伯は駒込署へ向かった。今後の安村との交渉はすべて本部が行うというので、ホットラインを開設するまでの録音記録と、その連絡に使った井川の携帯も持っていった。唐沢たちはとりあえず人員輸送車のなかで推移を見守るしかない。

高坂たちと入れ替わるように、機動隊一個中隊四十名がマンションの周囲を包囲して、所轄の公安部員たちは、居場所をなくして近場の路地の奥に追いやられた。

機動隊員たちに現場の情報がどれだけ伝わっているのかわからない。安村が所持している爆薬が果たしてどれほどのものなのか。ビルを全壊させ、死者百六十八人、負傷者八百五十人以上を出したオクラホマシティ連邦政府ビル爆破事件に使われたのが同じ硝安爆弾で、量にもよるが、破壊力はダイナマイトに勝るとも劣らないと言われている。もし爆発したらマンションそのものが倒壊する惧れもあり、そのとき通常の出動服と防護楯だけの装備で果たして身を守れるのか。

爆発物処理班の車も到着しているが、そちらの仕事は安村が投降するか無力化されたとき、室内にある爆発物を安全に撤去することで、爆発そのものを防ぐ能力はない。

安村の部屋にあった硝安の量からすれば、ビルの一つや二つ吹き飛ばすくらいのものはつくれるだろう。いま安村が所持しているのはその一部を使って製造したもので、威力は多少限られるにしても、実際にテロに使うつもりで準備されたのなら決して侮れない。

「唐沢さんよ。あとは機動隊に任せて、おれたちはもう少しうしろに車を移動したほうがよくはないか」

井川もそのあたりを心配しているらしい。機動隊に死傷者が出るのはかまわないが、自分に被害が及んでは堪らないという認識はいかにも井川らしい。唐沢はあっさり退けた。

「そもそも、起爆させてしまったらおれたちの負けだろう。ここは近すぎもしないし遠すぎもしない。ＳＡＴが先走った動きをしないように目を光らせるには最適のポジションだ。そこを明け渡したりしたら職場放棄もいいとこじゃないか」

「ここにいたからって、なにかできるわけじゃない。警備が勝手にしゃしゃり出て、力ずくで片をつけようとしているわけで、その結果、身内に死人が出たところで、責任はおれたちにはない」

「身内が死ぬのはもちろんのこと、人質だって安村だって死なせるわけにはいかない」

「人質の田口という男だって、左巻きだから安村と付き合っていたわけだろう。夫婦揃ってあいつらの一味かもしれない。その芝居に乗せられて、車を与えてとんずらされるようなことになったら、それこそ公安が赤っ恥をかくぞ」

「そんなことはさせないよ。今後の交渉次第では安村は乗ってくる。本人も死にたくないし、人質も殺したくない。それが本音だとおれには感じとれた」

「おれを疑うようなことをさんざん言ってくれたが、あんたこそ情が移ってるんじゃないのか。さっきのやりとりはずいぶん肩入れしているように聞こえたぞ。公安内部にテロリストにシンパシーを感じる奴がいるとしたら獅子身中の虫もいいとこだ。おまえたちだってそう思うだろう」

井川は同意を求めるように車内の一同に目を向ける。高坂がいなくなったのをいいことに、鬼の居ぬ間に洗濯といったところらしい。腰巾着の木塚が調子を合わせる。

「たしかにねえ。あれじゃ足元を見られる――。というより、見て欲しいと言ってるようなもんですよ」

「それだって交渉術だよ。立て籠り事案の最良の解決は死傷者を出さずに犯人を検挙することだ。そのために重要なのは犯人との気持ちの通い合いだ。被疑者の取り調べだって同じだろう。相手が落ちるのはお互いの気持ちが触れ合った一瞬だ。とことん締め上げて最後にギブアップなんて、おれは経験したことがない」

苦々しい気分で唐沢は言った。井川自身が最初は安村に媚びを売るような口を利いていた。それが警備が乗り出してきたとたん、一転強気な姿勢に転じた。その裏にあるものはまだ読めないが、安村になにかを握られているらしいことは想像できる。井川は言い募る。

「悠長なことを言っている場合じゃないんだよ。やつの言いなりになって逃走を許して、どこかでテロを実行されたら、世間の非難は公安に集中する。そうなったらあんた一人で責任がとれる話じゃない。おれやここにいるみんなだって、首が飛んだり左遷されたりしかねない」

「ただ追い込んで、自暴自棄で起爆装置を押させるのが公安の仕事だというのか。人質の命なんて考えなくていいわけか。人が死のうとなにしようと、見て見ぬ振りが最善の策だというわけか。だったらおれたちは、なんのためにきょうまで安村のような連中を追いかけ回して来たんだよ」

「警備の連中にだって考えはあるんだろう。向こうが主導権を握った以上、もうおれたちがちょっかいを出す場面はない。その結果死人が出たって、おれたちは責任を負う立場じゃない。それをはっきりさせるために、ここは一歩も二歩も引いてみせるのが利口な人間のすることだ」

井川の考えはあくまで自分本位だ。もともとそういう感覚しかない男だから、安村に都合の悪い尻尾を握られていて、この際、出来れば死んで欲しいのではないかという疑念がますます強まる。

「そりゃ違うんじゃないですか、井川さん――」

滝田が声を上げる。

「安村の事案はあくまで我々のヤマです。安村を殺して解決だというのなら、公安としての捜査の継続性がそこで絶たれる。安村の背後にいるもっと大きな組織にメスが入れられなければ、公安はなんのための存在かということになる。人質の命など意に介さず、実力で制圧すればいいというんなら、それはもはや内戦じゃないですか」

「そんな大げさな話じゃないだろう。風前の灯火の極左暴力集団にとどめを刺してやるだけだ。悪さを企てたら容赦ない制圧作戦が待っているとわかれば大きな抑止力になる。そいつらが壊滅すればおれたちの仕事もなくなるわけだが、重要なのはこの国の治安で、おれたちが自分勝手なことは言っていられないからな」

自分勝手が背広を着ているような井川が本気でそれを望んでいるとは思えないが、そもそもそういうやり方で、テロ予備軍にとどめが刺せるとは唐沢は考えない。

ハンクスはいまも逃走中で、その模倣者はこれからも出てくる。現にそのハンクスが、連続企業爆破事件を起こした東アジア反日武装戦線の模倣者だった。

安村はハンクスのやり方を非難していたが、扱い方を一つ間違えれば安村もまた偶像化され、似たような模倣者を生むことになりかねない。

それよりなにより、これもある意味で自分勝手かも知れないが、唐沢にとってはハンクスを捕えることが、公安に職を得た最大の理由であることにいまも変わりない。唐沢は言った。

「滝田の言うとおりだよ。公安には公安の仕事がある。安村にシンパシーを感じているわけじゃない。問題は扱い方だ。あいつを殺害するのは最悪の選択だ」

「一罰百戒のいいチャンスじゃないか。そういうことを企てれば容赦なく抹殺されると教えてやれば、あとに続こうという馬鹿はいなくなる」

「いや、そういう馬鹿はいくらでもいる。これから東京オリンピック開催に向けて、外国のテロ組織と結託した危険な動きも出かねない。一罰百戒どころか、惧れなきゃいけないのは、窮鼠猫を噛むの諺だよ」

強い口調で唐沢は言った。日本赤軍最高指導者の重信房子は、二〇〇〇年に逮捕されてまもなく日本赤軍の解散を宣言したが、その直後に、指名手配中の坂東國男と大道寺あや子が解散無効宣言を出している。

彼らはすでに七十歳を過ぎる高齢のうえ、自力で組織を統率する力もないが、模倣者を生み出す力は侮れない。そしてテロの実行に組織力は必要ない。ごく少数のメンバー、場合によっては一人でも決行できるのがテロなのだ。

3

そのとき、唐沢の携帯が鳴った。高坂からだ。本部でまたなにか問題が起きたのか。応答すると、切迫した様子で高坂は言う。

「やばいことになってきた。ちょっと車の外に出てくれないか」

井川の耳には入れたくない話のようだ。素知らぬ顔で外に出て、唐沢は問い返した。

「やばいって、なにがですか」

「いま捜査会議をやってるんだが、説得工作なんか最初から議論にもならない。急襲作戦で一気に制圧すれば人質の救出は可能だと警備一課長が強硬に主張してるんだよ」

「どういう方法で？」

「狙撃だよ」

「安村が室内のどこにいるか、わからないでしょう」

「それがわかるというんだよ。マイクロ波を使った最新型のセンサーで、レーダーと同じ原理でカーテンや壁の向こうの人間の動きがわかる。おまえたちが監視に使っていたマンションからなら距離的にもまったく問題はないというのが、警備一課長の触れ込みなんだが」

「理論的には可能でも、一撃必殺で安村を無力化できるかどうかは疑わしいという見方だ。見えるといってもぼんやりした影のようなもので、そもそもそれが安村か人質か判断すること自体が難しい」

「SATはどう考えているんですか」

「じゃあ、とても使える作戦じゃないでしょう」

「それでもやれと言って聞かない。人質はなんらかの方法で拘束されているはずで、室内を自由に歩き回っているのが安村だという理屈だよ」

「人質がどういう状況に置かれているのか、いまは判断できない状況です。安村は、狙撃されても息があれば起爆装置を押すと言っています。撃たれたショックで反射的に押してしまうことも考えられるんじゃないですか」

「SATの連中もそこを指摘してるんだが」

高坂は苦衷を覗かせる。唐沢は問いかけた。

「私が出向けば、話は聞いてもらえそうですか」

「聞く耳は持たないだろうな。現場の主導権を握っている警備一課長は、公安一課長とは同期のライバルで、犬猿の仲で有名だ」

「人が死ぬかもしれない話で、そんな低次元のつばぜり合いをしてるんですか」

「むしろ、つばぜり合いくらいはして欲しいんだよ。ところがうちのほうの課長は、どうもそういう諍いに巻き込まれたくないようで、理事官を名代に派遣して、よきに計らえという態度を決め込んでいる」

「そんな無責任な。その上の部長同士は話し合いをしていないんですか」

「そっちも自分たちが出る幕じゃないと思っているらしい。特捜本部開設で、とりあえず捜査一課にヤマを横取りされるのを避けられたから、あとは勝手にやれという考えのようだ」

「だったら警備一課長の独壇場じゃないですか」

「ああ。一人で吠えまくっているよ。去年着任したばかりだが、いろいろ噂は聞いているだろう」

「柳原さんでしたっけ。たしか狂犬というニックネームだったような」

「ああ。どうしてああいう人物が警察庁に入庁できたのか、警備局の七不思議の一つだという話だよ」

「キャリアなんですか」

奉職して二十年経ち、すでにベテランの域に入ったいまも、組織としての警察社会には馴染めないところがあって、唐沢は雲の上の人事に疎い。そんな事情を高坂もよく知っている。

「東大法学部卒で、入庁して二十年目くらいだからほぼおまえと同じ歳だよ。警備局では公安課にいたこともあるから、公安の仕事を知らないわけじゃないはずだが、なにかとこちらのやり方を批判する。うちの課長に張り合っているのか、もともとそういう性格なのか、ことあるごとに強行策を主張して、公安だけじゃなく、刑事部のほうでも鼻つまみ者になっているそうだ――」

　刑事部の捜査一課も、ＳＩＴの手に余る事案ではＳＡＴの出動を要請する。そんな際にも、今回のような横車を押して現場を困らせているらしい。

「学歴と頭のつくりは別のようですね。なんとか抑え込むわけにはいかないんですか」

「公安部長もそこが甘かったよ。これまでは特捜本部の事実上のトップに居座らせるようなことはなかったんだが、今回はなぜかその席を譲ってしまった。警察庁にいたころも、ハイテク装備を駆使して過激派を力で制圧するのが警備公安警察の進むべき方向で、大勢の捜査員を抱え込んでモグラ叩きのように潰していくいまの公安の時代遅れの手法が、徒（いたずら）に警察予算を膨らませる原因だというのが一貫した主張なんだそうだ」

　高坂はため息を吐く。強い調子で唐沢は言った。

「なんとか抑え込んでください。そういう人物が警備警察のハイテク装備を自由に扱うようになると、子供にピストルを持たせるようなものですから」

「ところが警備の現場の連中は、面倒だから好きなようにやらせて、その結果に世間が非難を浴びせれば、さすがの狂犬も大人しくなるかもしれないと、いまは投げ出してしまっている気配がある」

「それもまた無責任な話じゃないですか」

「田口夫妻は人質のふりをした安村の一味で、それに誑かされて安村を取り逃がすより、どっちも死んで一件落着がいいという声さえ柳原一課長の周辺からは聞こえてくるんだよ」

高坂は苦い口振りだ。唐沢はため息を吐いた。警察という組織の上層部に、人の命をそこまで軽く考えられる人間がいるとは思ってもみなかった。

「私もその疑いがないとは見ていません。しかし確認するすべがいまはない。時間をかけて安村と話をして、状況を解明するのがこうした場合の常道です。憶測だけで人を殺していいはずがない」

「だからおれも言ったんだよ。まずは安村と話をしてみろと。録音装置をセットした井川の携帯を渡して、それを使ってかければ相手は出るはずだと。向こうの管理官が嫌々かけてみたんだが、安村は応答しない。たぶん交渉相手をおまえ一人に絞るつもりなんだろう」

「それなら私が交渉を続けますよ。本部のそういう動きを伝えてやります。安村も考えを変えるんじゃないですか」

「ああ、やってみてくれ。田口夫妻が安村の一味で、ただ芝居を打っているだけだとしたら、狂犬の吠えっぷりをブラフに使えば投降に応じる可能性がある。ただし問題は警備一課があくまで本気だという点で、柳原の頭では、急襲作戦は譲歩を引き出すための手段ではなく、それ自体が目的だということだ」

「そこですよ。時間はあまりないうえに、この先、柳原氏と安村とのあいだに信頼関係が醸成される見込みはゼロでしょう。こちらが情報を与えても、安村が単なる脅しだと舐めてかかれば、急襲作戦を実行する口実を与えることになる。逆に安村が投降に応じる気配を見せたとしても、柳原氏のほうがそれを無視して強行策に出る可能性は極めて高い」

「なんとか説得して欲しい。おれにもきょうまで公安の仕事をしてきた人間としての意地がある。どんな性悪のテロリストでも、生かして捕えるのが公安のやり方だ。重信房子をはじめとする何人ものテロリストが、逮捕されたことで自己批判をし、自ら偶像の座を下りた。殺害すれば英雄になる。それをさせないのが最良の決着だ」

「わかってます。とにかく説得を試みます。管理官はなんとか柳原氏を抑えてください」

「ああ。頑張るよ。幸いＳＡＴの連中は慎重だ。向かいのマンションからの狙撃でも、爆発が起きたらとばっちりを食うのは間違いない。三菱重工本社の爆発事件クラスの威力があったら、散開している機動隊員にも死傷者が出かねないからな」

「そういうリスクには彼らのほうが敏感でしょう。現場で体を張る人間は、机上の空論でしかものを考えない柳原氏のような人物とは違うはずです」
期待を込めて唐沢は言った。

4

時刻はすでに午後十時半を過ぎている。マンションの周囲は機動隊が固め、投光器が安村のいる部屋のベランダを明るく浮かび上がらせているが、ほかの部屋はすべて明かりが消えて、マンションの周囲の民家の窓からも光は漏れていない。

安村の部屋は相変わらずカーテンが閉まったままで、そのなかでなにが起きているかは把握できない。機微にわたる話を、車内にいる井川たちはもちろん、周囲にいる機動隊員の耳にも入れたくないので、唐沢は規制線の外に出て、マンションが見通せる小公園のベンチに腰を下ろし、安村に電話を入れた。安村はすぐに応じた。

「どうなってるんだ。機動隊が勢ぞろいしているようだが、急襲作戦はやめたのか。素人じゃないんだから、もし爆発したら、自分たちも無事じゃ済まないくらいわかるだろう」

「ところが本部を仕切っている警備一課長がハイテクマニアの素人で、なにやら最新機材を使って、起爆装置を押させずにおまえを無力化できると信じ込んでいる」

唐沢も組織に属する人間である以上、作戦の詳細についてはここで話すのは憚られる。

「だったら実験に協力してやるよ。人質もろとも爆死することになっても知らないぞ。舐めてかかっているようだが、三菱の本社ビルを爆破したときくらいの威力はある」

「急襲は最悪の選択だと、いま説得している最中だ。しかしおれたちの力だけでは断念させることが難しい。せめて投降の意思があるというサインくらいは出して欲しい。そうなれば、警備のほうも作戦を強行出来なくなる」

「その手には乗らないよ。それで油断をさせて狙撃しようという作戦だろう」

「そんなことをしたら警察こそテロリストだという話になってしまう。警備一課長がいくら頭がぶっ飛んでいても、まさかそこまではやれないはずだ」

「信用できるか。その気になれば、そっちはなんとでも情報を操作できる」

安村は言い放つ。それも十分あり得ると納得できてしまうのが情けない。

「お互い信じないと話は前に進まない。おまえたちには法廷闘争という手段もあるだろう。主張したいことはそこで主張すればいい。いまなら逮捕・監禁罪と爆発物使用予備罪の併合罪だ。自主的に投降すれば情状酌量もあるから、刑期はそう長くはならない。もっと穏健で市民と心の通じあうような運動に残りの人生を費やしたらどうだ」

「ご親切なアドバイス、ありがたい限りだが、井川よりはましというだけで、べつにあんたを信じているわけじゃない。警察に馬鹿がいくらでもいるのは先刻承知だが、ありもしない話をブラフに使って、おれを屈服させようと考えるずる賢いやつだっているだろう」

「おれがそうだと言いたいのか」

「そうじゃないと証明できるか」

安村は突っかかるような調子だが、むしろ信じさせて欲しいという願望のようなものが感じられる。できれば証明してやりたいところだが、そんな手立てがあるくらいなら、ことはここまで膠着していない。

「信じてくれと言うしかない。ハンクスについて、そして久美子について、おまえが言ってくれたことでおれは救われた。溝口俊樹というハンクスの別名は、やつの足どりをたどる重要なヒントになるかもしれない」

「久美子って、あの事件で死んだあんたの彼女のことか」

「そうだ。おれが公安の刑事になったのは、ハンクスをひっ捕えて、彼女の死の真相を明らかにするためだ。そうすることで彼女の魂を救うためだ」

「だからって、さっき言った以上のことをおれは知らない」

「そのためにおまえを利用しようというわけじゃない。ただおまえの言葉はおれの心に触れた。だからおれはおまえを信じることにした。おまえには人を殺せない。話せば必ずわかり合える」

「話し合ってわかり合えるんなら、世の中に争いごとは存在しない。だれにとっても、力で倒すしかない敵がいる。おれたちにとってはそれが国家だ」

「そうは思わない。少なくともおれとおまえは理解し合える。問題の落としどころは見つけられる」

「おれが投降することがそれだと言うんなら、落としどころでもなんでもない。そっちはなに一つ譲らずに、一方的に投降を迫る。そのやり方のどこに信頼や理解がある？」

そう言われれば答えに窮する。柳原の急襲作戦が成功するとは思えない。マイクロ波センサーによる狙撃に関しては、ＳＡＴの隊員も不安を感じている。さらに自分の命が容赦なく奪われると悟ったら、安村ならずとも起爆装置を押すだろう。しかし柳原はそれをおそらく成功とみなす。

「おれにはわかる。おまえ自身が死にたくないのはもちろん、人質も殺したくない。その気持ちにもっと忠実になったらどうだ」

「だったらそうさせないように、あんたのほうからなにか提案することがあるはずだ」

「例えばなんだ」

「ずっと言ってきてるじゃないか。車を用意すればいいんだよ」

「馬鹿なことを言うなよ。いまはおまえがカーテンの閉まった室内にいるから、狙撃は困難だとＳＡＴは言っている。しかし車に乗り込むタイミングだったら、ＳＡＴは確実にやってのける。飛んで火にいる夏の虫になるぞ」

「そのときは人質も巻き添えだ。それでもいいのか」

安村は鼻で笑う。自分が置かれている状況をまだ十分には理解していないようだ。かといって、それを正確に伝える手段が唐沢にはない。

「まだわからないのか。警備一課の上の人間はそんなことを惧れていない」

「だったらやってみろよ。日本の警察がどれほど極悪非道か、世の中にはっきり示すことになるぞ」

「おまえだって人質が死ぬことが平気なら、けっきょくお互い様じゃないか。それじゃ革命の大義も地に落ちるだろう」

「余計なお世話だよ。公安の刑事に、革命の大義など語って欲しくない」

「頭を冷やして考えてくれ。おまえは無意味に人を殺さない。おれはそれを信じている」

「あんたも変わった人間だよ。こんな状況じゃなかったら、いい友達になれたかもしれないな」

「ああ。おれもいい友達になりたいよ。だから命を粗末にするな」

祈るような思いで唐沢は言った。テロリストに情が移ったと言うなら言えばいい。この状況を打開する糸口があるとするなら、こんなやりとりを続けるうちに、互いの琴線に触れるような局面が生まれたときだ。時間はない。しかしそれを待つ以外に、いまは方法がない。

高坂に電話を入れると、折り返しかけ直すと言っていったん通話を切って、少し間をおいて向こうからかけてきた。帳場のなかでは差し障りのある話だと考えて場所を変えたのだろう。

安村とのやり取りを報告すると、高坂は重苦しく唸る。

「おまえの感触どおりなら、時間をかければ安村は投降する。向こうもきっかけを探しているような気がするな。しかし柳原氏は相変わらず急襲作戦にこだわっている。おれと理事官でなんとか宥めているんだが、警備のほうの理事官や管理官は長いものには巻かれろを決め込んでいる」

「SATはどうですか」

「彼らもある意味で気の毒だよ。無理難題だとわかっていても、上の命令には従わざるを得ない。失敗すれば責任を負わされる。成功したら一課長の手柄になる。おれたちから見れば、それは警察の敗北以外のなにものでもないわけだが」

「彼らには、安村と話をしようという気はないんですね」

「というより、井川の携帯を含め、どの番号からかけても安村は応答しない。おまえとのホットライン以外一切応じる気がないようだ。しかしむしろそれで助かっているとも言える」

「電話が通じると、挑発するようなことを言いかねませんからね。彼らが喉から手が出るほど欲しいのが狙撃の口実でしょうから」

「その点ではいくらか安心だが、そのうち痺れを切らすのも間違いない」

「こちらのホットラインのことは言っていないんですか」

「言ったらおまえの携帯も召し上げられて、ホットラインでもなんでもなくなるよ。せっかく築いた安村との信頼関係がすべてパーになる」

高坂はため息を吐く。だとしたらいまの安村との微妙な意思の疎通を報告し、急襲作戦にブレーキをかけるのも難しい。それができるのは、安村がはっきり投降の意思表示をしたときだけで、いまの段階でそれをすれば、本部の方針に逆らったとみなされて、唐沢は現場から排除されかねない。

「このままホットラインを維持するしかないですね。警備のほうの動きに変化があったら教えてください。私のほうから安村に警告を与えます」

「最悪の事態を避けるには止むを得んだろうな。発覚したら作戦を妨害したといって懲戒処分の対象になるかもしれないが、その場合の責任はすべておれがとる」

「いや、ここは私の一存でということに。そんなふざけた作戦が実行されて、止めようとしたこちらが処分されるような警察に、きっと私はいたくなくなりますから」

「そこまで言うんなら一蓮托生だ。おれも付き合わせてもらわなきゃ困る」

「でしたら気の済むようにしてください。たとえ相手がテロリストであれ、ほかの手段を一切講じず狙撃するのが許されるなら、警察はただの私刑集団です。そのときは、一個人の立場からの告発も辞さない覚悟です」

　唐沢はきっぱりと言い切った。

5

　井川たちがいる人員輸送車に戻ろうとしたところで、また携帯が鳴りだした。安村からだった。応答すると、落ち着いた調子の安村の声が流れてきた。

「ちょっと思い出したことがあってね。さっきの話の続きだよ」

「さっきの話？」

「ハンクス――、というか、おれが知っている溝口のことだよ」

「なにか、追加情報でも？」

　期待を隠さず唐沢は問いかけた。

「ああ。じつはおれの母親が群馬の出身でね。子供のころ、よく実家に遊びに行ったんだが」

「なにか思い当たることが？」

「群馬の言葉は、ほとんど標準語に近い。ただ、方言というか訛りがないわけじゃないんだよ」

「溝口にそういう方言があったというのか。おれはハンクスと話をしたことがあるが、そんなことには気がつかなかった」

「よその土地の人間はまずわからないだろうな。それに溝口は当時、東京暮らしをしていたから、その点からもこなれた標準語を話していただろう。ただ、おれにはわかったんだよ。群馬の人間の会話では、語尾に『さ』がつくことが多い。あとアクセントにも若干癖がある。地元の人間ほどじゃないが、溝口にもわずかにその痕跡が残っていたから、生まれはどこだと訊いたんだよ。そのとき群馬だと答えたのを、いま思い出した」

「群馬のどこなんだ」

「そこまでは言わなかった。こっちもそれ以上は詮索しなかった。我々の世界のエチケットみたいなもんでね」

「それは大きなヒントになりそうだ。教えてくれて嬉しいよ」

喜びを隠さず唐沢は言った。今回の事案について決着の糸口が出てきたわけではないが、安村とのあいだに、徐々に心の触れ合う部分ができてきた――。そんな感触が必ずしもこちらの思い込みだったわけではなさそうだ。

「役に立ったらいいんだがね。必ずとっ捕まえてくれよ。ほっときゃまた犠牲者が出る。テロリストのレッテルを貼られているおれが言うのもなんだが、ハンクスみたいな連中は、おれたちにとって面汚しもいいとこだ」

「おれだって許せない。公安刑事の立場を離れて、一人の人間としてもな」

思いを込めて唐沢は言った。安村は肩の荷を下ろしたように言う。

「いやね、なにか忘れている気がしてたんだよ。これで心残りがなくなった」

その言い方に不安を覚えた。

「ちょっと待てよ。死ぬのを覚悟したような言い方じゃないか」

「そう受けとってくれていい。腐り切った警察の恫喝に屈して手錠をかけられるくらいなら、死んだほうがまだましだよ。結果的にそれがあんたたちに一矢報いることにもなる」

「だったら、せめて人質は解放しろよ。おまえが追求する理想がなんであろうと、そのために関係のない人間を殺す権利はないだろう」

「さっきも言っただろう。殺すのはおれじゃない。それをさせないために、あんたたちにできることはいくらでもある」

「ああ。もちろんそうだ。いま特捜本部内では意見が対立している。急襲は拙速で、ほかにやれることはまだあると、うちの上司が説得に努めている。頼むから投降の意思があることだけでも示してくれないか。そうすれば、機動隊もＳＡＴも現場から撤収させられる」

「もういいんだよ。あんたの気持ちはわかったから。しかしおれの考えは変わらない。かつて心酔した先鋭的組織のトップたちが、死に場所を見失って何十年も逃亡生活を送り、挙句に逮捕されて、自己批判して生き恥をさらした。思想とともに死ぬのが本来のあり方のはずなのに、思想を殺して自分が生き延びた。おれはそんな人生になんの喜びも感じない」

安村はあくまで頑なだ。だったら好きにしろと言ってやりたいが、それでは唐沢も柳原と同類になってしまう。腹を括って唐沢は言った。

「とりあえず忠告しておくよ。カーテンが閉まっているといっても、なるべく窓の近くには立つな。カーテン越しでも室内が覗けるマイクロ波センサーという装置がある。SATはおそらくそれを使うだろう」

「そりゃ、大したもんだ。ここには人質の夫婦とおれと三人いる。それが区別できるほど鮮明に見えるわけじゃないだろう。ということは、もし狙撃を行った場合、人質のほうを殺してしまう可能性がある。その場合は間違えたじゃ済まされない。未必の故意による殺人だ」

言うとおりで、安村はなかなかクレバーだ。しかしそういう人間ほど馬鹿に付け込まれやすい。特捜本部では高坂たちが、柳原という東大法学部卒の馬鹿に手綱をつけることに、いまも苦心惨憺している。

「おれたちもその線から説得するよ。だから決して短気は起こすな」

宥めすかすように唐沢は言ったが、もう話は済んだと言いたげに、安村は黙って通話を切った。

6

そのとき、規制線の外から進入してくる小型の警備車両が見えた。ボディー側面にＳＡＴのロゴがある。不審なものを覚え、慌ててそのあとを追った。

車両は唐沢たちが監視に使っていたマンションのエントランスの前に駐まった。必死に走って井川たちがいる人員輸送車のところに向かうと、その車両から出てきたのはＳＡＴの出動服を着た数名の男で、なにやら得体のしれない機材を運び込んでいる。

唐沢たちがいた部屋では、すでに先着したＳＡＴの狙撃チームが出番を待っている。搬入しているのは、おそらく柳原自慢のマイクロ波センサーだろう。高坂たちの説得も功を奏さず、柳原は狙撃の準備を着々と進めているらしい。

機動隊員たちは持ち場を変えるでもなく、マンション前の路上で立ち番を続けている。万一爆発が起きた場合、彼らにも被害が及ぶのは明らかだが、退避を命じていないということは、いますぐ決行するわけではないとみてよさそうだ。

唐沢は人員輸送車に戻り、高坂から聞いた本部内の状況を説明した。ＳＡＴの不審な動きには彼らも気づいていたらしい。井川が顔を引きつらせる。

「まだおれたちには退避の指示が出ていない。機動隊の連中はともかく、所轄の連中だってマンションの周りにたむろしている。本部はこの状態で狙撃を決行しようというのか」

「警備一課長には、爆発させずに安村を無力化する自信があるらしい。自慢のハイテク装備がどれほどのものなのか知らないが、本部にいるＳＡＴの隊員でさえ、絶対の自信はないと言っている――」

そのあたりの事情を詳しく聞かせると、井川は気色ばむ。

「このままじゃ、一つ間違えればおれたちもとばっちりを食う。それを承知で作戦を決行しようというのか」

「いまうちの理事官と高坂さんが、柳原氏に決行を思いとどまらせようとしているらしいんだが――」

「言うことを聞かないのか。安村はどうなんだ。おれの耳に入らないように外に出て、いろいろ内緒話をしていたんだろう」

「そんな状況を説明して投降を呼びかけたが、それを単なるブラフとみているのか、あるいは腹を括っているのか、いまのところ聞く耳をもたない」

「いまＳＡＴが運び込んだのが、そのマイクロ波センサーとかいうやつだな」

「そうだと思う。そんな動きがすでにあるとしたら、高坂さんたちに内緒で柳原氏が勝手に動いているんだろう。いま確認してみるよ」

唐沢は高坂を呼び出した。こんども折り返し直すと応じて、一分もしないうちに高坂は電話を寄越した。こちらの状況を説明すると、憤りも露わに高坂は言った。

「本当ならふざけた話だ。そういえばついさっき、こっちにいるＳＡＴの隊長が、柳原に耳打ちされて五分ほど席を外したよ。そのときに指令を出した可能性がある。これから柳原氏に確認する」

そう言って高坂は通話を切った。その内容を伝えると、井川は血相を変えて、運転席にいる所轄の捜査員に指示を出す。

「事情はわかっただろう。いますぐこの場を離れてくれ」

「私の判断では動けません。あくまでここにいろという指示なので。これから上司に訊いてみます」

困惑顔で捜査員は応じ、携帯電話を取り出した。人員輸送車といっても警察車両だから頑丈なつくりで、建物の破片が降ってくる程度ならとくに心配はなさそうだが、それが生命の危機ででもあるかのように井川の顔色は青ざめている。

短く言葉を交わして通話を終え、捜査員は井川を振り向いた。

「本部から退避の指示は出ていないそうです。危険があれば警察無線による一斉通報があるはずなので、まだしばらくそこで状況を見守るようにという指示でした」

「おまえの上司って、だれなんだよ」

「公安係の主任ですが」

「だったらこっちのほうが格上だ。いますぐおれの命令に従え」

井川は高飛車に言う。それを遮るように滝田が声を上げる。

「待ってくださいよ。機動隊も所轄の捜査員もまだ頑張っているのに、本庁から出張っている我々が先頭を切って逃げ出すようじゃ、あとで笑いものになりますよ」

「どうしてもいやなら、あんただけどこかに退避したらどうだ。いまの状況では、いても役に立つことはとくになさそうだし」

嫌味な調子で唐沢も言った。井川は口をへの字に曲げた。

「偉そうな口を利きやがって。ホットラインがどうのこうの言っても、けっきょく安村を落とせなかったじゃないか」

「それでも軟化はしてるんだよ。時間をかければ折れてくる感触はある。ここは高坂さんに頑張ってもらうしかない」

唐沢が言ったとたんに、高坂から電話が入った。

「準備に入ったことは認めたよ。これからマイクロ波センサーを使って室内の状況を探るそうだ。行けると判断したら決行すると、先生、自信満々だよ」

高坂は吐き捨てるように言う。スピーカーフォンモードで聞いていた井川たちの顔に緊張が走る。唐沢は問いかけた。

「だったら、機動隊や所轄の捜査員はどうなるんですか。もちろん我々も決して安全じゃない」

「一発必中で仕留めるから心配はないと言っている。機動隊を退避させたら安村に感づかれるという言い草だ」

「その根拠は？」

「メーカーのカタログだよ。その装置は外国製で、柳原が強引に押し込んで導入したらしい。そのせいもあって、使ってみたくてうずうずしているようだ」

「なにをかいわんやですね。ただの買い物マニアじゃないですか」

「メーカーから賄賂でも貰ってるんじゃないかと心配になるくらいだよ」

高坂は穏やかではないことを口にする。

ＳＡＴの狙撃チームがベランダに姿を現した。その傍らで別の隊員が先ほど運び込んだ装置を設置して、モニターらしい部分を覗き込んでいる。井川が頓狂な声を上げる。

「まずいぞ。やる気だぞ。早く逃げなきゃ巻き添えを食うぞ」

唐沢はその状況を高坂に伝えた。

「ふざけやがって。柳原と直談判してくる。言うことを聞かないようなら公安部長にも動いてもらう。本来所管でもないところにしゃしゃり出てきて、公安の顔に泥を塗るようなことをされちゃ堪らない」

高坂はいきり立って、そのまま通話を切った。

ベランダのＳＡＴの動きが慌ただしい。唐沢は携帯で安村を呼び出した。こうなったら、あとで井川になにを言われてもかまわない。柳原に告げ口されてもかまわない。

こんどはいくら呼び出しても安村は応答しない。やむなく留守電に吹き込んだ。

「ＳＡＴが狙撃の準備に入った。ベランダの窓から極力離れて、急いで別の部屋に行け」

井川は納得したように頷いて、いつものような嫌味も言わない。我が身に迫る危険を避けることがいまは重要で、ここでは呉越同舟を厭わないようだ。

センサーを覗いていた隊員が、装置に組み込まれたレーザーポインターのようなもので安村のいる部屋の窓に光を照射する。安村がいる位置を狙撃手に指示しているようだ。

狙撃手は素早くライフルを照準する。銃口が火を噴いた。乾いた銃声が、静まり返った深夜の住宅街に谺（こだま）した。

最悪の事態が起きてしまった――。唐沢の背筋を冷たいものが駆け抜けた。

耳を劈（つんざ）く爆発音が轟いた。ベランダの窓から真っ赤な炎が噴き出した。

第六章

1

爆発の直後、安村のいる五階の部屋の窓からは炎と煙が激しく噴き上がった。爆風はマンションの周囲まで届き、機動隊員はとっさに防護楯で身を守り、唐沢たちが乗っている人員輸送車も大きく揺れた。

しかし惧れていたマンションが倒壊するような事態には至らなかった。安村が所持していた爆発物の威力が、唐沢たちが想定していたほどではなかったのか、あるいは起爆装置に設計上のミスがあり、爆発が不完全に終わったのか。

いずれにしても湧き起こったのは、あまりにも無謀な作戦をいとも簡単にやってのけた柳原警備一課長に対する憤りだった。

爆発の規模は想定以下だったが、だからといって安村と人質の二人が生きている可能性はない。

爆発物処理班の特殊車両が駆けつけて、部屋の窓に向けて放水を始めるが、専用の消防車と比べれば放水量は心もとない。まもなく近隣で待機していた消防車がやってくるだろうが、さらに連続して爆発が起きないとも限らず、消火作業もまた命懸けになる。

その邪魔にならないように、機動隊員は現場から退避する。ほどなく到着した消防車が梯子を伸ばし、炎と煙を噴き上げる部屋の窓に向けて直接放水を始めると、火勢は徐々に弱まった。

高坂から電話が入る。

「いま現場のSATから本部に連絡があった。最悪のことをやらかしてくれたよ」

唐沢は現場の状況を説明した。高坂は怒りをあらわにする。

「いずれにしても柳原の作戦は大失敗だ。ただしおれたちの目から見ればで、なんだかんだと言いくるめて、急迫不正の侵害があったことにしてしまうつもりだろう」

「つまり正当防衛が成立すると言うんですか？　その結果、人質を死なせることになってもですか？」

「ついさっきまでうちの理事官と一緒に説得していたんだが、柳原はそれを匂わせるような伏線を盛んに張っていた」

「そんな理屈が通るわけないじゃないですか。それどころじゃない。人質に関しては未必の故意による殺人が成立しますよ。柳原さんはどんな様子ですか」

「報告を受けて慌ててはいたよ。爆発はさせずに安村を無力化できると本気で信じ込んでいたらしい」

「けっきょく、命を懸けた安村の罠にはまってしまったわけじゃないですか。警察は世間からとことん叩かれるでしょう。そのぶん安村のような連中へのシンパシーが増せば、我々の仕事はやりにくくなる」

「いまの時代、政治への不満は国民のなかにマグマのように鬱積（うっせき）している。右も左も関係ない。そこに火が点いたら、目も当てられない」

　高坂は吐き捨てるように言う。唐沢は無力感を禁じ得ない。自分たちにできることはしょせんはモグラ叩きだ。そしてそういうマグマを溜める元凶が政治だということはよくわかっている。

　高坂が右も左も関係ないと言うように、極左と極右には反米と反権力という共通項がある。かつては反目し合ったそんな勢力が、いまは交流を深めている事実を公安は把握している。しかし縦割り志向の強い公安の体質が、そうした動きに対する効果的な取り締まりを阻害している――。そんな認識が現場にはあっても、いまも冷戦時代そのままの公安の組織構造を変える手立ては、末端にいる唐沢たちにはない。

「日本の警備公安警察にとってはオウンゴールそのものじゃないですか。これからもこんなことをやられたら、公安はそのうち手足をもがれてしまいますよ」

「たしかにな。この先のことを考えると頭が痛いよ」

「マスコミは警察の失策として、大々的に批判するでしょうね」

「もうテレビには臨時ニュースが流れているよ。これから本部にマスコミが大挙して押しかけてくるはずだ。今夜のうちに記者会見を開くだろうが、柳原が馬鹿なことを言わないように、これからしっかり釘を刺さないと」

「もうじき火の手は収まりそうです。そのとき現場の状況がわかるでしょう。答えはもう見えていますがね」

苦い思いで唐沢は応じた。その結果を安村が望んでいたとはいまも思えない。唐沢と同様、懸命に落としどころを探っていたという感触がいまもある。

「ああ。事実は正直に発表しないとな。こうなったら、むしろマスコミにとことん叩いてもらったほうがいい。これを機に、柳原のような人物には警察組織の表舞台から消えて欲しいよ」

それが自らの失策でもあるかのように、高坂は慙愧(ざんき)を滲ませた。

対応が速かったせいか、火災は隣戸への延焼もなく収まった。

安村のいた部屋のベランダは完全に破壊され、吹き飛んだ掃き出し窓からはまだかすかに白煙が漂っているが、室内はほぼ鎮火したように見える。

　待機していたＳＡＴの隊員と爆発物処理班がマンションに駆け込んだ。唐沢は運転席の捜査員に警察無線のスイッチを入れさせた。安村の耳に届くのを警戒して、現場では立て籠りが明らかになって以降、無線はすべて封止していた。すでに封止は解かれていて、室内に入ったＳＡＴと本部のやりとりが耳に飛び込んできた。

「爆発はリビングルームで起きています。家具類はすべて砕け散って、室内の壁もほとんど吹き飛んでいます。それから――」

　報告するＳＡＴ隊員の声が、嘔吐を堪えているかのようにそこで途切れる。

「しっかりしろ。どういう状況なんだ」

　上司らしい人物が苛立ったように促す。たぶんＳＡＴの隊長だろう。

「焼け焦げた人体の断片が散乱しています。だれのものかは特定できません」

　隊員が返した言葉は、想定はしていても怖気だつものだった。車内の一同が重いため息を漏らす。けっきょくきょうまでの努力はなんだったのかと、唐沢は地団駄を踏む思いだった。

　粘り強い捜査で安村を追い詰めたのは、彼を殺害するためではなかった。立て籠りの事実が明らかになってから、唐沢が必死で説得を続けたのも同じ理由だ。

　もちろん人質の救出が最優先だったが、それに劣らず重要だったのが、安村を生かして検挙することだった。細い糸を手繰るような公安の捜査では、対象者の死は捜査の終結を意味しさえする。

剣の他の仲間たちは、これから息をひそめるだろう。それぞれの身元は特定できても、それを検挙や事情聴取に結びつけるに足る犯罪事実を唐沢たちは把握していない。

切迫した調子で隊長が問いかける。

「人質はどうなんだ。リビングルームにいたのは間違いないのか」

「わかりません。その――。現場には人のかたちをしている部分がほとんどありませんので――」

隊員の声は悲痛だ。開き直るように井川が言う。

「その人体の破片のなかに人質も含まれているのは間違いない。こうなることはわかり切っていた。それを敢えてやったのは警備一課なんだから、責任はきっちりとってもらうしかない。狂犬が左遷なり辞任に追い込まれれば、こういう馬鹿なことは今後二度と起きないだろうよ」

井川にすれば結果オーライということか。籠城事件が発生して以来、安村の殺害に否定的な意見を口にしたことはほとんどない。唯一あるとすれば、爆発が起きたとき、我が身に危険が及ぶのを惧れたときくらいのものだった。

その腹の底はまだ読めないが、安村が生きて逮捕されると困る事情があると考えるのが、単なる邪推だとは思えない。安村にはそれを交渉の切り札に使う手もあったはずなのだ。

しかし安村も馬鹿ではない。そうなると井川は、彼を亡き者にすることにさらに輪をかけて邁進しただろう。そこまで読んでの対応だったとすれば、その意味でも唐沢にとって安村の死は無念だった。

ハンクスのことに関しても、あのとき語った以上の事実を知っていた可能性がある。そしてそこに、井川がなんらかのかたちで絡んでいる――。そんな突拍子もない想像が、なぜか真実味を帯びてくる。

そのとき警察無線にＳＡＴ隊員の喜色を帯びた声が飛び込んだ。

「人質の夫妻が見つかりました。ひどいショックを受けていますが、生命に別状はありません――」

2

夫妻は手足を拘束されて浴室に閉じ込められていた。

浴室を除いたほとんどの部屋の壁は木組みの上に石膏ボードが張られた仕切り壁だが、浴室のリビング方向の壁は、たまたま構造上の強度を保つために設置された鉄筋コンクリートの耐力壁だった。

爆発が起きたリビングルームとは、キッチンを挟んでその壁で隔てられていたため、浴室のドアは吹き飛んでいたが、二人は直接的なダメージを受けずに済んだようだった。

浴室にも爆風は吹き込んだが、耐力壁によって威力は抑えられ、吹き飛んだドアの破片で軽傷を負っただけで済んだらしい。

安村は起爆装置で脅しながら、室内にあった布製の粘着テープで夫に妻を拘束させ、次に安村が夫を拘束したという。

安村は建築学科の出身で、おそらくマンションの構造に関しても一定の知識があったのだろう。浴室の壁が強固な耐力壁だということを知っていたのかもしれない。

それに加えて、爆発物処理班の分析では、爆発の威力がこちらが想定していたよりも弱かった。爆弾テロを企てる以上、おそらく爆発物の威力に関しても、安村はそれなりの知識は有していたはずで、二人がそこにいる限り安全だということがわかっていた可能性がある。

いずれにしても、結果は柳原の強引な作戦が正解だったことになる。人質二人の命が救われたことを喜ばないわけではないが、唐沢の心境は複雑だ。

田口夫妻と安村には特別の繋がりはなかったようで、たまたま部屋のある階が同じだったため、ときおり廊下で立ち話することがあったらしい。

安村は国際政治を専門とするフリーのジャーナリストだと言っていた。田口も大学で国際政治の教鞭をとっている。そんなことから親しみを覚え、ときおり近所の居酒屋で政治談議をするようになった。

田口は左翼系というよりむしろ親米保守の立場で、本来なら安村と意見が一致することは考えにくいが、安村は国際政治から国内政治に至るまで田口も舌を巻くほど該博な知識を有していた。そのうえ左翼的な傾向はほとんど見せず、むしろ田口に近い保守的なポジションを装っていたらしい。

たびたび取材先の土産だと言って珍しい品物を持って訪れて、妻や娘とも親しくなった。田口の自宅で夕食を共にする機会も持つようになり、そのうち家族ぐるみの付き合いが始まった。小学生の娘は安村に懐き、安村も自分の娘のように可愛がって、父親の田口が嫉妬するほどだったという。

いざというとき人質に使おうという目算でか、あるいは単に気が合っただけなのか、安村が死んだいまとなってはわからない。

事件のあった日、大きなリュックサックを背負って、安村は田口の部屋にやってきた。田口も娘も夏休みで、もちろん妻もいた。それは唐沢たちが安村の部屋に踏み込む三十分ほど前だった。

これから二ヵ月ほど外国に行くので暇乞い（いとま）をしにきたようなことを言って、いつものように室内に上がり込んでから、安村は唐突に、背負ってきたリュックの中身が爆弾で、その起爆スイッチを肌身離さず持っていると告げた。

夫妻は最初はジョークだと思ったが、リュックの中身はいかにもそれらしい代物で、起爆用のダイナマイトもセットされていた。

安村は自分がテロリストグループのリーダーで、マンションの自室で爆弾テロの準備をしていたが、それが警察に発覚した。これからこの部屋に立て籠って、警察と対峙するつもりだと表明した。

起爆スイッチを押せばマンションそのものが崩壊するほどの威力があるとの触れ込みの、爆弾入りのリュックをつねに背負っていて、抵抗すれば自爆すると脅したらしい。

田口はそれに逆らえなかった。まさかとは思う一方で、万が一嘘ではないとしたら、自分はもちろん妻も娘も道連れにされる。

安村はドアのU字ロックに南京錠を取り付けた。錠を外さない限り、掛け金が引っかかってなかなかからロックは外せない。

さらに安村はエアコンを止め、冷蔵庫を除くすべての家電製品の電源を切り、飲み物は買い置きのミネラルウォーターやソフトドリンク、トイレは浴槽の汲み置きの水を使い、水道の使用もガスの使用も禁じた。

安村は外廊下のどこかや自分の部屋のベランダにウェブカメラを設置していたようで、スマホでその映像を確認し、マンションの周辺にパトカーが集結している様子を田口に見せた。まもなく管理人室からインターフォンの呼び出しがあったが、安村は出るなと命じた。

エアコンを点けていない室内には熱気が籠り、やがて娘の意識が朦朧としてきた。田口夫妻はもちろんのこと、安村も大いに慌てた。そのとき娘の命を救うために警察側と交渉した安村が、自分たちを巻き添えにする可能性は低いと田口は信じたらしい。

安村が二人を粘着テープで拘束し浴室に閉じ込めたのは、唐沢がＳＡＴによる狙撃の可能性を示唆した直後のようだった。

その話を聞いて、唐沢は畏敬の念のようなものを覚えた。

「思想とともに死ぬのが本来のあり方のはずなのに、思想を殺して自分が生き延びた。おれはそんな人生になんの喜びも感じない」

かつての先鋭的組織のトップたちの末路を評して言った安村の言葉が蘇った。

もし浴室がマンションの室内で比較的安全な場所で、用意した爆発物がそこを覆っていた耐力壁を破壊するほどの威力がないことを安村が知っていたとしたら、自らはその爆発によって確実に死ぬことを覚悟したうえで、人質を巻き添えにしないように手を打った可能性がある。

狙撃の一時間後に駒込署で行われた記者会見には、講堂に入りきらないほどの取材陣が駆けつけた。

一つ間違えれば批判の矢面に立たされたはずの柳原はまさに得意満面だった。警察は人質が安村と同じリビングルームにはいないことをマイクロ波センサーによって把握していて、爆発物の威力についても、安村が言っていたほどの威力はないことが爆発物処理班の分析で明らかだった。その結果、人質の救出と犯人の無力化を狙った狙撃作戦はまさに図星だったと胸を張った。

その話のあらかたが嘘で固められたものであることが唐沢たちには明白だが、マスコミは警備一課の対応をとりあえず評価したようだ。喝采とまではいかないにしても、人命重視の判断としてやむを得ないと見たらしく、翌日の報道に批判めいた論調はほとんど見かけなかった。

最悪の事態に終われば狂犬の首に縄をつけられると密(ひそ)かに期待していた公安部長は、結果的に柳原の権威が高まってしまい、庁内での公安の影響力がむしろ弱まりかねないことを惧れているようだ。

この先、柳原が警察庁に戻って出世することにでもなれば、警備と公安の両部門を配下に置くポジションに就いてしまう可能性もあるわけで、そうなれば公安は柳原の子分に成り下がる。

3

事件の三日後、現場の鑑識作業や田口夫妻からの事情聴取を終え、特捜本部は店仕舞いした。その晩、高坂は虎ノ門にある行きつけの居酒屋で、一献酌み交わしながら唐沢に愚痴った。

「警備なんてのはあくまで暴動やテロが起きたときの用心棒で、それを起こさないために日々汗を流す公安があってこそ国の治安は維持される。その用心棒が前面に出る時代になったら、この国は三百六十五日、戒厳令を敷かれているような国になっちまう。マスコミや左翼は公安を政治権力の飼い犬のように言うが、公安には公安のプライドがある。そういう国にさせないために、おれたちの仕事はあるんだよ。上の連中のことはよくわからんが、少なくともおれに関してはな」

「犬と言われてもしかたがない部分もありますがね——」

投げやりな調子で唐沢は言った。

「でも犬と呼ばれようと狸と呼ばれようと、私は気にしませんよ。悔しいのは安村を死なせてしまったことなんです」

「ハンクスのこともあるからな」

高坂は察しよく応じる。もちろん公安刑事として、なにより人間として、安村を生かして捕えたかった。しかしそこには、安村がさりげなく漏らしたハンクスに関する情報のことがむろんある。

検挙してじっくり話が聞ければ、もっと多くの情報が得られたかもしれない。しかし唐沢にしてもあの切迫した状況で、それに時間を割くのは無理だった。それにあのときはまだ安村を投降させる自信があったから、そのあと事情聴取する時間はいくらでもあると思っていた。

安村が、自ら語った以上の情報を持っていた可能性もあったのだ。事件関係者からの事情聴取で、時間をかけて話を聞くと、当人がそれまで思い出せなかった事実が浮かび上がることがあり、それがこちらにとっては貴重だったりもする。身を乗り出して唐沢は言った。

「自分の都合を言うようで気が引けますが、少なくともハンクスが群馬県出身の溝口俊樹という人物だという情報は、あの事件以後、初めて出てきた新たな手掛かりです」

「信憑性にはやや問題がありそうだがな。その点を含めて、こちらで動いてみる価値はあるだろう」

「もし溝口俊樹が実在する人物なら、群馬県内の自治体を虱潰しにあたって、戸籍が存在するかどうか調べてみるべきでしょう。もっとも安村が聞いた名前が本名だというのが前提で、偽名だとしたら骨折り損のくたびれ儲けですが」

「それを惧れていたらおれたちの商売は成り立たないよ。徒労の山のなかから思いもかけない手がかりが出てきて、そこから大物の検挙に至ったことは珍しくない。それを税金の無駄遣いだと言われても、けっきょくは誰かがやらなきゃいけない仕事だ。ハンクスだってこのまま野放しにしておいていいはずがない。安村が言っていたように、あいつはまさに人間のクズだ。しかし彼には不思議な伝染力がある。おまえの彼女を含め、あれだけの人間を洗脳し、実際に爆弾テロを実行したわけだから」

親身な調子で高坂は言うが、唐沢はいまもそれには同意しがたい。久美子がハンクスに洗脳されて、自ら実行犯になったとは思わない。そこに根拠があるかと言われれば答えようがないが、それを信じて、その真相を解明するために、いまも自分は公安に身を置いている。

しかし現実として、久美子はあの事件の実行犯として被疑者死亡で送検された。一方のハンクスは、爆発物使用予備罪で指名手配はされたものの、いまはすでに時効が成立して、居場所を突き止めたとしても逮捕はできない。

可能性があるとすれば、一つは事件後海外に逃亡し、その間時効が停止していて、いまも残存期間がある場合だが、もしいまも海外にいるとしたら、居場所を特定することは極めて困難だ。

もう一つの可能性は、事件直後に青木ヶ原の樹海で死体となって発見された川内が、じつは自殺ではなくハンクスによって殺害された、あるいは久美子がハンクスの偽計によって殺害された事実が立証できた場合だろう。

それなら殺人には時効がないから逮捕は可能だが、それを立証するにはハンクスの自供、もしくはいまも唐沢たちの視野に入っていない共犯者がいて、その証言が得られるようなことでもない限り、逮捕・立件することは不可能だ。

安村は知り合いの活動家に頼まれてハンクスこと溝口を匿ったと言っていた。その誰かの素性を訊きそびれたのがいまは悔やまれる。その人物がこちらがまだ把握していない事実を知っている可能性は高いし、ハンクスとの繋がり具合によっては、西神田の事件や川内の死の背後の事情を知っているかもしれない。腹を括って唐沢は言った。

「安村のグループは当面死んだふりをするでしょう。私はこれから溝口の線を洗ってみます」

「ああ、やってくれ。おれたちの仕事は刑事捜査じゃないから、時効がどうのこうのはそれほど関係ない。それに死者は一人だったと言っても、それは結果論に過ぎない。一つ間違えれば三菱重工爆破事件と同程度の死者を出した可能性がある。もしハンクスが主謀者だと立証できれば、殺人未遂で立件も可能だ。その場合の時効は二十五年だからまだ間に合う」

「とりあえず、溝口俊樹の戸籍を当たってみます。難しいとは思いますが、やってみなければ答えは出ませんから」

「ああ。偽名だと決めてかかる必要はない。偽名は案外使いにくい。テロリストだって銀行口座は必要だし、クレジットカードも必要だ。住民登録していなければ健康保険だって使えない。指名手配されて逃亡生活に入ったときは連中も偽名を使うが、ハンクスこと溝口が安村と会ったのは事件の前だ。その安村だって、今回の事案では本名で部屋を借りていた」

　高坂の言うとおり、偽名というのは生活面でなにかと不便なもので、過去の事件の犯人たちにしても、犯行を行う以前に偽名を使っていたケースはほとんどない。その点がハンクスはじつに巧妙で、ここまで消息が摑めなかった最大の理由が、その本名がわからないためだった。

「身元さえわかれば、国内にいる限りなんとかなりますよ。事件後は住所不定になっている可能性はありますが、縁戚関係や友人関係と、たどれる糸口が一挙に増えます」

「そういう線から考えると、うちの内部にもその糸口が一本あるかもしれないな」

　高坂が意味深なことを言う。唐沢は問い返した。

「井川さんですか」

「ああ。おまえの読みどおり、あいつは安村と繫がりがあった。当然、安村の人脈についてもそれなりの情報は持っているはずだ。そこにハンクスが含まれている可能性は必ずしも高くはないが、その人脈のなかからハンクスに結びつくなんらかの情報が得られるかもしれない」

「だったら、まず井川さんから話を聞かないと」

「素直に話すと思うか」

「私のためになることは、まずしてはくれないでしょうね」

「そう思うよ。井川に関しては、おれのほうから締め上げてみよう」

高坂が思いがけないことを言う。唐沢は問い返した。

「どうするんですか。なにか不祥事のネタでもあるんですか」

「安村とのコネクションだよ。エスとして使っていたとしても、それにかかった支出が果たして適正だったのか、チェックする権限がおれにはある」

「そもそも相手が誰であるにせよ、捜査報償費の使いっぷりが尋常じゃないという噂は以前から聞こえていましたからね」

「どういうエスとどんな付き合いをしているか、部内で詮索しないのは、公安捜査のもつ特殊性から生まれた慣例に過ぎない。職場のあるべき規範としては上司に報告するのが当然で、これまでは単にその権限の行使を留保してきただけだ」

「そこにメスを入れるとしたら、かなりな抵抗に遭うでしょう」

「安村と連絡がとれる立場にいたことを、井川は、おまえにはもちろんおれにも黙っていた。お陰で、あの事件がああいう好まざる結果に終わった。その責任を追及するのはおれの責務でもある」

高坂はきっぱりと言う。心強い援軍宣言だ。意を強くして唐沢は応じた。

「じゃあ、そちらは管理官にお願いして、私は溝口の足どりを追うことにします」

4

翌日から唐沢は、腹心の木村とともに溝口俊樹の所在の解明に乗り出した。

係長の佐伯は高坂の意を受け、剣の残党狩りについては滝田を中心とするチームに当たらせた。一方、井川と腰巾着の木塚には、安村の事案で助っ人に入る以前に担当していた別の過激派グループの内偵を続けるように指示した。

そちらの事案は第七係の内部でもさして緊急性のない暇ネタとみなされていた。捜査を装って油を売り、エスに対する報償費の架空請求をするための口実として、井川がでっち上げたガセネタではないかと勘繰る者も少なからずいて、もちろん唐沢もそんな一人だった。

あえてそんな暇ネタを担当させたのは、管理官の職権で井川を締め上げようという高坂の意向を汲んだものだろう。

個人的に採用したエスの素性について、必ずしも上司への報告を求めないという公安の現場の慣習があろうとも、安村は爆弾を抱えたテロリストだ。その安村についての情報を、現場にいながら積極的に開示しようとしなかったことは、職務上の怠慢という以上に、実質的な捜査妨害であり、場合によっては犯人隠避の罪にも該当する。本来なら監察に通報し、然るべき処分を求めるべき事案だと脅してやれば、井川もそうはしらばくれられないだろうという高坂の読みがある。

それに加えて、最古参のデカ長として第七係の現場を牛耳って、若い同僚たちを威圧する。階級が上の唐沢に対するハラスメントはもちろんのこと、上司の佐伯や、ときに高坂にさえも楯突く態度は、班の士気にも影響する。なにか理由を見つけて井川を飛ばしたいというのが高坂の本音でもあるようだった。

とりあえずそちらのほうは高坂に任せて、唐沢たちは溝口の身元の洗い出しにとりかかった。

群馬県内には三十五の市町村があり、まずはそれぞれに個別に問い合わせる。幸い県内の自治体はすべて戸籍のコンピュータ化が実施されており、溝口俊樹という人物の戸籍が群馬県内にあるとするなら検索は容易なはずだ。

結婚その他の理由で転籍していたとしても、除籍簿の保存期間は八十年と決められているから、もし一度でも群馬県内の市町村の戸籍簿にその名前が記載されていれば、見落とすことはありえない。

問題は生まれや育ちが群馬県内だとしても、戸籍は群馬県外の可能性があることだ。そうだとしたら全国の戸籍を当たる必要が出てくるわけで、国内には千七百余りの市区町村がある。そのすべてに当たるとなると気が遠くなるが、場合によってはそこまでやる必要があるだろう。

溝口俊樹という名前はことさら風変わりではないから、同姓同名の人物も相当数含まれるだろう。とはいえコンピュータ化された戸籍簿というのは、世界でも稀な個人情報のデータベースで、それを利用しないとしたら、捜査機関として怠慢というものだ。

とりあえず佐伯に必要な枚数の身上調査照会書を書いてもらい、それを群馬県内のすべての市町村に送付した。

身上調査照会書は、主に地方自治体に戸籍や住民登録関係の情報開示を請求する書式だが、法的な強制力はなく、応じる応じないは各自治体の裁量に属する。しかしそれが犯罪に関わる事案となれば、よほどへそ曲がりの首長がいる自治体でないかぎり、拒否されることはまずありえない。

「これって、やりがいのある仕事じゃないですか――」

身上調査照会書の送付を終え、一段落ついたところで木村が言う。

「刑事警察はともかく、公安にとっては、年季の入ったネタは熟成したワインみたいなもんですよ」

「ハンクスに関しては、腐ったワインだとしかおれには思えない。そのワインに酔い痴れる馬鹿が出てきたら、おれたちの手に負えないような事態になる。安村にしたってまともじゃないが、それでもある種の矜持はあったわけだよ」

「投降を拒否し、自分は死んで、人質の命は救った。なかなか真似のできることじゃないですよ」

木村は感じ入ったように言う。マスコミは一時は柳原の大胆な作戦に賛辞を贈ったものの、事件当時の状況が明らかになるにつれ、果たしてそこまで強硬な手段をとる必要があったのかと、疑念を表明する論評も出てきている。

狙撃に至るまでの交渉プロセスは十分だったのか。人質を殺害する意思がなかったとしたら、説得すれば投降に応じる可能性があったのではないか。殺害を想定しない制圧手段は考えられなかったのか——。

案の定、左派系の弁護士が特別公務員暴行陵虐致死罪で警視庁を告発した。地検は受理はしたものの捜査に乗り出す気はないようで、地検が動かなければ検察審査会に審査の申し立てをすると弁護士は意気込んでいる。

しかしテロの制圧作戦に特別公務員暴行陵虐致死罪が適用されれば、警察による今後のテロ対策に手枷をはめられるという考えで検察は警察と一枚岩のようで、起訴相当の議決が出ても、それに従う気はなさそうだ。

「しかし、厄介な仕事になりそうだぞ。手間を食うばかりじゃない。うちの部内からも、いろいろ横槍が入りそうだ」

唐沢は慎重に言った。木村は怪訝な面持ちで問いかける。

「井川さんでしょう。あの人、どうして唐沢さんにあんなに絡んでくるんですか」

「単なる相性の問題だとも思えない。おれが警察官になった経緯はおまえにも話しただろう」

「唐沢さんはハンクスを捕えたいという一念で公安という職を選んだ。事件当時も、ハンクスは取り逃がしたものの、残りのメンバーを検挙するうえでは、公安にとって切り札とも言うべき存在になった。そのことにあの人がどうしてあれほどこだわるのかわかりません。まるで公安に潜入したスパイみたいな言い方をしてるじゃないですか」

「それがハンクスの件と無縁だとは思えないんだよ。その裏によほど具合が悪いことがあるとしか考えられない」

「安村みたいに、かつてエスとして使っていたとか？」

「そんな程度の話じゃなさそうな気がするな。安村はたまたまハンクスを匿っただけだろう。しかし井川が付き合っていたエスは多士済々だ。それを口実に懐に入れた捜査報償費は本人の給料を上回っているという噂だぞ」

「ハンクスを匿うように安村に依頼したのが、井川さんだったとか？」

木村は想像を飛躍させる。唐沢は曖昧に首を横に振った。

「まさか、そこまではな」

「井川さんは、ハンクスのヤマに関わっていたんですか」

「事件が起きた当初は、こっちも総動員態勢で動いていたから、当然関わってはいたんだろうが、おれとは直接の接触はなかった。そのあとおれが警視庁に奉職して公安に配属されたときは、すでに別件で動いていて、ハンクスのヤマは高坂さんのチームが専任で扱っていたよ」

「そのころは、とくに嫌がらせはなかったんでしょう」

「それが大ありでね。入庁の翌年、高坂さんがおれを公安に引っ張ってこようとしたとき、猛反対して大暴れしたそうだ。たとえ一時的にでも犯人グループと付き合いがあったおれを公安に引き入れることは利敵行為だとまで言い出した。もちろん久美子のことをあげつらってな」

苦い記憶を吐き出すように唐沢は言った。木村が頷く。

「あの事件については、私も当時の捜査資料を読んだことがあります。けっきょく被疑者死亡で送検されて、結論はグレーのままだった。でも彼女を実行犯だと考えるには矛盾が多すぎますよ。なぜ唐沢さんに助けを求めたのか。事件の起きたちょうどその時刻に、唐沢さんを現場に呼び出した理由もわからない。一つ間違えれば、唐沢さんは巻き添えになっていたかもしれない。彼女に唐沢さんを殺害する動機はないでしょう」

「絶対にありえない。ただ久美子が死んでしまった以上、真相は闇のなかで、それを知っているのはハンクスだけだ。高坂さんはわかってくれた。しかし井川はひたすらおれをいびった。まだパワハラなんて言葉がない時代だった。高坂さんが楯になってくれたお陰でなんとかやってこられたが、一時はあいつを叩きのめして、懲戒免職にでもなってやろうかとまで思いつめたよ」

「でも、いまでは階級で井川さんより上じゃないですか」

「昇任試験を突破するためにずいぶん勉強したよ。それがなかったら、いまだってせいぜいデカ長どまりだ。その意味じゃ、井川様々といったところかもしれないがな」

「ただあの人の頭のなかには、階級による上下関係というのはありませんからね」

「その点は大したもんだよ。相手が係長だろうが管理官だろうが、躾けの悪い犬みたいに吠えかかる」

「それも作戦なんじゃないですか。みんなが嫌がって近づかないから、なにをやっているのかよくわからない。木塚巡査長だけは例外ですけど」

「いいタッグチームのようだな。木塚だって官給品とは思えない背広を着ている。顔立ちと体形を除けばダンディ二人組といったところだよ」

「まあ、そっちのほうで台無しにしていますがね。でもこれといった実績があるわけでもないのに、態度の大きさと懐具合だけは群を抜いてますよ」

木村は嫌味な口を利く。刑事部門のように犯人検挙で一件落着というわけではない事案を扱うのが公安だ。それなりの実績を上げていても、大物級の活動家の検挙以外では、その手柄が表に出ることはあまりない。

そもそも刑事部捜査一課が警察の表看板なら、公安は裏看板とも言うべき存在だ。個々の捜査員の活動そのものに秘匿性が高いから、成果をベースにした人事考課が難しく、とりたてて実績のない井川のような嚙みつき犬が、部内で幅を利かせるような事情も生まれる。

「あの状況に至っても、彼は安村についての情報を秘匿していた。その件に関しては看過できないとみて、これから高坂さんが追及するそうだ。おそらく安村の周辺の人脈にもいろいろパイプがあるはずで、そこからハンクスに繫がる糸口が出てくる可能性もある」

少なからぬ期待を込めて唐沢は言った。木村は大きく頷いた。

「ぷんぷん匂うじゃないですか。唐沢さんに対するパワハラの本当の理由はたぶんそこですよ。表沙汰になると困るような事情があるんだと思います」

5

「おい、ちょっと時間があるか」

その日の夕刻、帰り支度をしていた唐沢に、井川が歩み寄って耳打ちした。唐沢は覚えず身構えた。

「なにか用事でも？」

「用があるから声をかけてるんだよ。どこかで一杯やらないか」

思惑はあらかた見当がつく。今回の佐伯の采配からなにか感じとったのか、あるいは高坂が早くも動き始めたのか。いずれにしても身辺の不穏な気配を察知して、予防策を講じるつもりかもしれない。素っ気ない調子で唐沢は言った。

「あんたと差しで飲むのは初めてだ。そういう慣れないことをすると悪酔いしそうな気がするな」

「そんなに嫌わなくてもいいだろう。同じ班に属する仲間同士、お互い協力し合うのが筋というもんだ」

「たしかに安村の事件では、ずいぶん協力してもらったな」

「なんだか嫌味に聞こえるんだが、あんたの性格の悪さはいまさら始まったことじゃないから、聞き流すことにするよ。どうなんだ、付き合うか」

「そうしよう。食わず嫌いというのもなんだからな」

唐沢は頷いた。いずれ井川と対決することは避けられそうにない。その前哨戦としてはいい機会だ。


井川が誘ったのは有楽町のガード下の居酒屋だった。品書きを見る限り刑事の財布に見合ったレベルで、噂されているような金遣いの荒さは感じない。

唐沢ごときと飲むのに余計な金は使いたくないという腹なのかもしれないが、こちらも井川におごってもらう気はさらさらないので、この程度ならとくに財布と相談しなくても済みそうだ。

適当に肴を注文し終え、とりあえずのビールで乾杯したところで、井川は単刀直入に切り出した。

「言っとくが、おれはハンクスのことなんてなにも知らないぞ」

素知らぬ顔で唐沢は応じた。

「そんな話がどうして出てくるんだよ。またいつものネタを持ち出して、おれをいびろうという算段か」

「安村からハンクスの話を聞いて、あんた、なにやら動き出しているようじゃないか。おれとしては、そこんところをじっくり説明しておきたいと思ってね」

「あの話を補強する事実をあんたが握っていて、それをおれに提供してくれるというんなら有難い話なんだがな」

挑発するように唐沢は言った。井川は滅相もないというように首を横に振る。

「そんなこと、おれが知るわけないだろう。安村とはたしかにエスとして付き合ってきたが、それは西神田の爆破事件よりもずっとあとからだ」

「だったら、そんな話をおれにする必要はないだろう。ただしもしなにか知っているとしたら、その情報を仕舞い込むのはあんたにとってもリスクになる。そもそも今回の事案の現場で、安村についての情報を積極的に開示しようとしなかった。犯人隠避と捉えられても言い訳は難しい」

ちくりと恫喝してやると、井川は鼻で笑ってみせる。

「管理官とグルになって、おれを追い落とそうと画策してるのは知ってるよ」

「高坂さんとは、もうそんな話をしているのか」

「ああ、きょう、さっそく言いがかりをつけてきやがった。ハンクスの件を絡めるなら、疑うべきはおれじゃなく唐沢だろうと言ってやったよ」

「その頭のつくり、どうにかならないのか。いっぺん医者に診てもらったほうがいいんじゃないのか」

「そういう減らず口を叩いていると、そのうち痛い目に遭うぞ」

井川は気になることを言う。唐沢は勢いをつけるようにビールを呷った。

「あんたには、配属以来さんざん痛い目に遭わされてるよ。いまさらなにができると言うんだ」

「まあ、お楽しみというところだな。あんたも承知のように、おれは伊達に三十年も公安刑事をやっていない」

「なにか目ぼしい情報があるというわけか」

「それを明らかにすれば、あんたを公安から叩き出すくらいのことはできる」

「要はハンクス絡みの情報ということか。さっきハンクスについては、なにも知らないと言ってたじゃないか」

「ハンクスのことじゃないよ。あんた自身に関わる話だよ」

「つまり、どういうことなんだよ」

「あんたの大学のご学友にも左巻きが大勢いるようだね。当時のあんたの行動について、これからいろいろ探ってみようと思うんだよ。じつはいま扱っているヤマのバックグラウンドで、あんたの名前が何度か出てきたもんだから」

薄ら笑いを浮かべて井川は言う。いまやっているヤマというのは、かつての極左集団の指導者が、自然保護活動のＮＰＯを装って若い世代への浸透を図っているという、さして緊急性があるわけでもない、そもそも実体が存在するのかすら疑わしい事案だが、その詳細に関しては、内偵中ということで、唐沢たち班の同僚も知らされていない。

そのうえ唐沢は大学時代、久美子に誘われて、正体を知らずにハンクスたちの集会に参加しただけで、その後もそれ以前も左翼系のグループと付き合ったことはない。だから井川が言っているのが、なんの根拠もないブラフだとはすぐにわかる。

裏を返せばハンクスが検挙されることを井川は惧れている。なぜなのかはわからないが、それが井川のウィークポイントらしいことは十分想像できる。ハンクスの正体が暴かれるのは、井川にとってはよほど不都合なことらしい。

それなら受けて立つしかない。こちらはこちらで井川の痛いところをとことん突いてやる。向こうからあえて仕掛けてきた点からすれば、むしろ馬脚を露したともいえるだろう。脅しつけるように唐沢は言った。

「おれはハンクスの足どりをこれから粛々と追っていく。そもそもおれが公安刑事になった理由が、あいつを捕まえて事件の真相を解明することだった。そのことはあんたもよくわかっているはずだ。それを逆手にとってあんたはおれを排除することに血道をあげてきた。このぶんだとその理由もおいおい明らかになりそうだな」

「勝手に尾鰭(おひれ)をつけるなよ。あんたの過去に関する話はハンクスの件とは関係ない。あんただって安村から聞いているわけだろう。あいつはハンクスこと溝口を匿った話をおれには一切教えなかった」

「あんたがハンクスと繋がっていることを、安村は知っていたからじゃないのか」

「言うにこと欠いておれをハンクスの仲間に仕立て上げようというのか」

「だったらどうして西神田の事件のことをあげつらって、おれに嫌がらせをするんだよ」

「そんなのハンクスとは関係ない。あんたは公安刑事としての適性に問題がある。そういう事実を常々指摘してきただけだよ」

「だったらありもしない捜査事案をひねり出して、捜査報償費を自分の懐に入れる守銭奴のような人間には、公安刑事としての適性があるというわけか」

「そんなやつがいるというんなら、誰だか教えて欲しいね。おれが即刻、組織から叩き出してやるから」

　井川の面の皮は靴の底より厚いらしい。唐沢はとぼけて訊いた。

「それで要するに、きょうはなんの用でおれに声をかけたんだ」

「ハンクスのことなんて、もう忘れたほうが身のためだというアドバイスをしようと思ってね」

「ハンクスのことはなにも知らないと言っている割には、ずいぶんご執心だな」

「何度言ったらわかるんだ。おれはハンクスとは関係ない。おれが忠告してるのはその逆だよ」

「どういう意味だ？」

唐沢は問い返した。井川は薄笑いを浮かべて続ける。

「あんたがじつはハンクスと繋がっていたという事実が明らかになったら、やばいことになるだろうと言ってるんだよ」

一瞬、返す言葉が見つからない。どこをどう叩けばそういうとんでもない話が飛び出すのか。井川は狡猾さの度は過ぎているが、頭が狂っているわけではない。

「興味深い話だな。あんた、これからおれを捜査対象にするつもりなのか」

「馬鹿馬鹿しい。その程度の話じゃ商売にならない。ただおれたちがいま扱っているヤマの内偵のなかでそういう材料が出てきちまった場合、上に報告しないわけにはいかないだろう。そのとき上がどう判断するかだよ。まあ、おれの知ったこっちゃないんだが」

「だったらやってみたらいい。どういうガセネタをでっち上げるつもりか知らないが、もしおれとハンクスに繋がりがあるとしたら、どうしてあいつを検挙するのにここまで手こずらなきゃいけないんだよ」

「さあな。ただおまえにそういうコネクションがあるとしたら、ハンクスの逃走を幇助することも可能だろう。あくまで仮定の話だがね」

「スパイだと言いたいわけだ。なんでおれがそんなことをしないといけないんだよ」

「それはこの先、答えが出るだろうよ。どっちにせよ、その程度の話は犯罪でもないし、もし違法な部分があっても時効だしな。ただそういう前歴が出てくれば、警察内部では大いに問題になる。場合によっては監察に報告しないといけないし、そうなれば監察はなんらかの処分をせざるをえないだろう」

たしかに井川の言うとおり、監察は警察官を取り締まりの対象とする部署で、主に犯罪以外の不祥事や素行不良を取り扱う。そのため刑事捜査のように明白な事実関係を立証する必要はなく、単に怪しいというだけの主観的な評価で処分の対象にすることができる。そんなことから、警視庁に限らず警察官のほとんどが、警察のなかの警察を自任する監察を蛇蝎のように忌み嫌う。

監察が行使するのはあくまで人事権だから、刑事訴訟法の埒外でいくらでも警察官の首を切ることができる。つまり井川がでっち上げたガセネタでも、監察に信じさせることができれば唐沢の首は簡単に飛ばせるわけなのだ。唐沢は挑むように応じた。

「要するに、おれの捜査を妨害するためには、どんな汚い手でも使うというわけだ。やくざでも気が引ける恫喝じゃないか。だったらこっちもあんたの仕事ぶりをしっかりチェックする。金遣いに関しては、あまり芳しくない噂が耳に入っているからな」

「馬鹿を言うなよ。おれがどう金を使おうと、他人にとやかく言われる筋合いはないだろう」

「その出どころが理解できないという噂が、あんたと木塚さんがいない場では持ちきりなのを知らないのか」

「だったらやってみろよ。おれは清廉潔白だ。捜査報償費をピンハネしているなんて、根も葉もない噂をまき散らしておれの評判を落とそうとしている。その急先鋒があんたじゃないのか」

井川は身構える。そこに弱みがあるのは間違いない。その材料はこれから高坂が引きずり出してくれるかもしれないが、唐沢としては、そんな低レベルな争いにかまけている場合ではない。

「あんたがどこでどう金をくすねようと、おれの懐が痛むわけじゃない。しかしこの先ふざけた言いがかりをつけるようなら、こっちも負けてはいられない。刺し違える覚悟で監察に話を持ち込むから、首を洗って待ってろよ」

「いい度胸だ。しかし頭を冷やして考えたほうが利口だぞ。あんたの尻尾はすでに握っている。それをどう使うかはおれの胸三寸だ」

「けっこうだよ。あんたがどんなガセネタを用意しようと、おれがきょうまで公安に籍を置いてきた理由はハンクスをとっ捕まえるためで、それをやめろというのなら、公安にいる理由がそもそもなくなる」

強い思いで唐沢は言った。気が進まない酒席だったが、ある意味で大いに成果があったともいえる。井川がハンクスの捜査を妨害したい理由がなんなのか、いまは皆目見当がつかないし、自らの口から語るはずもない。

しかし安村がくれたあのヒントが、井川を慌てさせたのは間違いなさそうだ。どんな恫喝を受けようと、わざわざ出してくれた太い尻尾を、ここで見逃す手はないだろう。

第七章

1

朝いちばんで高坂に電話を入れ、ゆうべの井川との酒席の件を報告すると、外で話そうと言われ、内幸町のオフィスビル地下のティールームで落ち合うことにした。壁に耳あり障子に目ありで、庁舎内で話すには適さない案件だという認識があるようだった。

高坂は先に到着して待っていた。ゆうべの様子を詳しく伝えると、苦い表情を浮かべて高坂は言った。

「さっそくそういう動きに出てきたか」

唐沢は身を乗り出して問いかけた。

「きのう、彼とはどんな話をしたんですか」

「安村とのなれ初めとその後の付き合いぶりについて、突っ込んで訊いてやったよ」

「なんと言っていましたか」

「答える理由はないと開き直った。エスについての情報は公安刑事にとって秘中の秘で、たとえ上司に対しても喋るわけにはいかない。エスだって身の危険を感じながら協力するわけで、その信頼関係が崩れたら、だれも情報を渡してくれなくなるとまくし立てて、素直に口を割りそうにもない」

「それは屁理屈じゃないですか。安村は死んでしまったんだから、もう信頼関係もなにもないでしょう」

「口だけは達者な男だからな。そういう話が外に漏れれば、信用できない刑事だというレッテルが貼られる。安村についてはいまも週刊誌レベルで話題になっている。そんなルートで情報が漏れたら、公安の手の内を世間に晒すことにもなりかねない。エスに関わる情報を部内でも秘匿するのはそういうリスクを避けるための保険とも言うべきで、それは公安の世界の伝統でもあり美風でもあるとね」

「そんなの伝統でも美風でもないですよ。井川のようなたちの悪い人間がそういう情報を悪用して同僚の足を引っ張るのに使うことがあるから、それぞれが警戒しなくちゃいけなくなる。全員がもっとオープンに情報を共有できれば、思いがけないところで欠けていたジグソーパズルのピースが見つかることもあるでしょう」

　唐沢は日ごろの思いを吐き出した。これまでは第三者と話すときでも、年長の先輩という点に敬意を表して井川を「さん」付けで呼んでいた。しかしそんな気遣いをする気はもうなくなった。高坂も気にする様子もなく頷いた。

「おれだってやられたことがある。苦労してリクルートしたエスのことをうっかり喋ったら、それが捜査対象の組織に伝わって、おかげでひどいリンチを受けたらしい。そんな話が広まって、そのあと何年も情報提供者を確保するのに苦労した。やったのはだれあろう井川だよ」

うんざりしながら唐沢は応じた。

「そういう人間じゃ、なおさら自分のエスのことは秘匿するでしょう。彼らを護るというより、自分の権益を守るために」

「ところが井川のほうは、おまえがハンクスと繋がりがあると逆に疑惑を突きつけてきたわけだ」

「保秘を理由になんの根拠も提示せず、噂だけをまき散らし、あわよくばそこに監察を巻き込んで、人事面から仕掛けてくる算段だと思います」

「おまえに対する攻撃としてはいまに始まったやり口じゃないが、今度のは少し手が込んでいるな」

「やり方が汚すぎますよ。根も葉もない噂というのは却ってたちが悪い。反論のしようがありませんから」

「監察には公安出身者が多い。井川とコネのある人間がいないとも限らない。まあ、そのときは、おれのほうが報償費の使い込みの証拠を摑んで、逆に監察にチクってやるぐらいはできるがな」

高坂は本気で攻めに出る気のようだ。唐沢は訊いた。

「そういう話を、井川にはしたんですか」

「ほのめかしてやったよ。それに加えて立て籠り事件の際に、自分から進んで安村の携帯番号を教えようとはしなかった。それは不作為の犯人隠避に当たる。場合によっては刑事事件として送検するぞと脅してやった」

「井川の反応は？」

「やれるもんならやってみろと開き直りはしたが、かなりびびったのは間違いない」

「安村の携帯番号の件は結果オーライで済んでしまいましたから、送検までは難しいでしょう。いずれにしても、ゆうべの恫喝は異常ですよ。絶対になにか裏があります」

強い猜疑を隠さず唐沢は言った。

2

きのう速達で送付した身上調査照会書が配達された時刻を見計らって、唐沢と木村は群馬県内の各市町村に問い合わせの電話を入れた。

質問内容は溝口俊樹という人物の戸籍が存在するか、あった場合はその生年月日を教えて欲しいというものだから敷居は低い。もし引っかかる人物がいた場合には、謄本を開示してもらうために新たな照会書を送付することになる。

二度手間のようだが、謄本の開示となると、よくて郵送、場合によっては取りに来てくれという話になり、最悪応じてくれないこともある。こちらにしても手がかかるから、問い合わせ先が多いときにスクリーニングとしてよく使う手法だ。

案の定、いるかいないかという問い合わせにはほとんどの自治体がその場で答えてくれた。予想したとおり、溝口俊樹という名前はさほど珍しいものではなく、群馬県内の自治体全体では五十八名いた。

ただし生年月日から判断して、現在のハンクスの年齢と推定される五十歳前後の人物は十五名に絞られた。

これから戸籍謄本開示を要請する身上調査照会書を作成し、その十五名の戸籍が存在する自治体それぞれに送付することになる。事前に電話で確認した際には、照会書があれば問題なく開示でき、戸籍全部事項証明書（コンピュータ化されてからは戸籍謄本はそう呼ばれる）と現住所が記載されている附票を数日中に送付してくれるという。

そこから一気に検挙に至れるほどハンクスが間抜けだとは思えないが、これまでの状況ろで身を乗り出した。
空いている会議室にこもって自治体への問い合わせ作業を終え、一区切りついたところでゆうべの井川とのやりとりや高坂との話を詳しく聞かせると、木村は興味津々という顔で身を乗り出した。

「こういう状況になるとわかっていたら、井川さんの携帯を預かったときに、電話帳の内容をすべてコピーしておけばよかったんですがね」

その点は唐沢も惜しいチャンスを逃したと悔やんでいる。しかしあの緊張した現場でそんなことをする余裕はなく、その携帯も井川個人のものだったから、プライバシー侵害だと抗議されればなにもできない。これから開示させるとなれば令状が必要で、現状ではその根拠となるような犯罪事実があるわけではない。

「貸与品なら職権で中身を覗けるが、あれは私用のスマホだったからな」

警視庁でもどこの警察本部でも勤務中は私用の携帯は使えない決まりだが、そんな規則に従っている公安刑事はまずいない。そこは唐沢も同様で、発着信履歴から電話帳の内容まですべて組織によって管理される貸与品は、公安刑事にとっては情報流出リスクの塊だ。

「でもあのなかに重要な秘密が眠っているような気がしますよ。安村の携帯番号を、知っていながら開示しようとしなかった。その理由は、たぶんほかにも人に見られたくない情報が詰まっていたからですよ」

「それはおそらく間違いない。そういう意味じゃ、おれの携帯だって秘密情報の宝庫だからな」

唐沢は頷いた。それより気になるのは、唐沢とハンクスが繋がっているという、井川が口にしたあのとんでも話だった。正式に捜査するわけでもなく、鬼の首を取ったようにそんな噂を広め、それを監察にも吹き込んで、こっちが監視されるようにでもなれば、これから進めようとしている捜査への妨害になるのは間違いない。井川とハンクスの繋がりをまことしやかに逆宣伝してやる手もあるが、そこまでレベルを落として泥仕合をする気にもなれない。木村は突っ込んだ見方をする。

「井川さんは窮地に追い込まれているのかもしれませんよ。安村の口から溝口の名前が出たことに、じつは戦々恐々としてるんじゃないですか。僕らがやっている捜査から、自分にとってまずい材料が出てくることを知っているような気がするんですよ」

「なんにせよ、ゆうべは普通じゃ考えにくい恫喝ぶりだった」

「我々のほうで行動確認してやりましょうか。これからいろいろ怪しい動きをしてくれそうな気がするんですが」

「面白いな。まさか井川も身内に行確されるとは思わないだろう」

「僕が動きます。唐沢さんまで一緒に動くと、井川さんや木塚さんが怪しみますから」

「一人で行確は無理だろう」

「大丈夫ですよ。僕も所轄の公安に知り合いがいます」

「手伝わせるというのか。やばすぎるだろう。井川だって所轄に人脈を持っている。そっちから情報が漏れるかもしれないぞ」

「井川さんはああいう性分ですから、所轄にも恨みを抱いている連中が多いんですよ。それとなく話を持ち掛けたら、面白がって乗ってくると思います」

執拗な行動確認で安村のアジトを突き止めたのは木村の手柄で、そのときも警察学校時代の同期の所轄捜査員の支援を受けての成果だった。持って生まれた性分というのもあるだろう。所轄の刑事との個人的なパイプをつくるのが不思議に上手い。タコ壺的な組織体質が蔓延する公安の現場では得難い人材だ。

「だったら溝口の件はおれに任せてくれ。そっちは当面、会社のなかでもやれる仕事だ。井川がこれからなにを仕掛けてくるかわからない。おれはおれであいつの動きに目配りをする。面白い材料が出たらこっちから攻めに出る。こうなったら敵を目の前に置いておくほうが勝負をかけやすい。ただ外でなにをやっているかはわからないから、そっちはおまえに押さえてもらう。いま考えられるいちばんいいシフトかもしれない」

「監察にチクるという話、案外ブラフじゃないかもしれませんよ。どういう与太話をでっち上げるつもりか知りませんが、かなりえげつないやり方で足を引っ張りにくるような気がします」

「だとしたら、いま進んでいる方向に、おれたちにとってはでかい鉱脈があるということにもなるな」

「井川さんにとっては、逆に地雷になるのかもしれませんけど」

木村は妙に入れ込んでいる。所轄から異動してきた当初は、彼も井川に散々いびられた口だった。

腰巾着の木塚を除けば、唐沢たちの班で井川に好感を持つ人間はほとんどいないが、憎まれっ子世に憚るの言葉どおり、みんなが敬遠するのをいいことに、いまも牢名主のように幅を利かせている。木村が唐沢とパートナーを組むことを希望したのは、その井川に真っ向から対峙して引こうとしない唐沢に、強い共感を覚えたせいでもあったらしい。

3

その日の夕刻になって、第七係の全員に佐伯が非常呼集をかけた。三十分後には、外出していた者も含め全員が第四公安捜査の会議室に集合した。緊張した面持ちで佐伯は報告した。

「この情報はまだマスコミには公表していないから、くれぐれも保秘を徹底して欲しい。きのう東京都内の企業や政府系団体十数ヵ所に不審な郵便物が送られてきた。中身はセムテックス、いわゆるプラスチック爆薬で、量は一グラムほどだ――」

会議室のなかがどよめいた。セムテックスは旧チェコスロバキアが開発したもので、米軍が開発したコンポジション4と並ぶ高性能のプラスチック爆薬だ。本来の目的は陣地構築の際の発破や建築物の撤去だが、その使用の容易さと強力な爆発力からテロにも利用されるようになり、最近では中東などでの自爆テロに用いられるケースも多いという。
二、三〇〇グラムでビルや旅客機を爆破できる威力があるが、爆薬そのものは安定していて、衝撃を与えても燃やしても爆発することはなく、粘土のような可塑性があるため、ちぎって小分けしたり自由に変形して破壊力をコントロールできる。起爆するには専用の雷管が必要なため、一グラムほどのセムテックスに現実的な危険性はない。
問題はそこに同封されていた文面だった。送付先の企業や政府系団体が関わるアジア、アフリカでの開発事業を、日本帝国主義の植民地主義的野心の実現手段と決めつけ、今後、三ヵ月以内に計画の中止を決定し、それを世界に公表することを要求するもので、もし応じなければ、それら企業・団体の国内外の関連施設を爆破するというものだった。

いまの時代、アナクロニズムとしか言えないその論理立ては、かつての東アジア反日武装戦線、さらにそのエピゴーネンだったハンクスたちのグループの主張の二番煎じで、あの西神田の事件の際の犯行声明文のコピペといっていいほどよく似ていた。

さらに犯行グループの名称は「汎アジア・アフリカ武装解放戦線」――。「アフリカ」

が加わった点以外はハンクスのグループとまったく同一だった。佐伯は続けた。

「単なる模倣犯か、あるいはハンクスが新たに立ち上げた後継組織か、いまのところ判断はできない。現在この事案に対応しているのはＳＩＴの第二係だが、単なる企業恐喝事件とは性格が異なるものとみて、こちらに共同捜査を申し入れてきた。早急に特捜本部を立ち上げたいと言ってきている。剣の事件を解決した実績を見込んで、先方がうちを名指ししてきたそうだ」

それも唐沢が驚いたことの一つだった。ＳＩＴ、すなわち捜査一課特殊犯捜査係は、誘拐、立て籠り、企業恐喝といった事案を専門とし、立て籠り事件などでは突入・制圧といった実力行使の能力も有するが、そもそも捜査一課と公安は、組織の体質からして水と油の関係だ。

起きてしまった事件しか追わない捜査一課より、国家の存亡にかかわる政治犯罪を未然に抑止する自分たちのほうが格上だというのが公安がよって立つプライドだが、逆に捜査一課に言わせれば、膨大な予算と人員を使って、まだ事件ですらないヒマネタ探しに現を抜かす公安こそ税金の無駄遣いだという理屈になる。

どちらの言い分もある意味当たっているが、汎アジア武装解放戦線による西神田事件や東アジア反日武装戦線の連続企業爆破事件のようなテログループ絡みの事案では、嫌でも公安と捜査一課は連携せざるを得ない。つまり刑事部の上層部も、今回の事件がそれらに匹敵する重大テロ事案に発展する可能性があると認めていることになる。佐伯は滝田に問いかけた。

「安村のグループのその後の動きはどうなんだ」

「鳴りを潜めています。安村の強力なリーダーシップあってのグループだったようで、その後継者が出てきた様子もありません」

「とりあえず休眠状態といってよさそうだな。じゃあ、おまえたちは特捜本部に参加できるな」

「ええ、問題ありません」

「唐沢はどうだ」

佐伯が話を振ってくる。そちらの事案にハンクスが絡んでいるかどうかはわからない。事件からすでに二十年経っている。今回の首謀者がハンクスなら、常識的には看板を付け替えるはずなのだ。それがわざわざ自分が犯人でございと知らせるような馬鹿な真似をするとは考えにくい。模倣犯の可能性が高いが、かといってハンクスに繋がる可能性がゼロだとも言えない。

いま取り掛かっている溝口の件に関しては、いっそそちらの捜査に合流してしまってかまわない。特捜本部となればかなりの人員が動員される。リストアップしている群馬県に戸籍のある溝口俊樹のなかにハンクスがいる保証はまだないが、これから全国規模で当たるとなれば、特捜本部級のマンパワーはそれなりの威力になるだろう。

「ハンクスが絡んでいる可能性がある以上もちろん参加します。こっちが進めている捜査は、むしろそちらで継続すべきだと思いますので」

「あんたのチームも、もちろん参加するんだろう」

佐伯は井川に目を向ける。井川は渋い顔をする。

「しようがないですね。こっちの捜査も佳境に入っているところなんだけど、おれが顔を出さないで、捜査一課の連中に、格落ちのラインナップを投入したと勘違いされても困りますから――」

集まった面々のなかには苦笑する者もいるが、井川は意に介すふうもない。

「まだ具体的な被害が出たわけじゃない。それに捜査一課との寄り合い所帯で、これまでうまくいったためしがない。連中が扱えるのは金目当ての企業恐喝事案までで、政治的背景のある事件となるとさっぱり捜査勘が働かない。どうせ足手まといだから、事件をそっくり渡してもらったほうが捜査効率はいいはずですがね」

いかにも井川らしい好き放題な言い草だが、話の後段はあながち外れてはいない。背後にハンクスがいるかどうかは憶測の域を出ないが、脅迫文の内容といい、ハンクスのグループとほぼ同様の組織名といい、彼と共通するなんらかの政治的背景をもつグループの仕業なのは間違いない。

その捜査に井川という厄介な企みを抱く人間が混ざれば、現場を混乱させる要因がさらに増えることになる。こんな場面でこそ生来の天邪鬼ぶりを発揮して不参加を表明して欲しいところだが、そこからハンクスに繋がる思わぬ情報が飛び出してくると、井川としては唐沢を標的とする自分の作戦が進めにくいという都合もあるのだろう。

「じゃあ、全員が帳場に合流できるな。うちのほうで新しい事案が発生したら、臨機応変にシフトを変えればいいだろう。高坂管理官も参加するそうだ。向こうの管理官とツートップだと、このあいだの安村の一件のようにややこしい事態になりかねないが、井川君の言うとおり、この事案が捜査一課の手に負えるものだとは思えない。管理官もおれも帳場の主導権を握る腹づもりだよ」

力強い調子で佐伯は言う。滝田を始めとする班の大半の面々も当然だという顔で頷いている。公安とは日ごろ付き合いのない企業や団体の関係者が、企業恐喝なら捜査一課特殊班という思い込みでそちらに通報してしまったという流れのようで、そもそもそこがボタンの掛け違えだった。唐沢は問いかけた。

「帳場はいつ開設されるんですか」

「まもなく刑事部長と公安部長の連名で特捜開設電報が出る」

特捜開設電報とは、管内の所轄にファックスで一斉送信される部長名の指令文書で、事件の概要や本部が設置される所轄名、各所轄が派遣すべき応援人員の数などが通知される。

「帳場が設置される場所は？」

「標的の企業や団体が多数なので、特定の所轄というわけにはいかない。たぶん警視庁内のどこかになるだろう。最初の捜査会議があす朝いちばんで持たれるはずだから、各自出遅れないようにな」

発破をかけるように佐伯は言った。

4

そのあとすぐに高坂からお呼びがかかった。本庁舎五階にあるカフェテラスで落ち合うと、高坂は高揚した口ぶりで訊いてきた。

「どう思う。いよいよハンクスが動き出したような気がするんだが」

「そうだとしたら厄介ですよ。セムテックスの入手ルートが気になります。国内ではまず手に入らない代物ですから、外国のテロ勢力と結びついている惧れがあります」

「西神田の事件のメンバーは、ハンクスを含めてほぼ素人集団だった。そっちの勢力と結託しているとしたら、今回はその道のプロに変貌しているかもしれないな」

「入手は困難でも、手に入れてしまいさえすれば硝安爆薬よりはるかに扱いやすい。量はともかく、すでに入手しているのは明らかですから、実際に使う気があるかどうかですね」

「脅迫文を送りつけられた企業・団体は十数ヵ所ある。しかもテロの対象をその国内外の関連施設にまで広げているとなると、すべてに監視の目を向けるのは物理的に不可能だ。それに主犯がだれであれ、今回のやり方だとどのくらいの組織なのか、規模が把握できない」

「少なくとも現段階までなら、たった一人でも実行可能です」

「そうだとしたらブラフの可能性もあるが、国内はともかく、海外にはそういうことに長けたグループはいくらでもいる。そういう連中と連携している可能性もあるな」

「中東ではISがほぼ壊滅したように言われていますが、東南アジアやアフリカではその分派のような勢力が活動しています。それを考えると、今回の事案、一筋縄ではいきそうにないですよ」

「ハンクスが関わっているとしたら、作戦面で一皮むけた可能性がある。そのうえ汎アジア・アフリカ武装解放戦線などと、当時を彷彿(ほうふつ)させる組織名を敢えて使っている。自分一人は助かっても、組織は壊滅させられた。それに対するリベンジの意味でもあるのか、あるいは今回も警察を舐めていて、自分には捜査の手が及ばないというよほどの自信でもあるのか」

高坂は楽観的には見ていない。唐沢は指摘した。

「三ヵ月以内というタイムリミットも巧妙ですよ。これから三ヵ月間、警察は捜査に引きずり回される。金銭は要求していないから、犯人と接触する機会もない。ブラフだと決めつけて犯人の検挙に至らず、三ヵ月後に爆弾テロが実行されたら、警察は無能をさらけ出すことになるでしょう」

「捜査一課もそこを心配しているようだ。向こうは時間をかけた地道な捜査に慣れていない。特捜本部を立ち上げて短期決戦で犯人を挙げるのが連中の流儀だ。殺人事件に関しては検挙率が一〇〇パーセント近いと豪語しているが、まだ人が死んでいるわけでもない事件に対して、どれだけ集中的な捜査が期待できるか。殺人事件は次々起きる。普段でも手が足りないところへ持ってきて、こういう先の読めない事案となると、捜査一課の対応にも限界があるだろうな」

「けっきょく我々が主導権を握るしかないでしょうね。時間をかけた地道な捜査となれば、公安の独壇場ですから」

「ただし初動の瞬発力は馬鹿にしたもんじゃない。せっかく向こうから首を突っ込んできてくれたわけだから、その点は大いに利用させてもらわないと。とりあえずやらなければならないのは、犯人が送付したセムテックスの入手経路の把握だな」

高坂は意欲をみせる。そこは唐沢も同様だが、セムテックスは国内では市販されていない。この場合、捜査一課の基本的手法は、市販ルートや故買ルートをたどって購入者を探り出すいわゆるナシ割りだが、それが有効なのは、その品物がなんらかのかたちで国内で流通している場合だけだ。

コンポジション4の場合は国際的な法規制があり、爆発物マーカーと呼ばれる特殊な薬剤の添加が義務付けられていて、空港や港湾などに設置された爆発物検知器で簡単に検知できる。そのため水際管理が徹底していて、密輸はほぼ不可能だし、国内には製造販売するメーカーもない。

セムテックスも国際的な圧力を受けて現在は爆発物マーカーを添加しているが、それ以前の製品がイスラム圏を中心にかつて大量に輸出されており、それが闇マーケットを介して現在も流通し、世界各地のテロ事件で使われているという事実は公安関係者のあいだでは常識に属する。

これまで日本国内でセムテックスを含むプラスチック爆薬を用いたテロは起きていないが、フィリピンのアブ・サヤフやインドネシアのジェマ・イスラミアのようなイスラム過激派組織による爆弾テロでは多用されていると聞いている。

犯人がそんな組織と接触があるとしたら、外国で入手して個人的に密輸した可能性が高いし、最近はインターネット上の闇サイト、いわゆるダークウェブで、違法薬物のほか、毒薬、銃器、爆発物といったテロリスト御用達ともいえる品物も入手可能だと言われている。

「そう簡単にはいかないと思いますよ——」

そんな事情を縷々説明すると、もちろん承知だというように高坂は言った。

「しかし、おまえだって、ここでハンクスを取り逃がすわけにはいかないだろう」

「高坂さんも、犯人はハンクスだとみてるんですか」

「おそらく間違いない。今回のやり口は、安村なんて目じゃないほど抜け目がない。思想的にはクズだと安村は言っていたようだが、狡猾さでは過去の過激派なんて子供みたいなもんだ」

「私も同感です。やはり捜査は難航しそうですね」

唐沢が頷くと、高坂は強い期待を覗かせた。

「捜査一課だって伊達に犯罪捜査で飯を食ってはいない。それに溝口俊樹のこともある。群馬県内で答えが出なかったら全国に手を広げるしかない。そういう仕事は彼らも不得手じゃない。一気呵成の人海戦術は、むしろ向こうの独壇場だよ」

5

「可塑性爆発物送付テロ予告事件」との看板がつけられた特別捜査本部は、警視庁本庁舎八階の大講堂に設置された。

朝いちばんで唐沢たちが出向くと、電話機やファクシミリ、コピー機、パソコンといった事務機器がすでに運び込まれていた。

捜査会議は午前九時に始まった。捜査本部長は山岡力（やまおかちから）刑事部長が務め、副本部長には梨本幸三（なしもとこうぞう）公安一課長と村井正二（むらいしょうじ）捜査一課長が同格で並ぶ。本部長は帳場設置の際に挨拶に来るくらいで、実際に捜査活動が始まれば滅多に顔を出すことはない。

双方の課長にしてもときおり発破をかけに顔を出すくらいで、かかりきりになることはまずないだろう。とくに捜査一課長の場合、つねに複数の殺しの帳場を抱えているから、現場の指揮官という立場は務まらない。安村の事件の際、警備一課長の柳原が現場を仕切ったケースは極めて特殊で、最初から思惑があってしゃしゃり出てきたと公安内部では解釈している。

公安部からは高坂を現場指揮官とする唐沢たち公安第一課第四公安捜査第七係、刑事部からは捜査第一課第一特殊犯捜査・特殊犯捜査第二係が参加し、さらに所轄の刑事課と警備課から助っ人を動員して、帳場の総勢は百名を超えている。

凶悪な連続殺人事件や大規模テロ事件と比べれば必ずしも大きな数ではないが、まだ被害が起きておらず、いますぐ危険が迫っているわけでもない事案としては、十分手厚い配置だと言えるだろう。

本部長たる山岡刑事部長の挨拶にはさほど緊張感が感じられず、単なる愉快犯程度の認識しかなさそうで、早急に犯人を検挙して店仕舞いしたい願望がありありだった。

　しかし続いて挨拶に立った梨本公安一課長と村井捜査一課長は危機意識を共有しているようで、村井のほうからわざわざハンクスの事件との関連に触れ、ここで取り逃がすようなことがあれば、西神田の事件に続く警視庁の敗北だとまで言及した。

　梨本もそれを嫌味とは受け取らず、前回十分に機能したとは言いがたい捜査一課との連携をより進化させ、早急な犯人逮捕に漕ぎつけたいと意欲を示した。

　村井はほかにも回らなければならない帳場があるとのことで、こちらの仕切りは担当管理官に任せて帰っていった。梨本公安一課長はしばらく居残って、高坂や捜査一課の管理官とともに、今後の捜査の方向についての会議に加わった。

　捜査一課の現場責任者である松原（まつばら）管理官からは、きょうまでの捜査の進展状況について説明があった。

　爆薬入りの脅迫メールが届いたのはきのうの午前中から午後早くにかけてで、投函されたのは一昨日だろうという。

　封書は普通郵便で送られ、消印から判明した投函場所は新宿郵便局管内の郵便ポストだが、そのうちどのポストから投函されたかは確認できず、きのうは所轄の刑事を動員してポストが設置されている場所を中心に聞き込みをしたが、不審な人物の目撃情報は得られなかった。

郵便局の収集担当者にも話を聞いたが、新宿局のような都心の郵便局の場合、十数通程度の同型の郵便物がまとめて投函されることは珍しくなく、犯人が送ってきた封書もごく普通の定型郵便物だったため、どこのポストに投函されていたかは記憶にないという。

さらに局に持ち込んだあとはすべて自動仕分機で振り分けられるため、人の目につく機会はほとんどない。つまり郵便局側では、投函した人物の特定に結びつく情報は持ち合わせていないとのことだった。

封書からは、指紋やDNA型鑑定が可能な唾液や汗も検出されていない。封筒や用紙もどこでも購入できる市販品で、犯人を特定する材料としては使えない。

脅迫文はパソコンで作成され、ごく普通のコピー用紙に印刷されたもので、インクや印字の特徴からプリンターの機種は特定できたが、メーカーに問い合わせると、日本国内だけで数十万台販売されている機種だとのことで、そこから購入者を特定するのはまず不可能だという。

同封されていたセムテックスは古いタイプのもので、爆発物マーカーは添加されていないため、なんらかの方法で偽装すれば、少量の密輸は容易だろうと考えられる。

とはいえその少量が、数グラムか、数百グラムか、数キログラムかで事情は異なる。数グラムなら脅威とは言えないが、数百グラムあればビルも破壊できる。数キロとなれば大規模な連続テロも可能だろう。

わずか一グラムでも、郵送されてきたセムテックスが本物である以上、単なる愉快犯とみなすのはあまりにも危険だ。犯人側にしてもそれなりのリスクが伴う以上、郵送された分だけの微量を密輸するようなことは考えにくい。ある程度まとまった分量をすでに手に入れていると考えるのが妥当だというのが松原と高坂の結論で、梨本公安一課長も異を唱えなかった。

頭を悩ませるのは、脅迫メールを送付された企業の大半が、株価への影響を惧れて公表を控えて欲しいと要請していることだった。現状では脅迫状の送付自体をまだマスコミには発表していない。

とはいえ警視庁の本庁舎に帳場を立ててしまった以上、いずれはマスコミに察知される。とりあえず政府系団体は別として、民間企業については公表を望まないところは匿名にし、この日のうちに記者発表しようということで落ち着いた。

今回の犯人とハンクスを結び付ける考え方については、まず高坂が説明し、さらに高坂は唐沢に発言を求めた。

唐沢とハンクスの因縁を知っている公安の捜査員のあいだにどよめきが起きた。そんな流れに持っていく話は会議の前に高坂から耳打ちされていたから、唐沢は戸惑うこともなかった。

「今回の脅迫状の文面が西神田の事件の犯行声明と酷似していること、汎アジア・アフリカ武装解放戦線という組織名もハンクスをリーダーとする当時のグループとほぼ同一であることについては、すでに高坂管理官も触れているとおりです――」

そう前置きし、自らハンクスと接触した経験について語りだすと、会場はまたどよめいた。今度は捜査一課の刑事たちが固まっている一角からだった。

自分が知っているハンクスが、いかに狡猾であり、いかに卑劣で残忍か、唐沢は思いのたけを語った。ほとんど主観で塗り込めたような内容だとは自覚していたが、むしろその思いの強さが伝わったようで、刑事部の捜査員の何人もから真剣な質問が飛んだ。

ハンクスとの接触の経緯や、集会での巧妙な洗脳工作、そして久美子からの謎めいたメッセージ――。井川ならすべて唐沢への疑惑に結びつけるような話ばかりだが、質問に答えて包み隠さず語って聞かせると、相手は十分納得してくれた。

同僚でも疑ってかかるのが習い性になりがちな公安の刑事と違って、刑事捜査が専門の彼らは以心伝心で思いが伝わるアンテナを備えているようだ。取り調べで被疑者の語る嘘と真(まこと)を見極めるのが本業の彼らは、唐沢が語る言葉の真実に先入観なく反応してくれたのかもしれない。

続けて安村から聞いた溝口俊樹の話題に進むと、公安、刑事の両方の捜査員たちがいっせいに身を乗り出した。松原も興味を隠さない。

「ひょっとしたら、今回の事案を解決する最短ルートかもしれないな」

「もちろん、偽名だとしたら徒労に終わりかねません。とりあえず群馬県内に戸籍のある十五名については、早急に戸籍全部事項証明書と附票を請求するつもりです。そのなかに該当人物がいれば、捜査の網が大きく絞れるでしょう」

「附票に現住所の記載がない。つまり住所不定の可能性もあるな」

松原が問いかける。余裕をもって唐沢は応じた。

「その場合も消除される以前の履歴は確認できますから、それを手掛かりに現在の居場所を突き止めることは可能だと思います」

「群馬県内だけで埒が明かないとしたら、全国規模でそれをやることになる。気が遠くなるような話だが、それでもセムテックスの入手経路を探るよりははるかにましかもしれないな」

松原が積極的な姿勢を見せると、唐突に井川が立ち上がり、嫌味たっぷりな調子で喋りだす。

「そんな無駄な仕事にかまけていたら、けっきょく真犯人を取り逃がしますよ。そもそも今回の犯人が、ハンクスとかいう唐沢警部補の昔馴染みだという話からして憶測にすぎない。溝口俊樹がハンクスの本名だというのも安村が捏造したガセネタかもしれない。唐沢さんがハンクスに個人的な執念を持っているのは知っていますが、私にはその目的のためにこの帳場を私物化しようとしているとしか思えない」

余りの言いぐさに唐沢は開いた口が塞がらない。高坂も啞然とした表情で井川の顔を覗き込む。松原も思いがけない横槍に当惑の色を隠さない。唐沢は憤りを抑えて井川を振り向いた。

「たしかにこの事案にハンクスが絡んでいるという明白な証拠はない。溝口俊樹の話にしても、それをハンクスの本名だと断言できるわけではない。しかし可能性があるならそれを捜査によって裏付けるのが刑事の仕事で、あらゆる可能性を否定してすべてを白紙に戻すような考えは、刑事としての職務の放棄でしかないと思うがね」

突然始まった公安同士の鞘当てに大講堂全体がざわついた。高坂が割って入る。

「私は唐沢君の考えは外れていないと思うんだがな。それを否定するんだったら、井川君の考えを聞かせてもらえないか」

井川は見下すような視線を高坂に向け、いかにもという屁理屈を並べ立てる。

「要は端から答えありきじゃない、客観捜査を心がけるべきだということですよ。脅迫状を送られた企業や団体から事情聴取するのが先決じゃないですか。犯人は聞いたふうな御託を並べています̇が、よく読めば、いまどきよほどの左巻きでも恥ずかしがって口にしない大時代的なスローガンです。案外、脅迫された企業や団体に遺恨を持つ単なる馬鹿かもしれませんよ」

「それもまた憶測だという気もするが、もちろん被害企業からの事情聴取はうちのほうだって優先課題として進めるよ。ほかにもっといいアイデアはないのかね」

大口を叩いたわりに気の抜けた発想に、いかにも落胆したように松原が問いかける。井川は忌々しげな視線を唐沢に向ける。

「無駄なことは止めたほうがいいと言ってるんですよ。安村が匿ったという男がハンクスだったとしても、溝口というのが本名だと信じるほうが間抜けじゃないですか」

「やってみる価値はあるだろう。べつに手伝えと言っているわけじゃない。経験豊富な切れ者を自任しているあんたにはもっと気の利いたやり方があるというんなら、お手並みを拝見するしかないけどな」

一歩も引かず唐沢は言った。公安サイドの内輪揉めを衆人環視の場にさらすのは不本意だが、ここで言うことを聞いてしまえば、井川はさらに図に乗って、どう捜査の方向を捻じ曲げようとするかわからない。特捜の帳場にまで泥仕合を持ち込むとは思わなかったが、そこまで焦っているとしたら、むしろ勝機はこちらにあると考えたい。

井川は口をへの字に曲げる。滝田が挙手をして発言を求める。高坂が頷くと、滝田は冷静な調子で切り出した。

「唐沢さんの言うとおり、今回の犯人の手口は巧妙です。左翼過激派によるテロ計画はこれまでいくつもありましたが、こういう手法を使ったケースは初めてです。セムテックスの入手経路から犯人にたどり着くにしても、すでに必要な量を手にしているとしたら、新たに密輸する必要はない。税関による監視を徹底してもすでに遅いでしょう」

「公安は、そういう連中の動きにつねに網を張っているんじゃないのかね」

怪訝な表情で松原が問いかける。確信のある口調で滝田が応じる。

「今後、テロを実行するためにある程度の規模のグループを結成する可能性はあるとしても、現状でそういう不穏な動きがあるという情報は我々には入ってきていません。現時点までの犯人の行動は、すべて単独で実行できます」

「だったら、唐沢君が追っている筋がいちばん可能性が高いんじゃないのか」

松原が身を乗り出す。今度は捜査一課の年配の刑事が発言を求める。

「打つ手がほかにないわけじゃありません。脅迫状を送られた企業や団体への事情聴取からも目ぼしい情報が出てくるかもしれないし、ハンクスの似顔絵を持って新宿郵便局管内を虱潰しに聞き込みをすれば、目撃者が出てこないとも限らない。しかし長年刑事捜査に携わってきた経験から言うと、この事案に関しては、それが犯人特定に結びつく可能性は必ずしも高くない。唐沢さんが言う溝口俊樹の足跡を追うほうが成功の確率はずっと高いと思います。もし空振りでも、その場合は安村が言った溝口俊樹なる人物は実在しないことになる。それで捜査の方向が絞り込めるわけですから、いまここでやらない手はないんじゃないですか」

「至極まっとうな意見だな。戸籍事務もいまはコンピュータ化されているから、当たりなら一気に解決に向かう可能性がある」

松原は同感だというように身を乗り出す。高坂も大きく頷く。

「結論はもう出たようだな。嫌なら井川君は自分のやりたいようにやればいいが、その代わりなにをやっているかについても、その成果についても、ちゃんと本部に報告してくれよ。ここは刑事部との合同の帳場だ。保秘を理由に油を売られては、おれとしても立場上困るから」

冗談めかして高坂は言うが、それが冗談ではないとわかる公安の連中のあいだで笑いが起きる。むきになればそれを認めることになるとでも思ってか、曖昧に笑って井川は矛を収めた。

6

特捜本部はチームを四つに分けた。

四十名という最大の人数を割り振られたのが溝口俊樹の追跡に当たる唐沢たちのチームで、それが犯人検挙に至る最短ルートだと考えられることと、群馬県内の戸籍情報から該当しそうな人物が出てこなかった場合、捜査対象を全国規模に拡大する必要があり、その際の作業は膨大なものになると予想されたからだった。

溝口俊樹がハンクスだとしたら、おそらく現在は偽名で暮らしており、たぶん住所不定になっている。戸籍の附票に記載されているのは最後に居住が確認された住所までで、職権消除されていればその後の移動状況はわからない。その場合、戸籍情報をもとに親族に聞き込みを行う、あるいは最後の住所の近辺で地元住民から話を聞くといった地道な捜査を行うことになる。

群馬県内の自治体については、あすにも捜査員数名が身上調査照会書を携えて現地に向かうことになっている。郵送ではやり取りに日数がかかるという判断によるものだ。

特捜本部の扱いになったことで一気に人手が増えた。その最大のメリットは人海戦術が使えることだ。今後、捜査対象が全国規模になる可能性を睨んで、チームは全国の市区町村宛てに、スクリーニングのための身上調査照会書の送付を開始した。

唐沢たちがすでに行っていたのと同様、溝口俊樹という人物の戸籍の所在と生年月日を確認するためで、県内の戸籍情報で可能性の高い人物が出てこなかった場合、即刻、全国規模の捜査に移行できるように、ある程度まで絞り込んだリストを作成しておこうという考えによるものだ。

たとえスクリーニングとはいえ、全国に千七百余りある市区町村を対象とする作業は余りにも膨大で、正直気が遠くなる思いでいた唐沢にとって、総勢四十名を超すマンパワーは心強い。

しかしそれは単なる入り口で、リストに挙がった人物すべてを捜査対象にするとなれば、捜査員は日本全国を駆け回ることになりかねない。その場合は現状の人員でもまだ足りず、さらに増員する必要があるかもしれないが、それでもダイレクトにハンクスに結びつく唯一の糸口である可能性は高く、捜査一課長もその要請には応じるだろうと松原管理官は保証した。

もう一つは脅迫状を送付された企業や政府系団体を担当するチームで、現在あるいは過去の従業員もしくは関係先に、なにかの事情で恨みをもつような人物がいないかどうかを聞き込む。もちろんトップだけから話を聞いても意味はない。その下の管理職や、場合によっては一般職員まで含めるとすれば、こちらもそれなりの人員が張り付く必要がある。

当面二十名ほどの態勢で、きょうから捜査員たちは企業回りを開始する。唐沢が陣頭指揮をとる戸籍チームに加わるのは沽券にかかわると思ってか、井川と木塚はそちらのチームに参加したようだ。外回りは油を売るのにちょうどいいという判断もあるだろう。

もう一チームは定石どおり、新宿郵便局管内の郵便ポストの周辺で、似顔絵を持参し、ハンクスと似た人物が目撃されていないかを聞き込む。同時にその周辺の防犯カメラの映像もチェックするという。

人員は三十名前後。消印の時刻から推定して投函されたのは日中とみられるため、新宿区内という人通りの多い土地柄を考えると、該当しそうな人物が捜査線に浮上する可能性は必ずしも高くない。しかし捜査一課からは見当たり捜査のエキスパート数名も参加するとのことで、もしハンクスが新宿区内に居住していれば、彼らの目にとまる可能性があり、チームはこれから一帯に粘り強く網を張るという。

残った十名ほどのチームは、送付されたセムテックスの入手経路の捜査に携わる。いちばん難題だと思われるのがその方面だが、この事案の唯一の物証が同封されていたセムテックスだから、無視するわけにはやはりいかない。

同封されていたセムテックスのサンプルはきのうのうちに科捜研で成分の解析を試みたが、科捜研にしても軍需物資関係のデータはさほど持ち合わせておらず、それがセムテックスであることまで判明しただけで、タイプや由来までは判断できなかった。

科捜研はやむなく防衛装備庁の陸上装備研究所に持ち込んで鑑定を依頼したが、午後になってその結果が判明した。

成分の組成からすると製造時期はかなり古く、一九七〇年代から八〇年代にかけてリビアに大量に輸出されたものの一部とみられるという。

同タイプのものは近年、フィリピンのイスラム過激派組織アブ・サヤフが爆弾テロで使用しており、保存状態がよければ数十年経っても性能は劣化せず、今回送付されたものも、雷管を取り付けられる量があれば十分起爆可能だという。

そうしたものが密輸入された事実はないかと東京税関に問い合わせたところ、摘発された事例は過去一例もないとのことだったが、もし数百グラムないし数キロ程度のもので、爆発物マーカーの添加されていない旧製品だとしたら、発見できる可能性は限られるとのことだった。

粘土状のため他のものに偽装しやすく、小分けしたものをしっかり密封すれば、直腸に挿入して持ち込むこともできる。金塊の密輸などでよく使われる手法だが、その場合は金属探知機に引っかかる。しかしセムテックスは金属としては検知されないため、よほど大量でない限り打つ手はないとのことだった。

ハンクスと考えられる人物が浮上した際、東南アジアないし中東方面への渡航歴があれば、セムテックスを密輸した可能性を示唆する間接的な証拠にはなるが、それもあくまで間接的であって、本人の自供がない限りやはり立証は不可能だろう。

7

夕刻、木村が歩み寄って耳打ちした。

「井川さん、さっそく妙な動きをしているようですよ」

「いまはしっかり仕事をしてるんじゃないのか」

「四時くらいまでは、対象企業の何社かで聞き込みをしていたようなんですが、そのあとパートナーと別れて、二十四時間営業の居酒屋に入ったそうでしてね」

井川の普段の相棒は木塚だが、特捜本部特有の習わしで、外回りの捜査では、本庁の刑事と所轄から参加した刑事がコンビを組むことになっている。

そのとき木村は器用に動いて、息の合う所轄の刑事をそそのかし、みんなが敬遠していた井川と組むように仕組んだらしい。その刑事も井川の評判は耳にしていたし、午前中の捜査会議での横車の押しっぷりにも呆（あき）れていたから、興味津々でその役割を引き受けたという。

「一人で油を売っているわけでもないんだろう。そのあと木塚が現れたんじゃないのか？」

訊くと、木村はあっさり首を横に振った。

「違います。その刑事はしらばくれて、離れたテーブルからいまも様子を観察しているんですが、そのあとすぐにある人物がやってきて、なにやら深刻な顔で話し込んでいるそうです」

「誰なんだ」

「残念ながら、その刑事が知らない人物のようです」

「写真は撮れないのか」

「紺屋の白袴で、井川さんは自分が行確されているとは思いもしないのか、彼の存在にはまったく気がついていないらしいんですが、さすがに写真を撮るのは難しいようです。店員にも怪しまれますから」

「警察関係者じゃないんだな」

「彼が知る限り――。もちろん警視庁の警察官すべての顔を知っているわけじゃありませんので、断言はできませんが」

「まさかハンクスだとか？」

「僕もひょっとしてと思ったんですが、違うようです。彼も今回の帳場でハンクスの似顔絵は頭に入れているので、間違いはないでしょう。でも帳場が開設されたその日のうちに、本来の職務とは関係ないところで不審な人物と会っているというのは気になりますね」

「帳場であるとないとに拘わらず、あいつにとってはそれが普通だからとくに不思議でもない。しかし気になる動きではあるな」

「やはりなにか企んでるんじゃないですか。気をつけたほうがいいですよ」

「ああ。おととい恫喝をかけてきたのが、単なる虚仮威しだったとは思えない」

　警戒心を隠さず唐沢は言った。本部はいま一丸となって脅迫犯の逮捕に乗り出している。セムテックスの威力を考えれば、もしテロが実行された場合、物的被害のみならず、多数の人命が失われる惧れがある。

　かといってその恫喝に屈して企業や政府系団体が事業計画の変更を余儀なくされれば、まさにテロリストの思う壺で、今後いくらでも模倣犯が出てくるだろう。それは社会が、国家がテロリストに屈することを意味する。

だからこそ、この手の事案ではいつもなら公安と縄張り争いをしかねない捜査一課が共同捜査を持ちかけてきて、こちらもわだかまりなくその要請を受け入れた。そんな状況を尻目に井川が捜査妨害を企んでいるとしたら、まさに国賊と言うしかない。木村はきっぱりと言い切った。

「朝の捜査会議のあの嫌みには、捜査一課の人たちも呆れていたじゃないですか。あそこまで話が低レベルだと、これからなにを画策しようとだれも信じないと思います」

そのとき木村の携帯が鳴った。ディスプレイを見て、木村は人気（ひとけ）のない大講堂の隅に移動して、なにやら小声でやりとりをする。いったん通話を終え、しばらく待ってまたディスプレイを確認し、素知らぬ顔で戻ってきた。

「井川さんを見張っていた刑事からです。先生、ついさっきその男と一緒に店を出たそうです。店の前で別れたようですが、そのとき、隙を見て二人を携帯のカメラで撮影したそうで、いまその画像を送ってきました」

声を潜めてそう言って、木村は携帯を差し出した。そのディスプレイを覗き、唐沢は覚えず声を上げた。

「アーノルド――。どうして井川と？」

怪訝な表情で木村が問いかける。

「ご存じなんですか」

「片山春樹――。ハンクスのグループのメンバーで、グループ・アノニマスの集会ではアーノルドと名乗っていた。ある大学の図書館で司書をしていた男だよ。おれが発見して、最初に逮捕に至った犯人グループの一人だ。五年の実刑だったから、とっくに刑期は終えている」

「思い出しました。西神田の事件の資料にありました。歳は食っていますが、そこにあった写真とそっくりですよ」

木村は唸る。唐沢は首をかしげた。いまこの時期に井川が片山と会う理由がわからない。刑期を終えたあとの片山について、唐沢は一定期間行動確認を続けたが、グループ・アノニマスのメンバーと接触する気配はなく、それ以外の左翼グループと接触している様子もなかった。

片山もけっきょくハンクスに洗脳されて犯行の片棒を担がされただけだったという結論に達し、高坂の判断で監視対象から外している。ほかのメンバーも同様で、ハンクスと不審死を遂げた川内を除けば、全員が政治思想の面では素人で、以後は警戒の必要なしとして一切監視は行ってこなかった。その片山と井川の接触にいったいどういう意味があるのか。

二十年前の事件の際は、むろん井川も特捜本部に動員されていたが、逮捕後の片山の取り調べは高坂のチームが担当したから、当時、井川と片山には特段の接触はなかったはずなのだ。

所轄の刑事が撮影した写真を証拠に井川を追及することは出来るが、どうせ捜査情報の秘匿は公安の伝統だ美風だと御託を並べて煙に巻くだろう。むしろここでつつけば井川が警戒して、せっかく出した尻尾を隠してしまうのが関の山だ。

しかしこの状況でこうまで怪しい動きをしているとなると、いま井川が画策していることとは、これまでの執拗な嫌がらせとは次元の異なるもののような気がしてくる。

安村から聞いた溝口俊樹の話。その件で動こうとしていた矢先の井川からの恫喝。それと連動するように起こったテロ予告事件。そこに加えての片山と井川の密会――。

そのすべてがハンクスに繋がっていて、しかもテロ予告事件以外は、すべてなんらかのかたちで井川が関わっている。その点がなんとも薄気味悪い。

第八章

1

片山と井川の居酒屋での接触のことを耳打ちすると、高坂は特捜本部の一角をパーティションで仕切った小会議室に誘い、苦り切った調子で吐き捨てた。

「なにを考えてるんだ。猫の手も借りたいほど忙しいこの状況で、おれたちの足を引っ張るのが自分の仕事だとばかりに厄介ごとの種を蒔いてやがる」

「そろそろ私も堪忍袋の緒が切れそうですよ。ほっときゃいいのかもしれませんけど、安村の事件じゃ、危うくしてやられるところでしたから」

「かといって、片山と会ったというだけじゃ、捜査妨害だとまでは言えないしな」

高坂は困惑を隠さない。唐沢は大胆に言った。

「井川はハンクスに関して重要な事実を握っている。そしてそれが表沙汰になると困る事情がある。けさの捜査会議の発言にしてもそうですが、この間の不審な言動は、そうでも考えないと説明がつかない。この際ですから、あいつの身辺を洗ってやりましょうよ」

「洗うと言っても、いまはこの帳場でおまえも手いっぱいだろう。それにおまえがその件で動いていることを知ったら、井川はこの先、輪をかけてろくでもないことを仕掛けてきかねない」

「井川の通話記録を取ってもらえませんか」

「それでどうするんだ」

「あいつがいまどういう連中と付き合っているのか、徹底的に調べあげるんですよ。本人に訊いたって口を割るはずがないですから。そのなかには当然片山もいるでしょう。ひょっとしたらハンクス本人だっているかもしれない」

「思い切った発想だな。しかしまだあいつは犯罪を犯したわけじゃない。そこまで突っ込んで、発覚したら大騒ぎされるぞ」

高坂は呆れたように言う。唐沢はきっぱりと応じた。

「管理官が一筆書いてくれればいいんです」

「捜査関係事項照会書をか」

「全国の自治体への身上調査照会書はきょうあらかた郵送が済みました。あさってには確実に届くでしょう。あとは電話をかけまくるだけです。ターゲットが絞り込めたら足を使った身元確認をしないといけないので、そのときは体がいくつあっても足りませんが、いまなら私と木村も動けないことはないですから」

「身内の刑事の通話記録を請求するのはおれも初めてだが、そのこと自体にとくに問題があるわけじゃない。下から上がってきたものなら決済するのはおれの仕事だが、書くのがおれなら誰の目にも触れずに済むわけだからな」

　高坂は乗り気な様子だ。煽るように唐沢は言った。

「これまではなにをされても受け流してきましたが、ここ最近の動きは度を越しています。必ずしもハンクスに繋がる材料が出てくるとは限りませんが、そのなかに知られると具合の悪い相手は必ずいるはずです。そこをとことん突いて、ぐうの音も出せなくしてやりますよ」

「それどころじゃないかもしれないぞ。ここにきて井川が慌てて動いているのは間違いない。いまごろ片山と会っているというのがなにより臭い。もし片山がいまもハンクスと繋がりがあるとしたら、この帳場の事案に関しても、井川が大事な情報を流している可能性がある」

　高坂は強い警戒心を滲ませた。

2

この日の午後早く、特捜本部はテロ予告事件に関する記者発表を行っており、テレビのニュースや新聞の夕刊の紙面では大きく取り上げられていた。

総理官邸もとりあえず動き出したが、現状で具体的な危機が発生しているという認識はないようで、今後の捜査の推移を睨みながら情報収集を進めるが、危機管理センターの設置は見送るという官房長官の談話が発表された。

たしかにまだ被害は発生していないし、予告どおりなら、なにか起きるとしても二ヵ月後だ。警察としては予告を受けた企業や団体に、犯人の要求は決して受け入れないで欲しいと要請している。

政府も同様で、国内外の施設を対象に、万全のセキュリティ対策を行うよう勧告しているが、あくまでそれは企業や団体任せで、実効性については心許ない。早い話が、現状ではすべてが特捜本部に丸投げされているともいえる。

そんな状況を受けて、外回りの捜査員が帰ってきた午後八時に、本部では再度の捜査会議がもたれた。井川も戻ってきたが、すれ違っても酒の匂いはさせていない。捜査会議があることは知っていたから、片山と会ったときはアルコールを控えていたのだろう。酒には目がない井川にしては、そこはなかなか周到だ。

新宿郵便局管内での聞き込みでは、不審な人物の目撃情報は得られなかった。防犯カメラのチェックでも、撮影範囲に郵便ポストが含まれるものは数ヵ所しかなく、投函されたと考えられる時刻に、大量の郵便物を持って現れた不審な人物は映っていなかったという。

脅迫を受けた企業や団体への聞き込みでは、いくつかの会社で過去にトラブルのあった役員や社員数人の名前が浮上したが、同じ人物が予告を受けたほかの会社や団体にも所属していたという記録はない。彼らについてはあす以降聞き込みに回るというが、かつての所属先になんらかの恨みを持っていたにせよ、今回の事件に関わっている可能性はごく薄い。

セムテックスの入手経路については、自衛隊から盗まれた可能性もあるとみて問い合わせたが、自衛隊の装備品として過去に一度もセムテックスは導入されておらず、当然在庫を保有したこともないとのことだった。

だとしたらやはりなんらかの方法で密輸されたものと思われる。しかし密輸品というのは基本的に水際でしか捕捉できず、一度入ってしまうと摘発は困難だ。覚醒剤やヘロインのように国内で流通するものならともかく、テロ以外の用途が考えられないセムテックスが捜査線上にあがってくる可能性はまずないだろう。

ほかに考えられるのは暴力団のルートで、過去には機関銃や手榴弾、迫撃砲の類まで摘発されたことがあるが、全国の警察本部の記録を調べても、セムテックスに関しては事例がないという。

暴力団と右翼の関係が昔から密接なのは公安にとって常識だが、今回の脅迫文の文面から犯人は明らかに極左の過激派で、その面からも暴力団関係は除外すべきだというのが特捜本部の判断だった。

そうなると唐沢が進めている溝口俊樹のラインが、相対的にもっとも有望ということになる。しかし群馬一県で氏名と年齢が合致する者が十五名いたということは、大都市圏を含む四十七都道府県全体では千人を超す可能性がある。もうしばらくは現在の態勢での捜査を進めるが、リストに挙がった人物を虱潰しに当たるとなれば、北海道から沖縄まで足を使った捜査が必要になる。場合によってはマンパワーの大半をそちらにシフトすることになるかもしれないというのが、高坂をはじめとする上層部の当面の考えだった。

井川は今回はその方針にことさら楯つくこともなく、かといって積極的に賛同するわけでもない。なにを考えているのか腹の内は読めないが、あすから唐沢と木村は高坂の黙認のもとに、スカンクワークでその身辺を洗うことになる。思わぬ仕事が増えてしまったが、井川のここまでの不審な動きを見れば、無駄ではないどころか、むしろそこからより太い糸口が覗くかもしれない。

一般の刑事事件で特捜本部態勢となると、捜査員は全員が本部に泊まり込むのが通例だ。

理由は外部に対する保秘のためということになっているが、公安に所属する唐沢たちにはあまり説得力のある話ではない。個人ベースで保秘の意識が行きすぎるほど徹底している公安刑事にとっては、柔道場で雑魚寝するような泊まり込み態勢には、むしろ保秘の面で別の不安が付きまとう。

捜査一課の連中が周りをうろつく環境で、同僚にさえ知られたくない電話のやりとりはできないし、高坂や腹心の木村との情報交換にも、人のいない場所を探す必要があるから一手間だ。

そもそもそれは刑事部の内規というだけで、公安部員まで拘束されるものではない。捜査が佳境に入り、二十四時間なにが起きるかわからない状況になれば公安も泊まり込みを辞さないが、いまはそれに付き合うことのマイナスのほうがより大きい。

そこは高坂も心得ている。必要に応じて個人行動をとるのは公安にとって必須の原則で、そこを封じられると共同捜査にも支障を来す――。そんな考えを松原には伝えてあり、先方も了解したという。もちろん身内の井川に対する容疑はまだ腹のなかにしまってある。

すでに高坂は井川が契約している固定と携帯の通話記録に関する捜査関係事項照会書を用意しており、あすには唐沢と木村が動くことになる。電話会社に直接出向いて通話記録を取得してから、さらにそこにある通話相手の住所氏名の開示をそれぞれが契約する会社に要請するという段どりだ。

そこには当然片山の名前もあるはずだから、現在の住所が把握できる。調べて調べられないわけではないが、監視対象から外してだいぶ年月が経っており、それはそれで手間がかかる。

判明した場合、本人から事情聴取する手もあるが、井川にせよ片山にせよ、いまは泳がせるほうが得策だというのが唐沢の考えだ。二兎どころか三兎を追うことにもなりかねないが、そのいずれもがハンクスに結びつく以上、むしろ一石三鳥の結果が生まれる可能性もある。

3

翌日の午前中早く、唐沢と木村は捜査関係事項照会書を手にして、まず携帯キャリアの本社に赴いた。

どういう事件に関係する情報提供なのかと訊かれ、現在捜査中のテロ予告事件だと説明すると、応対した総務部の係長はすぐに上司と連絡をとり、即決で開示の承認を得た。企業を対象とするテロ予告ということで、キャリアとしても他人事（ひとごと）ではないという思いがあるようだった。

井川については、名前と電話番号を伝えただけで、もちろん警視庁の刑事だとはこちらからは言わない。一時間ほどで出てきた通話記録は、過去一年分でＡ４の用紙数十ページに及んだ。

さらに固定電話の会社に出向いたが、こちらも対応はほぼ同様で、取得した両方の記録を携えて、近くのティールームに移動した。その分厚い紙の束を見て、木村はため息をついた。

「よくこれだけ電話をしている暇がありますね。私用だから料金は自分持ちでしょう。まあ、なにかと実入りはいいようですから、そんなの気にもならないんでしょうけど」

「なに、件数は多いが、チェックすれば通話相手は相当絞り込めるはずだ」

マーカーを取り出して、最初に出てきた一件を残し、そのあとの同じ番号はすべて消していく。それを順繰りに繰り返す。最初は気が遠くなりそうな気がしたが、進んでいくほどチェックする件数が減ってきて、二人で手分けして三十分ほどで四十二件の通話相手が絞り込めた。

「このなかにハンクスに繋がる人間、あるいはハンクスそのものがいるかもしれない。溝口俊樹の名前が出てくるかもしれませんよ。携帯電話の契約には身元証明書類の提示が必要です。飛ばしでない限り、本名で登録しているはずですから」

木村は期待を隠さない。そうお誂え向きにことが進むとは思えないが、少なくともそこで明らかになる井川の人脈から、ハンクスに繋がる重要な糸口が出てくる可能性は高い。

どうして井川がいま片山と接触しているのか、その理由は定かではないが、それを含むこの間の井川の怪しげな動きは、そこにハンクスというファクターを想定する以外に説明しがたい。

現に安村の件がそうだった。彼の携帯番号を知っていながら教えなかった。安村は溝口俊樹を匿った事実を井川には話していないと言っていたが、それは果たして本当なのか。あるいは安村の口から聞いていないにしても、井川は別のルートでそれを把握していたのではないか。

あの籠城事件で、井川は安村を生かして捕えることを望まず、ＳＡＴの強行突入によって殺害されることを望んでいた——。そんな想像がまさしく真実に思えるほどに、ここ最近の井川の動きには不審な点が満ち満ちている。

そのとき唐沢の携帯が鳴った。高坂からだった。高坂はさっそく訊いてくる。

「そっちはどんな具合だ？」

チェックした結果を報告すると高坂は張り切った。

「だったら絞り込んだ通話先の番号をメールで送ってくれないか。捜査関係事項照会書を用意しておくから、これから戻ってくれれば、すぐにそっちへ走れるだろう」

「そうします。我々の動きを、井川が気づいている様子はないんですね」

「朝の捜査会議が終わるとすぐに外回りに出ていったから、たぶん気づいてはいないはずだ。木村の友達があいつの相棒になってるんだろう」

「ええ。また不審な動きがあれば知らせてくれると思うんですが」

「それより、井川に関して面白いものが出てきたよ」

「なんですか」

「さっき公安総務課に出かけて、最近の井川の捜査費の精算状況をチェックしてきたんだが、井川の筆跡にしか見えない領収書がここ一ヵ月で十数枚あった。総額で三十万円を超えていたよ」

「それが見破れないんじゃ、総務課もザルですね」

　想定していたことだから、唐沢としては驚きもしない。そもそも公安部で捜査費の精算に領収書が必要になったのがここ十年ほどの話なのだ。

　公安の予算はすべてが国費で、地方自治体の予算で賄われる刑事や交通など他の部署とは別会計になっている。予算そのものが機密のベールに包まれているから、捜査員にとってはある意味使い放題で、情報提供者との飲食代や謝礼だと言えば支払先を問われることはなかった。

　井川の得意の台詞(せりふ)である伝統だ美風だという認識が、かつての公安内部には蔓延していたわけだが、左翼過激派の活動が低調になり、戦後間もない時期は最大の標的だった日本共産党も、いまでは国会にわずかな議員を送るただの弱小野党だ。

そんな時代の変化のなかで、かつては不可侵領域だった公安予算の縮小の流れは止まるところを知らず、警視庁に限らず予算管理の面では、井川の言う美風は制約されるようになっている。

とはいえ公安に根付いた丼勘定の体質が一朝一夕で払拭されるわけはなく、井川の手書きの領収書でもほぼノーチェックで通ってしまうというのが実態だ。高坂は、それを井川の不穏な動きに対する牽制球として使う腹だろう。

「過去に遡ればもっと出てくるはずだ。公安一課の恥をさらすことにはなるが、とりあえずこれを監察にチクってやるよ。あそこは公安出身者が多い部署で、いまも付き合いのある人間がいる。こっちの事情を耳打ちすれば、たぶん動いてくれるだろう」

「そうなると、井川を事情聴取で引っ張れますね」

「ああ。監察の取り調べ対象になれば自宅謹慎というのが普通だ。帳場もこれから猫の手も借りたいほど忙しくなるが、あいつに関しては戦力どころか障害物になりかねない。井川を帳場から排除できれば、おまえも動きやすくなるだろう」

「木塚巡査長はどうしますか」

「あいつのぶんも調べたよ。井川ほどじゃないが、けっこうな額の怪しい領収書があった。いくらかは自分の実入りにもなったんだろうが、あらかたは井川の代わりに領収書を手書きしたんだろう。まあ、公安に限らず、裏金のための偽領収書づくりは警察社会の根深い悪弊で、おれたちも含め、そのあたりについては鈍感になっているから」

　唐沢も入庁間もない交番勤務の時代、上からノルマをあてがわれ、理由もわからず毎月何十枚もの偽領収書を書かされた。それによって本来捜査報償費や交通費として支払われるべき予算をピンハネし、大半を上の連中が懐に入れ、お涙金程度を現場の警官に再配分するふざけたシステムだということを公安に異動してから知った。

　以来、そういうノルマは一切拒否し、高坂もそれを黙認した。おかげでお涙金の分配は受けられなかったが、屋台の焼き鳥屋でチューハイを一、二杯飲めば飛んでしまうような金に未練はなかった。

「だったら木塚もワンセットですね」

「当然だよ。ハンクス絡みで正面からつつくと、おまえにどういうしっぺ返しをしてくるかわからない。しかし偽領収書の件なら立派な業務上横領で、あいつらも文句は言えないだろう。まあ、それをいちいち摘発していたら、公安刑事の大半が監察の対象になっちまう。そこそこのところで手を打つことになるとは思うが」

「くすねた金をいくらか返して、あとは戒告か二、三ヵ月の減給でシャンシャンといったところでしょう。しかしこれからしばらく二人を帳場から追い出せるんなら、私としては十分ですよ。遠慮なしに井川の身辺にメスを入れられます」

　心強いものを覚えて唐沢は言った。

ピックアップした電話番号をメールで送信しておいて、そのあと急いで帳場に戻ると、高坂はその番号の持ち主の身元開示を請求する捜査関係事項照会書を用意していた。

問い合わせるのは固定電話の会社と携帯の三大キャリアに加え、格安スマホや格安ＳＩＭの運営会社も対象になるので、必要なのは十数枚になる。高坂は宛先を空欄にしたまま署名捺印したものを用意していた。唐沢たちがそこに相手の会社名を書き込んで提示すればいい。

4

溝口俊樹の捜索チームは、きのうのうちに身上調査照会書を送付し終え、電話による問い合わせを行うのはあすからになるため、きょうは新宿郵便局管内での聞き込みや、テロを予告された企業、団体への追加的な聞き込みに助っ人として参加している。

井川も木塚もそちらの捜査で外回りをしているので、帳場にはデスク担当の捜査員数名と、高坂を含む公安と捜査一課の幹部たちが居残っているだけだ。とりあえず唐沢と木村が別働隊としてなにかやっていることを、佐伯も松原も高坂からそれとなく耳に入れられているらしく、とくに不審な目を向けるようなことはない。

余計な話はせずに捜査関係事項照会書の束を受けとって、唐沢と木村はふたたび帳場から飛び出した。

今度もテロ予告事件の関係だと説明すると、どの会社も事態の深刻さを考慮したようで、渋ることなく応じてくれた。

午後四時過ぎまで足を棒にして、四十二件の電話番号の契約者すべてが特定できた。そこには唐沢も知っているかつての左翼過激派の活動家が何人も含まれていた。さらに片山の名前もあったが、それ以外は唐沢がまだ耳にしたことのない人物ばかりだった。

片山の住所は唐沢が行確していたときとは変わっていた。携帯の番号も違っていた。当時はＭＮＰ（番号ポータビリティ）の制度がなかったから、キャリアを替えて番号が変わったのかもしれないし、過去の人生の痕跡を消そうとあえてそうしたのかもしれない。いずれにしても、井川はなんらかの方法で彼の電話番号を突き止めていたらしい。

片山との通話はここ一ヵ月で三回あり、それ以前にはなかった。直近の連絡は三日前で、いずれも井川のほうからかけている。たぶんきのうの居酒屋での接触のアポイントをそのときとったたと思われる。

こちらから片山に電話を入れて話を聞く手もあるが、拙速に動けばせっかく釣り上げかけた魚をばらしかねない。むしろある程度身辺捜査をしたり行動確認をしたうえで慎重に接触すべきだろう。

高坂の作戦が成功すれば、しばらくのあいだ井川を特捜本部から排除できる。そのあいだ唐沢たちが動いてもいいし、帳場に入っていない高坂配下の第六係もしくは第八係の人員で別働隊を組織する手もある。

いずれにしてもこちらの件に関しては、特捜本部のターゲットとは切り離しておく必要がある。公安側に獅子身中の虫がいるなどという話が表沙汰になれば、せっかくいい関係ができている特捜本部そのものが空中分解しかねない。

「けっきょく溝口俊樹の名前は出てきませんでしたね」

木村は残念そうに言う。そこまで期待するのは虫が良すぎるというものだろう。いずれにせよこのリストを持ち帰り、公安のキャリアが長い高坂に見せれば、唐沢や木村が知らない活動家も特定できるかもしれない。取得した通話記録は私用の携帯のもので、仕事には関係ない家族や知人の番号も含まれているはずだから、四十二名という人数は必ずしも多いとは言えない。これからさらに絞り込んでいけば、井川とハンクスを繋ぐ人脈の一端が見えてくるだろう。

「そうだとしても、このリストは宝の山だよ。安村の口から出た溝口俊樹の名前が、あいつにとってアキレス腱なのは間違いない」

強い確信とともに唐沢は言った。そのとき唐沢の携帯が鳴った。

5

「話って、いったいなんですか」

唐沢はあえて素っ気ない口調で問いかけた。先ほどの電話の声は切羽詰まっていた。唐沢にすがるような調子で、ぜひ会って話したいことがあると言ってきた。しかし片山の腹の内はまだ読めない。

場所は高円寺駅前の喫茶店。電話会社から得た登録情報では、片山はいまこの近辺に住んでいる。いまこのタイミングでの片山からの電話に不審なものを感じたのは言うまでもない。きのう井川と会って深刻そうに密談をしていた。そのとき井川からなんらかの指示を受けて接近してきた可能性もあるから、眉にたっぷり唾をつけるべきだろう。

「井川さんというのは、いったいどういう人なんですか。僕がいまでもハンクスと付き合っていると、勝手に決めつけているようなんです」

困惑をあらわに片山は言った。唐沢はしらばくれて首を傾げた。

「なんらかの意図があって動いてるんでしょうね。私はなにも聞いていないんだが」

「僕は前科者です。それもテロリストとしてです。いまは友人の紹介でなんとか区立図書館の司書の仕事に就いていますが、それだって嘱託で、去年やっとありつけた仕事です。

いまさら昔のことで公安に付きまとわれるのは困るんですよ」

「そうでしょうね。あなたも苦労したんですね」

同情を滲ませて頷くと、嘆くように片山は続ける。

「それまでは派遣やアルバイトで食い繋いでいたんです。公安に付きまとわれているという噂が立てば、せっかく落ち着けた職場で、また首を切られるのは確実です」

「私の電話番号を知っていたんですね」

「出所して少し経ってからあなたが接触してきたでしょう。あなたは信用できると、そのとき感じたんです」

真剣な表情で片山は頷く。出所後しばらく唐沢は片山の行動確認を行ったが、怪しい様子はないとみて三ヵ月ほどで打ち切った。その際片山にじかに接触して、なにか困ったことがあれば電話をするようにと名刺を渡しておいた。またハンクスが巧妙に接近して、新たな犯罪に巻き込むようなことがないようにとの思いもあってのことだった。

「井川刑事とは面識が？」

「ないんですよ。私の携帯は入所したとき解約し、出所してから別のところと契約したので、番号も逮捕された時点とは違っています。どうしていまの番号がわかったのか」

「訊いてみたんですか」

「警察ならそのくらい、いつでも調べられると笑っていました」

もちろん調べられないことはないが、巡査部長の井川には捜査関係事項照会書を書く権限はない。佐伯に頼めば理由を聞かれ、それは高坂に報告される。井川の一存では無理なはずだ。

「電話は何回かあったんですか」

「今月に入って三回です」

通話記録にあった回数と一致している。片山は続ける。

「最初は二週間ほど前で、会って話したいことがあると言うんです。話ってなにかと訊くと、ハンクスのことだと言うので、もう一切付き合いはないし、あのころの自分はいまの自分とは違うから、話せることはなにもないと断ったんです」

「それでも彼は諦めなかった？」

「二回目の電話はほとんど恫喝でした。もし言うことが聞けないのなら、僕をもう一度捜査対象にすると」

「つまり、あからさまな行動確認をするというわけだ」

「ええ。それは脅迫じゃないかと言ってやったんです。僕になにか容疑があるんなら、警視庁に呼んで事情聴取すればいい。なんでそんな持って回ったやりかたで接触しようとするんだと」

「あなたは、井川の態度に不自然なものを感じたんだね」

「態度がやけに横柄で、人の足元を見るような口を利くもんですから。たしかに僕には前科はありますが、罪は償い終えている。いまさら公安に追い回される理由はないと思うんです」

「我々の部署では、あなたを捜査対象にはしていない。井川は、なにかあなたに具体的な容疑があるような話をしたんですか」

「僕もそれを確認したんですが、そういう用件ではなくて、会って話を聞いてくればいい。謝礼も出すと言うんですよ」

「謝礼を？」

井川のやりそうな手口だ。というよりエスに対して謝礼を出すのは、公安の場合普通に行われることで、唐沢もそんなやり方で何人ものエスを抱えたことがある。

しかし金で雇ったエスの情報には期待したほどの価値はなく、逆にこちらを失望させないためにありもしないガセネタを捏造してくることがある。それで煮え湯を飲まされたことが何度もあった。以来唐沢は、金目当てのエスは極力使わないようにしている。

「けっきょく会うことにしたわけだね」

「謝礼が欲しくてじゃないんです。付きまとうのをやめてくれと、しっかり気持ちを伝えようと思ったんです。それできのう渋谷の居酒屋で会ったんですが——」

「井川はなにを言ったんですか」

素知らぬ顔で唐沢は訊いた。困惑を隠さず片山は言う。

「上申書を書けと言うんです」

「上申書？」

「ええ。唐沢さんに関する――」

「私に関する？」

おうむ返しに問いかけた。なんとなく筋書きが読めてきた。傍らの木村も複雑な表情で唐沢の顔を覗き込む。片山は続ける。

「あなたとハンクスにはいまも付き合いがあり、二十年前の事件にはあなたも関与していた。事件後に公安の刑事になったのは、ハンクスを追うためではなく、逆に内部から捜査を妨害するためだった。吉村久美子さんが自爆死することも唐沢さんは了解していた――。パソコンで作文したそんな書面を見せて、署名捺印しろというんです。上申書は法的な文書ではないから、虚偽告訴罪や偽証罪に問われることはないと」

「したんですか」

「断りました。だったらこれから公安の捜査員がずっと張り付いて、いまの勤務先やアパートまで聞き込みに行くから、それでいいかと言うんです」

「それでもあなたは、首を縦に振らなかったわけだ」

「気持ちは動きました。彼が提示した謝礼が三十万円でした。現在の給料の一ヵ月分よりずっと多いんです。失業していた時期にだいぶ借金をつくっていて、その返済が厳しいので、つい気持ちが動きそうでした。でもそんなことをしたら、僕はさらに罪を重ねることになります」

「だれに宛てたものですか」

「宛先は空欄でした。あとで勝手に書き込むつもりだったんでしょう」

「それであなた自身は、私についてどう考えているんですか」

「唐沢さんと久美子さんが本当に愛し合っていたことは、グループ・アノニマスの全員がわかっていました。彼女を騙して実行犯に仕立て上げ、結果的に殺害したのはハンクスです。ただ僕らも一人一人が小さなパーツに過ぎず、事件当時、彼の計画の全体像は知らなかった。いまになってみればほかに答えは思い浮かびません」

「ありがとう。私にとってもそれがただ一つの真実ですよ」

「井川という人は、唐沢さんに恨みでもあるんですか」

片山は怪訝そうに問いかける。こうなると単なる相性や恨みつらみで説明できるレベルではないが、ここで内輪の事情を漏らすわけにもいかない。

「人それぞれいろいろな考えがあるからね。しかし井川がどう思おうと、私にとってハンクスは決して許せない敵だ」

「いま起きているテロ予告事件、ひょっとしてハンクスが絡んでいるんじゃないですか。

送られた声明文が、あのときとそっくりじゃないですか」

「その可能性については、我々も考えているんです。あなたのほうでなにか気が付いたことは？」

「送られたのはセムテックスでしょう。ハンクスはあの当時、プラスチック爆薬にえらく興味を持っていましたよ。あなたが参加する前にグループ・アノニマスで戦争物の映画を題材に討論したとき、映画の本筋よりプラスチック爆薬の使い方や威力の話に夢中になって、ほかのメンバーが興ざめしたことがあります」

「しかしあの事件で使われたのは硝安爆弾だった」

「けっきょく入手できなかったんでしょうね。あのときは――」

片山は思わせぶりに言う。それだけで脅迫状を送ったのがハンクスだという証拠にはならないが、心に留めておく価値はあるだろう。片山は慚愧を滲ませる。

「僕たちが馬鹿だったんです。あんな男に洗脳されて、一時の勢いでテロだ革命だと突っ走って、最後まで反対していた彼女を死なせてしまった。そのうえ自爆テロの実行犯という汚名まで着せて――」

「いまさら責める気はないですよ。あなたたちだって、下手をすればハンクスに殺害されていたかもしれないわけだから」

宥めるように唐沢は言った。片山は不安げに問いかける。

「あの井川という人、言っていたとおり僕を行動確認するでしょうか」

「どうせ単なるブラフでしょう。例のテロ予告事件で忙しくて、井川にもそんなことをしている暇はない。もちろん私のほうからも釘を刺しておきます」

唐沢は力強く頷いた。

6

「ちょっと付き合ってくれないかな」

唐沢は井川に声をかけた。時刻は午後八時を過ぎて、外回りの捜査員たちは帳場に戻り、本部が用意した仕出し弁当や缶ビールで遅い夕餉を楽しんでいる。

そのための経費は帳場が立つ所轄が負担するのが通例で、ただでさえ潤沢とは言い難い予算を圧迫するから、管内で殺人事件が起きた所轄の経理担当者にとってはいつも頭痛の種になる。

今回の帳場は胴元が本庁で、見栄もあってかなかなか豪勢だ。しかし懐具合のいい井川にすれば、その手のものは口に合わないのか、木塚と連れ立って、これから外に出かけるところのようだ。

「飯を食いに行くんだよ。それともおれにおごらせようという算段か」

「あんたが稼いだ薄汚い金でおごってもらおうなんて気はないよ。五階のカフェテラスが空く時間だからそこでいいだろう。ああ、木塚さんは遠慮してくれないか。おれはこの人と差しで話したいんでね」

ぶっきらぼうに言ってやると、井川も木塚も身構える。

「また因縁をつけるネタを見つけたのか。近ごろことあるごとにおれに突っかかるじゃないか。パワハラされてると監察に訴えたっていいんだぞ」

パワハラのご本尊の井川にそう言われてはシャレにもならない。唐沢は笑って言った。

「公安に配属されて以来、あんたから受けた恩義については言葉もないよ。これからそのお返しをしようと思ってね」

「喧嘩を売る気か。いい度胸じゃないか」

「すでにあんたから売られているよ。せっかくだから、それを買ってやろうというんだよ」

素っ気なく言い返して、唐沢は大講堂の出入り口へ向かった。井川は木塚に目顔で合図を送り、自分一人が唐沢のあとについてきた。

想像どおりカフェテラスはがら空きで、カウンターで飲み物を受けとり、日比谷公園を見下ろす窓際の席についた。唐沢は単刀直入に切り出した。

「きのう片山と会ったそうだな」

「な、なんのことを言っている。どうしておれが片山と──」

井川は慌てた。片山と井川のあいだに表向き繋がりはない。その名前を出しただけでこの反応だ。すでに馬脚を露している。唐沢は追い打ちをかけた。

「あんた、なにやらおれを嵌めようとしているらしいが、上申書とは面白いことを思いついたな」

すぐに態勢を立て直し、平然とした顔で井川は応じる。

「寝ぼけたことを言うんじゃないよ。なんでおれがそんなことをする？」

「そうか。片山ははっきりそう言ってたぞ」

きのう渋谷の居酒屋の前で写した写真には、片山とともに井川の顔も写っている。それを見せれば逃げられないはずだが、一緒に行動している相棒が、じつは行確していることをここで教える必要はない。

「片山と会ったのか」

「さっき会ってきた。あんたに付きまとわれて、えらく迷惑しているという話だった」

「おれがいつ付きまとったというんだよ」

「電話をしつこくかけたそうだな」

「たった三回だ」

「問題は話の中身だよ。言うことを聞かなきゃ、あからさまに行動確認すると脅したんだろう。その一方で謝礼を出してもいいようなことを言ったらしいな」

井川は鼻を鳴らす。

「証拠があるのかよ」

「あんただって、証拠もないのにおれとハンクスを無理やり結び付け、おれがあの事件の首謀者の一人だと思わせるような上申書を書かせようとしたそうじゃないか。いったいどういう魂胆でそういうふざけたことをするんだよ」

「そういう話をあちこちで耳にしたんでね。おれも公安の刑事である以上、ほっとくわけにはいかんだろう」

「あんたが作文した、宛先が空欄の紙切れに署名捺印させようとしたそうだな。謝礼は三十万だとか言って」

「片山の嘘八百を鵜呑みにして、おれを公安から追い出そうという算段か。だとしたらおれが耳にした噂もあながち外れじゃなさそうだな」

「どういう意味だよ」

「ハンクスも汚い野郎だが、ほかの仲間全員を騙し、自分一人が潔白のふりをして、挙句は公安の内懐にちゃっかり潜り込んだ。あんたが公安に異動してきたときから、おれは怪しいと睨んでいたんだよ」

井川は言いたい放題だ。もっともこれまでも持論のようにそれらしい話を匂わせて、唐沢をいびる材料にしてきたわけだから、いまさら驚くにも当たらない。

「よくもまあそういう妄想を膨らませられるもんだな。あんたこそハンクスを庇(かば)いたい理由があるんじゃないのか」

「おれはハンクスなんて野郎と会ったこともない。そもそもあんたが片山といまも接触があること自体、怪しいと言えば怪しいじゃないか」

「いいか。言っとくが、またふざけた証言をでっち上げておれをひっかけるようなことをしたら、虚偽告訴罪で訴えるからな。それから片山には二度と近づくな。その場合は職権濫用罪で立件することになる」

「馬鹿馬鹿しい。怪しいと見たやつを行動確認するのが公安の商売で、それが罪になると言うんなら、公安刑事は全員が犯罪者だ」

「片山は犯罪者じゃないだろう。いまは真面目に働いている。あんたがやっていることは単なる嫌がらせだ。あのときのほかのメンバーに対してもだ。片山にしたのと同じようなことをやったら、ただじゃおかないからな」

「いったいなにができると言うんだよ」

　井川はせせら笑う。脅しを利かせて唐沢は言った。

「あんたがなにを画策しているか、これから徹底的に洗ってやる。まあ、ハンクスをとっ捕まえれば、その口から自ずと答えが出るとは思うがな」

「それを惧れているのはあんたじゃないのか。いくらおれにプレッシャーをかけたって、正しい答えは一つしかない」

舐めた口調で井川は応じるが、頰のあたりが引き攣って見えた。

7

「そういう汚いことをやっていたわけか。単におまえが嫌いだというだけで、そこまでやるとは考えにくいな」

苦虫を嚙み潰すように高坂は言った。帳場には内密の話なので、高坂とは虎ノ門の静かな小料理屋で落ち合った。もちろん木村も同席させた。

「なにやら焦っているのは間違いないですよ。それもおそらくハンクス絡みじゃないですか。例の領収書の件は、もう監察にチクったんですか」

「ああ。監察官をやっている宮原という先輩がいてな。三年前に異動したんだが、公安のたたき上げで、おれとは気心の知れた仲なんだよ」

「動いてくれそうですか」

「あすしょっ引いて話を聞くそうだ。チェックした領収書はぜんぶ渡しておいた。井川の金釘流なら、筆跡鑑定するまでもなく自筆だと判明するだろう。じつはその人も井川に対しては恨み骨髄で、できれば公安から追い飛ばそうと思っていたんだが、監察に異動になってそれも出来なくなった。ところがおれがその話を持ち込んだもんだから、いよいよ念願がかなうと大喜びだよ」

「井川になにかやられたんですか」

「公安総務課第五公安捜査の管理官をやっていたとき、大規模なガサ入れの情報が先方に漏れて、捜査が潰れたことがあった。はっきりした証拠はなかったが、宮原さんたちがあとで聞き込んだ噂だと、どうも井川が自分のエスを通じて、捜査対象のセクトに情報を漏らしていたらしい」

公安総務課は、一般的な総務の仕事を担当する庶務係のほかに、新旧左翼を取り締まる実働部隊を擁していて、近年のサイバーテロを対象とするサイバー攻撃対策センターもそこに属する。

「エスから情報をとるのが公安刑事の仕事でしょう。どうしてあいつはエスに情報を流したんですか」

「要は二重スパイをやっていたんだろうな。古いセクトは意外に資金が潤沢だ。いまも労働組合や既成政党からのカンパがあるから、井川みたいな金に汚い公安刑事を逆リクルートするくらいはできる」

「証拠は摑めなかったわけですか」

「噂以上でも以下でもなかった。しかし井川の日ごろの行状を耳にしていた宮原さんは確信していたな」

「そんな話を聞けば私も確信せざるを得ません。井川がハンクスと繋がっているのは間違いない。下手をすると、こちらの捜査情報がすべて筒抜けですよ」

唐沢が嘆くと、木村が身を乗り出す。

「じゃあ木塚さんも含めて早急に帳場から排除しないと。自宅謹慎を命じられたら、僕が彼らを張り込みますよ」

「おまえじゃすぐに見破られる。そこは宮原さんに任せればいい」

「監察が行確してくれるんですか」

木村が驚いたように問いかける。自信ありげに高坂は応じる。

「いま聞いた話を耳に入れてやれば、宮原さんはそっちも対象にするだろう。監察は張り込みが下手だとよく言われるが、見破られたら見破られたで井川も木塚もかえって身動きがとれなくなる。帳場の情報はそれで遮断できる」

「群馬の状況はどうでしたか」

唐沢は問いかけた。高坂は頷いて応じた。

「さっき現地に向かった捜査員から連絡があったよ。県内の十五人のうち、四名が戸籍所在地と住所が同じで、六名は戸籍はそのままだが、住所は東京、神奈川、あるいは大阪や北海道になっていた。さらに三名は転籍していて、それも現住所は名古屋、大阪、福岡と散らばっている――」

群馬県内に居住している四名については、本人と会って確認したという。勤め人もおり、帰宅を待っていたため報告が遅くなったらしい。全員が似顔絵とはまったく別人で、背格好も唐沢が記憶しているハンクスとは異なっていたという。

西神田の事件当時は全員が群馬県内に居住していて、勤め先に問い合わせてもらえばわかるとのことだった。そちらはあす電話で確認するが、家族に訊いても同じ答えだったから、同姓同名の溝口俊樹であることは九九パーセント間違いないというのが捜査員の結論だった。

県外に転出、もしくは転籍している者については現地に赴いて事情聴取と面割りを行う。群馬県内に戸籍がある溝口俊樹に関しては、附票で確認したところ職権消除された者がいなかったのは幸いで、あすにも答えが出るだろうという。

それが空振りに終われば、いよいよ全国規模の捜査に乗り出すことになる。安村の言ったとおり群馬県生まれだとしても、戸籍が別の土地にあることは十分考えられるから、けっきょく近道はさせてもらえないことになりそうだ。

唐沢がそんな感想を漏らしても、木村は楽観的だ。

「数はいくら多くても、そのなかにハンクスがいるのはほぼ確実ですから、やりがいがあるじゃないですか」

「宮原監察官がうまくことを運んでくれれば、井川や木塚に神経を使うこともなくなる。ついでにあいつの人脈も洗ってやれば、もっと値打物のお宝が出てくるかもしれない」

意を強くして唐沢は言った。そのとき高坂の携帯が鳴った。ディスプレイを覗き、鷹揚な調子で応答する。

「おう、佐伯さん。なにかあったのか」

相手の声に耳を傾けるうちに、その顔に緊張の色が浮かぶ。

「わかった。いま虎ノ門にいる。すぐ本部に戻る」

そう言って高坂は立ち上がり、手早く勘定を済ませ、事情を説明しながらタクシー乗り場に走る。

「中央防波堤外側埋立地で大規模な爆発が起きた。破壊されたのは作業用の建屋で、鉄筋コンクリート造りの二階建てだが、跡形もなく吹き飛んでいるそうだ。幸い周辺には人がおらず、人的被害は出ていない」

不穏なものを感じながら唐沢は問いかけた。

「テロの可能性は？」

やってきたタクシーに乗り込みながら高坂が言う。

「現場を見ないとなんとも言えないが、一帯は埋め立てのためのごみ処分場だ。日中はトラックの出入りが多いらしいが、いまの時間は人っ子一人いない。ああいう場所は集積したごみからメタンガスが出るから、それに引火した可能性も考えられるんだが」

「つまり事故ですか」

唐沢は緊張を緩めたが、高坂は首を左右に振った。

「現場に到着した消防の話だと、建物の破壊状況や周辺で火災が起きていない点から、強力な爆発物による可能性が高いそうだ。対岸の中央防波堤内側埋立地に都の合同庁舎がある。そこにいた職員が目撃して通報したらしい」

そんな話をしているうちに桜田門の本庁舎前に到着した。ワンボックスタイプの警察車両が待機していて、その傍らで待ちかねていたように佐伯が手招きする。タクシーを降りて駆け寄ると、佐伯は警察車両のドアを指さして言う。

「このまま現場に向かいます。どうも不審な点があるようで、警察に急いで現場を見て欲しいと言うんです。テロ予告事件を担当している我々に、消防のほうからご指名がありまして」

「テロの可能性があるとみているわけだ。松原さんは？」

「鑑識と一緒に先に出発しています。我々も急がないと」

捜査一課に後れをとっては面子が保てないとばかりに佐伯は急かす。唐沢たちが後部席に乗り込み、車が走り出すと、前の席から佐伯が語りかける。

「硝安爆薬やダイナマイトじゃなさそうですよ。小型で非常に強力なものだそうです」

「まさかセムテックス――」

唐沢は声を上げた。深刻な顔で佐伯は頷く。

「その可能性があるそうだ。もちろん消防の連中はセムテックスによる爆破現場は一度も見たことがない。おれたちが預かっているヤマが頭にあるからピンときたようでね」

警察車両は赤色灯を点けてサイレンを鳴らし、内堀通りから晴海通りに出た。まだ交通量の多い銀座中心部を走り抜け、勝鬨橋、黎明橋、晴海大橋、木遣り橋を渡り、湾岸道路を経てお台場で左折する。その先で第二航路海底トンネルを抜け、さらに中防大橋を渡ったところが中央防波堤外側埋立地だ。

コンテナヤードとして整備された一帯以外はゴミや土砂で埋め尽くされた広大な空き地で、その一角に消防車両や警察車両が集結している。

サーチライトで照らし出されているのはまだ燻っているコンクリートの瓦礫の山で、それが爆破された作業用の建屋らしい。

「凄いなこれは。なかに人がいたら、まず命はなかったな」

佐伯は車を降りて怖気をふるう。火災らしい火災は起こらなかったので、消防車は鐘を鳴らして引き上げ始める。瓦礫のなかではロゴ入りの作業着を着た警視庁の鑑識チームが、写真撮影や遺留物の採取に忙しなく動いている。

一帯に張られた蛍光テープの外側で消防隊員たちと立ち話をしている松原に歩み寄ると、そのなかのやや年配の人物を紹介された。

「深川消防署の二宮（にのみや）副署長だ。こちらは警視庁公安部の高坂管理官、佐伯係長、唐沢警部補、それからえーと——」

名前が思い出せないのか、そもそも記憶になかったのか、木村に目を向けて松原は言いよどむ。

「木村巡査です。よろしくお願いします」

松原によく覚えておけとでも言いたげに、大きな声で木村は名乗った。

「二宮です。こちらこそよろしくお願いします」

慇懃（いんぎん）に応じて、二宮は状況を説明する。

「爆発が起きたのは午後九時十五分。通報を受けて消防車が到着したときは、火災はほぼ収まっていました。非常に効率がいいというか、パワーのある爆薬で、やはり軍用の可塑性爆薬の可能性が高いとみています」

「いわゆるプラスチック爆薬ですね」

唐沢が確認すると、二宮は大きく頷く。

「例のテロ予告の手紙に同封されていたセムテックスがこういうタイプの破壊性状を示すと聞いていますので、それでそちらの捜査本部に通報したんです。その種の爆薬がごみに混じって投棄される可能性は考えにくいし、爆発させるには雷管が必要で、ただ転がしておいて爆発するものではありませんから」

「それはいい判断でした。わざわざ人のいない場所を狙ったとしたら、テロそのものではないかもしれませんが、その予備行為だった可能性があります。技術に習熟するための演習かもしれないし、あるいは自分は本気だぞということを示すための予告の予告かもしれません」

　唐沢の考えに同意するように松原が言う。

「おれも二宮さんとそんな話をしてたんだよ。だとしたらこの現場に犯人特定に繋がる遺留物がなにかあるはずだが、場所が場所なもんでね」

　周囲を見渡せば一面が投棄されたごみの山で、これでは犯人がどんな重大な物証を残していても、発見するのは至難の業だ。

「爆薬の種類は鑑識が特定してくれるだろう。もしセムテックスなら、やったのがテロ予告の犯人と別人のはずがない。つまり特捜本部に対する宣戦布告だよ。これで手を拱くとなったら、警視庁の面子は丸潰れだな」

　高坂はため息を吐く。こちらはハンクスを追い詰めているつもりでも、向こうは余裕綽々でゲームを楽しんでいるようだ。そう思えば地団駄を踏むほど悔しいが、ここまで警察を舐めたツケは払わせなければならない。唐沢は訊いた。

「周辺に監視カメラはありますか」

「ないんだよ。こんなところにものを盗みに来るやつがいるとは都の環境局も考えなかったんだろう。ここへ来る途中で犯人の車がNシステムに記録されているかもしれないが、ナンバーがわからないんじゃなんの役にも立たないからね。オービスが設置されている場所でスピード違反をしてくれていれば、運転者の顔が撮影されているはずだが、お台場のあたりもずいぶん混んでいたから、制限速度以下でしか走っていないだろうし」

苦々しげに松原は言う。こちらは敵の動向が把握できない。向こうはメディアの報道でこちらの動きを知っている。むろんすべては公表していない。とくに溝口俊樹の捜査は秘中の秘だが、その点では井川の動きがいよいよ気になる。

井川の口から内部情報が漏れていたとしたら、特捜本部はハンクスの掌の上で踊らされているだけなのかもしれない。宮原監察官がこちらの望み通りに動いてくれれば、あす以降はそのルートが断たれるが、そのときはすでに手遅れかもしれない。

「やばいですよ。これがテロ予告の犯人の仕業なら、すでに大量のセムテックスを保有していることになるじゃないですか」

木村が指摘する。もちろん想定はしていたが、そうだとしたら、今後、水際で食い止める可能性はゼロということになる。

そのとき、唐沢の携帯が鳴った。取り出してディスプレイを見る。知らない携帯の番号だ。片山なら電話帳に登録しておいたから名前が表示されるはずなのだ。

たぶん間違い電話だろうと、名前は名乗らずに「もしもし」と応答する。妙に馴れ馴れしい男の声が流れてきた。

「やあ、レオナルド。久しぶりだな、いま立て込んでいると思うんだが、すこし時間をくれないか」

レオナルド——。グループ・アノニマスの集会での唐沢のニックネーム。つけてくれたのは久美子で、それは二十年前の話だ。いまごろその名前で電話を寄越す人間はほかに思い当たらない。そしてその声はいまも耳に焼き付いている。録音ボタンを押して問いかけた。

「ハンクスか」

「嬉しいな。覚えてくれていたんだ」

「なんの用だ」

「用があるのはそっちじゃないのか。いまおれを探して駆けずり回っているんだろう」

「いまどこにいる?」

「それを言ったらゲームオーバーじゃないか。お楽しみはまだこれからだよ」

「テロを予告したのはおまえなのか」

「もちろん」

「ついさっき起きた爆破事件もおまえの仕業か」

「そのとおり。せっかく警視庁を挙げておれを追ってくれているんだから、ご挨拶くらいはしないと申し訳ないと思ってね」

「久美子を殺された恨みはいまも忘れない。おれは絶対におまえを逃がさない」

「あれは彼女が望んでやったことだ。じつに英雄的な行為だった。彼女はおれにとって、いまもかけがえのない同志だよ」

小馬鹿にしたようにハンクスは笑う。煮えたぎる憤りに吐き気さえ覚えた。声を押し殺して唐沢は言った。

「ふざけるな。首を洗って待っていろ。おれが必ず絞首台に登らせてやる」

第九章

1

ハンクスの挑発を受けて、特捜本部の捜査は急展開した。

唐沢の携帯にかけてきた電話番号から、通話時の大まかな位置情報は取得できたが、向こうがGPSをオフにしていたか、あるいは機種が警察によるGPS情報の取得ができないアイフォンだったか、どちらかの理由でピンポイントの位置特定はできなかった。

基地局情報で把握できた位置は、港区南青山四丁目の半径一キロの範囲で、流入人口を含めれば何千人もの人がおり、そのうえ当人が電話のあとでどこに移動したかわからない以上、ほとんど役には立たない。だからといってなにもしないわけにはいかない。特捜本部の人員を総動員し、ハンクスの似顔絵を持たせ、その一帯で聞き込みを行った。

しかし似顔絵といっても二十年前の顔で、そのうえ変装でもされていれば目撃証言が出てくるはずもない。案の定、捜査員は夜半まで聞き込みを続けたが、けっきょくこの日は無駄骨に終わった。しばらく聞き込みは継続するが、たぶん空振りになるだろうと、その点に関しては特捜本部の士気は低い。

地域一帯の防犯カメラのデータは取得しており、現在その分析を進めている。ハンクスと思しい人物が映っていればその前後の移動経路を推測できるが、首尾よくいくかどうかは保証の限りではない。

電話番号から契約者は特定できたが、予想どおり使われたのは飛ばしの携帯で、登録されていた住所に該当する人物はいなかった。

科捜研の分析では、使用された爆発物はセムテックスで、量は五〇〇グラムほどと推定された。企業や団体に郵送された一グラムと比べれば大盤振る舞いだ。まだ挨拶に過ぎないようなことをハンクスは言っていたが、だったらどれほどのセムテックスを持っているのかと考えれば身の毛がよだつ。

警視庁は機動隊や各所轄の地域課を動員して都内全域に緊急配備をしているが、それだけでも広すぎるうえに、対象となる企業の支社や工場は全国にある。そこにはグローバル企業も多数含まれるから、日本国内だけにも限定できない。

「野郎も知恵をつけたもんだよ。警察を踊らせる手管を知り尽くしてやがる」

爆破事件から三日経った午前中、大半の捜査員が出払った帳場の会議スペースで、歯軋りをするように高坂は言った。唐沢は頷いた。

「二十年ものあいだ、どこかで爪を研いでいたようです。人的被害はまだ出ていませんが、その気になればなんでもできると、いま舌なめずりしてるでしょう。井川の件はどうなりました？」

「ああ。きょう宮原監察官が呼び出しをかけるそうだ」

「いま、どこにいるんですか」

「どこかで油を売ってるんだろう。木村の友達が張り付いてるんじゃないのか」

「爆破事件のせいでシフトが変わったようです。自宅謹慎といっても帳場から排除できるだけですから、好き勝手に動き回られてもまずいんですが」

「宮原さんがしっかり行確するよ。いまも公安時代の恨み骨髄だからな。おれからもハンクスに繋がりそうな動きは耳に入れておいた。昔とった杵柄で、今度の事件にもえらく興味を持っているから、そっちの容疑も視野に入れて人を張り付けるそうだ」

「ただそうなると、逆に私とハンクスが内通しているという例のとんでも話を吹聴するんじゃないかと心配ですよ」

「それをやったら藪蛇だよ。宮原さんには片山との密会の話も耳に入れておいたから、むしろ井川のほうが逆ねじを食わされるんじゃないのか」

「今回のことがなかったら、公安から追い飛ばしてもらえればそれでよかったんですが、もしハンクスと内通しているようなら、警視総監、下手をすれば警察庁長官の首が飛びますからね」

「宮原さんも重々承知だよ。まあ、自宅謹慎になれば帳場には近づけなくなるから、捜査情報が漏れることはない」

「木塚がいるでしょう。そっちの口から伝わる可能性もある」

「心配ない。あいつも同様に謹慎だ」

不安げなく応じる高坂に、唐沢は言った。

「しかしそうなると、井川の尻尾も摑みにくくなりますよ。むしろ木塚は泳がせておいて、ガセネタを摑ませる手もあるんじゃないですか」

「それをご注進に及ぶとみているわけか。しかし井川の通話記録にはハンクスだと疑わせるような相手はいなかったぞ。おまえにかけてきた番号は記録に含まれていなかったし」

高坂は首をかしげる。もちろん井川もそこまで間抜けではないだろう。

「家族や同僚、知人を除けば、ほぼすべて左翼の連中じゃないですか。そんな人間を介して連絡をとれば、自分の通話履歴からはハンクスとの内通は把握されないと思ってるんでしょう」

「だったらどうやって証拠を摑む?」

「ガセネタを木塚に渡せば、井川にすぐ電話が行くはずです。そのあと井川が誰かに電話を入れたら、そいつが怪しい。それを何度か繰り返せば、そのうち不審な相手を絞り込めるんじゃないですか」

「その相手を、転び公妨でもなんでもいいから引っくくって締め上げるということだな」

そこまでは言っていないが、高坂は勢い込む。唐沢は冷静に言った。

「引っくくるというより、徹底的に行確すれば、そいつがハンクスのところに案内してくれるかもしれませんよ」

「だったらどういうガセネタをくれてやるかだよ」

「なんでもいいんですよ。ハンクスの居どころを突き止める糸口が見つかった。ただしそれは帳場の上層部だけが知っている重要機密で、もちろん現場には一切漏らしていないとか」

「引っかかるかな」

「疑心暗鬼にさせるだけでいいんですよ。そうすれば必ず動きます」

唐沢は自信を覗かせた。

2

夜八時を過ぎたころには出払っていた捜査員たちも戻ってきた。

しかしそのなかに井川の姿はない。高坂が言っていたとおり、宮原に自宅謹慎を命じられたのだろう。本人が思っているほど重要人物だとはみなされていなかったようで、それが帳場でことさら話題になるでもない。

木塚は唐沢の提案どおり自宅謹慎は免れたようだ。もともと井川の腰巾着に過ぎないから、ボスがいなければ借りてきた猫で、第七係の同僚たちもあえて話しかけようとはしない。

よほど居心地が悪いのか、帳場が用意した仕出し弁当には手を付けず、木塚はどこかへ出かけていく。

井川ほどではないにしても、給料以上に金回りがいいというのが班内でのもっぱらの評判だ。いつものように虎ノ門あたりの食事処で、井川のお相伴で肥えてしまった舌を満足させるつもりだろう。

行き先はおおむね見当がつく。木塚は鰻に目がない男で、三百六十五日鰻重でも飽きないと日頃から豪語する。虎ノ門一丁目に老舗(しにせ)の鰻屋があって、そこで井川と飯を食っているところを何度か見かけた。井川のほうはそれほど鰻に目がないとは聞いていないが、木塚だけの一人飯なら、間違いなくそこへ行くはずだ。

唐沢は木村と連れだって帳場を出た。木塚は本庁舎前でタクシーを止めるでもなく、徒歩で虎ノ門方面に向かっている。タクシー代を節約して、そのぶんで並を上か特上にしようという算段か。それを確認し、唐沢たちはタクシーに乗り、祝田通り経由で虎ノ門一丁目に向かった。

鰻屋にはまだ木塚は現れていない。あくまで山勘だから当たるかどうかわからない。木村と二人でテーブルにつき、鰻重の並を注文する。勤務時間はもう過ぎているから、ビールをちびちび飲り始めると、山勘は的中のようで、木塚が店に入ってきた。

素知らぬ顔で雑談を装っていると、木塚もしらばくれて横を通り過ぎ、唐沢たちのすぐ隣のテーブルについた。

こちらに背を向けているから顔は見えない。それで気づかれないと思っているらしい。行確は公安刑事の基本スキルだが、木塚は及第点にはほど遠い。

「いよいよじゃないですか。思いがけないところで敵は尻尾を覗かせましたよ」

声を落として木村が言う。唐沢も木塚に聞こえる程度に声を落とした。

「まだ誰にも言うなよ。いまのところ、おれと高坂さんと松原さんだけの話だから」

「わかってます。壁に耳あり障子に目ありですから」

「とくに木塚には気をつけないとな。井川とはツーカーの仲だから」

木塚の耳がピクリと動く。木村は感嘆してみせる。

「でも唐沢さんも凄いネットワークを持ってるじゃないですか。獣道みたいなルートを通って、一気にハンクスに肉薄したわけですから」

「まだとっ捕まえたというわけじゃないけどな」

「でも、すでに所轄の公安が行確してるんでしょ」

「高坂さんの人脈で内密に動いてもらってる。捜査員にも相手がハンクスだとは教えていない」

「彼らは気づいてないんですか」

「気づいてはいるかもしれないが、口にしちゃいけない任務だとわきまえているはずだ」

「公安刑事の鑑ですね」

「いい意味でも悪い意味でもな。この場合、そういう体質がプラスに働いているわけだ」

「いつ逮捕に踏み切るんですか」

「ハンクス一人ならいますぐでもいいんだが、仲間がいるとしたら、それで作戦を変更されかねない。すでに挑発行為に出ているわけだから、三ヵ月という期限を破ってテロを実行してくる惧れもある」

「しっかり行確していれば、そのあたりも追々見えてくるでしょう。一匹狼ならそのまま逮捕で落着だし、仲間がいれば、それを特定してまとめて検挙する。そのときは転び公妨でもなんでもいいじゃないですか」

木村は高坂と似たようなことを言うが、一部はアドリブでも、大半は事前に打ち合わせたシナリオどおりだ。

「なんにせよ、この情報が漏れたらハンクスが早まった行動に出かねない。保秘はくれぐれも徹底しないとな」

「もちろんですよ。でもおかしな行動を起こしたときはいつでもしょっ引けるわけですから、もう網にかかった魚みたいなもんですよ」

テーブルに届いた鰻重をつつきながら、ほくほくした顔で木村は言う。唐沢は頷いた。

「おれも積年の恨みを晴らせるよ。とことん締め上げて、久美子と川内を殺害した罪でぶち込んでやる。二人殺した上に爆弾テロなら、極刑だってあり得るからな」

「ハンクスもせっかくここまで逃げ延びたのに、いまになって馬鹿な行動に出なきゃよかったんですよ。これでいよいよ年貢の納めどきです」

木村は器用に芝居を演じてみせる。そのあとしばらく四方山（よもやま）話を続け、鰻重を食べ終えたところで席を立った。もちろん木塚がいることに気づいた素振りは見せない。

店を出てから高坂に報告すると、あすさっそく、井川の最新の通話記録を請求するという。高坂は訊いてくる。

「引っかかったようなのか」

「おそらく。通話記録が楽しみですよ。ただしハンクスがそれを真に受けて、性急な行動に出ないか心配です」

「誘き出してとっ捕まえるいい機会にはなるんじゃないか」

「その場合のリスクは大きいですがね」

自分の発案ではあったが、木塚がうまくはまりすぎ、唐沢はそちらが気になりだした。しかし高坂は平然と応じる。

「漫然と待っていても、いつハンクスの気が変わるかわからない。ただ実行前には、必ず予告はしてくるはずだ。その場合は全国の公安を動員して、ターゲットの本社や関連施設で水も漏らさぬ警戒態勢をとる。揺さぶられているばかりじゃ能がない。むしろ一打逆転のチャンスになるかもしれない」

「木塚に聞かせた話が、本当にハンクスに伝わるかどうかはまだわかりませんがね」

「いや、伝わってもらわなきゃ困る。もちろん溝口俊樹の追跡は同時進行でやる必要がある。そっちから網を絞り込めるかもしれない。井川から繋がるラインとそっちのラインの交点にハンクスがいるのは間違いないわけだから」

高坂は勢い込む。皮肉な気分で唐沢は応じた。

「いまごろどこかで笑っているんでしょうがね。しかし私が今回の帳場にいることをハンクスは知っていた。だから挑発の電話を私にかけてきた。帳場の情報が伝わっているのは間違いありません」

「その出どころが井川であることもな。ここに来て嵩にかかっておまえとハンクスを結びつけようとしている。おれたちからみれば、それが間接的に自分とハンクスの繋がりを示す状況証拠だとも気づかない。ずる賢いようで抜けている」

高坂は笑って言った。

3

その翌日の捜査会議で、南青山一帯での捜索活動はなんら成果のないまま収束することに決まった。都内全域での緊急配備も解除された。

戸籍情報による溝口俊樹の追跡チームは中断していた活動を再開した。ただし唐沢と木村に関しては、特命チームとして高坂の直属で行動することになった。

なんの特命なのか現場には説明もなかったが、そういうことに慣れている公安の連中はとくに疑問も持たず、捜査一課の連中にとっても人員が二人減っただけのことで、それが話題になることもなかったようだ。

現場の差配と情報の集約は佐伯に任せて、唐沢たちは日中は特捜本部を離れ、公安の刑事部屋をベースに井川の動向を監視することになる。

その日の午後には木村とともに固定電話会社と携帯キャリアに飛んで、きのう一日分の井川の通話記録を取得してきた。

昨夜の午後九時。虎ノ門の鰻屋を出て間もない時間に、井川宅の固定電話に木塚からの着信があった。通話時間は二十分ほどで、かなり長いやりとりだ。

そのあと井川はある人物に電話をしていた。井川のほうは固定電話で、相手は携帯電話。前回取得した井川の通話履歴から、それが勝俣良和(かつまたよしかず)という男だということは判明していた。

かつては過激派セクトの大物幹部、いまは政治評論家の肩書きで左寄りの雑誌にときおり寄稿しているが、テレビや新聞からお呼びがかかるでもなく、ベストセラーになった著書もない。

いまは政治活動に関わっている様子はないが、人脈の広さは並々ならぬもので、交友範囲は保革の既成政党から旧過激派系の労働組合、民族主義系右翼団体まで広範で、財界にまで知己がいるという情報もある。

かつての扇動的な左翼思想は影を潜め、革新系市民運動のオピニオンリーダーの立場を標榜し、思想性において危なっかしいところはとくにないため、公安内部では穏健左派に分類されている。そんな男だから、井川のような公安刑事とのあいだに付き合いがあっても不思議はない。

　前回取得した過去一年分の通話記録に勝俣が出てきたのは十回ほどで、ほかの人物との通話回数と比べて多くはなく、そのときは井川とのコネクションがさほど強いとは思わなかった。

　ところが昨夜からきょうの午後にかけて勝俣との通話は五回あり、井川から三度、勝俣から二度。そのすべてが木塚からの電話を受けたあとだった。

　木塚、井川、勝俣のリンクが浮かび上がった。その通話の内容が木塚に吹き込んだガセネタだとしたら、その先でハンクスに繋がっているのは疑う余地がないが、通話記録からは内容はわからない。本庁に戻って報告すると、高坂は張り切った。

「勝俣を洗うべきだな。これからまた携帯のキャリアに飛んでくれるか。そいつの通話記録のなかに、おまえにかけてきたときのハンクスの携帯番号があったら大当たりだ」

　不快な慄(おのの)きを覚えて唐沢は応じた。

「勝俣という男、やはり臭いですよ。穏健左派の市民活動家というのは旧過激派の連中がよく使う隠れ蓑ですから。安村が率いていた剣だって、反グローバリズムを旗印にした市民団体の別働組織だった。そんな男と繋がっているとしたら、ハンクスは必ずしも一匹狼じゃないかもしれませんよ」

　木村はさらに不安をかき立てる。

「それも二十年前のビル爆破事件のように、素人の寄せ集め集団じゃないかもしれない。

セムテックスを入手したり、これまでになかったテロ予告スタイルをとったりと、なにか国際的な広がりをもつグループのような気がしませんか」

「そういう要素もなくはないが、犯行宣言をわざわざ唐沢に行ったのも気になるな。ハンクス個人が妙に唐沢を意識しているようだ」

高坂は別の疑念を膨らます。確信をもって唐沢は言った。

「そもそも私の携帯の番号を知っていたのが不審な点ですが、井川が勝俣を介してハンクスと繋がっているとみればわからなくはない。片山も知ってはいましたが、彼がハンクスと繋がっているという心証はまったく得られませんでしたから。ハンクスのほうに私に対する異様なこだわりがあるのは明らかです」

「おまえが公安刑事になり、ハンクスを引っ捕えることにいまも執念を燃やしていることを知っているとしたら、それは井川から聞いていたからだとしか思えないな」

「ひょっとしたら、ハンクスのバックには、潤沢な資金をもつ人物もしくは団体がいるんじゃないですか。井川さんは、性格はとことんねじ曲がっていますが、思想に殉じるようなタイプの人間じゃありません。金以外の目的で誰かのために行動するはずがないですよ」

木村は穿(うが)った見方を披露する。唐沢もそれには同感だ。地下に潜伏した過去の過激派の逃走を幇助していたのが、高名な政治家や大企業経営者だったということが公安の世界では珍しくない。ハンクスのバックにそんな人間がいれば、ゴキブリ取りの誘引物質に引きつけられるゴキブリのように、井川は本能的に接近するはずだ。

そもそも組織力も資金力もある大きなセクトと繋がりのなかったハンクスが、きょうまで潜伏できたのが謎なのだ。その意味で木村の見方はそう外れてはいないかもしれない。高坂も唸る。

「たしかにな。あいつの金回りの良さは、偽領収書をつくってちまちま摘まみ食いする程度じゃ説明がつかない」

「場合によっては、井川の銀行口座も洗う必要があるかもしれませんね」

唐沢が言うと、高坂は当然だというように請け合った。

「監察のほうで調べ上げるそうだ。むろん当面はあいつの横領疑惑に関してだが、そこに外部からの不審な入金があれば、それも併せて捜査対象にする」

「それはありがたい。こちらは一手間省けます。じゃあまたキャリアに飛んで、勝俣の通話記録を取得してきます。捜査関係事項照会書を用意してもらえますか」

唐沢が言うと、高坂はその場で書式に必要事項を記入して署名捺印した。

4

そのとき高坂のデスクの警電が鳴った。受話器をとってしばらく話し込み、高揚した様子で高坂は顔を上げた。

「佐伯さんからだよ。名古屋に転籍していた溝口俊樹なんだが、こいつがどうも臭いそうだ――」

転籍したのが十九年前で、西神田のビル爆破事件の翌年だった。戸籍は現在も名古屋にあるが、婚姻による新戸籍の編製によるものではない。つまり現在も独身で、転籍は自分の意思で行ったことになる。

戸籍の附票によると、転籍した八年後に東京の杉並区に転入し、さらに四年後には中野区に転入。その二年後に中野区の住民登録が職権消除されている。つまり現在は住所不定という扱いだ。

溝口追跡チームは最後の居住地と考えられる中野区野方二丁目に向かった。その地番には築年数の古そうな賃貸マンションがあり、職権消除されたのが五年前だから、その溝口俊樹が一定期間そこに住んでいたのは間違いない。

マンションの住民にハンクスの似顔絵を見せて回ったが、その大半がここ二、三年ほどで入居した人たちで、見覚えがないとのことだった。しかし管理会社に問い合わせると、六年前まで溝口俊樹という人物に賃貸していた記録が残っており、家賃の支払いも滞っていなかったという。

居住実態があった以上、誰かが目撃しているはずだと近隣の民家を当たってみたが、過去十年以上暮らしている人でも、似顔絵とそっくりな人物は見ていないということだった。もしそれがハンクスだとしたら、ほとんど外出もせずひっそりと生活していたか、変装もしくは整形手術で顔を変えていた可能性がある。

さらに聞き込みを続けたところ、ようやく見たことがあるという人物が現れた。マンションの近くのコンビニの店長で、六年ほど前まで、週に一、二度買い物に来ていた男が似ているような気がするという。

証言が曖昧なのは、その男がいつもキャップを目深に被り、サングラスをかけ、濃い髯（ひげ）を生やしていたからだというが、客商売のため人の顔を覚えるのは得意だということで、手渡された似顔絵をじっくり眺めて、出てきたのがその答えだった。

そもそも素顔が見えないようにしているうえに、やってくるのがほとんど深夜で、周囲に人通りがない時間を見計らっているとしか思えない。不審な人物だと直感して、従業員にも注意するように言っておいたという。万引き程度ならいいが、強盗のようなことをされたら堪らない。

「ああ、そうそう」と言ってオーナーはバックヤードに向かい、カラーコピーされた男の写真を持ってきた。防犯ビデオの映像からコピーしたものらしく画像は粗い。しかし人相は十分判別できる。オーナーは二十四時間店にいるわけではない。アルバイトの従業員にも注意を払わせるために各自に持たせておいたもので、それがたまたま手元に残っていたという。

捜査員はそれを帳場に持ち帰り、チームの人間全員に見せたところ、半数以上がハンクスの可能性が高いとみたとのことだった。かつて本人に直接会っていて、似顔絵作成にも協力した唐沢の目でも確認して欲しいと佐伯は言っているらしい。

そんな説明を聞いているうちに、本部の若い捜査員がそのカラーコピーを手にしてやってきた。コピーをさらにコピーしたもので、決して写りはよくないが、それがハンクスだと見た瞬間に直感した。

右頰にあった大きめのほくろは髯に隠れて見えないが、全体の輪郭は記憶のなかのハンクスそのものだ。やや猫背の姿勢も同様だ。キャップからはみ出している縮れ気味の頭髪もハンクスの特徴と一致している。

「間違いないか」

高坂は期待を滲ませる。唐沢は言った。

「断言はできませんが、まず間違いないと思います」

「佐伯さんは、画像処理で髯やサングラスを消してもらえないか、科捜研に打診してみるそうだ」

「それもいいかもしれませんが、転籍する前の群馬の戸籍所在地に知り合いがいるでしょう。だれかが当時の写真を持っているかもしれません。それとこのカラーコピーをスーパーインポーズ法で比較すれば、高い確率で同定できるんじゃないですか」

スーパーインポーズ法とは、もともと白骨死体などの頭蓋骨と生前の写真を比較して身元を特定するために開発された技術だが、写真と写真でも比較は可能で、その場合の精度も高いという。加齢による変化もさほど影響はなく、骨格を基準に判定するから、サングラスで目が隠れていても関係ない。

「それで行けそうだな。その溝口が卒業した小学校や中学校、高校なら卒業アルバムが残っているかもしれない。佐伯さんにやってもらおう」

高坂は警電の受話器をとって佐伯を呼び出した。唐沢が提案したことを手短に伝えて、高坂は受話器を置いた。

「佐伯さんも同じことを考えていたようだ。さっそく従前戸籍所在地周辺の小中高すべての学校に捜査関係事項照会書を送付して、その溝口が在籍したかどうか確認する。それが確認できたら、捜査員を派遣してアルバムを入手する。もちろんいまも実家があるようなら、そちらでも聞き込みをする」

「先が見えてきましたね。その男がハンクスである可能性は高いと思います」

「職権消除されているのが難点なんだが」

高坂は不安を覗かせるが、ここまでくればもう取り逃がすはずがない。正直を言えば、これまでは干し草のなかから針を探すどころか、砂漠で一粒の砂金を探すようなものだった。しかしターゲットはいまや十分に絞り込まれた。

実家に親族がいたり、学生時代の同級生がいたりすれば、そこから現在のハンクスに至る糸口が覗くかもしれない。一方で木塚に渡したガセネタで引っかかった勝俣という獲物もある。そのあたりから勝俣とハンクスを繋ぐラインが引ければ、一気にハンクスに迫れる可能性がある。

「その情報が、木塚さんの耳に入ると具合が悪いんじゃないですか」

木村が指摘する。木塚はあれからふたたびテロ予告を受けた企業の聞き込みチームに入っているが、いまの佐伯からの報告が耳に入れば、それを井川にご注進するのは間違いない。高坂は頷いて受話器をとった。

「宮原さん。いろいろお世話になっています。じつは――」

ここまでの状況を手短に説明すると、宮原は阿吽の呼吸で事情を理解したようだった。受話器を置いて高坂は言った。

「きょうからあいつにも謹慎処分を言い渡すそうだ。ガセネタを運ぶ伝書鳩の仕事は用済みだ。佐伯さんにはくれぐれも保秘をと頼んでおいた。この手の捜査は公安のお家芸だよ。鉦(かね)や太鼓でさがすような刑事のやり方でぶち壊しにされたんじゃ堪らない」

5

勝俣の通話記録は、過去何ヵ月分も出すのは時間がかかるというので、取り急ぎ、きょうときのうのぶんだけ取得することにした。それ以前のものが必要ならあとで追加請求すればいい。

木塚から井川への電話があって以降、井川と勝俣の電話のやりとりは、すでにこちらで確認したとおりだった。

井川からの最初の電話を受けたあとすぐに、勝俣はある人物に電話を入れていた。それも二度。勝俣とその人物が、木塚に吹き込んだガセネタに強い関心をもっていることは疑う余地がない。

木村はさっそくその携帯のキャリアに出向いた。契約者は村本誠(むらもとまこと)という人物で、住所は江東区亀戸四丁目。勝俣の住所はすでに確認しており、そちらは港区新橋五丁目だった。

村本誠という人物は公安のファイルからは見つからず、これまでなんらかの疑念を持たれたことがなく、行動確認もされたことがない人物のようだった。

ものは試しとインターネットで検索したところ、江東区亀戸在住の村本誠という人物がヒットした。保守系の江東区議で当選三回目というから、中堅からベテランの域に入るだろう。

村本はいまどきの政治家らしくブログを公開しており、ほかにもツイッターやフェイスブックなどSNSを通じても情報発信をしている。プロフィールに記載されている生年月日から年齢は五十二歳で、ハンクスと近いことがわかる。

革新系ではなく保守系というのが意外な点で、公安サイドにおそらく記録はない。しかし表向きの記録はないにせよ、右左問わず政治家として活動する人間なら、一度はなんらかの調べを入れるのが公安の仕事で、部内のどこかにメモのようなかたちで残っている可能性がある。ただし同じ公安部内でも横の関係となると機密の壁が幾重にも立ちはだかっているから、それが入手できるかどうかは保証の限りではない。

ブログに掲載されている写真はもちろんハンクスとは別人だ。年齢にしては馬鹿に若づくりで、いかにも正義派で市民の味方というイメージを振りまいている。あえて胡散臭いとは言わないが、どこの政治家もそういう場所ではクリーンさや政治家としての信念をアピールするから、額面通りには受けとれない。

プロフィールには出身地や出身高校、大学、そのあと議員になるまでの経歴が長々と書いてあるが、出身地は群馬県ではなく静岡県だった。

大学時代の友人といったことも考えられるが、ハンクスの出身大学のことを唐沢は聞いておらず、そのあたりでの繋がりがあるのかどうかはわからない。

木村はまたも捜査関係事項照会書を携えてキャリアの本社に赴いた。こちらについても取得したのはきのうからきょうにかけての通話履歴だった。

木村は出先から有頂天の様子で連絡を寄越した。驚いたことに、そのなかに唐沢に寄越したハンクスの電話番号があったのだ。それも勝俣から村本への電話の直後で、しかも二度――。

「やりましたよ。村本に事情聴取すればハンクスの居場所を吐きますよ。知っていてしらばくれたら犯人隠避罪に問われるし、テロリストと関係をもっている事実が表沙汰になれば議員だって辞めなきゃいけない。これで勝負ありじゃないですか」

声を弾ませる木村に、呼応するように唐沢は応じた。

「作戦がここまで当たるとは思わなかった。木塚も井川もいい仕事をしてくれたよ。この先、足を向けて寝られないな」

「ついでに、その二件の通話の際の位置情報も訊いてみたんですよ。そっちは別の捜査関係事項照会書が必要かと思ったら、テロがらみの事案ということで向こうはじつに協力的で、あっさり開示してくれました。もちろんＧＰＳは切っているので、基地局情報による大まかな場所しかわかりませんが、それでも今後の捜査のヒントには十分なるんじゃないですか」

　余計な講釈を並べる木村に苛立って、唐沢は問いかけた。

「で、どこなんだ。その場所は？」

「四谷三丁目付近の半径五〇〇メートルの範囲だそうです。二度の通話がどちらもそうでした」

「だとしたら、新宿郵便局の管内だな」

「そうなんです。セムテックス入りの封書を送ったときの消印がそこでした」

「だったら、そのあたりに住んでいる可能性があるな」

「あのときはどこのポストから投函されたかわかりませんでしたから、管内すべてを聞き込んで回ったわけですが、いくらなんでも範囲が広すぎました。しかし今回はだいぶ絞り込めますよ」

　木村は声を弾ませる。いろいろ相談があるから早く帰ってくるように言うと、いますぐ飛んで帰ると木村は張り切った。ハンクスの尻尾を自分の手で摑まえた。べつに木村の手柄というわけではないが、彼にしてみれば鼻高々といったところだろう。

　そのやりとりを報告すると、高坂は呆れたように言う。

「ここでハンクスにぶち当たるとは思わなかった。おまえの作戦に賛成はしたが、こうまで上手くいくとはな」

「問題はここからどうやって攻めるかですよ。下手に村本に接触すればハンクスに連絡がいくでしょう。その場合、ただ取り逃がすだけじゃない。敵が早まった行動に出ないとも限りません」

「村本という区議はいままで公安の網に引っかかっていなかった。ある意味で得体の知れない人物だ。逆に勝俣のほうは公安にとってお馴染みの人間で、扱いやすいと言えば扱いやすい。村本を一気に攻めれば、せっかくかかった獲物をバラしかねない。こっちの手としては、ハンクス絡みの話とは別件で勝俣の身柄を拘束し、じっくり話を聞くというやり方がよさそうだな」

「しかし勝俣はいまは堅気じゃないですか。別件逮捕の理由はそうは見つからないでしょう」

「だったらつくってやるしかないだろう」

「転び公妨じゃ、長期の勾留は望めませんよ」

「とりあえず行確はしてみたほうがいいな。村本が公安の捜査対象になるのは不自然で、ハンクス絡みだと気づかれる惧れがある。しかし勝俣なら元過激派で、ハンクスとは関係ない理由で公安の捜査対象になってもおかしくない。人間誰しもすねに傷持つところはある。公安事案じゃなくても、なにかいい材料が出てくるかもしれない」

「たとえば？」

「銀行口座を洗えば、いまの勝俣の実入りには不相応な預金や入出金があるかもしれない。組対部がマネーロンダリングや薬物、銃刀法違反の容疑ですでに内偵しているかもしれない」

「素性の怪しい人間ではありますからね。そっちでしょっ引ければ御の字ですよ」

唐沢は期待を滲ませた。とりあえず自分も木村も勝俣に面は割れていない。ぴったり張りついてやれば村本や井川とじかに接触するかもしれないし、高坂が期待しているような別件の容疑が浮上する可能性もなくはない。

「公安は警視庁内ではガラパゴスだが、だからといって同じ屋根の下にいるわけだから、おれにだって多少の人脈はある。警察学校時代の同期でいまも付き合いのあるやつもいる。これからいろいろ当たってみるよ」

高坂は自信を覗かせる。唐沢は言った。

「村本の通話記録もとったほうがいいでしょうね」

ハンクスとの付き合いがきのうきょうの話ではないとしたら、飛ばしではない正規の携帯や固定電話からの連絡もあるかもしれない。区議という仕事柄交際範囲は広いはずで、分析するのは手間がかかるが、そのなかにハンクスがいる可能性は極めて高い。その意味を理解したように高坂は応じる。

「当然やるべきだな。コンビニに現れた髭男に関してはまだ当たりかどうかわからない。

これから追跡チームがそいつ以外の溝口の居所を把握したら、そのリストにある番号の契約者住所と突き合わせれば、一致したやつがハンクスということになる」

「携帯の位置情報が四谷三丁目のあたりだった件はどうしますか」

「しばらく仕舞っておくしかないな。こっちもデリケートなところに来ている。いま鳴り物入りで聞き込みをやられたら、ハンクスに逃げろとアドバイスするようなもんだ」

当然だというように高坂は言った。

6

翌日から唐沢と木村は勝俣に張りついた。

仕事場は新橋五丁目の雑居ビルの五階にあり、建物は比較的新しく、賃貸料は安くはないはずだ。しかし年に数回雑誌に寄稿する程度の勝俣の仕事ぶりからして、それだけの事務所経費が支払えるとは思えない。

建物の向かいにコーヒーショップがあり、雑居ビルの人の出入りは把握できる。勝俣の顔は公安総務課のファイルにあった写真で確認している。

張り込みは朝八時から始めた。勝俣の勤務態度はなかなか良好なようで、朝九時には雑居ビルに入って、その後は外出していない。

十一時過ぎに高坂から電話があった。群馬の従前戸籍所在地に捜査員が飛んで、きのうの溝口らしい人物の周辺を洗ってみたという。戸籍は除籍になっていて、両親はすでに死亡していた。溝口にきょうだいはおらず、実家があったと思われる場所には賃貸マンションが建てられていた。

やむなくその場所を学区に含む小中高の学校に出向いたところ、運良く溝口の出身高校に、在籍当時の卒業アルバムが保存されていた。捜査員はそれを見て、直感的にハンクスと同一人物だと確信したらしい。

これからその写真をデジカメで撮影して本部に送り、それを科捜研に持ち込んで、コンビニに現れた髭面の男とのスーパーインポーズ法による同定を試みるという。うまくいけば、そちらのルートからもハンクスに肉薄できる可能性が浮上した。

「勝俣の動きはどうだ」

高坂は訊いてくる。苛立ちを覚えて唐沢は応じた。

「九時に仕事場に入ったきり出てきません。尻尾を出しますかね。なんだか無駄な時間を過ごしているような気がしますが」

「そう言うな。足で稼ぐのが公安という商売の要諦だ。辛抱していれば必ずボロを出す」

高坂はいかにも確信ありげだ。長年の経験による嗅覚なのかもしれないが、それもまた公安刑事の商売の要諦で、こちらの計算どおり検挙に至るようなケースはまずあり得ない。

必要なのは足でもあり鼻でもあるということだ。

「そう期待するしかないですね。糸口はいろいろ出てきていますから、そのうちどれかが当たるでしょう。動きがあったら連絡します」

そう応じて通話を終えた。話の内容を伝えると、木村はどこか悔しそうだ。

「すべて僕らが道筋をつけたのに、帳場のチームに手柄をくれてやることになったら嫌ですね」

「そうは言っても、おれとおまえじゃ手に余る大仕事になってきたからな。お、勝俣が出てきたぞ」

唐沢は立ち上がって、店の出口に向かった。飲み物のトレイを返却し、木村も慌ててついてくる。

勝俣は早足で新橋駅方向に向かう。上下が白のサマースーツに小粋なパナマ帽。携えているブリーフケースもいかにも高級そうで、たぶんどこかのブランドものだろう。きざと言いたくなるほどのダンディぶりだ。

まず唐沢が尾行を担当し、木村は裏通りを回ることにする。どちらに進んでいるか携帯で連絡をとり合い、適当なところで役割を交代する。公安刑事なら常識と言っていい手順だ。かつて左翼で鳴らした勝俣は、公安に追尾されることに慣れている。そこは手を抜くわけにはいかない。

木村とは二度ほど追尾を交代したが、勝俣が向かったのは銀座線の新橋駅だった。乗ったのは渋谷方面行きだ。ラッシュアワーは過ぎているが、車内はそこそこ混んでいるから、こちらにすれば都合がいい。木村は勝俣の近くの吊革に摑まり、唐沢は木村と十分距離をとる。

勝俣が気づいている様子はない。たまたま空いていた席に座って、メールチェックでもしているのか、忙しなくスマホを操作している。その表情はどこか不安げに見えるが、もともとそういう顔なのか、それともリラックスできないなにかの理由があるのか、こちらには判断できない。

勝俣は赤坂見附で丸ノ内線の新宿方面行きに乗り換えた。次の駅の四谷を過ぎたところで、勝俣はそそくさと立ち上がる。下車したのは四谷三丁目だった。

まさかとは思っていたが、そのまさかが当たった。テロ予告が送られた新宿郵便局の管内で、村本との通話時のハンクスの携帯の位置情報とも一致する。

木村はしてやったりという顔で親指を立て、勝俣のうしろについてホームに下りる。唐沢は別のドアから外に出て、適当な距離を置いて追尾する。

出口を出て、勝俣は外苑東通りを曙橋方向に向かう。途中で右手の狭い道に入り、またしばらく歩いて、向かったのは小振りのマンションだった。電柱の住居表示は荒木町三番地、マンションの名前は「レクリア四谷」――。

「このあたりは位置情報の範囲にすっぽり収まりますよ」

木村が耳元でささやく。エントランスを覗いてみる。オートロックではなく管理人もいない。エレベーターのランプは、しばらく上に動いて五階で止まる。勝俣がそこに向かったのは間違いない。

これ以上深追いすれば怪しまれる。とりあえず集合ポストの名札をすべて撮影したが、もちろん溝口俊樹の名前はそこにはない。しかし名札のない部屋もいくつかある。

管理会社に問い合わせれば、入居者の名前は把握できるだろう。管理人はいなくても、管理会社の社員はたびたび点検に訪れるだろうから、もしハンクスがいれば顔を見ている可能性もある。

エントランスには管理会社の名称と電話番号が書いてある。住民に見とがめられて不審者として警察に通報されても厄介だから、いったん外に出て、近くの路地に身を潜め、管理会社に電話を入れた。

そのマンションに溝口俊樹という人物が居住しているかと訊くと、担当者はいないと答える。だったら居住者全員の名前を教えて欲しいと言うと、それは管理組合の許可がなければ開示できないと応じる。

もしハンクスがいた場合、警察だと言えばそれが伝わりかねないから、ここでは大人しく引いておいた。もし必要なら捜査関係事項照会書を提示して開示を請求すればいい。ただしその場合も、管理組合の理事のあいだで開示の是非を議論することになり、警察の捜査が入っているという情報が広まってしまう。

内偵中の事案では、その意味でマンションの居住者に関する情報取得がネックになることが少なくない。普通の捜査対象者ならそこまで気を配る必要もないのだが、相手が爆弾テロを予告している過激犯となれば話が違ってくる。うかつに刺激すれば悲惨な事態を招きかねない。

三十分経っても勝俣は出てこない。あるいは新橋の事務所とは別に自宅がこちらにあるのか。もしそうならいくら待っても時間の無駄だ。そんな不安を漏らすと、自信ありげに木村は応じる。

「ハンクスの電話の発信位置がこのあたりだというのは、決して偶然じゃないですよ。僕は当たりのほうに賭けますね」

とりあえず現状を報告すると、高坂は心当たりがあるようだった。

「そのマンションの居住者名簿なら公安が持っていそうだ。何年かまえに、公安総務課がカルト教団関係の捜査でその一帯にローラー作戦をかけている。その場合、捜査関係事項照会書を提示するなり令状をとるなりして、居住者の情報は漏らさず把握したはずだ。そのときの資料がまだ残っているかもしれん」

「素直に出してくれますかね」

「いまは部署は違うが、宮原さんはまだ公安総務課に影響力がある。いざというときは一言口を利いてもらうよ。たとえ公安の部員でも、監察に嫌われて嬉しいやつはいないからな」

それでは一種の恫喝だが、仇敵の井川を公安から追い飛ばすためなら、宮原はなんでもやると高坂は疑っていない。

「よろしくお願いします。我々はもうしばらく勝俣に張り付いてみます」

「こっちは村本の通話記録をさらに三ヵ月遡って請求している。佐伯さんが帳場の若い者に取りに行かせた。もちろん口外は無用と念を押した」

そこは安心していいだろう。そんなときは口が裂けても黙っているように、公安の刑事は躾けられている。

「そこにもハンクスとの通話があって、それが今回の位置情報と同じなら、ハンクスがこのマンションにいる可能性はますます高まりますね」

「それが確実だと判断されたら、一気に踏み込んで逮捕できる。ほかに仲間がいたとしても、あくまで首謀者はハンクスだ。所持しているセムテックスを押収すればテロは実行できなくなる」

「セムテックスは別の場所にあるのかもしれません」

「悪いほうにばかり気を回すなよ。向こうはまだ我々がここまで肉薄しているとは気づいていない。余裕綽々で、いまは隙だらけだよ」

まだ肉薄と言うほどではないが、あとはどう網を絞り込むかだ。テロリストというのは取り逃がした場合が厄介で、より強力な攻撃に出てくる惧れがある。高坂は強気だが、いまのところは抜き足差し足で忍び寄るしかなさそうだ。

7

二時間ほどして、勝俣は一人で帰った。ハンクスと一緒に出てきてくれるほど、物事は都合よくは進まないものらしい。

さらに尾行を続けたが、勝俣は四谷三丁目駅近くの高そうな蕎麦屋で遅い昼食をとり、来たときと同じルートで新橋の事務所に戻った。

唐沢たちは昼食抜きなので、最初のコーヒーショップに入り、サンドイッチとコーヒーで空きっ腹を宥め、そのまま勝俣の監視を続けることにした。

「先生、ご執筆で忙しいんですかね。それほど仕事の注文があるとも思えませんが」

皮肉な調子で木村が言う。本業の仕事はともかく、なにか実入りがあるのはたしかなようで、勝俣の身なりはいかにも金回りが良さそうに見えた。

「サイドビジネスがあるのは間違いないな。人脈は並々ならぬものがある。それも政財界にまたがって幅広い。フィクサーと言うと右翼のイメージがあるが、左は左でなにかと使い道がある。村本との関係にしたって普通じゃ理解しがたい結びつきだ」

「村本のホームページを見る限り、政治信条としてはかなり右寄りのようですね」

「国会議員でも地方議員でも、政治家の仕事の大半は政策立案より口利きだ。自分が動けばあっせん利得罪に問われるようなことも、フィクサーを使えば関係ない。処罰対象は議員とその秘書に限られるから、勝俣のような男をワンクッションにすれば、議員や秘書には容疑が及ばない。それを商売にしているやつは右左を問わずけっこういるよ」

「労働組合が絡むような揉め事だったら、勝俣のような人間のほうがむしろ出番がありそうですからね。でも村本と勝俣の現在の繋がりは、そういうのとは性格が違うわけでしょう」

木村はいかにも興味深げだ。唐沢は慎重に言った。

「ハンクスと無関係だとは思えないな。なにをしようとしているのかはもう一つわからないが」

そのとき唐沢の携帯が鳴った。高坂からだった。なにか新しい事実が出てきたのか。期待して応答すると、高揚した声が流れてきた。

「思ったとおりだよ。公安総務課のファイルにそのマンションの情報がそっくり残っていた」

「面白いものが出てきましたか」

「じつに興味深い。区分所有者の名簿があって、そこに村本誠の名前があった」

思いもかけない収穫だ。勢い込んで問い返した。

「あのマンションの一室を、村本が所有してるんですね」

「そうなんだ。ところがその事件の捜査で聞き込みに訪れたとき、その部屋は空き部屋で、居住実態がなかったらしい」

「いつの話ですか」

「三年前だな」

「じゃあ、いまは誰かが住み着いている可能性はありますね」

「そう思う。勝俣のほうはとりあえずいいから、管理会社に出向いて聞き込みをして欲しい。誰か住んでいるようなら、そこの社員が見ているかもしれない。卒業アルバムの写真とコンビニに現れた髯男のカラーコピー、それとハンクスの似顔絵で面割りをしてくれないか。プライバシーがどうのこうのというかもしれないから、その会社宛に捜査関係事項照会書を用意しておく」

「わかりました。いったん本庁に帰って、すぐにそちらに向かいます」

そう応じて話の内容を聞かせると、木村は張り切った。

「間違いないですよ。そこにハンクスが住んでいます。これで一件落着ですよ」

第十章

1

唐沢と木村は捜査関係事項照会書を携えて、荒木町のマンション「レクリア四谷」の管理会社を訪れた。

会社は西新宿三丁目のオフィスビルにあり、首都圏一帯のマンション管理を手広く請け負っているとのことだった。照会書にはテロ関連の捜査だとは書かず、カルト関係の事案だと誤魔化しておいた。ここではまだ、その身辺に捜査の手が伸びていることをハンクスに気づかれるわけにはいかない。

四谷方面を担当する係長は思いのほか協力的だった。管理会社とすれば、警察に対して情報を隠すより、逆にある程度の情報を渡すことで自分たちも顧客の安全に資する情報が得られる。そこをギブアンドテイクと考えているようだった。

村本の部屋を特定はしないで、マンションの住民のなかにこんな人物はいないかと、ハンクスの似顔絵、コンビニに現れた髯男のカラーコピー、卒業アルバムの写真を提示した。

係長は見た記憶がないと言うが、彼自身は現場回りはあまりしないとのことで、「レクリア四谷」を担当する部下を呼んでくれた。しかしそちらも見たことがないという。ただし巡回するのは週に三回で、それも日中だけだから、ただ単に自分が見ていないだけかもしれないと、その担当者も覚束ない様子だった。

防犯カメラの記録を確認させてもらえないかと訊くと、たとえ警察からの照会でも住民のプライバシーに関わることなので、管理規約で理事会の承認が必要とされており、次の理事会は三週間後だという。

緊急性の高い事案なら臨時の理事会を開いてもらうことも可能だが、いずれにせよ議事録はすべての区分所有者に配布されるとのことで、そこにはむろん村本誠も含まれる。下手をすれば当人が理事をやっていないとも限らない。だったらけっこうだとやんわり断って、唐沢と木村は新宿区役所に向かった。

用意していた身上調査照会書を提示して「レクリア四谷」の五〇三号室に住民登録している人物がいるか確認すると、その住所では誰も登録はされておらず、過去に居住者がいて、転出したり職権消除された記録もないとのことだった。

「でも勝俣があのマンションを訪れ、その五階の一室を所有しているのが村本ですから、そこにハンクスがいると考えるなと言うほうが無理がありますよ」

　木村は確信しているように言う。唐沢は頷いた。

「ただし、ここからどう詰めていくかだよ。勝俣や村本とコネクションがあるということは、いまのハンクスが一匹狼じゃない可能性が高いことを意味する。もしなんらかの組織がバックにいるとしたら、ハンクス一人を挙げることでそっちを刺激することにもなりかねない」

「予告した期限なんて待たずにテロを実行してくるかもしれませんね。現に中央防波堤で予告もなく爆破事件をやらかしていますから。あれで十分な量のセムテックスを所持していることを我々に誇示したわけでしょう」

「それだけのセムテックスをどうやって調達したか——。それを考えると、背後にいるのが大掛かりな国際的テロ組織の可能性も否定できない。現にアルカーイダやＩＳの関係者が日本国内に潜伏していた事例が少なからずある。まずその正体をあぶり出しておかないとな」

「村本もしくは勝俣を別件で締め上げるしかないんじゃないですか」

「それができればいちばんいいんだが、連中がそう都合よく悪事を働いてくれるかどうかだよ」

「でも、このままだと、こっちは疑心暗鬼で身動きがとれませんよ」

木村は憤懣やるかたない口ぶりだ。そうは言っても今回のハンクスの戦術には隙がない。拙速に攻めて読みを誤った場合のリスクが大きすぎる。唐沢は慎重に言った。

「ハンクスに関しては、しばらく監視を怠らずに泳がすしかなさそうだな。組織的背景がないと判断できたら、踏み込んで逮捕すればそれで終わりだ。ただしあのマンションにいるのがハンクスだという決定的な証拠がいまもない」

「厳密にはそうですけど、状況証拠からいえば可能性は一二〇パーセントですよ。いくら身を隠していても、生きている以上まったく外出せずに済むはずはないですから、そのうち面は割れますよ」

木村は自分を納得させるように言う。唐沢たちが管理会社と区役所を回るあいだ、マンションの張り込みは、滝田と、佐伯が信頼する所轄の公安刑事に任せてある。

むろん帳場にはここまでの情報はまだオープンにしていない。これから本庁に戻り、高坂や佐伯と相談して、マンションの監視はもちろん、勝俣や村本の行動確認の態勢を整えなければならない。

2

唐沢たちが本庁に戻ると、高坂はすぐに会議室を押さえ、佐伯と松原に加えて、特殊犯捜査第二係の北岡昌弘係長を呼んで緊急会議が始まった。

高坂と松原の意思疎通は良好なようだ。今回のハンクス絡みの動きにしても、当面、帳場には秘匿しておきたいという高坂の要請に応え、松原はまだ北岡にしか話していないという。

とはいえこの状況では、限られた人員だけで捜査を進めるのは困難だ。マンションの張り込みはむろんのこと、勝俣や村本の行確も手を抜けない。松原が言う。

「こうなったら帳場全体のパワーをそっちに振り向けたほうがいいんじゃないのか。あんたたちは保秘のことが心配らしいが、おれたちだってそれほどザルじゃない」

「そうは言っても恥ずかしいことに、うちの井川みたいなのがいたわけだから」

高坂は忸怩たる思いを滲ませる。北岡が身を乗り出す。

「その井川という刑事、我々がとっ捕まえて締め上げたらどうですか」

「逮捕するだけの容疑があればいいんだが、勝俣と電話をしただけじゃ身柄は拘束できない。あの手の連中とコンタクトがあるのは公安刑事なら普通の話だ。電話のやりとりのタイミングが怪しいだけで、そこを追及しても、なにを話したかはいくらでも言い逃れができる」

高坂は苦い口振りだ。唐沢は北岡に言った。

「いまは別件の横領容疑で監察の調査対象になっています。そっちのほうでついでに締め上げてもらうこともできますが、逆にこちらの動きをハンクスに知られてしまう惧れがあるんです」

「だったら横領の容疑で逮捕しちまえばいい。留置場にぶち込めば、勝俣や村本と連絡はとれないんじゃないのか」

北岡は苛立ちを露わにする。唐沢は首を横に振った。

「横領といっても大した額じゃないんです。監察事案にするのがせいぜいで、そもそも逮捕状が取れるかどうかも疑問だし、取れたとしても逮捕後四十八時間で送検しなければならない。送検したとしても起訴猶予になるのは間違いないでしょう」

「いまハンクスの件で下手にそいつをつつけば、こっちの動きが筒抜けになる惧れがあるわけだ」

松原は納得したように頷くが、北岡は大胆なことを口にする。

「だったら一か八か、そのマンションにいるやつをとっ捕まえたらどうですか。背後にでかい組織がいるなんて、気の回しすぎじゃないんですか」

唐沢は慌ててそれを制した。

「我々の捜査の眼目はことを起こされる前に制圧することで、起きてしまえば敗北です。とくに今回の事案は、予告の内容からしてとても舐めてはかかれない。ただのブラフじゃないとしたら、単独犯でやれる計画じゃないですよ」

「だったら、その背後関係を探るいい方法はあるのかね」

北岡は厳しいところを突いてくる。当面できることといえば、勝俣と村本を徹底的に行確することだ。あとはハンクスが使っている携帯の通話記録を洗う手もある。

もし組織として活動しているとしたら、仲間とは頻繁に連絡をとり合っているはずだ。絶えず最新の記録を取得していれば、勝俣と村本以外にも連絡をとる相手が出てくるだろう。ただしその相手も飛ばしの携帯を使っているとしたら、身元を特定するのは難しい。

ハンクスにこちらから電話を入れて探りを入れる手もある。しかしあれから何度電話をしても、着信拒否のアナウンスが流れて繋がらない。別の携帯からかけても同様で、たぶん特定の連絡先以外はすべて着信拒否を設定しているのだろう。

そんな事情を説明すると、仲を取り持つように松原が言う。

「なに、焦ることはない。ここまで追い詰めただけでも上々だよ。テロの予告期限まではまだ時間がある。ハンクスはもうこちらの手に落ちたも同然なんだから」

高坂がそこだというように身を乗り出す。

「組織的背景がないとわかれば、北岡君が言うようにハンクスをひっ捕えて一件落着だ。そのためにも、ハンクスや勝俣、村本など周辺の人間に気どられないように包囲したうえで、バックグラウンドをしっかり洗わなきゃいけない。井川と木塚の身辺にも人を張り付ける必要がある。そうなると現在の我々のチームだけじゃ手が足りない」

「だったらチームを拡大するか、それとも帳場全体に事実を周知して総動員態勢で取り組むかだな」

松原は思案げだ。慎重な口ぶりで高坂が応じる。

「まだ大袈裟にはしたくない。帳場全体で動けばマスコミに察知される。そんな情報がメディアに出たら、すべてがぶち壊しになる」

「だとしたら、どのくらい必要なんだ」

「とりあえず二十人ほどの特命チームで行きたい。帳場の人員があまり大きく減るとマスコミに感づかれるし、分担を変えても目立ってしまう――」

高坂は腹に仕舞っていたらしい考えを披瀝した。それだけの人数が同じ帳場で別行動をとるわけにはいかないから、警視庁本庁舎以外の場所に分室を設ける。公安は機密性の高い捜査活動を行う際に使える民間企業や団体を装ったオフィススペースをいくつか確保している。高坂は早手回しに公安総務課に話をつけて、信濃町にあるオフィスビルの一室を借り受けていたらしい。

ハンクスがいると思われる荒木町のマンションまでは徒歩で十分もかからない。ビルは小ぶりだが一フロアを占有しており、二十人の人員なら十分収容できる。表札は警察の匂いをまったく感じさせない民間団体のような名称で、その存在はマスコミ関係者にも知られていない。

そんな説明を受けて、松原は驚嘆した。

「さすが公安だな。おれたちにはとてもそこまでの予算はないよ」

皮肉めいたニュアンスも感じられるが、もちろん異存はないという口振りだ。北岡が口を挟む。

「そうなると帳場の残りの人員はダミーで、やらずもがなの仕事を押し付けられていることになりますよ。発覚したら反乱が起きるんじゃないですか」

「それはない。マンションにいる人物にしても、まだハンクスだと確証が得られたわけじゃない。戸籍からの追跡がいまも重要なのは変わりない。セムテックスの入手経路にしても、脅迫されている企業や団体からの事情聴取にしても、敵の動きを把握するうえで重要なヒントがまだまだ出てくるかもしれない。これまでの捜査の流れをここで断ち切るわけにはいかないよ」

高坂は気にするふうでもない。しかし北岡は食い下がる。

「だからといって特命チームがやっていることを隠したままじゃ、いずれ内紛が起きますよ。残りの連中は自分たちが信じてもらえなかったと恨むんじゃないですか」

「だったら、保秘は徹底できるかね」

高坂は足元を見るように問いかける。鼻を鳴らして北岡は応じる。

「我々特殊犯捜査係も秘匿捜査はお手のものですよ。この事案だって事件の性質としては企業脅迫事件で、当然、保秘は鉄則ですから」

「しかし今回の帳場は規模が大きい。おたくたち以外にも所轄から応援部隊が参加している。彼らは秘匿捜査に慣れてはいないだろう」

高坂は不安を隠さない。そこは唐沢も同感だ。一般の刑事事件でマスコミがよく使うのが「捜査関係者の話では」という言い方で、公式な記者発表以外のリークがあったことを意味している。被疑者に圧力を加えるのが目的で、刑事部門ではとくに珍しくもない捜査手法のようだが、唐沢たちはそこに強い違和感を覚えている。

公安にとっては保秘こそが命綱だ。捜査情報の漏洩は情報提供者の生命の危険にも繋がり、テロで多くの人命を失わせる結果を招くこともある。唐沢たちの感覚からすれば、捜査一課を始めとする刑事部門は保秘の面ではザルなのだ。角が立たないように気を遣いながら唐沢は言った。

「我々公安は、つねに最悪の事態を想定し、それを未然に防ぐことが最大の任務だと考えているんです。とくに今回の事案に関しては、水も漏らさぬ保秘こそが命綱です。百人規模の特捜本部で、それが果たして担保できるかどうか」

「そっちこそどうなんだ。井川とかいうおたくたちの同僚の件もあるじゃないか」

北岡は皮肉な調子で訊いてくる。強い調子で唐沢は応じた。

「だからこそ、いま必要なのは徹底した保秘なんです。今後の捜査の進展によっては帳場の総力を挙げて組織の壊滅を目指すことになる。しかし現状は極めてデリケートで、失敗は決して許されないんです」

　妥協のない口調で高坂も続ける。

「帳場の和を保つことも大事かもしれないが、それが目的になってはまずい。一部の捜査員を騙すことになったとしても、人的、物的被害を出さずにハンクスを逮捕することは、帳場の面子といったレベルの話じゃない。まさに警察としての至上課題なんだよ」

「重要なのは結果だからな。内輪の事情ばかり気にして最悪の結果を招いたら取り返しがつかない。ここは腹を括って身内を騙すしかないだろう。一課長にはおれから事情を説明しておくよ」

　松原は刑事部門の保秘意識に問題があることを認めるような口振りだ。信頼を滲ませて高坂は応じる。

「よろしく頼むよ。スタイルの違う公安と刑事がなんとかいい関係でやってきた。それも事件の深刻さゆえだった。おれにとってハンクスは二十年来の仇敵で、この事案には首を懸けている。あんたたちの協力には感謝するしかないよ」

「冗談を言うなよ。この事案はそもそもうちに持ち込まれたものだ。あんたたちに手助けは求めたが、べつに丸投げしたわけじゃない。おれだってこのヤマでしくじったら、いつでも辞表を書く覚悟はある」

なにか言いたげな北岡を遮るように、松原はきっぱりと言い切った。

3

会議を終え、特命チームの人員をリストアップすると言って松原たちは席を立った。

そこへ荒木町のマンションを張り込んでいる滝田から連絡が入った。動きがあったのかと期待して応じると、なにやら勢いのない声が返ってきた。

「五〇三号室の窓からは室内の明かりが見えますから、おそらく人はいると思うんですが、ハンクスと思しい人物は出てきません。とりあえずマンションを出入りした人間の顔写真はすべて撮りました。ハンクスとは別の危ない連中がやって来ている可能性もあると思いまして」

滝田は気が利いている。勝俣のような人物が訪れていることを考えれば、それも十分あり得る話だ。

「何人くらい出入りした？」

「宅配便の配達や出前を除けば八人です。五階の廊下で張り込めば、五〇三号室の人の出入りを確認できるんですが、どうも身を隠せる場所がなさそうです。ほかの住民に見つかって警察に通報されると厄介なことになりますから」

「それはそうだ。まだ無理をする必要はない。じつは――」

松原たち刑事部門の幹部と打ち合わせをした話を伝えると、苦い口ぶりで滝田は応じる。

「信濃町のアジトの件はいいとしても、捜査一課と一緒じゃやってられませんよ。連中、足音はでかいし、口にはチャックがついていないし」

「おれも同感ではあるんだが、共同で帳場が立ってしまった以上、蚊帳の外に置くわけにもいかない。向こうも特殊犯捜査のえり抜きをピックアップするそうだから、我慢して付き合ってやってくれよ」

「しようがないですね。まあこっちにしても、いずれ手が足りなくなるのは事実ですから」

「夕方には特命チームのメンバーを交代要員として向かわせるから、いったんこっちに戻ってくれ。この先の捜査の進め方をいろいろ相談しよう」

「そうします。ただ、ちょっと心配ではありますね」

「というと？」

「張り込みを始めてからずいぶん時間が経ってます。飯くらい食いに出てもいいと思うんですが、ハンクスらしい男は一度も姿を見せていません。ひょっとしてあそこにはいないんじゃないかと――」

滝田は声を落とす。唐沢は言った。

「状況証拠からいって外れはないと思うがな。例のコンビニに現れた髯男にしても、日中はほとんど出歩かず、夜中にだけ買い物に出かけていた。ハンクスなら自分が指名手配されていることは知っているから、いまも似たような暮らしぶりのはずだよ」

「そう願いたいんですがね」

滝田はなお不安げだ。そこまで言われれば唐沢も自信がなくなる。

「確認する方法がないもんかな」

「例えば訪問セールスのふりをしてチャイムを鳴らしてみたらどうですか。なかの人間がインターフォンで応答したら、その声を録音する。唐沢さんが聴けば、ハンクスかどうかわかるでしょう」

「そこまでちょっかいをかける必要はないだろう。応答するかどうかわからないし、ばれたら目も当てられない」

「だったら、五〇三号室以外の部屋の住人に片っ端から聞き込みをしてみたらどうですか。ハンクスがいればだれかが見かけている可能性があるし、ハンクス本人は隣近所とおそらく付き合いがないはずですから、身辺で警察が動いているという話は伝わらないんじゃないですか」

「それも楽観的過ぎるだろう。付き合いがないといっても、そんな聞き込みを受ければ周囲の態度も変わる。おれが流したガセネタを信じているとしたら、ハンクスはいまそういう変化に敏感なはずだ。臆病すぎると思うかもしれないが、おれがなにより惧れているのは安村の事件の二の舞だよ」

　不安を隠さず唐沢は言った。電話の向こうで滝田は唸る。

「確かにね。大量のセムテックスを抱えて籠城されたら手が付けられない。もし自爆でもされたら、威力はあのときの硝安爆薬どころじゃないでしょう。荒木町一帯が壊滅的な被害を受けることにもなりかねない」

「安村にはテロリストなりのプライドというものがあった。だから自分が死んでも人質は殺さなかった。しかしハンクスはそういうタイプじゃない」

「久美子さんを騙して殺した。私もそれは間違いないと思っています」

「ああ。いずれにしてもいま下手に動けば最悪の事態を招く。剣のケースでは安村が実質的なリーダーで、彼が死んだ時点でグループは雲散霧消した。しかしハンクスは、今回のような大仕掛けのテロ計画を一人で仕切れる器じゃない」

「だとしたら、ハンクスはただの使い走りかもしれないじゃないですか」

「そんな気もしてくる。だからと言って、おれはあいつを決して許さない」

　生かして捕えられないならこの手で射殺することも辞さないと、唐沢は心のなかでつぶやいた。

4

信濃町の分室には、その夜、刑事部側の十名と、唐沢、木村、滝田を含む公安側八名の選抜メンバーが集まった。実際には公安側も十名で双方同数だが、いまは二名が「レクリア四谷」の監視に張りついている。

高坂と佐伯、松原と北岡たちはこちらには合流しない。分室の開設を帳場の内部にも外部にも秘匿するためだ。高坂と松原の話し合いで、分室のリーダーは唐沢が務めることに決まった。

唐沢は備え付けのホワイトボードを使って、きのうからきょうまでの経緯を詳細に説明した。集まったメンバーは一様に驚きを隠さなかった。

「とりあえず、公安と刑事から各五名ずつが荒木町のマンションの張り込みと勝俣、村本両名の行動確認に、残りの十名がハンクスのバックグラウンドの解明に当たって欲しい――」

唐沢は高坂たちと打ち合わせてあった役割分担を説明した。張り込みと行確は極力秘匿して行い、勝俣たちが会った人間はすべて顔写真を撮影し、警察庁の犯歴データベースの写真および公安が独自に収集している左翼関係の活動家の写真と照合する。さらに毎日一回、勝俣、村本、ハンクスの通話記録を取得して、電話連絡をした相手を洗い出す。

とくに重要なのがハンクスの通話記録だ。きのうまでの記録には唐沢との通話と勝俣、村本との通話以外にも三名の通話相手がいたが、いずれも飛ばしの携帯で、契約時に使われた身分証明書は偽造されたものだった。その点はハンクスも同様だが、そういう携帯を使うこと自体がまともな人間ではないことを意味している。

さらに驚いたことには、きょう新たに取得した通話記録のなかに、外国との二件の通話が含まれており、一件がインドネシア、もう一件がパキスタンだった。いずれもアルカーイダやISの影響を受けたテログループが活動している地域だ。

外国の電話番号となると、契約者の特定が、不可能ではないが極めて手間がかかる。公安の外事課に調査を依頼しているが、外交ルートを通じてその国の通信会社に問い合わせることになり、所有者がテロリストならそちらも不正入手したもののはずで、特定することはおそらく不可能だろうと言う。まさに唐沢が惧れていたことが的中したわけで、今後の捜査は慎重なうえにも慎重に進めなければならなくなった。唐沢は言った。

「我々がいまやるべきことは、ハンクスがどういうバックグラウンドで行動しているか、ハンクスを逮捕した場合、彼と連携しているグループからの報復的な攻撃があるかどうかの確認だ。もしその惧れがないのなら、いますぐにでも逮捕すれば決着がつく。ところがそう簡単な話ではなさそうだ」

「外事だって、ただ遊んでいるだけじゃないんでしょう。これまで国内で浮上した外国のテロ関係者のリストくらい渡してくれてもいいんじゃないんですか」

山岸恭一（やまぎしきょういち）という特殊犯捜査の若い刑事が声を上げる。渋い口調で唐沢は言った。

「こっちの捜査情報をすべて開示すれば出してもいいようなことを言ってるんだが、なにやら下心がありそうでな」

「向こうが持っている情報なんてどうせガセですよ。こっちの捜査状況はどこまで教えてるんですか」

滝田が問いかける。唐沢は言った。

「荒木町のマンションの件も村本や勝俣の件も一切教えていない。内偵中の不審人物の通話記録から、たまたまその番号が出てきたような話をしただけだ」

「それ以上の情報を出す必要はありませんよ。外事にだって井川さんのような人間がいないとも限らないですから」

滝田の話は大袈裟ではない。情報をとるために情報を出すのは公安にとって常套手段で、ときにミイラ取りがミイラになることもある。国内での情報収集が困難な外事はとくにそういう傾向が強いとも聞いている。大きく頷いて唐沢は言った。

「当面、いまの態勢でいくのがいちばんいいな。せっかく特殊犯捜査のみなさんともいい関係ができたんだし、獲物はすでに網にかかっている。問題なのはその網の絞り方だけだ」

5

分室の特命チームは翌日から打ち合わせどおりの態勢で捜査活動を開始した。

昼過ぎに入った報告によると、村本はきょうは朝から自宅にいて、出かける気配がないらしい。勝俣も新橋の事務所に籠ったきりで、こちらも動きがないという。

問題はハンクスのほうで、そちらもやはり動きはないが、つい先ほどキャリアから取得してきた記録を見ると、勝俣と村本以外の日本国内にいる三名とのあいだで新たな通話があった。

ＧＰＳによる位置情報は通話履歴からは把握できないが、基地局情報による大まかな位置はわかった。全員が東京都内におり、一人は大田区大森北三丁目付近の一帯。もう一人は北区赤羽台二丁目付近、三人目は豊島区上池袋四丁目付近で、全員が現在都内にいると考えられる。

とくに回数の多かった一人は上池袋にいる人物で、昨晩は計五回連絡をとり合い、うち三回はハンクスから、二回はその人物からだった。いずれも長い会話で、延べ二時間ほどだった。ただし勝俣と村本とは昨日以来電話連絡はない。

もちろん連絡をとり合っていないわけではないだろう。いまは電子メールもあればLINEやスカイプのような無料のコミュニケーションツールもある。

高坂に報告すると、これからその三名の携帯のGPS位置情報取得の令状を請求するという。もしピンポイントで位置が把握できれば、その人物を監視下に置ける。その動きを追っていけば、ハンクスをとり巻く人の繋がりが芋づる式に割り出せる。いずれにしても井川に流した偽情報をきっかけに、ハンクスの周辺が慌ただしくなっているのは間違いなさそうだ。

かといってハンクス本人に動きがない以上、現在の包囲網にどこまで気づいているかはわからない。おそらく疑心暗鬼といった程度だろうと思われる。

唐沢たちはもう一つのルートからもハンクスの動向を探った。捜査員を法務省に出向かせ、出帰国記録調査書を請求した。もちろん溝口俊樹に関するものだ。

同姓同名の人物の記録はいくつもあったが、そのなかに溝口が十九年前に転籍した名古屋の戸籍のパスポートを使用して渡航した記録があった。

パスポートには住所の記載はないから、五年前に職権消除されていてもなんら差しつかえはない。申請時に住民票の提出は必要だが、数次往復用一般旅券の有効期限は五年もしくは十年だから、消除される以前に取得したものならいまでも有効だ。

捜査員が持ち帰ったそのコピーを見て、分室にいた特命チームのあいだに鋭い緊張が走った。

その記録によると、直近では今年の五月に成田からクアラルンプールに出国し、二週間後にパキスタンのカラチから帰国している。その前年にはジャカルタに出国し、バンコクから帰国している。さらにその前年にもジャカルタと羽田を往復している。

惧れていたことは杞憂ではなかったらしい。インドネシアとパキスタンが絡んでいる点からして、単なる旅行以外の目的だったことは想像に難くない。

想定していたとはいえ、その事実が明らかになったことは衝撃だった。ハンクスは二年前から堂々と海外への渡航を繰り返し、テロのネットワークづくりに着手していたものと思われる。

だとしたら今回のテロ計画は周到に準備されたもので、どういう手段でかは知らないが、大量のセムテックスを日本国内に運び込んでいる可能性がいよいよ信憑性を帯びてきた。

山岸が指摘する。

「ハンクスを含むテロのネットワークは、すでに国内で活動基盤を固めているということじゃないですか。そう考えると、追い詰められているのはむしろ我々のほうかもしれませんよ」

「頻繁に海外に出かけたのは、セムテックスの入手もさることながら、それ以上にテロのノウハウの習得といった側面もあるかもしれませんね。二十年前の事件のときはまだアマチュアレベルでしたが、今度は舐めてかかれないんじゃないですか」

滝田も緊張を隠さない。唐沢はべつの意味で慄きを覚えた。もしハンクスの背後にアルカーイダやISのようなテロ集団がいるとしたら、彼らの常套的な手段は自爆テロだ。久美子の殺害も自爆テロを装った卑劣な方法で実行された。自らは安全な場所に身を置いて、他人をテロの道具に使う手法はいかにもハンクス好みだ。

自爆テロは狂信的な思想性もしくは宗教性を動機とするように見られがちだが、実際には子供を騙して標的に接近させ、リモートコントロールで起爆させることもあれば、マインドコントロールのような手法が使われることもあると聞いている。いまも消えないハンクスへの怒りを嚙みしめながら唐沢は言った。

「おれたちには犠牲者を一人も出さずに制圧する責務がある。テロに屈するなどということは絶対にあってはならない。ここで日本の警察の意地を見せないと、この国がテロリストの温床になりかねない」

6

報告すると、高坂は鋭く反応した。

「のんびりはしていられないな。かといって拙速に動けばとんでもない地雷を踏む」

「敵がハンクス一人じゃないことがほぼ確実になりました。その仲間が東京都内にいることも」

「日本人じゃないかもしれないな」

「ハンクスの渡航先が、そもそも危険な地域です」

パキスタンはもちろんのこと、インドネシア、マレーシア、フィリピンなど東南アジア諸国では、ジェマ・イスラミア、アブ・サヤフ、モロ・イスラム解放戦線といったイスラム過激派がかつて激しいテロ攻撃を繰り返した。いまも活動中の後裔グループがあり、そのいくつかはＩＳに忠誠を誓っている。中東や西アジアではほぼ壊滅したとされるＩＳは、むしろ東南アジアで強い感染力を発揮しているともいえる。

さらにハンクスが訪れているパキスタンは、ウサマ・ビン・ラディンが最後の拠点にした地域で、タリバーン運動の牙城の一つでもあり、ＩＳも盛んに活動している。いわば世界各地へのイスラム過激思想の輸出元と言ってもいい国だ。

「しかしそういう連中は、これまで日本を敵視した活動はしてこなかった。いまこの時期にテロの対象にする必然性があるとは思えない」

高坂は悩ましげに返す。そこは唐沢も適当な答えが浮かばない。しかしハンクスという日本の伝統的な左翼過激派とは一線を画す特異な人物が、こちらが想像もしていないような触媒の役割を果たして、そこに奇妙な連帯が生じたとも考えられる。

ＩＳの母体となったアルカーイダにとってもＩＳにとってもアメリカは不倶戴天の敵で、そのアメリカの同盟国である日本がこれまでテロの対象にならなかったことが、むしろ不思議といえば不思議なのだ。いよいよそんな時代が訪れたのだと、いまは覚悟するしかないのかもしれない。

かつて日本赤軍はアラブ世界を舞台に武装闘争を繰り広げた。そのいわば返礼として過激なテロ分子が日本に流入しても不思議はない。イギリスやフランスでも、近年、そうした勢力による大規模なテロが起きている。日本が例外だと考える根拠はなにもない――。そんな考えを聞かせると、高坂は強い危機感を滲ませた。

「テロ予告の期限までもう二ヵ月余りだ。それまで指を咥えて待っているわけにはいかん。こうなると、その時期が来たら万全の警備をすればいいという問題じゃなくなった」

「もちろんです。テロの対象となる企業や団体の数があまりに多い。そのうち一つでもやられたら我々の敗北です」

「早急にバックグラウンドを解明しなくちゃいかん。なにかいい手はないか」

「こうなったら、井川を締め上げるしかないんじゃないですか。監察の取り調べはあくまで内輪の問題です。刑事訴訟法や警察官職務執行法の埒外にある」

唐沢は大胆なことを口にした。高坂は驚いたように問い返す。

「というと？」

「つまり取り調べの時間も期間もなんの制約も受けない。逮捕はできませんが、抱っこはできるんじゃないですか」

「抱っこか」

高坂は唸る。唐沢は続けた。

「監視付きでどこかのホテルに缶詰にするんですよ。監察のやり方としては珍しいことでもないんでしょう」

以前高坂からそんな話を聞いたことがある。それは事実上の拉致だ。公安であれ刑事であれ、公権力の行使には法の制約をうける。しかし身内の悪事を内輪で処理するのが任務の監察にそんな制約はない。そこが現場の警察官からゲシュタポの異名を奉られている所以だ。

「汚いやり方だが、背に腹は代えられないな」

ため息をついて高坂は言う。意に介することもなく唐沢は応じた。

「留置場にぶち込むわけじゃないですから、むしろVIP待遇ですよ。ただし携帯は取り上げられるし、監視役の監察職員と相部屋です。必要なら一週間でも二週間でも泊まってもらえる。もっとも起きているあいだはみっちり取り調べされるから、遊んでいる暇はないでしょうけど」

「ハンクスに感づかれる心配はないか」

「どこまで情報が伝わっているか知りませんが、井川は監察の対象にはなっていても、あくまで横領容疑です。それに逮捕するわけじゃないですから、ハンクス側からすれば居場所がわからなくなるだけで、それほどの脅威は感じないでしょう。そもそも井川はハンクスと直接話はしていない。勝俣や村本を介して情報を流しているだけですから」

「ハンクス絡みの話を、監察のほうでうまく聞き出せるかな」

「私が取り調べできるように宮原さんに頼んでください。監察にすればそんなことは自由自在でしょう。状況が状況です。下手をすればパリやロンドンのテロのように、大勢の人間が犠牲になるかもしれないわけですから」

「そのとおりだ。組織防衛のために内輪の人間を締め上げるだけじゃなく、たまには世のため人のために仕事をしてもらわないと。宮原さんはそのあたりの話がわかる人だし、それ以上に井川には恨み骨髄だ。さっそく持ち掛けてみるよ」

腹を括ったように高坂は言った。

7

その日の夕刻になってもハンクスは姿を見せない。張り込んでいる捜査員は五〇三号室の配電盤をチェックしたが、メーターの動きを見ればエアコンが稼働しているのがわかり、ときおり水道のメーターも動くことから、室内に人がいるのは間違いないようだ。

しかし唐沢たちが張り込みを始めて以来、まだ一度も外出していない。そこはいかにも不審だった。

午後六時を過ぎたころ、ネットスーパーの配達員がやってきた。捜査員の一人がピンと来て、出てきたところで訊いてみた。直感は当たっていて、配達したのは五〇三号室だという。

さっそく似顔絵と卒業アルバムの写真、コンビニの防犯カメラに映った髯男のカラーコピーを見せると、配達員はあっさり首を横に振る。別人かと訊くと、そもそも顔を見ていないとのことだった。

そのスーパーでは不在時の再配達を防ぐ目的で留め置きというサービスをやっており、配達の際は玄関前に鍵付きのボックスを置いておくだけなのだという。

ただし最近は成人でも引き籠り状態の者も多く、そんな人々が配達員と顔を合わせるのが嫌でそのサービスを申し込む例も珍しくないらしい。

最初の一回は配達物の置き場所を確認したりサービスの内容を説明したりするために本人が在宅するのが条件だという。そのときボックスの鍵を渡すというので、だったらその一回目に顔を見ているのではないかと訊くと、配達員は大勢いて、それも短いあいだによく入れ替わるので、自分は会ったことがないという。

届け先の住所と部屋番号はいまハンクスがいるとみられる部屋で間違いないが、名前は越川裕子（こしかわひろこ）となっている。ハンクスと同居しているのか、あるいは偽名を使っているのか。いずれにしても配達伝票からはそれ以上の情報は得られない。

それを聞いてすぐ、捜査員は五階の廊下に駆けつけたが、既に品物は室内にとりこまれていたようで、ハンクスもしくは越川裕子と思しい人物の姿はなかった。

五〇三号室の住人から注文があるのは週に一度くらいだとのことで、次の配達までだいぶ間がある。高坂に連絡し、そのスーパーに捜査関係事項照会書をファックスしてもらい、そのあとすぐに電話で問い合わせた。

契約したのは三ヵ月ほど前で、一回目を担当した配達員は辞めていて連絡はとれないという。そもそもその際、会って確認するのはその部屋に人がいるかどうかだけで、運転免許証その他で身元確認するわけではない。

となると、その人物の身元を知る手段はクレジットカードの登録情報しかない。使われているカードの番号を教えてもらい、今度はカード会社に問い合わせた。こちらも捜査関係事項照会書をファックスし、そのカードが犯罪に用いられている可能性を指摘すると、信用にかかわる事態とみてか対応は早かった。

カードの名義は越川裕子で、ネットスーパーの会員登録の名義と同一だ。住所は江東区大島三丁目。村本の事務所の所在地が江東区の亀戸四丁目だった。単なる偶然だとは思えない。職業は区立幼稚園の教諭で、生年月日から年齢は三十二歳とわかる。

　そもそも江東区在住のその女性が新宿区荒木町のマンションの住所でネットスーパーに会員登録していること自体が不自然で、おそらく名義貸しだと考えられるが、むしろその事実が出てきたことで、マンションにハンクスが潜伏している可能性が高まった。さらに越川と村本の関係も興味深い糸口として浮上した。

　区役所はすでに閉まっているので、その住所に越川が本当に居住しているかどうかの確認はあすの仕事だ。電話番号もわかったが、ハンクスとやりとりのあった三人の番号とは別だった。

　登録されているのは携帯番号で、試しに木村が私用の携帯から電話を入れると、着信拒否のメッセージが流れてきた。こちらもハンクスと同様に、知らない番号はすべて着信拒否に設定しているものと思われる。

「大きな獲物かもしれませんよ。あすから僕が行確しますよ」

　木村がさっそく手を挙げる。

「頼む。おれも重要な意味を持つ人物のような気がするよ」

　穏やかではない気分で唐沢は言った。もしハンクスの仲間だとしたら、久美子のことが二重写しになる。久美子同様、越川裕子もなんらかのかたちで利用されているのではないか。ハンクスの卑劣な企ての犠牲になろうとしているのではないか。

「その女性が江東区の自宅や勤務先にいるとしたら、マンションにいるのはハンクスで間違いない。それが確認できれば大きな前進じゃないですか」

山岸が声を弾ませる。苛立ちを滲ませて唐沢は言った。

「そうなることを願いたいが、すぐ手が届くところにいるハンクスにまだ手が伸ばせないでいる。その意味じゃ隔靴掻痒の気分だよ」

8

その情報を伝えると、高坂は勢い込んだ。

「着々と網が絞れているじゃないか。ところで例の井川の追及の件だが、宮原さんと話をしたよ」

「やってくれますか」

「むしろ宮原さんのほうで、そっちの疑惑も俎上に載せようと考えていたようだ。あす謹慎中の井川を呼び出してハンクス絡みの疑惑を追及する。おまえの提案を伝えたら異存はないそうだ。いまのところ送検や起訴を目指しているわけじゃないから、誰が取り調べをしようと監察の勝手で、おまえがオブザーバーとして同席するのは構わない。というより、中心になってあいつを締め上げて欲しいと言ってるよ」

「井川には、もう監察から連絡は行ってるんですか」

「そんな間抜けなことはしない。ハンクスにこっちの動きが筒抜けになりかねないし、下手すりゃとんずらされる惧れもある。あすの朝いちばんで迎えに行って、そのまま本庁に連行する。一、二週間抱っこしておくホテル代も向こう持ちでいいそうだ」

「気合が入ってますね」

「井川の内通を見逃してテロの犠牲者が出たりしたら、警視庁の監察はなにをしていたんだってことになって、監察の威信は地に落ちるし、警視総監も警察庁長官も首が飛ぶ。そのまえにしっかり井川を締め上げて、テロ等準備罪で刑務所にぶち込んでやると息巻いてるよ」

「そう言ってもらえるとこっちも気合が入りますよ。問題は井川がどこまで知っているかですね――」

その点についてはあまり期待しないほうがいい。井川はたぶん脇役に過ぎないし、これまで付き合ってきた印象でも、自分の欲得以外の動機で行動する人間だとは思えない。だとしたらハンクスへの協力の背後には、どこかから滴り落ちてくる金の流れがあるはずで、そこが切り口になりそうだ。そんな考えを聞かせると、同感だというように高坂は応じる。

「それはそれで本質に迫る大事なポイントだよ。テロという普通は算盤に合わない行動をやろうとしている連中のなかに、井川みたいな二股膏薬が混じれば必ず隙が生まれる」

「腐っても公安刑事ですからね。使い走り程度の役割でも、それなりに鼻は利かすでしょう」

「テロ等準備罪は未遂でも最長十年の量刑だ。自発的に供述すれば減軽もある。計算高いし、人を裏切るのは平気なやつだから、案外あっさり落ちるかもしれないぞ」

「信濃町の別室のほうは捜査の段どりがついています。これから成果が出てくるはずで、最終的には大捕り物になりそうですが、先行きは少しずつ見えてきましたね」

「ああ。越川裕子という女は、たぶん村本区議と繋がっている。村本という男も危ない裏がありそうだ。表向きの右寄りの主張は、なにかの隠れ蓑のような気がするな」

「いまどきのテロリストは左というよりむしろ右寄りの、過激な民族主義を信奉しているのがほとんどです。右寄りの政治的主張をしているからテロリズムと無縁だとは言い切れません」

「社会の一線で紳士面をして生きているその裏で、ハンクスのような思想的愉快犯と結託して悪さを企んでいるふざけた野郎がいるというわけだ。そういう芽はいま摘んでおかないと、ニューヨークやロンドンやパリのようなことが東京でも起きることになる」

同感だというように高坂は応じた。

9

木村と所轄の公安の刑事は、翌日の朝から越川裕子に張り付いた。

クレジットカード会社への登録情報は嘘ではなかったようで、越川は登録された住所にたしかに居住しており、午前八時過ぎには南砂にある区立の幼稚園に出勤した。

勤務中は怪しい動きはないだろうと考えて、その足で江東区役所に出向き、越川の住民票を取得した。世帯主は本人で同一世帯に属する者はいない。本籍は江東区だったので、ついでに戸籍全部事項証明書も請求してみると、そこに驚きの事実があった。従前戸籍は江東区亀戸四丁目三番地十号で、筆頭者は村本誠――。

木村は佐伯に頼んで新たに村本の身上調査照会書を書いてもらった。佐伯がそれを区役所にファックスすると、担当者は村本の戸籍の開示に応じてくれた。越川は八年前に村本と結婚し、二年前に離婚していた。

筆頭者ではない妻の場合、普通は結婚前の戸籍に戻るが、そちらが除籍になっていた場合には新戸籍が編製される。つまり離婚した時点で両親は亡くなっており、兄弟はいなかったか、結婚して別の戸籍に移っていたのだろう。

村本はその後再婚はしていない。離婚した理由はむろんわからないが、いまはなんの関係もないとは考えにくい。同じ江東区に居住していることもさることながら、村本が所有するマンションのネットスーパーの契約に名義貸しをしていること自体、いまもなにかの縁で繋がっているとみるのが妥当だろう。

いずれにせよ「レクリア四谷」の五〇三号室にハンクスがいる可能性はいよいよ高まった。一方で国外のテロ組織とハンクスとの繋がりや、一定数の仲間が都内に潜伏している可能性を考えれば、現時点ではますますハンクスに手を付けにくくなった。

きのう宮原の承諾をとった井川の件では、監察はすでに動いていて、けさ七時に井川宅に向かい、警視庁に同行させたと高坂から連絡があった。

現在は監察内部で取り調べを行っており、そこには宮原自らも加わっているらしい。勝俣を介して村本と繋がり、その村本がハンクスとも繋がっていたという通話記録から判明した事実関係を示し、ハンクスとの内通容疑を前面に出して追及をしているが、むろんそれで素直に吐くようなタマではない。

勝俣と連絡をとったのは、あくまで左翼過激派関係の情報交換で、ハンクス絡みの情報がそこから得られるかもしれないという読みからだったと主張し、自分はハンクスの件に粉骨砕身しているのに、そのさなかに些細な横領疑惑で監察対象にされること自体、重大な捜査妨害だと言い張っているとのことだった。

勝俣と村本の関係については知らぬ存ぜぬで押しとおし、彼らとハンクスとの繋がりについても言わずもがなで、逆に得意の唐沢とハンクスの内通疑惑を持ち出して、自分はその方向から真相に迫るために孤軍奮闘しているのだと言いたい放題のようだった。

いずれにしても、建前上は監察の事案のため、きょうの日中は宮原のほうで追及を続け、夕刻に用意していたホテルに場所を変え、そこで唐沢が本格的な取り調べに入る段どりだ。

昼を過ぎたころ、高坂からただならぬ報告があった。

「ついさっき携帯の位置情報取得の令状が取れて、さっそく庁内のシステムを使って例の三人とハンクスの追尾を始めたんだが、案の定、基地局情報による大まかな位置しか把握できない。ただハンクス以外の三人は、いま都内を移動しているようだ。それも三人が一緒に動いている」

「どのあたりを？」

「都内のあちこちなんだが、地図と照合してみると、なにやら薄気味悪いことがわかったんだよ」

「というと？」

「テロ予告が送られた企業の本社や団体の本部があるあたりを順繰りに回っている」

「間違いないんですね」

鋭い緊張を覚えて問い返した。高坂はきっぱりと言い切る。

「都内の地図と照合してみたんだよ。そいつらが一定時間動かずにいるエリアには、必ずターゲットの企業や団体のオフィスが存在する。車で移動しているようだ」

「テロの下見でしょうか」

「そんなところだろうな。ハンクスが連絡をとり合っている三人が、テロを画策しているグループのメンバーなのは間違いない」

「となると、その連中を捕捉しない限り、やはりハンクスには手が出せませんね」

「それも全員まとめてな。どういう指揮命令系統で動いているのか皆目わからない。ハンクスがすべてを掌握しているという確証がいまはない。あ、ちょっと待ってくれ。松原さんから電話が入った。あとでかけ直す」

そう言って高坂はいったん通話を終えた。そんな話を報告すると、分室にいるメンバーは一様に焦燥を滲ませた。滝田が立ち上がって言う。

「こっちが手を拱いているうちに、敵は着々と準備を進めています。なんとか突破口を見つけないと」

もちろんそのとおりだが、糸口は無数に出てきているものの、どれも決定的とは言えない。吐き捨てるように唐沢は言った。

「新しい材料が出るたびに、せっかく肉薄しているハンクスに手が伸ばせなくなる。攻めているようで、むしろ追い込まれているのはこっちだよ」

分室を重苦しい沈黙が支配する。ハンクスはマンションに籠っているが、その仲間は東京都内を自由自在に動き回っている。東京都の昼間人口は千五百万人を超える。それをローラー作戦であぶり出すなど到底不可能だ。

そのとき唐沢の携帯が鳴った。高坂からだった。応答すると、困惑も露わな声が流れてきた。

「新しいテロ予告の文書が送られてきたよ。宛先は前回と同様で、差出人も同じ汎アジア・アフリカ武装解放戦線だ」

「内容は？」

「前回とほぼ同じだが、期限を短縮してきた。きょうから一ヵ月以内に要求に応じない場合は遅滞なく攻撃に移る。準備はすべて整っており、その被害は甚大なものになるだろうと――。今回はサービスもアップしていて、同封されていたセムテックスが一〇グラムに増量されていたよ」

第十一章

1

九段にあるビジネスホテルの一室で、唐沢は井川と向き合った。

同室しているのは森岡と内田という若い監察職員で、どちらも屈強な体格だ。さすがに宮原は顔を見せていないが、二人は入り口のドア付近に椅子を置いて、がっちり抱っこしようという態勢だ。

すでに監察でこってり絞られたようで、唐沢が部屋に入ったとき、井川はいかにも憔悴した様子だったが、顔を見たとたんに息を吹き返したように喚きだす。

「なんでおまえがしゃしゃり出てくるんだよ。いつから監察の下請けになった。高坂とおまえが裏で動いたんだろう。ふざけやがって」

唐沢はともかく、三階級上の高坂を呼び捨てにして井川は敵意剝き出しだ。余裕を覗かせて唐沢は言った。

「むしろ監察の事案にしてやったのを有難く思うんだな。テロ等準備罪の容疑で逮捕状を請求することもできたんだ。あんた、自分がやっていることの意味がわかっているのか」

井川はふて腐れた調子で言い返す。

「自分のエスに電話を入れてなにが悪い」

「だったら、その先の繋がりを説明して欲しいな。勝俣良和、村本誠。その先にいるのがハンクスだというところまではわかっているんだが」

井川は不快げに鼻を鳴らす。

「村本とかいう男に訊いてくれよ。あんたの携帯にかかってきたハンクスの電話番号は帳場で共有されている。おれがハンクスに情報を流しているんなら、直接電話を入れているはずだろう」

「あんただってそこまで馬鹿じゃない。ハンクスの通話記録を取得されたら一発でばれてしまうわけだから」

「そもそも身内の人間の通話記録をとるなんて、おまえもたちの悪い野郎だよ。おれに内通の疑惑を擦（なす）りつけて、自分の薄汚い過去を揉み消そうとする。それでハンクスを取り逃がすことになったら、おまえこそテロリストに塩を送ったことになる」

井川は相変わらずのとんでも話で応じるが、森岡と内田はうんざりした顔で聞いている。

意に介さずに唐沢は言った。

「だったら、勝俣がハンクスの潜入先に出入りしている事実をどう説明するんだ」

「そんなことおれが知るか。そもそもそこまで把握しているんなら、どうしてハンクスを逮捕しないいんだよ」

その理由をこの道のプロの井川がわからないはずがない。唐沢は冷静に押していく。

「なあ、知ってることをすべて吐けよ。ハンクスの背後にはどういう連中がいるんだ。あんただって公安で長いあいだ飯を食ってきた人間だ。それなりに鼻は利くだろう。勝俣と村本は、ハンクスとどう繋がっているんだ」

「知らないよ。村本なんてやつとは会ったことも話したこともない」

井川は空とぼける。そこはもちろん想定内だ。親身な口調で唐沢は言った。

「そうやってしらばくれていると、あんた、とんでもないことになるぞ。安村のときは結果オーライでとくにお咎めもなかったが、同じテロでもこんどはスケールが違う。起きてしまえばロンドンやパリの同時多発テロ並みになる。ここで捜査に協力すれば、場合によっては監察事案の段階で見逃してやってもいい。しかしあんたが口を噤んだせいで大勢の死傷者が出るようなことになれば、大量殺人の幇助で極刑だってあり得る。それじゃあの世に行って寝覚めが悪いだろう」

「おまえたち、ハンクスを買いかぶってるんじゃないのか。あいつごときに、そんな大それたことができるはずがない」

「ところが、そうでもなさそうなんだよ――」

唐沢はまだ井川の耳には入っていないはずの、とれたての新ネタを教えてやった。ハンクスこと溝口俊樹が何度も東南アジアやパキスタンに渡航していること、いまもそれらの地域にいる何者かと連絡をとり合っていること、ハンクスの仲間と思しい三人組が、いま東京都内で活動を始めているらしいこと。そして極めつきは、汎アジア・アフリカ武装解放戦線が、二度目の犯行予告文を送り付け、予告期限を向こう一ヵ月に短縮し、さらにその封筒に一〇グラムのセムテックスを同封してきたこと――。

それらの件については、まだ帳場の上層部と信濃町の分室までで留めてある。新たなテロ予告の件は官邸には報告してあるが、報道発表は控えている。ただし井川の取り調べに際してはオープンにしていいと高坂の了解を得ている。同室している森岡と内田が驚いたように顔を見合わせる。

「どこで仕入れたガセネタか知らないが、ハンクスなんてそれほどのタマじゃないよ」

井川は鼻で笑うが、頬のあたりが引き攣っている。

「ガセでもなんでもない。あんたが知っていることを教えてくれればその連中を一網打尽にできる。逆にハンクスだけを逮捕してそいつらが報復に動けば目も当てられないことになる」

「知らないことは答えようがない」

「ところがタイミングがすべて合っていてね。木塚巡査長の耳にこっちからガセネタを入れてやったら、即反応があった。あまりにもタイミングがよすぎて、いくらなんでもと思ったくらいなんだが」

「おれを引っかけたつもりなんだろう。勝俣に電話をしたのはハンクスの動向について探りを入れるためで、おまえが木塚に吹き込んだガセネタに反応したからじゃない。監察にくだらない容疑をかけられていても、ハンクスに繋がる糸口を探るのは公安刑事としてのおれの職務だ」

　監察の取り調べに対してもそんな理屈で押し通したらしいが、普通に考えて納得できる話ではない。皮肉な調子で唐沢は言った。

「ところがその勝俣から先が、なにかと不審な人物に繋がっていたわけだよ。せっかく探りを入れたんなら、その情報を帳場に提供してくれてもいいんじゃないのか」

「とくに目新しい情報は聞けなかったからだよ」

「公安刑事としての職務にそこまで忠実なら、情報源はほかにいくらでもあるだろう。あんたの自宅や携帯の通話記録には、勝俣以外にも左翼関係のエスと思しいのが大勢いるが、ここ最近そういう連中とは話をしていない。その関係で通話があったのが勝俣だけというのは、いったいどういうわけなんだ」

「そっち関係の情報にいちばん詳しいのがあいつだからだよ」

「ずいぶん長話をしていたが、なんの成果もなかったというわけだ。あんたの鼻も近ごろ利きが悪くなったようだな。花粉症の季節でもないのに」

「ときには勘が外れることもある」

井川はしれっとしたものだ。こちらが立証できる嘘とできない嘘の境界を弁えている。その点では監察もさぞかし苦労したことだろう。

「ところがその勝俣が、おれたちをハンクスの隠れ家に案内してくれた。それもあんたが電話をかけた翌日にだよ。それでもしらばくれるわけか」

「本当にそこにハンクスがいるのかよ」

「状況証拠からは一二〇パーセントだ」

「顔を確認したわけじゃないんだろう。しかしほかの仲間からの報復が怖くて逮捕に踏み切れない。そうやって指を咥えているうちに、別の場所にいる本物のハンクスがテロを実行したらどうするんだよ」

井川は痛いところを突いてくる。唐沢はまだ監察にも伝えていなかった材料をさらに提示することにした。ハンクスがいるとみられるマンションの一室の所有者が村本誠であること、その部屋のネットスーパーの会員登録名義が越川裕子で、彼女は村本のかつての妻であり、現在も村本と同じ江東区内に住んでいること――。どのみち事件の見通しがつくまで井川を自由の身にする気はないから、それがハンクスたちに漏れる心配もない。

「知らなかったな。勝俣の野郎、おれにはしらばくれて、そういう怪しげな繋がりをもっていたわけか」

井川は憤りを滲ませるが、それがいかにも芝居じみている。面の皮の厚さはやはり並大抵ではないようだ。

「村本という男のことは、本当に知らないんだな」

「保守系の区議会議員なんて、おれの商売の範疇には入らない。名前を聞いたこともない」

「だったら、これをどう説明する?」

唐沢は一枚のペーパーを取り出した。蛍光マーカーでラインを引いた箇所を指で示すと、エアコンの効いている室内で井川の額に汗が滲む。

「こんなところまで調べてやがるのか」

「ああ。どういう流れなのか知らないが、小銭稼ぎが得意なあんたにしちゃ、けっこう金額がでかいな」

唐沢が見せたのは、高坂が手に入れてくれた井川の妻の銀行口座の入出金履歴だ。ここ一年ほどで合わせて三百万円ほどの入金がある。

井川という男の性格を考えれば、その不審な行動の裏にあるのは金だという確信がこちらにはあった。ここ数日、高坂は監察の宮原と協力して井川の銀行口座を洗っていたが、不審な入出金の記録はなかった。

そういう場合の金のやりとりは足のつかない現金でというケースが多いが、もう一つよくあるのが家族名義の口座への入金だ。その結果が出たと、つい先ほど高坂から連絡があった。

「振込人の名義はムラモトマコト。奥さんの口座だからばれないと思ったんだろうが、あんたにしては迂闊だったな。どういう理由で受けとった金なんだ」

井川は黙る。唐沢は押していく。

「同姓同名だと言い逃れようとしても無駄だぞ。名義人の身元も銀行で確認した。江東区議の村本の個人口座だった。知らない仲だとはとても言えないな」

「だからどうだと言うんだよ。勝俣に頼まれて、たまにライバルの共産党区議の情報を流してやっていただけだ」

「そっちの情報はおれたちの領分じゃないだろう」

「いまどき共産党関係の情報なんて保秘の対象でもなんでもない。公安総務の第五なんて『赤旗』の記事を読んで上にあげているようなもんで、そんな程度の情報ならおれにだっていくらでも手に入る。ところが村本のような小物政治家はそんな話でも有難がるんだよ。それが守秘義務違反だ収賄だというんなら、相応のペナルティは受けるよ。しかしハンクスとおれがくっついているなんてことは絶対にありえない」

予想外の反応だ。ハンクスの件で知っていることをすべて吐けば、バーターとして情報漏洩のほうは見逃してもいいと腹を固めていたが、井川は逆の手に出てきた。こうなると、単に金絡みだろうくらいに想像していた井川とハンクスとの繋がりには、より以上に深いものがあると考えざるを得なくなる。

「この先、おれたちの手ですべてが暴かれれば、そんな子供騙しの嘘は通用しない。それで得することがなにかあるのか。ハンクスがこのままテロを実行したら、あんたも共犯者として摘発される。その場合、おれは一切手加減しない。そのあたりの計算ができないあんたじゃないだろう」

「身に覚えのないことは答えようがないだろう。ハンクスがなにをしようとしているのか、おれの立場じゃ知りようもない。それが信用できないんなら、勝俣をとっ捕まえて聞き出したらいいだろう。おおかたハンクスの反撃が怖くて、自縄自縛に陥ってるんだろうがな」

井川は足元を見るような口ぶりだ。その点からしても、ハンクスについて一定以上の情報を持っているのは間違いない。しかしその口をどうこじ開けたらいいのか、なかなか妙案が浮かばない。井川は舐めた調子で訊いてくる。

「いつまでおれを軟禁するつもりだよ。監察が汚い手を使うのは重々承知だが、あまり度を越すようなら特別公務員職権濫用罪で訴えるぞ。もし体調に異変でも起きたら、特別公務員暴行陵虐罪にも当たる。そのくらいの覚悟はしてるんだろうな」

「おれたちにとって重要な問題は、どうやってテロを未然に防ぐかだ。そのために、やむを得ずあんたにここで暮らしてもらうことにした。留置場と比べたらＶＩＰ扱いだ。それに状況の切迫度から言えば、このくらいの緊急避難は検察や裁判所だって十分認める」

臆することなく唐沢は言った。この程度ではまだ生温い。テロが実行されたとき、最悪の場合数百名の死傷者が出る。それを未然に防ぎ、ハンクスに引導を渡すためなら、特別公務員暴行陵虐罪に問われるくらい痛くも痒くもない。

「大きく出やがったな。だったらいつまでだっていてやるよ。それが時間の無駄だったと気づくころには、ハンクスが一仕事終えているかもしれないぞ。それで結果的にハンクスの犯行に手を貸すことになれば、おまえが全責任を負うことになる」

相変わらずの言い草だが、それならとことん締め上げるしかないし、ハンクスに情報が漏れるのを防ぐ意味でも、長逗留してもらうぶんには困らない。腹を固めて唐沢は言った。

「有難い申し出に感謝するよ。監察も宿泊費は惜しまないそうだ。あんたのような獅子身中の虫を駆除するために、監察も公安もいまは本気だ。舐めてかかると、あとあと後悔することになるぞ」

2

深夜一時を過ぎるまで取り調べを続けた。唐沢は勝俣、村本との繋がりを執拗に追及したが、井川は相変わらずの言い逃れを繰り返す。

もちろんそれは覚悟のうえで、相手が根負けするまでしつこく追及するのがこういう場合の常道だ。とはいえさすがに唐沢も徹夜で取り調べを続ければ体力がもたない。

井川も朝から監察で取り調べを受けており、いよいよ憔悴してきた様子だ。日ごろから血圧が高いと聞いているから、脳卒中でも起こされて病院へ担ぎ込まれてもまずい。きょうも早朝から取り調べを続けることにして、とりあえずここで打ち切りにした。

信濃町の分室に戻ると、高坂と松原が顔を出していた。捜査員たちも全員が待機して唐沢の報告を待っており、さっそく捜査会議が始まった。

取り調べの状況を説明すると、捜査員たちのあいだに落胆ムードが広がった。無念さを滲ませて唐沢は言った。

「井川が重要な事実を知っているのは間違いない。これからとことん追及するが、もう一つ決め手が欲しいんだ。なにか新しい材料は出てきていないか」

「村本に関してですが――」

木村が口を開く。きのうは越川裕子を行確していたが、とくに怪しい動きはなく、勤め先の幼稚園から自宅に帰ったあとは、村本の事務所に張り付いていたらしい。

村本は夜七時過ぎに外出して、亀戸駅前の居酒屋である人物と会っていた。アジア系と思われる外国人で、店員とは顔馴染みらしい。流暢な日本語で挨拶をし、飲み物や肴を注文しているところをみると、どちらかと言えばそちらのほうが常連のように見えたという。

木村と相方の刑事は少し離れたテーブルにつき、彼らの様子を窺った。

二人は二時間ほど話し込んでいたようで、会話の中身まではわからなかったが、会った場所から考えても、とくに秘密の接触には見えなかったという。期待を込めて唐沢は訊いた。

「その男の写真は撮れたのか」

「そこは抜かりありません。ペン型の隠しカメラを用意してましたから。これです」

木村はテーブルに置かれたノートパソコンを操作した。画面に男の顔が写し出された。面長で目鼻立ちの整った西アジア系の容貌で、濃い顎鬚(あごひげ)を蓄えている。木村が言う。

「二人はそのあと店を出て、タクシーでどこかへ向かいました。尾行しようと思ったんですが、とっさにタクシーが摑まらなくて、やむなく店に戻って、店員にいま帰っていった外国人は誰かと訊いてみたんです。店ではカーンさんで通っているそうですが、苗字か名前かわからない。ただパキスタン人だと聞いているそうです。ここ数年、月に二、三度やってくるそうで、村本と一緒だったことは過去にも何度かあるようでした」

「職業とか、どこに住んでいるかはわからなかったのか」

「そこまでは――。ただ、どうもその外国人、金回りがよさそうでしてね。服装もバリッとしていて、店の勘定もそっち持ちだったそうです」

高坂が身を乗り出す。

「こうなったら、外事課に協力を要請するしかなさそうだな。その男、ハンクスの仲間なのは間違いない。パキスタン人なら危ない勢力と関わりがある可能性は否定できない。ISやタリバーンの活動地域から来た在留外国人には、外事課もそれなりに目配りはしているだろう」

唐沢はあまり乗り気にはなれない。

「村本の通話履歴にそれらしい外国人との通話の記録があれば、そこから身元が判明するんじゃないですか。そっちのチェックもこれからしないと」

現在取得している通話記録はここ二日ほどのものだけで、それもハンクスの番号があることが確認されたため、それ以外の相手との通話はチェックしていない。さらに遡って記録を取得して、相手先の電話番号をすべて調べれば、外国人名義で契約されたものがあるはずだ。もちろんだというように高坂は頷く。

「あすさっそく手配するよ。ただそれでわかるのは住所氏名や年齢くらいで、どういう素性の人間かまではわからない。ハンクスと繋がる人脈にいるようなら、外事もなんらかのチェックは入れているはずだし、公調（公安調査庁）も調査対象にしていた可能性が高い。こうなったら縄張り争いにこだわってはいられない。連中だってこの道の玄人だ。上手く付き合えば、捜査の障害になったりはしないはずだ」

高坂の言い分もわからないではないが、外事や公調まで動き出したら、ここまでの秘匿捜査が無駄になる。それ以上に、ハンクスを捕えるのは自分の手でという思いを唐沢はいまも捨てきれない。

「もうしばらく待つべきじゃないですか。井川は必ず落とします。その外国人の身元がわかれば、あとはこちらで背後関係を洗えます」

強い気持ちで唐沢は言った。ハンクス一人ならいつでも逮捕できる。いま必要なのは、そのハンクスと結託している連中の正体や動向を把握することで、きのうの新たなテロ予告にしても、都内で動き回っている三人の不審な連中にしても、ハンクス側がなんらかの理由で行動を加速している可能性を示唆している。

たしかに外事や公調も素人ではないが、それぞれが勝手に嗅ぎ回れば、それだけこちらの動きが感づかれやすい。それではハンクスを泳がせている意味がなくなる。高坂が言う。

「おまえの心配はわかるが、きのうの犯行予告のことを考えると、秘匿捜査を続けること自体、怠慢とみなされかねない。現に官邸から警察庁を経由して、公安部長のところにまで圧力がかかっているようだ」

「すべて警察に丸投げして、ことが起きてしまったら警視総監や警察庁長官の首を切ればいい。はっきり言えば政府は素人です。その圧力に唯々諾々と従って最悪の結果を招いたら、叩かれるのは警察ですよ」

苦々しい思いで唐沢は言った。滝田も不満げな口ぶりだ。

「官邸はいまも標的の企業に注意喚起するだけで、具体的な方策はなに一つ打ち出せない。というより愉快犯による幼稚なゲームだくらいに過小評価しているきらいさえあります」

その鈍感さは、欧米諸国のような大規模な政治テロに見舞われた経験がないが故だろう。オウム真理教事件の際にも公安や公調は後手に回った。そういうテロがこの国でも起きて不思議ではない事実に、政府も国民もなかなか想像力が働かない。

「危機意識の欠如という点では、国内の世論もいま一つピリッとしない。標的が大企業や政府系団体で、自分たちの生活には縁遠い話に思えるんでしょう」

滝田も苦々し気な口ぶりだ。唐沢は不安を滲ませた。

「これまでの予告文の内容からして、向こうは首都圏での同時多発テロを狙っている。だとしたらハンクスの仲間も当然爆発物は用意している。いまは慎重な綱渡りが要求されるときですよ」

「たしかにな。敵が本格的に動く兆しが見えたら、都内全域に緊急配備を敷くことも考えられるが、期限を短縮されたといってもまだだいぶ時間がある。それだけのあいだ非常線を張り続けるのは警察力の点から言っても無理がある。だから動き出す前に一網打尽にするしかないわけだが」

松原は悩ましげだ。高坂も不安を漏らす。

「公調には、破壊活動防止法や団体規制法の対象になった団体に対する立ち入り調査権があるだけで、逮捕状や家宅捜索令状の請求権がない。そのうえ公安の捜査とはしばしばバッティングするからな――」

仕事柄、公安とのあいだでマル対（捜査対象者）が重複することがあり、そんなとき、マル対を懐柔するために公安の捜査情報を漏らす悪癖が公調にはあると高坂は言う。日本のジャーナリストが公調に提供した北朝鮮に関する情報が、北朝鮮側に筒抜けになり、スパイ容疑で何ヵ月も拘束された不祥事もあったらしい。我が意を得たりと唐沢は言った。

「外事だってはっきり言えば公安のお荷物じゃないですか。現在の態勢で行くのがいちばんリスクがないし効率的ですよ。特殊犯捜査の皆さんともいいチームワークができているし」

唐沢の言葉に松原は満足げな表情だ。分室の面々もそれに頷く。高坂も腹を固めたようだった。

「わかった。あすから分室のメンバーでその外国人の身元を集中的に当たってくれ。唐沢はあすも井川を締め上げるんだな」

　唐沢はきっぱりと応じた。

「そうします。こうなれば根競べです。職権濫用罪だ暴行陵虐罪だと井川は脅しをかけていますが、このヤマが解決すれば、私個人が告訴されてもかまいません」

「そうはさせないよ。承認したのはこのおれだ。それにテロ幇助の事実が明らかになれば、そのくらいのことはとるに足りない。警察も検察もそんな告訴は門前払いするから心配はない」

3

　午前九時過ぎに井川を軟禁しているホテルへ出向くと、部屋で監視しているはずの森岡と内田が途方に暮れた表情でロビーで待っていた。

「どうしたんだ。井川は部屋にいるのか」

　不審な思いで問いかけると、お手上げだというように森岡が答える。

「ついさっき帰りました」

「どうして帰したんだ？」

　問いかける言葉が思わず尖った。渋い表情で森岡は応じる。

「宮原監察官から指示されまして。首席監察官からの命令だそうです。監察の対象にされてすぐ、井川氏は弁護士を雇っていたらしく、釈放するようにしつこく要求されたようなんです。法的根拠のない身柄拘束がこれ以上続くようなら、行政訴訟を起こすと息巻いて」

行政訴訟となれば被告は唐沢個人でも警視庁でもなく、それを管轄する東京都になる。それは警視庁にとって厄介だ。都はその種の裁判を嫌うから、おそらく公安委員会を通じて圧力をかけてくる。その管轄下にある警視庁は意向に逆らえない。

監察事案で弁護士を雇うとは思いもよらなかったが、自宅謹慎を命じられた時点で早手回しに動いていたとしたら、井川の容疑の背後には、やはりこちらの想定を超えるものがあると考えたくなる。

「井川はいまどこに？」

「わかりません。行動確認もやめろというのが弁護士の主張で、尾行も禁じられたものですから」

「どういう理由で？」

「大した額でもない領収書の偽造容疑での長時間の身柄拘束は明らかに過剰捜査で、依頼人に著しい苦痛を与えていると主張しているそうです」

そう言われると反論しにくい。強引なやり口なのはもともと承知だ。しかしあくまで緊急避難で、いま直面する大規模な爆弾テロを未然に防ぐための突破口になるのが井川の証言だ。そんな状況を報告すると高坂も慌てた。

「ちょっと待ってくれ。宮原さんに事情を訊いてみる」

そう応じて高坂は通話を切った。唐沢は井川の携帯を呼び出してみたが応答しない。留守電に切り替わったので、連絡を寄越すようにメッセージを入れたが、期待するだけ無駄だろう。むしろこのまま行方をくらまされる惧れがある。弁護士を雇ったとなると、本人はこちらからの接触に応じず、すべて弁護士を通じてという話にされかねない。

十分ほどで高坂が電話を寄越した。その声には焦燥が露わだ。

「宮原さんは抵抗したらしいんだが、首席監察官が言うことを聞かなかったらしい」

「しかしその弁護士、なかなか凄腕じゃないですか。この程度の事案で警視庁にそこまで圧力をかけてくるというのは」

「どうも警視庁にだけじゃなく、公安委員長にも直に話を持ち込んだらしい。そっちのほうからも警務部長に圧力がかかったようだ」

「となると首席監察官も逆らえない」

「上にはとことん弱い人らしくてな。まあ、あのポストはキャリアの腰かけみたいなもんで、無難に勤めあげて上の役所（警察庁）に戻ることしか頭にないようなのが大半だから」

「井川は小銭を稼ぐ才覚はあっても、それほど腕利きの弁護士を雇えるほど金があるとは思えない。それに手回しが良すぎます。バックに誰かいるような気がしますね」

「ああ。金を使ってでも井川の口を塞いでおきたいような誰かがな。村本かもしれないな」

「これまで井川になんらかの報酬を支払っていた事実からすれば、ないことはないかもしれませんが、村本はプレーヤーの一人ではあっても黒幕というほどじゃない。背後にはもっと大物が控えているような気がするんですが」

唐沢は穏やかではない思いを口にした。高坂が問い返す。

「だったらハンクスもプレーヤーの一人に過ぎないということか」

「そうでも考えないと、今回の話はスケールが大きすぎるんです。二十年も逃亡生活を送ってきたハンクスに、これだけ大仕掛けな計画を立ち上げるだけの資金力があるとは思えません」

「だれかほかにスポンサーがいると？」

「スポンサーというより、ハンクスを利用することで利益が得られる立場の人間です。もちろん勘に過ぎませんが、ハンクスが腕利きの弁護士を使って公安委員長を動かし、警視庁の警務部長や首席監察官をコントロールするような芸当ができる器だとは思えないんです」

「たしかにな。おれが知る限り、二十年も逃亡生活をしながら、新たなグループを組織し、今回のような大規模テロを企てる資金力があるのはまずいなかった。多少の支援者がいてもかつかつ食っていくのが精いっぱいで、あんなにしょっちゅう海外に渡航できるはずもない。セムテックスなんて海外じゃ二束三文かもしれないが、密輸するとなるとそれなりのコストはかかる」

高坂は思案気に言う。唐沢は別の不安を口にした。

「井川の身柄を解放させたのは、その口を物理的に塞ぐためかもしれません」

川内がもしハンクスの手で殺害されたのなら、決してあり得ない話ではない。

「それも考えなくちゃいけないな。宮原さんは行確も駄目だと言われているが、そっちはしらばくれてきっちりやると言っている。すでに監察の職員を自宅に張り込ませているらしいんだが」

「井川は家に戻ったんですか」

「妻に確認したところ、まだだということだ。なぜ夫を戻してくれないのかと、えらい剣幕だったそうだから嘘ではないだろう」

「このまま帰らないかもしれませんね。ちょっと待ってください」

唐沢は森岡を振り向いた。

「井川はホテルを出て、タクシーに乗ったのか」

「そうです。会社の名前とナンバーは確認しておきました。どこに向かったのか、いま宮原さんのほうでタクシー会社に問い合わせしているところです。ただ調べるには捜査関係事項照会書が欲しいとのことで、まだ手間どっているんです」

そこは監察も気が利いていたが、どこかでタクシーを乗り捨てて電車に乗ったりされていたら、けっきょく行き先はわからない。そんな事情を説明すると、高坂は憤りを滲ませた。

「公安委員長も首席監察官も、いま起きている事態の意味がわかっていない。万一テロが防げなかったら、そのお偉いさんたちには責任を取る覚悟があるのか」

「こうなったら、逮捕状を請求するしかないんじゃないですか」

腹を括って唐沢は言った。高坂が問い返す。

「どういう容疑で？」

「情報漏洩の対価として村本から金銭を受け取った事実を井川は認めました。業務上横領の容疑に加えて地方公務員法の守秘義務違反、さらに収賄の容疑も加わります。それなら、あくまでテロ事案とは切り離してフダが取れると思います」

「しかしその場合、警察が取り調べできる時間は限られる。あいつはしぶとかったんだろう。そこへもってきて辣腕の弁護士がついている。たぶん一筋縄ではいかないぞ」

「それは覚悟の上ですが、井川の生命保護の意味もあります」

唐沢が言うと、高坂は唸った。

「そうだな。こうなったら検察にも根回しをして、目いっぱい勾留してもらうしかない。身柄さえ確保しておけばハンクスの件をいくらでも追及できる。村本からの金銭の供与がそっちと関係している可能性は極めて高いわけだから」

「急がないとまずいと思います。それと、ハンクス側の動きも押さえておかないと」

強い焦燥を覚えて唐沢は言った。きのうの夕刻に取得したハンクスの携帯の通話履歴では、都内を移動していた三人組とのあいだで新たな電話のやりとりはなく、勝俣と村本ともとくに連絡はとり合っていなかった。

きょうも朝いちばんで分室の捜査員が記録を取りにキャリアを回っており、まもなくその結果が届くはずだが、彼らがいま大人しくしているかどうかは電話連絡だけでは判断できない。きのうは勝俣も近所に食事に出た程度でほとんど新橋の事務所に籠ったきりだったという。

高坂との通話を終えて、唐沢は森岡たちとともに井川の自宅に向かった。本人が帰ってくるかどうかわからないが、妻とは連絡をとる可能性がある。話を聞けばヒントくらいは漏らすかもしれない。

4

　井川の自宅は大田区の蒲田三丁目にある。タクシーでそちらに向かっていると、森岡の携帯に連絡が入った。監察のほうでタクシー会社に問い合わせたところ、井川が向かった先は東京駅で、八重洲口で降りて駅の構内に入っていったという。

　となると行き先はわからない。都内のどこかに向かうなら、九段から東京駅までタクシーを走らせる必要はない。追跡を撒くつもりだったとしても、もっと近場に地下鉄やＪＲの駅はあった。

　しかし東京駅なら新幹線で日本じゅうどこへでも行ける。けっきょく都内のどこかに向かったのかもしれないが、井川なりに計算した目くらましだとすれば、こちらはしてやられたことになる。

　井川の携帯にはあれからも何度か電話を入れたが、もちろん応答はしない。そのとき唐沢の携帯に電話が入った。木村からだった。

「ゆうべの外国人の行き先がわかりましたよ――」

　こちらも二人が乗っていったタクシーの会社名を覚えていて、さっきその会社に問い合わせてみたという。向かったのは都心部にある四つ星クラスの超高級ホテルだった。

亀戸駅前の居酒屋で飲んでいた二人が、そのあとそんな高級ホテルに宿泊するとは考えにくい。村本は亀戸に自宅があり、カーンという外国人の住所はまだわからないが、その居酒屋の常連だとしたら亀戸周辺に在住している可能性が高く、村本と同様、都心部の高級ホテルに宿泊する理由があるとは思えない。

だとしたらそこで誰かと面談したと推測できる。もし相手が宿泊客なら、捜査関係事項照会書を提示して、彼らが会った相手がだれか聞き出せるかもしれない。ただ捜査関係事項照会書に強制力はなく、ホテル業界は宿泊客のプライバシー保護に敏感だから、簡単に応じてくれるとは思えないので、圧力をかける意味で佐伯と北岡の二人で出向くことになったという。

井川の逮捕状請求もいま準備しているところで、唐沢の提案どおり監察と知恵を合わせて、業務上横領、守秘義務違反、収賄の被疑事実を書き連ねるという。さらに参考意見として現在特捜本部が扱っているテロ予告事件との関連性を指摘し、逃亡の惧れがあるため迅速な発付を要請する旨も付記した。

「逮捕状が出ても、井川の行方が判明しないんじゃあまり意味はありませんけどね」

木村は期待薄な口振りだ。

「問題は村本と不審な外国人が、そのホテルで誰と会ったかだよ。それがわかれば、井川から得られるよりはるかに重要な糸口が出てくるかもしれない。そうなったらおまえの手柄じゃないか」

　煽(おだ)てるように言ってやると、気をよくしたように木村は応じる。

「僕は亀戸一帯、とくにきのうの居酒屋や村本の事務所の周辺を聞き込んでみます。例の外国人があの店の常連だとしたら、見かけている人間はいると思うんです。日本にも外国人が増えたとはいえ、あれだけ日本語が流暢で居酒屋文化に馴染んだ人物となると珍しいでしょう。地元でも知られている可能性がありますから」

「それはやってみるべきだな。手の空いているメンバーをすべて動員してもいいから、さっそく動いてくれないか」

「高坂さんと相談してみます。唐沢さんはこれから井川氏の奥さんのところですね」

「たぶんそっちにも弁護士が手を回しているだろう。いい答えは期待できないが、やってみないわけにはいかないからな」

　唐沢はそう応じて通話を終えた。

5

　蒲田三丁目の井川の自宅の前では、監察の職員二名が張り込んでいた。井川はまだ戻ってきていないという。

いまの段階で唐沢が前面に出るのは場違いなので、森岡がインターフォンのチャイムを鳴らした。警戒するような調子の女の声が流れてくる。

「どなたですか」

「警視庁の監察官室の者です。ご主人は帰宅されましたか」

「まだです。それについては、こちらから伺いたいところです。主人はいまどこにいるんですか」

「身柄はすでに解放されています。ご主人もしくは弁護士さんからご連絡はありませんか」

「ありません」

返事はすこぶる素っ気ない。強い調子で森岡が言う。

「ご主人はいまも監察対象になってるんですよ。ご協力願えませんか」

「そんなことを言われても、夫はなにも悪いことはしていませんから」

「それを明らかにしたいのなら、自ら出頭していただきたい。逃げれば容疑を認めたことになります」

「知らないものは知らないんです」

妻はとりつく島もない。唐沢が代わって声をかけた。

「我々も手荒なことはしたくないんですが、このまま行方がわからないと、いろいろ難しいことになる。奥さんのほうで、なんとか連絡はとれませんか」

「それはこちらでお願いしたいくらいです。もし夫に万一のことが起きたら、警視庁は責任を取ってくれるんですか」

　妻は穏やかではないことを言う。唐沢は慌てて問い返した。

「ご主人が命を狙われているような動きがあるんですか」

「そんなことはないんですけど――」

　妻は口ごもる。唐沢はさらに問いかけた。

「ご主人が雇っている弁護士とは、なにか話をしましたか」

「話はしていません。弁護士さんが関わっているというのもいま初めて聞きました。じゃあ、夫は逮捕されていたんですか」

「逮捕はされていません。監察による取り調べが少し長引いただけです」

「夫がどこにいるか、その弁護士さんが知っているんですか」

　妻はすがるような調子で訊いてくる。唐沢は不審な思いで問い返した。

「それはわかりません。ご主人の安否に関わるような話を誰かから聞かれたんですか」

「あの、いえ、ただ――」

「ただ、なんですか」

　唐沢は畳みかけた。妻はわずかに間をおいて、不安げな調子で続けた。

「おととい の晩、誰かから電話があって、ひどくやり合っていたようなんです。そのあと夫はひどく落ち込んでいました」

「どんなやり取りだったんですか」

「声を押し殺して話していて、内容はわかりませんでした。あとでなにがあったのか訊いても教えてくれなかった。その翌朝、監察の人が来て、それからずっと夫とは連絡がとれなくて――。夫は無事なんですか。警察は夫を護ってくれてたんですか」

妻はなじるように問いかける。唐沢はやむなく応じた。

「ご主人の身柄を押さえていた理由にはそれもあったんです。ご主人を帰したのはその弁護士が動いたためです」

「だったら、主人は安全な場所にいると考えていいんですか」

「その弁護士が井川さんを保護しているのかどうか、いま我々は把握できていません。電話があったのは何時ころですか」

「午後十時を過ぎたころです。主人の身になにが起きているんですか」

悲痛な声で妻は問いかける。こちらが予想していた成り行きとはだいぶ違ってきたようだ。唐沢は森岡に問いかけた。

「その弁護士の連絡先はわかるか」

「我々は把握していません。警務部長に直接圧力をかけてきたようなので、警務部に問い合わせればわかるかもしれませんが」

唐沢は名刺の裏に携帯の番号を走り書きして、ドアの郵便差し入れ口に投入した。

「我々も井川さんの安否を気遣っています。もしなにかわかったら、ぜひこちらにご連絡をお願いします」

そう言いおいてその場を離れ、井川の自宅を張り込んでいた監察職員の車で蒲田の駅まで送ってもらった。森岡たちとはそこで別れ、信濃町の分室に向かう。

ここ数日の井川の通話記録は取得してある。おとといの晩、井川と電話で話した何者かの番号がそこに記録されているはずだ。チェックしていたのは勝俣や村本、ハンクスの番号だけで、それ以外の相手についてはとくに気にはしていなかった。急いでそれを確認しなければならない。

井川の行方がわからないのはいかにも不安だ。悪い予感が的中すれば、せっかく核心に向かい始めた捜査が一歩も二歩も後退しかねない。

6

「わかりましたよ。一昨日の午後十時過ぎに電話をした人物――」

分室に着くと、滝田が張り切って言う。あのあとすぐに事情を伝えて、井川に電話した相手の番号を確認してもらっていた。

「だれだった？」

「しらばくれてその番号に電話を入れてみたら、女性が出てきて、高木和夫(たかぎかずお)法律事務所だと答えたんです。間違えたふりをしてそのまま切ったんですが、井川さんを解放するように圧力をかけた弁護士じゃないかと思うんです」

そうだとすると厄介だ。まさか弁護士が井川を殺害するようなことはないと思いたい。ただし井川と代理人契約を結んでいるとしたら、連絡はすべて自分を通すように言ってくるだろう。

逮捕状がとれれば代理人もへったくれもないが、そこもまだ微妙なところだし、とったところで居場所がわからない。もちろん事情が事情だから指名手配もできない。

そのとき唐沢の携帯が鳴った。森岡からだった。

「圧力をかけてきた弁護士の名前がわかりました。高木和夫だそうです」

「やはりそうか。井川宅のおととい午後十時過ぎの通話履歴を確認したところ、相手は高木和夫法律事務所だった。井川はすでにその時点で、その弁護士と接触があったわけだな」

「しかしこんなケースで弁護士を立ててきた警察官は我々も初めてですよ。監察から呼び出されたからって、それは法的な行為じゃない。あくまで組織内での人事考課の一種ですから」

「しかし代理人として立ちはだかられたら、こちらにとっては大変な捜査妨害になる」

「そうですね。私のほうでその弁護士に、井川氏がどこにいるか訊いてみましょうか」

「いや、おれが電話を入れてみるよ。テロ予告事件の特捜本部の者だと言えば、どう応じるかで正体がわかる」

　唐沢は森岡との通話を切り、高木和夫法律事務所に電話を入れた。応じた女性に警視庁公安部の唐沢という者で、先生に伺いたいことがあると告げると、とってつけたように高木はいま外出中だと応じる。

　連絡をとってもらえないかと訊くと、こちらからは連絡がとれないとしらばくれる。携帯電話も電子メールもある時代に、日本国内であれ海外であれ、連絡がとれないということはあり得ない。唐沢は脅しを利かせた。

「いま世間を騒がせているテロ予告事件に関わる事案です。先生の立場を考えても、急いで連絡をとられたほうが賢明だと思いますが」

「要するに、なにをおっしゃりたいんですか」

　当惑した様子で女性が問いかける。強い調子で唐沢は応じた。

「先生が代理人をされている井川和正氏の行方を知りたいんです。場合によっては井川氏に逮捕状が出るかもしれない。その場合、居場所を明らかにしてくれないと犯人を隠避したことになる。そうなると、弁護士という立場でも訴追を免れませんので」

「井川さんに逮捕状が出るんですか」

「いま請求の準備をしています」

「どういう容疑で？」

「業務上横領と収賄、さらに特別公務員の守秘義務違反です。それだけ罪状が揃えば逮捕状は間違いなく発付されます。その場合、高木先生の評判にもなにかと傷がつくでしょう。井川氏本人の意思で出頭してくれれば先生に累が及ぶことはありませんので、代理人のお立場からなんとか説得していただければと思ってるんですが」

弁護士のなかには、法律を楯に人を脅すことを仕事と勘違いしているような者もいるが、そんなのに限って脅されることには慣れていない。唐沢は付け加えた。

「おそらく先生はご存知だと思いますが、井川氏にはいま世間を騒がせているテロ予告事件に関連した疑惑があります。彼が把握している情報が得られれば夥しい人命が救えるかもしれない。しかし逆の結果が出た場合、先生だって無事には済まない。犯人隠避どころか、共謀の容疑も出てきますから」

「そんなこと高木には関わりありません。警視庁の監察が井川さんを不当に拘束していたことについて代理人として抗議するよう依頼されただけで、それ以外の件については一切受任していません」

「しかし代理人である以上は、彼と連絡がとれる立場にいるわけでしょう。ご協力いただくほうが賢明だと思いますがね」

とどめを刺すように言ってやると、パラリーガルらしいその女性は慌てたようだ。

「でしたら、なんとか連絡をとってみます。そちらにお電話するように伝えますので。いまおかけになっている番号でよろしいですか」

「それで結構です。よろしくお願いします」

そう応じて唐沢は通話を切った。滝田が身を乗り出す。

「木村たちは、カーンという外国人についての聞き込みにいま亀戸に向かっています。佐伯さんと北岡さんは、ゆうべ村本とカーンが向かったというホテルに聞き込みに出かけています。しかしこうなると、いちばんの眼目は井川氏ということになりそうですね」

「ああ。行方をくらますほどの事情があるのは間違いない。カーンにしても村本にしても、まだ逮捕できるだけの容疑がない。勝俣も同様だ。いまのところ、追い込めるのは井川しかいない」

確信をもって唐沢は言った。

7

高木から連絡があったのは十分ほどしてからだった。

「唐沢さんとか言ったね。私は井川氏から代理人としての委任を受けて活動している。違法かつ不当な長時間の拘束と執拗な訊問で精神的な苦痛を強いられた井川氏の人権を守るために、都の公安委員会並びに警視庁に苦情を申し立てた。それに対してあなたは私にまで恫喝をかけてきた。なんとか穏便にと考えて法的手段にはあえて訴えなかったが、あなたのやり方はいくらなんでも度を越している。これでは考え方を変えざるを得ない」

高木はのっけから捲し立てる。もちろん予想していたことで、むしろ連絡を寄越しただけでも上出来だ。唐沢は冷静に応じた。

「恫喝なんて滅相もない。こちらは刑事訴訟法に則って粛々と捜査を進めているだけですよ。我々だって身内を刑事訴追するのは気が進まない。しかし井川には捜査機関として放っておけない重大な疑惑がある。井川が自ら出頭し、我々の捜査に協力してくれれば、逮捕状の執行を見合わせることもあり得るんですがね」

「例のテロ予告事件に関与しているという話かね。あなたの個人的な怨恨に基づく、為にする捜査だと井川氏は言っている」

井川は高木にも十八番の珍説を披露しているようだ。唐沢の部署や監察にそれを信じる者はいないはずだが、高木の場合は職業柄、依頼人の言い分はとりあえず信じるか、あるいは信じなくても商売上の切り札に使おうとはするだろう。

しかし高木がどう思おうとかまわない。ここまでは監察事案だったから、高木のクレームで公安委員長も警務部も動いてしまったが、逮捕状をとったうえでの捜査手続きなら、弁護士は勾留中に接見できるだけで、それ以上の介入はできない。高木の御託は聞き流し、強気を崩さす唐沢は言った。

「井川の居どころをあなたは知っているはずだ。それを教えてくれるか、あるいは自ら出頭するように説得してくれるか、依頼人の利益を守るうえでもそれが賢明な選択だと思いますがね。もちろんあなた自身にとっても――」

「だったら私も警告するが、井川氏はいま精神的にも肉体的にも大変衰弱している。これ以上無用な圧力がかかると不測の事態が起きる可能性がある。そのときはあなたと担当監察官を特別公務員暴行陵虐罪で告発する。それだけではなく、東京都に対する行政訴訟も辞さない。受けて立つ覚悟はあるのかね」

高木も負けずに脅しをかける。唐沢は引っかかるものを覚えて問いかけた。

「不測の事態――。どういう意味ですか」

「井川氏がそれだけ追い詰められているということだよ。言いがかりとしか言いようのない容疑で危険なテロ集団の一味にされようとしている。あくまで心理的な面での話だよ」

「自殺の惧れがあると？」

「それだけ弱っているということだ」

心臓に毛が生えている井川に限ってまずあり得ない話だが、代理人としては、クライアントの利益を守るためなら、どんな馬鹿げた材料でも武器に使うつもりだろう。

「それならなおさら逃げ隠れせず、身の潔白を明らかにすべきじゃないですか」

「とるに足りない被疑事実でも、逮捕状が請求されているときにのこのこ顔を出せば、ありもしない別件の容疑で訴追されることになる。それはおたくたち公安の得意の手管じゃないか。井川氏が身を隠しているのは正当な防御権の行使だよ」

「むしろ逆ですよ。我々が必要としている情報を提供してくれれば司法取引の可能性だってある。井川はいまどこにいるんです？　それを明らかにしないと、犯人隠避の罪であなたの逮捕状も請求することになる」

「知らないことは答えようがない。どうしてそれで犯人隠避罪が成立するのかね」

「依頼人の居どころもわからずに、代理人の職務がどうして果たせるんですか」

「すでに本人の要望は聞いているし、これからも適宜連絡をとり合うことになっている。いまの時代、通信手段はいくらでもある。会わなきゃ困るようなことはとくにないからね」

高木はけろりとしたものだ。いかにも強引にみえて隙がない。舐めてかかれる相手ではなさそうだ。その壁を崩さなければ井川を落とせないなら、こちらは法を逸脱してでも真っ向勝負で行くしかない。

「だったらあなたも覚悟するんですね。弁護士先生だろうがなんだろうが手加減はしない。公安というのはそういう部署だということを忘れないほうがいいですよ」

不退転の思いで唐沢は言った。高木は黙って通話を切った。

そこへホテルに聞き込みに行っていた佐伯と北岡がやってきた。唐沢は期待を露わに問いかけた。

「どうでした。いいネタは拾えましたか」

「ああ。かなりの大ネタかもしれないぞ。いま高坂さんもこっちに向かっているよ」

佐伯は声を弾ませる。

「だれだったんですか、いったい？」

「谷沢幸一（たにざわこういち）という人物だよ。知ってるか」

「聞いたことがあるような気がしますが」

「日本でトップクラスのファンドマネージャーだよ。ハイリスク・ハイリターンの投資ファンド、いわゆるヘッジファンドの運営で辣腕を発揮し、個人資産も数千億円に上るようだ――」

驚くべき事実はそれだけではなかった。インターネットでそのプロフィールを調べたところ、出身地が群馬県の藤岡市で、ハンクスとみられる溝口俊樹の従前戸籍の所在地もそこだった。ひっかかるものを感じて溝口の卒業アルバムをみせてもらった高校に問い合わせると、溝口よりも一学年上の卒業生にその人物の名前があったという。

「まさか、その男がハンクスのスポンサーということじゃ？」

唐沢は思わず声を上げた。深刻な顔で佐伯は頷く。

「今回のテロ計画は、まともな収入がないはずのハンクスがやれる規模の仕事じゃない。だれかスポンサーがいる可能性は高いとみていたんだが、まさかここまでの大物だとはな」

佐伯は谷沢が事件の黒幕だということをまったく疑っていない。唐沢は問いかけた。

「その人物は、左であれ右であれ、過去に過激な政治活動に関与した経歴はあるんですか」

「公安のほうではまったく把握していない。警察庁の犯歴データベースには、十年ほど前にインサイダー取引の容疑で懲役二年、執行猶予三年、罰金と追徴金二億円の判決を受けた記録があるが、政治関係ではこれといった事件は起こしていない」

「しかし、そういうヘッジファンドの運営者がテロに関わって、いったいどういう利益があるんですか」

特殊犯捜査の山岸が首をかしげる。北岡が蘊蓄を傾ける。

「普通の投資家は株価の上昇局面で利益を得るが、ヘッジファンドというのは上昇でも下降でも、株価が動けば利益が出るような投資手法をとるんだよ。例えば空売りと言って、証券会社から借りた株を大量に売り浴びせる。株価が下がったところで同数の株を買い、それを返却する。つまり売ったときと買ったときの差額が利益になる」

「だったら、テロ予告、あるいはそれが実行されてしまったとき、標的になった企業の株価は暴落しますね」

「その企業だけじゃない。たぶん日本株全体が大暴落するだろうな。そのとき谷沢は、濡れ手で粟のぼろ儲けということになる」

そんな北岡の穿った見方が、ここではどうも当たりそうだ。思いもかけないバックグラウンドが見えてきた。標的のなかに政府系団体が含まれていたのも、単なる目くらましではなさそうだ。日本の政治経済全体を混乱させて、そこで巨額の利益を得ようという目的だとしたら、すべて辻褄が合ってくる。

第十二章

1

「ここ二、三ヵ月、谷沢のファンドは売りを仕掛けている。それもここに載っている会社が中心だ。警察はこのリストを公開していないんだろう」

君野芳夫（きみのよしお）は探りを入れてくる。場所は大手町の高層オフィスビルにある外資系証券会社の応接室。村本とカーンが都内のホテルで谷沢と密会した事実を確認したあと、唐沢はすぐに君野にアポをとった。

君野は大学時代の同期で、同じ理系の出身だが、就職したのは外資系の証券会社。当時は数学や統計学の知識を駆使して金融商品の設計やリスク管理をする金融工学がもてはやされた。君野はそんな時代の流れを読んで、技術系の会社ではなく、そちらの方向を選んだ。

現在は市場分析を担当していて、日本株の動きにはことのほか詳しい。年に一、二度、当時のゼミ仲間と飲むことがあったが、公安の仕事とは縁がなかったせいもあって、これまではせいぜい旧交を温める程度の付き合いだった。捜査線上に谷沢幸一の名前が浮上したことで、急遽頭に浮かんだ情報ソースが君野だった。唐沢は頷いた。

「株価に影響するから公表しないようにと、脅迫を受けた会社から要請されてね。官邸からもそういう指示が出ている」

「だとしたら重大な国家機密じゃないか。おれにそんな情報を渡していいのか」

君野は驚きを隠さない。唐沢は言った。

「そこはおまえを信用するだけだ。事案が事案なもんで、いまは秘匿捜査に徹するしかないんだよ」

会社のほうに公式に捜査協力を要請すれば、その内容が社内の多くの人間の目に触れる。それが証券会社ということになれば、インサイダー情報として外部に漏れだす惧れもある。だったら個人的な信頼関係に期待して、君野からじかに情報をもらうことにした。

谷沢の件は、まだ高坂、松原をはじめとする帳場の主だった面々と、信濃町の分室だけの話に留めている。これに関しては公安と刑事の上層部も信用できない。いずれ報告はするにしても、当面は身内に対しても保秘を徹底すべきだという結論で唐沢たちの考えは一致している。

「じつに興味深い情報だよ。谷沢の最近の投資行動は、ずっと気にはなっていたんだよ――」

深刻な口振りで君野は応じる。谷沢が売りを仕掛けているのはどれも安定株で、いま売り急ぐ不安材料はとくにない。谷沢の売りでときどき下落局面は見せるが、すぐに別のところから買いが入って持ち直す。どれも普通に考えて、空売りで一儲けできそうな銘柄ではないらしい。

「谷沢ほどの大物投資家にしては合理性を欠いた投資行動で、こちらも頭を悩ませていた。しかしおまえたちの読みが当たりなら頷ける。テロが実行されれば、このリストにある企業の株価は暴落する。目立たないように時間をかけて空売りをして、そのとき一気に買いに走る――。谷沢は莫大な利ざやを手にできる」

「今回のテロ予告に谷沢が関与しているとしたら、脅迫を受けている企業と売りの対象の企業が重なるのは当然だな」

北岡の読みは的中した。公安の捜査対象としてこの手の相手は予想もしなかった。しかしそうだとすれば、今回の事案の不可解な部分の説明がつく。

「投資家というのはときに血も涙もないことをする。アジア金融危機では、アメリカを中心とするヘッジファンドによる通貨の空売りが引き金になった。しかし投資収益を得るためにテロを支援するとなると、悪辣さも半端じゃないな」

君野は重いため息を吐く。彼に責任があるわけではないが、自分のビジネスのテリトリーで谷沢が企てている危険な投資行動には、ただならぬ危機意識を持ったようだ。唐沢は訊いた。

「谷沢という男は、過去にもその手の悪質な投資行動をとったことがあるのか」

「インサイダー取引で逮捕されたことがある。三年の懲役で執行猶予がついたが、罰金やら追徴金やらを二億ほど取られている」

「それはこっちでも調べたよ。ほかにはなにかないのか」

「中南米や東欧のジャンク債を運用し、詐欺まがいのやり方で素人投資家に損をさせたことがある。民事訴訟を起こされたが、腕のいい弁護士を立てて勝訴に持ち込んだ」

それが高木だとすれば舐めてかかれない相手だが、もしそうなら、井川がらみの高木の行動が、テロ予告の事案と無関係ではないことを示唆する強力な材料だ。

「いずれにしても、評判のいい男じゃなさそうだな」

「金儲けのためなら法律すれすれのことをやる。というより発覚しなければ合法だという感覚だ。金融庁は要注意人物とみているが、なかなか尻尾を掴ませない。しかしおまえたちの見立てが当たりなら、いまやろうとしているのは経済犯のレベルを超えている。なにか協力できることはあるか」

「まだテロは実行されていないし、テロリストに資金供与をしているという証拠もない。

ただ当面の捜査を進めるうえで、この間の谷沢の株の売り買いの情報が欲しい。いまは秘匿捜査の段階で、捜査関係事項照会書を用意したり令状をとったりすると、保秘の面でなにかと問題がある。なにしろ核心に迫る話なんでね」

「それは我々の世界でも重要機密に当たる。うかつに表に出せば谷沢に訴えられかねないから、おれの独断では出せないんだが――」

君野は逡巡する。唐沢は不安を払拭するように一押しした。

「犯人グループが摘発され、訴追される段階になったら、正式に令状を取得しておたくの会社に情報の提供を申し出る。裁判の際にはそっちが証拠として提出されるから、おまえから情報を貰った事実は表に出ない。そこはおれを信用してくれ」

しばらく沈黙してから、納得したように君野は応じた。

「わかったよ。断れば結果的にテロを幇助することになりかねない。そういう悪辣な投資家の存在を許すことになれば、おれたちのビジネスはモラルもなにもない犯罪の手段に堕してしまう」

2

信濃町の分室に戻ると、佐伯と北岡が唐沢の帰りを待っていた。君野とのやりとりを報告すると、北岡はしてやったりという顔だ。

「やはりな。谷沢ってのはとんでもない黒幕だ。こうなるとハンクスなんて、ただ利用されているだけの小悪党だという話になってくる」

　深刻な口振りで佐伯は応じる。

「だからといって、ハンクスと谷沢は最悪の組み合わせだよ。どっちが欠けても今回のテロ予告事件はありえなかった。こうなると、いよいよ舐めてはかかれなくなったな」

「資金は潤沢で、さらにＩＳ系のテロリストが助っ人に入っているとなると、この先どう手をつけたらいいかだよ。いまのところ、谷沢がやっているのは法に抵触するようなことじゃないんだな」

　北岡が問いかける。困惑を隠さず唐沢は言った。

「怪しいことは怪しくても、ただ株を売っているだけです。それも一気に売り浴びせるようなことはしないので、本当の狙いはまだわからない。もしテロが実行されて株が暴落し、一気に買いを入れたとしても、因果関係を証明するのは難しいだろうと君野は言っています」

「となると、いま谷沢をつついてもろくな答えは出てこないな。高坂さんにはもう報告したのか」

　佐伯が訊いてくる。唐沢は頷いた。

「電話で話しました。これから刑事部の捜査二課と相談すると言っています」

「捜査二課か。谷沢の件は経済事案には違いないが、株やら為替の話となると専門外だろう」

「金融商品取引法も捜査対象に入るそうです。いわゆる仕手筋による違法な株価操作も摘発の対象で、谷沢のような質の悪い投資家にも目を光らせているようです」

「そんなことをしたら、ここまでの捜査情報がだだ漏れになるだろう」

「うちの一課長にも動いてもらって、そこはうまくやるそうです。二課の現場にはハンクスとの繋がりは伏せて、あくまで仕手株がらみの捜査ということにして、谷沢の身辺情報を集めてもらいます。逮捕に繋がる容疑が出てくればこっちのものです。うまくいけば資金の出どころを断てるでしょう」

「二課にそんな気の利いた仕事ができるとは思えないがな」

北岡は捜査二課を見下すような言い草で、一課こそ刑事部の表看板だと言いたげだ。

「やってみる価値はあると思いますよ。当たれば一気に解決に向かうかもしれません」

滝田はいかにも興味深そうだ。北岡は不快感を滲ませる。

「それならおれたちが谷沢を行確したらいい。そういう野郎なら、普段の生活でもろくでもないことをしているに違いない。軽犯罪法違反でもなんでもいいからしょっ引いて、ぎっちり締め上げたらいいんだよ。なんならおたくたちが得意の転び公妨って手もあるだろう」

　差し水をするように唐沢は言った。

「だからといって、株の空売り自体は犯罪じゃないですよ。ハンクスとの繋がりを証明しないことには、けっきょく谷沢には手が出せません」

「じゃあ、どうするんだよ。実際にテロが起きて、谷沢があぶく銭を摑んだ時点で逮捕に踏み切っても後の祭りだろう。それより問題は井川じゃないのか。わけのわからない弁護士がしゃしゃり出て、そのあと行方がわからない」

　形勢不利とみてか、北岡は話題を切り替える。唐沢は訊いた。

「逮捕状は？」

「さっきとれたが、いまのところ使い道がない。派手に公開捜査もできないしな」

　北岡は舌打ちする。唐沢は滝田に確認した。

「井川の携帯の最新の通話履歴は？」

「いま取りに行ってもらってます。もうじき戻ってくるでしょう」

　通話記録は毎夕刻取得することにしていたが、井川の失踪で急遽タイミングを早めた。あれから井川には何度も電話を入れたが、着信拒否が設定されているようで、電話そのものが繋がらない。しかし井川がいま頼れるのは高木だけのはずで、連絡しないということはあり得ない。連絡をとっているとしたら、こちらはそこを突ける。しらばくれるようなら犯人蔵匿罪で高木の逮捕状も請求できる。

そのとき滝田の携帯が鳴った。素早く応答し、しばらくやり取りをして滝田は唐沢を振り向いた。

「午前中に一度、午後に一度、井川は高木と通話しています」

「そうか。おれが高木に電話を入れてみよう。いや、それじゃ向こうに準備をさせてしまう。直接、事務所へ出向くことにしよう。滝田、付き合ってくれるか」

木村はいま亀戸周辺でカーンに関する聞き込みをやっている。一匹狼の滝田とチームを組むことはこれまで滅多になかったが、井川とはもともと折り合いが悪く、その不審な挙動には警戒心を隠さなかった。一も二もなく滝田は応じた。

3

「井川に逮捕状が出ました。どこにいるのか教えてください。黙秘するなら犯人蔵匿の罪であなたを逮捕することになります」

唐沢は単刀直入に高木に言った。麴町のオフィスビルにある事務所は贅沢な造りで、どういう顧客を抱えているのか、なかなか金回りがよさそうだ。ワンフロアーを占有するゆったりしたスペースには、イソ弁やパラリーガルと思われるスーツ姿の男女が机を並べている。井川のつまみ食いの容疑、それもまだ刑事事案にもなっていない事件の代理人を引き受けなければ困るほど、仕事に不自由しているとは思えない。

不意を突く作戦が成功したようで、高木は居留守を使えず面談に応じた。五十がらみの恰幅のいい男で、髪は短く刈り上げ、威嚇するような眼光で、法曹界というより裏社会の人間を連想させる。

「黙秘もなにも、知らないことには答えようがない。それはさっきも言ったじゃないか」

「彼と電話で話している事実を我々は把握しています」

「だからって居場所を知っているとは限らない」

「じゃあ、これから電話を入れてください。私からの電話には出ないことに決めているようなので」

「それはあくまで本人の意思で、防御権の正当な行使だよ」

「しかしあなたは代理人ですよ。このまま逃亡を続ければ彼にとっては不利になる。説得するのも仕事のうちでしょう」

「依頼人の求めに応じ、あらゆる法的手段を使ってその権利を守る。それが私の信念でね。警察に協力するのが弁護士の仕事じゃないんだよ」

「自分がどういう立場にあるのか、わかっていないのは井川よりあなたのほうらしい。場合によっては犯人蔵匿の罪どころか、テロ幇助の容疑がかかる。弁護士だからって犯罪に加担して許される法律はないんですよ」

「そちらの言い分は、すべて井川氏がテロリストの仲間だという前提に立っている。それを立証できるのかね」

「できますよ。ただし今回の逮捕状の容疑には、それは含まれていない」

「つまり別件逮捕だね。それで得られた供述が、公判では通用しなかった事例はいくらでもある」

「弁護士ならもう少し知恵があると思っていましたがね。我々は司法取引を申し入れてるんですよ。逮捕容疑は微罪です。我々が欲しい情報を提供してくれれば、そっちはせいぜい執行猶予付き、場合によっては不起訴にもできる。しかしテロが実行され、大勢の死傷者が出た場合、井川氏はその幇助犯とみなされ、場合によっては極刑もあり得る。我々が目指しているのはテロが実行されるまえに犯人グループを検挙することです。そのために必要な情報を提供してくれるなら、井川氏と犯人グループとの繋がりは不問に付してもいい」

　唐沢の意を受けるように、脅しを利かせて滝田が言う。

「依頼人に罪を犯させないことも代理人の仕事じゃないですか。下手をすればあなた自身も共謀の罪で刑務所にぶち込まれる。我々の要請を断り続けて、得をすることはなにもないでしょう」

「あんたたちが言っているのは、すべて根も葉もない事実を前提にした憶測じゃないか」

高木は鼻で笑う。ここまでの丁寧な物言いはかなぐり捨て、鋭い口調で唐沢は言った。

「あんた、公安を舐めないほうがいいぞ。弁護士だろうが政治家だろうが、おれたちはお得意さんを選ばない」

「だったら、なにが出来ると言うんだね」

高木は足元を見るような口振りだが、その表情には警戒の色が滲む。唐沢は一歩踏み込んだ。

「代理人だなんだと言っているけど、あんた、本当に井川の味方なのか」

「どういう意味だ」

「いまおれたちが心配しているのは、井川が消されるんじゃないかということだよ。あんた、ひょっとして井川の口を塞ぎたい連中の手先なんじゃないのか」

「馬鹿馬鹿しい。そういう妄想で人を冤罪に陥れるのが公安のやり口なのか」

「妄想でもなきゃ冤罪でもない。あんたがやっているのはテログループを利することだ。あんた、本当に井川から依頼されたのか」

「なにが言いたい？」

「おとといの晩、井川と電話で話していたらしいが、ずいぶん険悪なやりとりだったようだな」

唐沢はずばりと切り込んだ。高木は身構える。

「大きなお世話だ。依頼者と代理人にも考え方の齟齬はある。お互い、いい結果を出そうと思えば、多少激しくやり合うこともある」

「おれたちが井川を抱っこしたのは、消される可能性があったからだ。つまり身辺保護の意味があった。犯人グループのリーダーは過去にもそういうことをやっている。もし井川に万一のことがあったら、まず容疑がかかるのはあんただぞ」

挑みかかるように唐沢は言った。舐めた口調で高木は応じた。

「弁護士を甘く見るなよ。公安なんて市民社会の害虫だ。健全な市民を監視して、法を無視して冤罪をつくる。そういう理不尽を我々法曹人は許さない。そっちこそ職権乱用の罪で手がうしろに回らないように気をつけたほうがいい」

4

事務所を出て近くのコーヒーショップに入り、高木との面談の様子を報告すると、苦い口振りで高坂は言った。

「予想したとおりのろくでなしだったな。どうする。犯人蔵匿の罪で逮捕状をとるか」

「それも一手ですが、たぶん知らぬ存ぜぬで逃げおおせるでしょう。それより検察に問い合わせて、谷沢がインサイダー取引で起訴されたときの弁護士の名前を調べてもらえませんか」

「いいところに目をつけたな。それが高木和夫ならクリーンヒットだ。有罪判決を受けたのはその事件だけだが、ほかにも刑事訴追を受けたケースがあるかもしれん」

高坂は唸る。唐沢は期待を覗かせた。

「事務所の様子からして、かなり優良な顧客を抱えているようです。谷沢との付き合いも古いかもしれません。そういう事務所が、井川のようなけちな刑事の代理人を引き受ける暇があるかどうか。本当の依頼人はべつにいるような気がするんです」

「それが谷沢だとしたら、やばい方向に事態が進んでいる惧れがあるな」

「そうなんです。勝俣や村本よりも要注意人物のような気がします」

「わかった。検察が保管している刑事事件記録を見れば、担当した弁護士の名前はすぐわかる」

「経歴は調べられませんか」

「高木のところのホームページを見てみたよ。どこの大学を出て、いつ司法試験に合格したかくらいしか書いていない。生まれは東京で、ハンクスや谷沢との地縁はなさそうだ。もちろん客筋についても書いていない。顧客の機密に属するから、どこの事務所も同じだろうが」

「同業者ならわかるでしょう。弁護士の知り合いはいませんか」

「弁護士は公安を目の敵にしているのが大半で、とくに付き合いがあるのはいないが、検察だったらいないこともない。公判ではいわば敵だから、連中は相手のことをよく知っている。それにヤメ検の弁護士は大勢いるし、その逆で弁護士から検事に任官されるケースも最近は多い。裏ではなあなあの関係ということもある」

「じゃあ、検察から情報をもらうのにもリスクが伴うんじゃないですか」

「そこはうまくやるよ。谷沢の疑惑とは直接結び付けずに、テロ予告事件関係で不審な人物の洗い出しをしているくらいに言っておけば、知っていることは教えてくれるはずだ。彼らにとっては世間話程度で、職務上知りえた秘密というレベルじゃないからな」

高坂は請け合った。そんなやりとりを聞かせると滝田はほくそ笑む。

「たぶんいまごろ谷沢に電話を入れてるんじゃないですか。高木の携帯電話と事務所の固定電話の両方の通話記録をとればわかりますよ」

「だったらしばらくここで見張ろうか。ここからならエントランスの人の出入りがわかる。ひょっとしたら当人が、これから谷沢のところにご注進に及ぶかもしれない」

唐沢は期待を覗かせた。思い出したように滝田が言う。

「さっき金融専門の情報サイトを調べてみたら、谷沢の記事が載っていて、いまはシンガポールで暮らしているそうなんです。帰化したわけじゃなく、生活やビジネスの拠点がそちらにあるということのようですが」

「しかしゆうべは都内のホテルで村本とカーンと面談している。いまは日本にいるんじゃないのか」

「たぶん頻繁に行き来はしていると思います。それよりも、拠点がシンガポールにあるというのが臭いですよ。シンガポール自体にテロ勢力はいませんが、東南アジア地域の情報のハブで、危ない連中と接触するには都合のいい場所ですから。あ、高木が出てきましたよ」

事務所のあるビルの前の歩道に高木が立っている。空車のタクシーを待っている様子だ。唐沢と滝田は急いで店を出た。高木がタクシーを止めるとほぼ同時に、こちらにも空車がやってきた。高木の乗ったタクシーが走り出す。後部シートに滑り込み、高木のタクシーを追うように指示を出す。

「警察の人？」

運転手が問いかける。隠せばかえって怪しまれそうなので、唐沢は警察手帳を提示した。

「危険な相手じゃないから迷惑はかけません。見失わないようにお願いします」

運転手は頷いてアクセルを踏み込んだ。唐沢は滝田に訊いた。

「村本たちが谷沢と会ったホテルはどこだった？」

「高輪のパークグランデです。最近できた外資系のホテルです」

「行き先はたぶんそこだな。カメラは持ってるか」

「もちろん持ってます。最近のデジカメはこんな小型でも高倍率のズームで、手振れ補正もついてますから、ずいぶん仕事が楽になりました」

滝田はポケットから煙草のパッケージくらいのカメラを取り出した。昔は高倍率の撮影となると一眼レフが必要で、ホテルや公共施設で対象者の顔を撮影するには苦労したものだが、いまではほとんどカメラの知識のない捜査員でもプロ並みの写真が撮れる。


予想したとおり、高木の乗ったタクシーは首都高都心環状線を経由して高輪方面に向かい、高輪パークグランデの車寄せに入った。高木がエントランスに向かったのを確認して、こちらもタクシーを降りてなかに入った。

高木はラウンジに席をとり、飲み物を注文した。だれかを待っている様子だ。こちらはラウンジには入らず、滝田とつかず離れずの距離でロビーのベンチに座り、高木の様子を窺った。

五分ほどすると、背の高い髯面の外国人が現れて、親しげに高木と挨拶を交わし、同じテーブルに座った。木村が亀戸の居酒屋で撮影した写真の男――カーンだ。

カーンがここに来たということがなにを意味しているか。その答えはもはや明らかだ。こちらの読みどおり、高木は谷沢の依頼で動いていると考えざるを得ない。

だとしたら公安委員会や警視庁の警務に恫喝をかけて、監察が抱っこしていた井川を解放させたその裏には、窮地にある井川を救うのとは真逆の意図があったと考えたくなる。

このまま手を拱いていたら井川は口封じされるのではないか。そんな不安がますます拭えなくなった。井川がどこまでハンクスたちの情報を握っていたかはわからないが、それが彼らにとって、漏れては絶対に困るものだった可能性は高い。

滝田はベンチから立ち上がり、植え込みの陰に身を隠してラウンジの二人を撮影する。高木とカーンは周囲を気にするように顔を寄せ合って、深刻な表情で話している。唐沢も滝田も高木に顔を知られているから、ラウンジに入って耳をそばだてるわけにもいかない。

ほどなく瘦せぎすの体形で、ポロシャツにジーンズというラフな服装の男がエレベーターから降りてきて、ロビーを横切ってラウンジに向かった。

滝田を見ると、間違いないというように頷いている。年齢は五十代といったところか。金融関係のサイトで記事を見たと言っていたから、そこで谷沢の顔は確認していたのだろう。

男は高木とカーンのいるテーブルにつき、ウェイターになにか注文すると、横柄な顔で二人に声をかける。高木は先ほどの太々しい態度が鳴りを潜め、部下が上司に接するようにへりくだっている印象だ。カーンもどこか緊張した様子で、彼らと谷沢のあいだには、はっきりとした上下関係があるらしい。

三人が話した時間はほんの二十分ほどだった。高木とカーンは深刻そうだったが、谷沢はときおり相槌を打ったり質問をする程度だった。最後になにか指示をするような調子で一くさり喋ると、ウェイターを呼んで伝票にサインをし、高木たちには会釈もせずに立ち去った。

高木とカーンはホテルを出て、車寄せで一緒にタクシーに乗った。すぐに追尾しようと思ったが、次のタクシーがなかなか来ない。カーンたちはホテルの敷地を出てどこかに走り去る。

高木はたぶん麴町の事務所に戻るだろう。カーンはどこかで別れるのか、あるいは一緒に高木の事務所に戻るのか。カーンの居所が突き止められなかったのは残念だが、三人の密会の現場を押さえたことは大きな成果だといえた。

5

翌日の午後、高坂から連絡があり、井川の位置情報取得の令状がとれたと連絡があった。これから携帯電話会社に連絡をし、庁内のシステムから検索可能にする手続きをとるとのことだった。

都内に潜伏しているハンクスの仲間とみられる三人についてはいまも位置検索を続けて

いるが、GPSはオフにしているようで、ときおり都内を移動している様子は基地局による大まかな位置情報でわかるが、ピンポイントでは特定できない。井川も自分の意思で行方をくらましているとしたら、同様の知恵は働くはずだが、機械にはからきし弱いから、うっかりGPSをオンにしてしまうこともあるだろう。

村本の通話履歴からカーンとのものとみられる通話を特定したが、国際ローミングを使っていて、携帯を契約したのはパキスタンの会社のため、国内の住所を含む個人情報は取得できなかった。日本語が堪能だといっても、日本のキャリアと契約していないということは、生活の拠点はあくまでパキスタンだということだろう。

井川と高木のあいだでは、きのうの二回の通話のあと、ぴたりと連絡が途絶えている。ハンクスと村本や勝俣、あるいは都内に潜伏している三人とのあいだでも電話連絡は途絶えている。

がさ入れや逮捕状の請求ができるだけの確実な証拠が得られるまでは、泳がせ捜査に徹するのが公安本来の捜査手法だが、今回の事案に関しては、悠長なことは言っていられなかった。

こちらが通話履歴に基づく捜査を積極的に行っていることにはそろそろ感づいているはずで、今後はグループ内の連絡に電話は使わず、他の連絡手段を用いる可能性が高い。その意味ではこの先の捜査が難しくなる。

それから三十分ほどして、また高坂から連絡があった。携帯のキャリアに令状を提示して、井川の携帯のＧＰＳ検索は可能になったが、その携帯の信号が途絶えている。電源を切っているようで、基地局情報も取得できないとのことだった。

きのうは高木との連絡に携帯を使っていたし、唐沢が電話を入れたときも、着信拒否はされたが通じたことは通じた。きょうになって電源まで切っていることが、なにを意味するのかと思うと不安は募る。

自らの意思で逃走しているのなら、位置情報が取得されるのを嫌うのは当然だが、一方で高木たちとの連絡はより重要なはずで、携帯の電源を切ればその手段も断つことになる。果たして自分の意思でそうしているのか――。すでに何者かに拉致されて、どこかに監禁されているのかもしれないし、あるいはすでに抹殺されていないとも限らない。

きのうからきょうにかけての位置情報のログを確認したところ、井川は朝早い時間には九段にいて、そのあと東京駅付近に移動している。そこから電車と思われる手段で渋谷駅周辺に移動して、夜八時くらいまで道玄坂二丁目のあたりにいたが、その後、信号が途絶えたままきょうに至っているという。

九段から東京駅までタクシーで移動したのはこちらも確認していた。基地局情報なのでピンポイントではないが、井川が道玄坂二丁目付近にいまも潜伏しているとしたら、その一帯のビジネスホテルやカプセルホテルに滞在している可能性が高い。

「不測の事態が起きていなければいいんだが」

高坂も不安を口にする。きのうの谷沢と高木たちの密会がそれに絡んだものだとすれば、井川はこちらが想像していた以上の情報を握っている可能性がある。そうだとしたら、ここで井川を失えば捜査は大きく後退しかねない。唐沢は言った。

「最後の位置情報から、その範囲内にある宿泊施設をすべてリストアップして、片っ端から当たれば井川を捕まえられるかもしれません」

「それは手配済みだ。渋谷署の警備課長に連絡を入れてある。その一帯の宿泊施設というと、ビジネスホテルが五軒、カプセルホテルが八軒で、すべて聞いて回るのに大した手間はかからない」

「本名で泊まっている可能性は低いんじゃないですか」

「いまどきの宿泊施設なら、フロントやロビーに防犯カメラが設置されているから、それもチェックさせてもらう。すでにチェックアウトしているとしても、周辺一帯のカメラを確認すれば足どりが摑めるだろう」

楽観的に高坂は言うが、そこまでのチェックをするとなると時間もかかる。帳場の捜査員を動員したとしても、一日二日で答えが出るものではない。もし井川が命を狙われているとしたら、犯人グループにとっては十分すぎる時間だろう。焦燥を覚えながら唐沢は言った。

「のんびりしてはいられません。我々もこれから渋谷署に向かいます」

長年続いた因縁を考えれば、普通なら死なれて悲しい相手ではないが、いまは別の意味で、生きていてもらわなければ困る存在になってきた。

6

とりあえず滝田、岸川(きしかわ)をはじめとする分室のメンバー全員で渋谷署に出張った。カーンに関する聞き込みで亀戸周辺に出向いていた木村も合流した。

渋谷署警備課の公安刑事たちは、すでに数軒のホテルで聞き込みをしていたが、井川の名前で宿泊している者はいなかった。顔写真を見せても、フロントの人間は記憶がないという。

ただ彼らが出向いたときは従業員のシフトが交代していて、ゆうべからけさまでのスタッフはいないから、早い時間にチェックアウトしていれば、見た者がいないのも不思議ではない。

唐沢たちも彼らと手分けして、残りのビジネスホテルやカプセルホテルに聞き込みに向かった。唐沢が木村と組んで向かったカプセルホテルで、やっと井川を見かけたという従業員が出てきた。

きのうの夕刻にチェックインして、けさ午前九時過ぎにチェックアウトしたという。宿泊カードの名前は山田昭という偽名で、住所も電話番号もでたらめだった。

フロントには防犯カメラが設置されていた。ホテルを運営する本部は警察には協力的で、フロントの従業員は許可を得てカメラの映像を見せてくれた。しばらく巻き戻しすると、きょうの午前九時くらいにチェックアウトする井川の姿が映っていた。

その映像のデータをUSBメモリーにコピーしてもらい、ホテル周辺での目撃者探しと、近隣の店舗やオフィスビルの防犯カメラの映像の確認は渋谷署の捜査員に任せ、唐沢たちは信濃町の分室に戻った。

井川がチェックインしたところを確認しようと巻き戻していったとき、途中で思いがけない人物が目に留まった。

パソコンの画面を見ていた分室の面々にどよめきが走った。井川より十五分ほどまえにチェックアウトしているその人物は、紛れもなくカーンだった。

パソコンを操作している刑事にさらに早戻しするように指示すると、きのうの午後十時ころに、カーンがチェックインするところが映っていた。さらに巻き戻すと、井川は午後八時ころにチェックインしている。

井川とカーンは十一時間弱、同じカプセルホテルにいたことになる。二人がそこで接触した可能性もある。唐沢は渋谷署に連絡し、二人のカプセル番号を確認するように依頼した。さらにレストランなどのパブリックスペースにもし防犯カメラが設置されていたら、そちらの映像もコピーして送って欲しいとも付け加えた。

「偶然ということはあり得ないですね。一緒に行動しているわけではなさそうなのが不気味じゃないですか。感づかれないように張り付いているんですよ」

木村は確信したように言う。唐沢は頷いた。

「どういう狙いなのかはわからないが、まさかカーンが刺客ということはないだろう。そういう仕事をやるには外国人じゃ目立ちすぎる。気になるのはチェックアウトしたあとの二人の行動だな」

「こうなったら、帳場の人員が総出で二人の足どりを追うべきじゃないですか」

岸川が苛立ったように言う。ここまでの公安流の秘匿捜査に、北岡のみならず刑事部の連中は不満を抱いていたはずだった。いよいよ得意の人海戦術の出番だという思いがその表情に滲んでいる。差し水をするように唐沢は言った。

「まだそこまで焦るべきじゃない。井川もカーンもこの事案の中心人物じゃない。テロの引き金はおそらくハンクスと谷沢の手に握られている。いま帳場を大々的に動かせば、こちらもマスコミに黙ってはいられなくなる。それが谷沢に警戒信号を発する結果になれば、目も当てられない事態を招きかねない」

「しかし井川が重要な事実を知っているのは間違いないでしょう。それが突破口になるかもしれない」

岸川は譲らない。彼の言い分にも一理ある。というより、それが正解である可能性は低くない。しかし鳴り物入りの捜査なら迅速に答えが出るとは限らない。それが長引けば長引くほどマスコミに情報が漏れるリスクは高まる。

どういう理由でか、ハンクスは当初三ヵ月だったテロ実行の期限を一ヵ月に短縮してきた。谷沢が黒幕として絡んでいるとしたら、期限の短縮は投資家としてのなんらかの思惑があってのことだろう。そうだとしたら、自分の身辺に捜査の網が迫っていると察知したとき、テロの実行をさらに早めてくるかもしれない。もちろん逆にテロを断念する可能性もなくはないが、どちらの目が出るかは賭けになる。

「いずれにしても、上に判断を仰ぐしかないな」

唐沢は携帯で高坂を呼び出して、ここまでの状況を説明した。高坂はカーンの登場には驚いたが、状況のデリケートさは理解したようだった。

「渋谷署の連中に動いてもらって、道玄坂二丁目から渋谷駅に至る経路の防犯カメラの映像をかき集めてくれ。それを帳場の連中に解析させる。そのあと電車で移動していれば、駅の防犯カメラからさらにその先の足どりも特定できる」

最近の繁華街なら高い密度で民間の防犯カメラが設置されている。その設置者に協力を求め、各ポイントのカメラに映った映像を繋いでいって、犯人の自宅を特定するようなケースが刑事捜査の新手法として注目されている。しかし言うは易く行うは難しで、その分析作業には時間も手間も相当かかる。そこに不安を感じて唐沢は言った。

「かなりの人手が必要になりますよ」

自信を覗かせて高坂は応じた。

「心配ない。脅迫されている企業の聞き込みはこれ以上進めても新材料は出てこない。セムテックスの入手経路の特定も難しい。溝口俊樹の戸籍からの捜査はもう答えが出た。そんなこんなで開店休業になりかけていたからちょうどいい。帳場の人間が一斉に外を駆け回る必要はないから、マスコミに気どられる心配もない。そのあたりは松原さんや佐伯君、北岡君と相談してうまくやるよ」

7

渋谷署の動きは速かった。井川とカーンのカプセルの番号は離れていて、階も別だったという。

食堂にも防犯カメラが設置されていた。捜査員はその映像のデータをコピーして送信してくれた。

ざっと早回しで確認したところ、夜九時ごろに井川が現れて、ビールを飲りながら食事をしている様子が映っていた。

それから一時間ほどしてカーンが現れ、こちらもビールと軽食をとっているところが映っていた。イスラム教徒はアルコールがご法度のはずだが、日本にいるときは戒律も緩むのか、木村が目撃したときも、亀戸の居酒屋でビールや日本酒を飲んでいたという。

いずれにせよそれぞれ別行動で、接触した可能性は低いともいえるが、だからといって同じカプセルホテルに偶然居合わせたとは考えられない。そこにはサウナもあるらしいから、そんな場所で会っていたとも考えられる。

仲良く一献酌み交わしていれば、井川の身の安全に関しては、むしろこちらは安心できた。接触がないとしたら、なにかの理由でカーンが井川を監視していたことになる。

「ひょっとしたらカーンはテロの実行部隊の一人かもしれませんよ。そういう人間なら、井川を抹殺するくらいの仕事はお茶の子さいさいじゃないですか」

木村が穏やかではないことを言う。もしそれが当たりなら、カーンは井川以上に事件解決への糸口になる。唐沢にとって最も重要なのはハンクスの逮捕だが、それ以上にテロ計画を未然に防がなければならないという大前提がある。そこへの道筋をカーンがつけてくれるなら、カモがネギを背負ってやってきたようなもので、こちらにすれば絶好のお客さんだ。さっそく電話を入れてそんな状況を報告すると、高坂は唸った。

「木村の考えは突飛だとも言えないな。こうなるとカーンの足どりも重要になってきた。

そっちも防犯カメラの分析で追いかけるしかないわけだが」

「カーンの携帯の位置検索はできませんか。せめて基地局の位置情報がわかれば、防犯カメラの映像と併せて、より効果的な追跡ができると思いますが」

「じつはそれについても令状を請求したんだが、却下された。裁判所の判断だと、契約しているのが海外の会社だから、日本の法令は適用できないという理屈になるらしい」

機種によっては位置情報の検索ができない場合もあるとは知っていたが、そういう障害があるとは想像もしなかった。高坂は無念そうに言う。

「けっきょく防犯カメラの映像分析で二人の居どころを突き止めるしかないな。そっちのほうに人手を動員するよ」

「二人のというより、ここはカーンに重点を置くべきでしょうね。どこに住んでいるのかわかれば、そこがテロリストグループのアジトの可能性だってある」

「井川はどうする？」

「重要度は低下しました。いまの我々にとって、テロを未然に防ぐことがもっとも優先すべき課題じゃないですか」

自分でも驚くような言葉が口をつく。しかし迷いはない。個人的な遺恨ゆえではない。井川一人の命と、実行されれば夥しい人命が奪われるテロを未然に防ぐことと、天秤にかければ答えは自ずと明らかだ。

8

渋谷署の捜査員は、井川とカーンが宿泊したカプセルホテルの周辺一帯で数十ヵ所の防犯カメラのデータを入手した。唐沢を含め、手の空いている分室の捜査員も帳場に戻り、その分析作業に加わった。

カプセルホテルの並びにある雑居ビル一階のコンビニの防犯カメラには、チェックアウト直後と思われるカーンの姿が映っていた。

カーンはコンビニの店内に入り、カメラの画角からいったん消えた。その十五分後にカメラの前を井川が通り過ぎた。そのあとを追うようにカーンがカメラの前を横切った。

どちらも向かったのは渋谷駅方面だ。そこから先も一〇メートルほどの間隔で二人の姿はカメラに捉えられたが、通勤時間に当たったせいか周囲の人の数が増えてきた。

脇道を抜け、表通りに出ると、通勤者の姿はさらに増え、その人ごみに紛れて二人の判別は難しくなった。

設置されていた防犯カメラはほとんどが広角で、すぐ前を通らない限りアップでは映らない。狭い脇道なら比較的近くを通るが、表通りは歩道の幅も広く、人の数も多いとなれば人相や体形の判別も難しい。拡大しても荒い画像がそのまま大きくなるだけで、夥しい人の流れのなかで井川とカーンを識別するのは難しい。ハチ公前あたりになると人の数はさらに多くなる。

ほかの捜査員たちも五名ほどずつチームを組んで、渋谷駅周辺や駅構内のカメラの映像をパソコンで再生し、全員が目を皿にして二人の姿を追っているが、いい報告は出てこない。

「こういう捜査手法は素人の手には負えないよ。科捜研に依頼して画像を先鋭化し、さらに顔認証技術を使って特徴の似た人間を抽出する。それをさらに見当たり捜査の訓練を受けた刑事の眼力で絞り込む。公安はこういうのには慣れていないはずだが、捜査一課じゃよく使っているから、勘どころはおれたちのほうがわかっている」

北岡は公安を見下すような口振りだ。捜査一課が扱う事件の報道で、犯人の足どりを防犯カメラの映像から特定したような話をよく聞くが、その点で一日の長があることは認めざるを得ない。

それでもとりあえず唐沢たち分室のメンバーも、カメラ十台分ほどのデータを確認し、目をしょぼつかせて缶コーヒーで一息入れていると、唐沢の携帯が鳴りだした。君野からだった。

「谷沢がけさから派手な動きを見せている。彼を刺激するようなことがなにかあったのか」

君野は深刻な調子で訊いてくる。こちらから掛けなおすと応じて廊下に出た。廊下を少し歩き、空いている会議室を見つけ、そこに入って君野に電話を入れた。

「待たせて済まん。まだ周りの耳には入れたくない話になりそうだと思ってね」

「この事案、内輪でもそんなに慎重な扱いなのか」

「ああ。マスコミの耳に入ったら取り返しがつかない。慎重のうえにも慎重に動いている」

「それならおれも安心して情報を出せる。じつはきょうになって谷沢が大量に売りを仕掛けていてね」

「リストにあった会社の株だな」

「それだけじゃない。日本の代表的な銘柄を手広く売っている」

「狙いは？」

「テロが起きれば、暴落は日本株全般に及ぶとみてるんじゃないのか」

「しかしどうしてまた、きょうになって？」

　不穏なものを覚えて問い返した。君野は声を落とす。

「谷沢はここ数日のあいだに、南米のジャンク債で巨額の損失を被ったらしいんだよ」

「巨額というとどのくらい？」

「数百億円といったところらしい」

「それを穴埋めするために、空売りを急いでいると？」

「きのうおまえから聞いた話から類推すると、どうしてもその結論に行きつく」

「だとしたら、テロ決行の時期をさらに早めてくる可能性があるな」

「怖いのはそこだよ。日本株全体が暴落すれば、谷沢が仕掛けたという疑惑の立証は、たぶん著しく困難になる」

「下手をすれば完全犯罪になりかねない。テロリストグループとの共犯関係が立証できなければ、それ自体は正当な投資行動だからな」

唐沢は唸った。君野が言う。

「もし谷沢が資金供与しているとしたら、それを断つことでテロ計画は防げるんじゃないのか」

「すでに大量のセムテックスが国内に運び込まれている。新たな資金の提供がなくても十分テロは実行できる」

「じゃあ今回の谷沢の投資行動は、テロ実行のタイミングとは関係ないわけか」

「そこは迂闊に判断できない。まだ名前は明かせないが、首謀者とみられる男以外はたぶん外国人で、海外でもテロ活動を行っている、いわばプロのような連中だ。日本で一仕事したら国外に逃亡して、また新たなテロ計画を企てる。そのための資金が谷沢から出るとしたら、ある程度の要望は受け入れるだろうな」

「その資金供給ルートを把握すれば、共犯ないし幇助の容疑は成立するわけだ」

「いい手があるか」

「どの程度の金額かにもよるが、数百万円の話なら現金の手渡しで十分可能で、それだったら発覚することはまずありえない。それ以上の金額だとしたら、その種の金を普通に銀行振り込みするはずがない。あるとしたらオフショアを介した資金のやり取りだな」

「そういう脱税のスキームには国税も手を焼いているんだろう。谷沢の件では捜査二課にも内偵を進めてもらうことになっている」

「オフショアとなると、捜査二課じゃ手に余るだろう。それより警察庁にＪＡＦＩＣ（犯罪収益移転防止対策室）という組織がある」

「聞いたことがあるな。マネーロンダリングに関係した部署だろう」

「資金洗浄やテロ資金供与の情報を収集し、国内の捜査機関に提供する政府機関で、一般にＦＩＵ（資金情報機関）と呼ばれている。世界各国に設立されていて、そのＦＩＵの日本版がＪＡＦＩＣだ――」

世界のＦＩＵは相互に情報を提供し合っており、最近ではいわゆるタックスヘイブン（租税回避地）にもＦＩＵが設置されているから、かつてと違ってオフショアの資金移動の情報も得やすくなったと君野は言う。

「谷沢はシンガポールに居住している。あの国もタックスヘイブンとみなされているが、ペーパーカンパニーの設立は認めていない。ただしそこを拠点にケイマン諸島やバミューダなどのタックスヘイブンにペーパーカンパニーをつくり課税を回避することは、谷沢のような大物投資家ならだれでもやっている」

「そこを経由して、テロリストに資金が渡っているとみているんだな」

「JAFICならオフショアでの資金移動もある程度把握できる。谷沢のような問題行動の多い投資家の場合、すでにファイリングされているかもしれない。特捜本部から問い合わせれば動いてくれるんじゃないか」

「そこからの送金先が海外のテロリストなら、公安の外事に訊けば正体が判明する。まずはJAFICに接触してみるよ。ありがとう。恩に着る」

そう応じて通話を終え、そのまま会議室から電話を入れると、高坂はすぐにやってきた。君野から聞いた話を伝えると、緊張した面持ちで高坂は応じた。

「ぐずぐずはしていられないな。さっそくJAFICと話してみるよ。しかしそうなると、なおさらハンクスが鳴りを潜めているのが不気味だな」

「二十年前の事件と同様、本人は表立っては動かないでしょう。谷沢からの潤沢な資金で雇ったプロがいるわけですから」

「ひょっとしたら、そいつらに母屋を取られて、もう出る幕がなくなってるってことはないか」

「それはないでしょう。こちらに電話を寄越したときは、私への敵意をむき出しにしていた。理由はよくわかりませんが、幸田翔馬こと川内健治譲りの危険な思想もさることながら、私に対する遺恨がこの事件の根底にあるのは間違いありません」

「あくまでおまえの鼻を明かしたいわけだ」

「だとしたら、私にも責任の一端があります。なんとしてでもあいつの計画を叩き潰さないと」

「責任を感じることはなにもない。おまえはやるべきことをやっただけだ。まずは隣のビルに行ってくる。いまいちばん危険な存在は、ハンクスよりも谷沢かもしれない。そこをきっちり押さえれば、外堀は確実に埋められる」

　高坂はそう言って慌ただしく会議室を出ていった。隣のビルには警察庁があり、ＪＡＦＩＣのオフィスもそこにある。

　そのとき唐沢の携帯が鳴った。ディスプレイを見ると、どこかの固定電話からだった。いったいだれが――。怪訝な思いで応答すると、流れてきたのは井川の声だった。

第十三章

1

「折り入って話がある。どっちにとっても損はしない話だ」

いつもの太々しい物言いは鳴りを潜め、どこかすがるような調子で井川は言う。予想もしない成り行きだ。

「なにを企んでいる？」

「あんたたちが必要とする情報をすべて渡す。だからハンクスたちとの関わりについては不問に付して欲しい。つまり司法取引だ」

「どうして気が変わった？」

「懲戒免職か、悪くても二、三年刑務所に入って済むんなら、殺されるよりはずっとましだと思ってね」

「殺される？」

　ただならぬ話に慌てて問いかけた。

「危ない野郎に付け回されている。高木という弁護士がおれを嵌めたんだ」

「いまどこにいる？」

　井川は露骨に警戒心を滲ませる。

「言えないよ。どうせ逮捕状が出てるんだろう」

「どうして知っている？」

「そうくるだろうと想像してたんだよ。当たりだったな。居場所を教えたら大勢で押しかけて、有無を言わさず手錠をかけて、取引もへったくれもなしに送検だ。おれはそこまで間抜けじゃない」

「命を狙われてるんだろう。だったら留置場がいちばん安全だ。身柄を預けてくれれば、そこで落ち着いて話もできる」

「司法取引の約束が先だ。このまま捕まれば、おまえや高坂に好き放題締め上げられるに決まってる」

「だったらおれが約束するよ。それでいいだろう」

「おまえみたいな下っ端の約束になんの意味がある」

　足元を見透かすように井川は言った。

「それじゃ助けようがない。悪いが、おれはあんたに長生きして欲しいとは思っちゃいない」

「おい、おい、真面目に考えろよ。おれが死んだら、そっちだって失うものは大きいぞ」

九段のホテルではなにも知らないとしらばくれたのに、今度は大層な情報があるかのような口を利く。それが本当ならハンクスや谷沢にとって井川はよほど危険な存在だということになるが、逆に彼らと結託して罠を仕掛けてきているのではという猜疑も湧いてくる。

しかし唐沢一人を嵌めたとしても、動いている捜査は止められない。そのうえ提供するという情報が空手形なら、司法取引もなにもない。手加減せずに締め上げて、テロの共謀でぶち込める。そのくらいのことはわかっているはずで、ここで小細工を弄する意味はないだろう。となるとこれはチャンスとみるしかない。

「だったら、なにをしたらいい」

「部長に一筆書いてもらってくれよ。約束を破ったら、それを世間に公表してやる。おまえたちがまだ出していない裏事情も含めてな。それで警察への信頼は地に落ちる。官邸だって重要な情報には蓋をしている。騙されていたと知ったら、国民の怒りは爆発するぞ」

「そこまで話を上げるにはえらく時間がかかるうえに、部長が応じるかどうかもわからない。お役所仕事の効率の悪さはお互いよく知っているだろう。あんたの口を塞ぎたい連中が、それまで生かしておいてくれるかだ。気の短い連中じゃなきゃいいんだが」

「見殺しにする気か」

意外だというように井川は問い返す。気のない調子で唐沢は応じた。

「しようがないだろう。無いものねだりの条件を出しているのはあんたなんだから。命を狙われているという話が本当かどうかも、こっちは確認のしようがない」

「嘘じゃない。ハンクスのバックには、おまえたちが想像もしていない黒幕がいる」

「だれなんだ」

興味を引かれたふうを装って訊いてやる。谷沢のことだと想像はつくが、そこまで把握しているとは気づいていないらしい。井川の本音が見えない以上、まだ手の内はさらせない。

「取引を確約したら教えてやるよ。そっちものんびりしてはいられない。その黒幕の一声で、テロの実行はいくらでも早まるからな」

「そういう情報が得られるほど、あんたは事件に関与していたわけだ。だったら選択肢は二つしかない。殺されるか、出頭してすべての事実を明らかにするか。事件解決に寄与する情報なら司法取引もあり得るが、いまはあんたのほうから条件を出せる状況じゃない」

切って捨てるように唐沢は言った。それが谷沢に関する話だけなら、いまさら司法取引は必要ない。欲しいのはハンクスを司令塔とする実行部隊の情報だ。その連中を検挙できない限り、こちらは手足を縛られたままなのだ。開き直るように井川は言う。

「だったら勝手にしろ。このままテロが実行されたら、死傷者がどれほど出るかわからない。その責任はすべておまえたちが負うことになる。そういうこともちゃんと世間に明らかにしてやるからな」

「それを防ぐための情報を、あんたは本当に持っているのか」

唐沢は猜疑を滲ませた。興味をそそるように井川は応じる。

「欲しいのはハンクスの仲間の情報だろう」

「知っているのか」

「ああ、知っている」

「あんた、そもそもハンクスとどういう付き合いがあったんだ」

引き込まれるように問いかける。井川は警戒を崩さない。

「司法取引の重要な材料だからな。ここじゃ言えないよ」

「そういう情報なら、いくらでも取引に応じられる。いまどこにいるか教えてくれ。これからおれがそこへ出向くよ」

腹を固めて唐沢は言った。井川は鼻で笑う。

「それじゃ飛んで火に入る夏の虫だよ」

「おれ一人の判断だ。帳場の人間は連れて行かない。高坂管理官にも黙っている」

「ふざけるんじゃないよ。信じろというのが無理な話だ」

「信じろよ。あんたを付け狙っているやつがだれか、おれたちは把握している。筋金入りの国際テロリストだ」

唐沢は鎌をかけた。カーンの正体はまだ不明だが、井川の反応からある程度の当たりはつくだろう。井川は敏感に反応した。

「そいつの行方はわかっているのか」

「いま追っているが、足どりが摑めない。カーンという男だ。正体を知っているか」

「知っている。危険な野郎だ。いまはなんとか撒いているんだが」

「逃げ切れるとは思えないな。保護できるのは警察だけだ。まずはおれがあんたと接触する。情報をもらったあとあんたの身柄をどう保護するか、おれがいろいろ知恵を絞るよ」

親身な調子で唐沢は言った。電話の向こうで井川は唸った。

「わかったよ。いまはおまえを信じるしかない。絶対に一人で来いよ。裏切ったら化けて出るからな」

2

帳場の捜査員たちが寝静まった午前二時過ぎに、唐沢は警視庁を出て、タクシーで渋谷方面に向かった。さすがにこの時刻、渋谷駅周辺は閑散としていた。道玄坂を登り、道玄坂上でタクシーを降りた。

ポケットで携帯が鳴った。取り出してディスプレイを覗くと、先ほどの固定電話の番号が表示されている。応答すると井川の声が流れてきた。

「いま、どこにいるんだ」

「道玄坂上だ。そっちの場所を教えてくれ」

警視庁を出た際の井川との電話では、道玄坂上でタクシーを降りて、そこで連絡を待つようにということだった。自分がいる場所は事前には教えたくなかったようで、そのあたりの用心は徹底している。

「ホテル・エルグランデだ。コンビニの横の道を入って円山町方面に一〇〇メートルほど入ったところを左に曲がり、三〇メートルくらい進んだ右手だ。漫画の城みたいな派手なつくりのラブホだからすぐわかる。そこの四〇一号室だ。自動チェックインだから人はいない。エレベーターで四階に上がって、ノックしてくれればドアを開けるよ」

「カーンに気づかれている心配はないのか」

「尾行されているのがわかったんで、タクシーを摑まえて撒いてやった。向こうはすぐに摑まえられなかったから、そこで完全に逃げ切れたと思うよ――」

そのあと新宿のサウナで時間を潰し、夕刻になっていまいるホテルに腰を落ち着けたと言う。ビジネスホテルやカプセルホテルは警察に目をつけられやすいが、ラブホテルならフロントに目隠しがあったり無人システムだったりする。井川はうまい隠れ家を見つけたようだ。

「わかった。これからそこへ向かう」

「ひっつき虫をつけてきていないだろうな」

「信用しろよ。おれだっていまはあんたに頼るしかない。ハンクスを捕まえることがおれの警察人生の集大成だ。そのあとは首になろうと田舎の駐在に飛ばされようと痛くも痒くもない。そっちこそ、怪しいやつとつるんで待ち伏せしていないだろうな」

「これまでいろいろあったけど、後悔してもいるんだよ。いまやおまえはおれの命綱だ。勝手なことを言っていると思うかもしれないが、ここで協力し合うことは、お互いにとって悪い話じゃない」

殊勝な調子で井川は言った。

3

円山町一帯は似たようなネオンのホテルが軒を連ねていて、午前二時を過ぎたこの時間でも、空室のあるホテルを物色するカップルがそぞろ歩く。

しばらく進むと、周囲の建物の向こうに「ホテル・エルグランデ」のけばけばしいネオンが見えてきた。さらに進んで左に折れたところに目指すホテルはあった。

エントランスを入ると、井川が言うように人のいるフロントはなく、写真を見て部屋が選べるタッチパネル式の機械が置かれている。六割くらいが埋まっていて、そこそこ繁盛しているようだ。

天井の隅に防犯カメラがあり、ロビーの奥にエレベーターがある。それを使って四階に上がる。廊下の片側に部屋が並んでいる。四〇一号室は廊下のいちばん奥にあった。客のプライバシーを考えているのか経費節減のためか、廊下には防犯カメラは設置されていない。

四〇一号室の前に立ち、ドアをノックしたが応答がない。さらに二、三度ノックする。室内に人の気配がない。不穏なものを覚えて呼びかけた。

「井川さん。おれだよ。ドアを開けてくれ」

やはりなかから応答はない。トイレにでも入っているのかと少し間を置いてから、またノックして声をかけた。ドアに耳を当てても、室内は静まりかえってなにも聞こえない。

ドアノブに手をかけたとき、ぬるりとする感触があった。慌てて手を離し、ノブを摑んでいた手を見ると、真っ赤なもので濡れていた。

血の気が引くのを覚えた。踵(きびす)を返してロビーに駆け下りて、「スタッフオンリー」と書かれたドアをノックした。

「なにかあったんですか」

億劫そうな声が応答する。

「警察の者だ。四〇一号室を確認したい」

ドアが開いて、眠そうな顔の若い従業員が出てきた。

「四〇一号室にはお客さんがいるんですが」

いかにも胡散臭いと言いたげに従業員は問いかける。警察手帳を示して唐沢は言った。

「なかで事件が起きているかもしれない。ドアノブにこんなものがついていた」

血のついた掌を見せると、従業員は慌てた。

「ちょっと待ってください」

いったん部屋に戻り、スペアのカードキーを手にしてエレベーターに走る。唐沢もその後を追い、状況を説明しながら四階に向かう。

部屋の前に戻り、ドアノブに付着した血糊を指さすと、従業員は後ずさりした。唐沢はカードキーを受け取り、スリットに差し込んでノブを押した。

水玉模様の壁紙やピンクのランプシェードなど、井川のイメージとは真逆のインテリアや調度の室内。その中央に設えられたダブルベッドに、井川は血の海に浮かぶように横たわっていた。

喉元からうなじにかけてざっくりと深い切り傷がある。頸動脈が切断されたための大量出血とみられる。脈拍は停止しており、目は大きく見開いたままで、瞳孔は散大している。死亡しているのは間違いない。

従業員は部屋の隅で嘔吐している。唐沢は携帯で一一九番に通報し、手短に状況を説明した。次いで一一〇番にも連絡する。救急隊員が死亡を確認すれば、その時点で不審死として警察に通報されるが、それを待ってはいられない。機捜による迅速な初動捜査が、突発的な殺人捜査の決め手になる。犯人の足どりが掴めれば、それがスピーディーな検挙に繋がる。

身分と氏名を名乗り状況を説明すると、通信指令センターの担当者は、すぐに機捜と所轄の警官を差し向けて、さらに検視官と鑑識課員を派遣するという。もちろん現場保存のために即刻室内から出るようにとのお定まりの指示を受けた。

高坂には外で連絡することにして廊下に出ようとしたとき、足元に切手ほどの大きさの黒い板状のものが落ちているのに気がついた。

廊下に出て、本部に連絡するからと言って従業員が立ち去ると、唐沢は高坂に電話を入れた。眠そうな声で出てきた高坂に事件のことを知らせると、即座にしゃっきり目が覚めたようだった。独断で行動したことについては小言を言われたが、やったこと自体はやむを得ない判断だったと高坂は認めた。

「おまえの言うとおり、おれがあいだに入っていたら根回しに丸一日はかかったよ。どのみち、そのあいだに井川は殺されていた。それよりこの災いを吉に転じないとな」

「カーンが迅速に検挙されればいいんですが、手間どると厄介なことになりますよ」

「このままだと、そっちはそっちで帳場を立てることになる。これから松原さんを起こして相談するよ。できれば合同の帳場にしたいから」

「鳴り物入りで追える点はメリットですね」

「ああ、一課の殺人班はおれたちとは手法が違う。目撃証言や物証から犯人を追える点じゃ、これまでの捜査よりずいぶん有利だ」

「しかし、いまでも大変な帳場の交通整理が、ますます難しくなりますよ」

「といって、向こうも帳場を立てて事件を追うことになれば、ややこしさはそれどころじゃない。おまえは余計なことは喋らずに、詳細はうちの帳場預かりということにしておいてくれ」

「わかりました。まだカーンは近場にいる可能性があります。初動が適切なら早期の検挙が可能かもしれません」

　そう応じて通話を終えたところへ、機捜の隊員と所轄の刑事がやってきた。自分の携帯に保存してあったカーンの写真を彼らの携帯に転送し、井川がその男に命を狙われていると言っていた事実、予告テロ事件にカーンが関与している可能性、さらにきのうからきょうにかけてカーンが井川をつけ回していた事実を伝えると、機捜と所轄の刑事は一斉に動き出した。

唐沢はあす本庁捜査一課の殺人班が渋谷署に臨場した際に、可能な範囲で情報を提供すると約束し、この日は信濃町の分室で待機することにした。木村、滝田を始め、分室のメンバーは防犯カメラの映像解析で本庁の帳場にいる。高坂と松原がこれから分室にやってくるとのことで、そこで善後策を検討することにした。

現場に落ちていた小さな板状のものはＳＤカードだった。唐沢はとっさの判断で、ラブホの従業員に気づかれないように拾ってポケットに忍ばせた。犯人が落としたものであれ井川が落としたものであれ、そこに重要な情報が含まれている可能性がある。そのまま置いておけば鑑識が持ち帰ってしまう。そこにまだオープンにされたくない情報が含まれていた場合、取り返しのつかないことになる。

これから乗り込んでくる殺人班からみれば、捜査妨害であり証拠隠滅の罪にも当たるだろう。だからといって井川を失ったいま、それが唯一頼れる糸口の可能性がある。井川を失ったことが自分の落ち度ではないとは言い切れない。それを埋め合わせるためなら、法を犯すことも厭わない。

4

パソコンを立ち上げて、接続されているカードリーダーにＳＤカードを差し込んだ。エクスプローラーの画面に表示されたのは圧縮フォルダーで、クリックするとダイアローグが開いて、パスワードを入力するように促してきた。よくあるとされる「ａｂｃｄｅ」やら井川の名前やその逆つづりなど思いつくものをすべて試したが、いずれも無情に撥ねつけられる。

井川がＩＴ音痴なのは唐沢たちの班では有名で、ＳＤカードのフォルダーをパスワード付きで圧縮するような芸当ができるとは思えない。だとしたらカーンが落としたものだろう。テロ計画に関する詳細な情報かもしれない。そのとき木村から電話が入った。

「さっき警察無線で聞きましたよ。大変なことになってるじゃないですか」

「ああ。してやられたよ。でかいお宝を失ったかもしれない。これから高坂さんたちと分室で善後策を検討する」

「それどころじゃなさそうですよ。一課の連中の耳には殺人班の情報が入るらしくて、向こうはなんだか唐沢さんを疑っているようなんです」

「おれを？　どうして？」

「ロビーの防犯カメラの映像にカーンと見られる人物が映っていなかったんです」

「本当なのか」

唐沢は舌打ちした。だったら非常口から出入りしたのか。しかし非常口は普通外からは開かない。ホテル側になにか落ち度があったのか、あるいはこちらが想定もしていないルートから侵入したのか。カーンが手練れの殺し屋ならその可能性はある。木村は続ける。

「ところが唐沢さんはばっちり映っていた。唐沢さんと井川さんが昔から仲が悪かったという情報も、なぜか現場資料班は把握しているようなんです」

現場資料班は捜査一課の筆頭管理官である庶務担当管理官の配下にあり、殺人事件の現場に先乗りして情報を収集する。その情報に基づいて庶務担当管理官が捜査一課長に特捜本部を開設すべきかどうか具申する。つまり庶務担当管理官は、捜査一課殺人班の司令塔ともいうべき存在だ。

「特殊犯捜査係といっても捜査一課には違いないからな。おれと井川の間柄は捜査上の秘匿事項じゃない。現場資料班に訊かれれば、面白おかしく喋る人間もいるだろう」

「でもどうして頭から疑ってかかるのか」

「第一発見者を疑えっていう単細胞な発想だよ」

「言ってくれれば一緒に動けたのに。どういう経路を使ったにせよ、僕がいればカーンが逃走するところを目撃できたはずですから」

木村は不満たらたらだ。相棒としては正直な気持ちだろう。

「済まなかった。発覚すればおまえにも高坂さんにも迷惑をかけそうだったから、とりあえず独断で会うことにしたんだよ」

「現場資料班は、井川さんと唐沢さんの反目を十分な動機とみているようです。こちらの帳場に聞き込みに来るかもしれませんよ」

「先方にはあす詳しい状況を説明するが、それが被疑者としての事情聴取になりかねないな」

「高坂さんとはもう話をしてるんですか」

「おれはいま分室にいるんだが、高坂さんたちもこれからやってくる。松原さんと相談してうまくやってもらいたいところだよ。殺人班も含めた総力戦にできれば、先行きの見通しはむしろ悪くない」

唐沢はわずかに期待を滲ませた。

5

ほどなく高坂が分室にやってきた。松原は同行していない。唐沢は問いかけた。

「松原さんは？」

困惑を隠さず高坂は応じた。

「帳場に妙な雰囲気が漂っていてな。彼も捜査一課の人間には違いないから」

「私が被疑者にされかけている件ですね」

「知っているのか？」

「木村から聞きました。現場の状況はどうなんですか」

「聞き込みは進めているようだが、カーンの足どりが摑めない。いま近隣の防犯カメラの映像をチェックしているらしいんだが」

「玄関ロビーのほかに出入り口は？」

「非常口がある。ただしそこには防犯カメラは設置されていない。その近辺のホテルや店舗の防犯カメラにもカーンと思しい人物は映っていなかった。凶器の刃物も見つかっていない」

「指紋やその他の物証は？」

「ドアノブにあった。井川のとおまえのと、もう一人、誰だかわからない人物の指紋だ」

「カーンのじゃないですか」

「そうかもしれないが特定はできない。死体の状況からすると一瞬の仕業だ。たぶん声も出せなかったはずで、よほど手慣れた人間の仕事のようだ。ドアノブに血糊を付けてしまったのが唯一迂闊だった点だな」

「じつは室内でこれを拾ったんです」

カードリーダーに差し込んであるＳＤカードを引き抜いて示すと、高坂は驚きを隠さない。

「大胆なことをしたな」

「重要な情報が入っているかもしれません。いま鑑識に渡すわけにはいかないですから」

「中身は？」

「暗号化されています。パスワードがわからないと覗けません」

「解読する方法は？」

「科警研（科学警察研究所）とか高度情報技術解析センターに依頼すればできないこともないでしょうけど、内密に依頼するルートはありますか」

科警研は科捜研の元締めともいえる研究機関で、高度情報技術解析センターはＩＴ技術の専門集団。いずれも警察庁の内部機関だ。

「ないことはないが、捜査一課に感づかれないようにするのが難しいな。ばれるとおれたちに証拠隠滅の容疑がかかってしまう」

高坂もせっかく手に入れたお宝を捜査一課に渡す気はないようだ。

「そういうサービスをやっている民間の会社があるはずですから、あす問い合わせてみますよ」

「そうだとしても、一日や二日で埒が明く話ではないだろう。指紋は採れそうか」

「私は縁のところしか触らないようにしましたから、落とした人間が普通に摘まんでいれば採れると思います」

「だったら公機捜の鑑識チームに頼んでみるよ」

高坂は頷いた。公機捜（公安機動捜査隊）はテロ事件の科学捜査を行う専門部隊で、爆発物や毒物の鑑識が主任務だが、指紋等の物証の採取も職務に含まれ、その能力は捜査一課の鑑識を上回ると公安側は自負している。

「お願いします。データはパソコン本体とＵＳＢメモリーにコピーしておきました。暗号解除はそちらを使ってできますので」

指紋が消えないようにティッシュペーパーで包んで手渡すと、それを内ポケットに仕舞い込み、不安げな表情で高坂は言う。

「井川の殺害はそうしなきゃいけない事情が向こうにあったわけで、たまたまおまえが現場に居合わせたに過ぎない。だとしたらタイムリミットが迫っている可能性があるな」

「例の三人になにか動きは？」

「定位置にとどまっている。ただその三人が実際にテロを実行するかどうか。下請けがいるかもしれないし、あるいは――」

高坂は口ごもる。不穏な思いで唐沢は言った。

「久美子のときのように、誰かを騙して爆発物を搬入させるかもしれない」

「外国のテロリストが絡んでいるとしたら、自爆テロの本家本元だからな」

高坂は焦燥を滲ませた。

6

翌日早く、渋谷署の小会議室で、唐沢は現場資料班の岡田進（おかだすすむ）という若い警部補と向き合っていた。ホテル・エルグランデでの一部始終を語ったうえできっぱりと言った。

「オープンにできるのはそこまでだ。井川をカーンが付け回していた証拠はいくらでも提示できる。あとはすべて捜査上の重大機密だ」

「しかし現場のホテルの防犯カメラにも、周辺のホテルや店舗の防犯カメラにもカーンという男の姿は映っていませんでした。あなたは何ヵ所かに映っていましたけどね。井川とは個人的な遺恨もあったと聞いているし」

「井川が勝手に敵意を向けていただけだ。その井川に逮捕状が出た。容疑はテログループに対する情報の漏洩だ。つまり井川は重要な証人でもあった。その井川を殺す理由がどこにある？」

「そこまでは言ってませんよ。不審なことがあれば糾明するのが我々の仕事ですから」

「そんなくだらないことで捜査にブレーキをかけて、もしテロを防げなかったら捜査一課は責任をとるのか。そのときは庶務担当管理官だろうが一課長だろうが首が飛ぶ。あんたのボスは、そのあたりがわかっていないようだな」

強い口調で唐沢は言った。動揺したように岡田は応じる。

「あなたがやったと決めつけてるわけじゃないですよ。我々はあくまで初動で情報を収集するのが仕事ですから」

「だったら、もっとしっかり仕事をしろよ。凶器は見つかったのか」

「まだです。ホテルの中も外も、周辺の路地や側溝もすべて探したんですが」

「使われたのは?」

「傷口から推定して、刃渡り二〇センチ以上のサバイバルナイフです」

「わずか数分のあいだに井川を殺害し、そんなでかい刃物を始末して、さらに従業員を呼びに行く芸当ができると思うか」

「難しいですね」

岡田は首を傾げる。唐沢は断言した。

「不可能だよ。室内に遺留物は?」

「待ってくださいよ。あなたは捜査上の機密だといって肝心なことは明かさない。こっちにだって捜査上の機密はあるんですよ」

「いいか。おれたちは大勢の人の命を預かっている。こんなつまらない話で油を売っていないで、早くカーンを捕まえろよ。井川が殺された以上、そいつは事件解決の数少ない糸口だ。帳場はいつ立つ?」

「もうじき特捜開設電報が出ます。きょうの午後早くには渋谷署に帳場が立つでしょう。そのときはあなたからも正式に事情聴取することになるかもしれない」

「あくまでおれを被疑者扱いするわけか」

「何度言わせるんですか。通常の捜査手順です。カーンという外国人については我々も継続して捜査します」

「うちと合同でやる話は出ていないのか」

「公安から話が来てはいるんですが、庶務担当管理官が首を縦に振らないようなんです」

「その庶務担当管理官、どういう頭のつくりになってるんだよ。いま起きている事態の意味がわからないのか」

「こっちはあくまで殺人事件としての扱いで、テロ予告事件とは捜査手法が違いますから」

「庶務担当管理官がそう言い張っているんだな。あんたも本気でそう思っているわけか」

「私は収集した情報を上に伝えるだけです」

「だったらちゃんと伝えてくれ。死体が出てから時間無制限でホシを追えばいいあんたたちと違って、こっちは一秒の差で大勢の人の命が失われるぎりぎりの捜査をやっている。公安と刑事のいがみ合いはいまに始まったことじゃないが、せめて邪魔だけはしないでくれと——」

突き放すように言って唐沢は席を立った。

7

渋谷署を出てそんな状況を高坂に電話で報告し、信濃町の分室に戻ると、本庁の帳場に出向いていていたメンバーもこちらに帰っていた。

高坂と相談した今後の捜査方針を唐沢は彼らに伝えた。カーンに関してはとりあえず渋谷の帳場に任せる。分室のメンバーは、いま捜査線上に上がっている関係者全員を徹底的に行確する。さらに突発的なテロ決行に備えて、攻撃対象の企業や団体の施設の警備も固める。まだ機動隊を前面に出すのはリスキーだが、私服の捜査員を一定程度張り付けて、周辺での不審な動きに目配りする——。

「本庁の帳場の連中も投入するんですね」

木村が訊いてくる。唐沢は頷いた。

「いよいよ総動員態勢だ。人員が足りないようならさらに近隣の所轄から人を集める」

「殺人班は唐沢さんに目をつけているそうじゃないですか。そっちはどうなるんですか」

山岸が問いかける。同じ捜査一課に所属する立場としては、そこはもちろん気にかかるだろう。強い思いで唐沢は応じた。

「捜査一課を馬鹿にするわけじゃないが、殺人班はことの重大性を理解していない。任意の事情聴取なんてふざけた話には応じない。逮捕状でもとられたら別だが、まさかそこまではできないだろう」

「いいじゃないですか。そのときはおれたちが楯になって逮捕状の執行を妨害しますよ。事件が解決すれば唐沢さんの無実は立証できますから、犯人蔵匿罪も成立しません」

滝田は極端なことを言い出すが、たしかにいま逮捕されている暇はない。唐沢は言った。

「それは心強いが、こういう事案で二つの帳場がいがみ合えば、世間の笑いものどころか国民の敵だ。向こうにもそのくらいの脳味噌はあるだろう。じゃあ、行確の分担を決めてすぐに張り付こう。これからは二十四時間態勢だ」

そのとき唐沢の携帯が鳴った。高坂からだった。

「いま公機捜から連絡があった。いちばん新しい指紋は井川のものだった」

「というと、もっと古いものも？」

「井川の指紋で上書きされていたが、最新の解析技術で、その下の指紋も採取できた」

「誰のかわかったんですか」

「なんと越川裕子だよ。警察庁の犯歴データベースに指紋が登録されていた。十数年前に大麻取締法違反で逮捕されている。所持していたのが微量だったため、執行猶予付きの懲役一年で済んだようだ」

「井川と接触があったとは驚きですね。だったら越川を任意同行しましょうか」

「そうすべきだな。ＳＤカードのパスワードを知っている可能性が高い」

「じゃあこちらで動きます。本庁の帳場だとメディアの目につきますから、分室に引っ張りましょうか」

「それがいいな。聴取はおまえに任すよ」

「わかりました。谷沢、高木、村本、勝俣、もちろんハンクスには二十四時間態勢で張り付きます。人員の補充をお願いします」

「ああ。佐伯さんに調整を任せてある。必要ならいつでも言ってくれ」

高坂は力強く請け合った。電話の内容を説明すると、滝田が勢い込んだ。

「いますぐ私が江東区に向かいますよ。井川の件もありますから、そっちにも手を回されたらまずい」

越川と井川がＳＤカードの指紋で繋がった以上、滝田の言葉も杞憂とは言えない。

「僕も行きます、自宅も勤め先の幼稚園も把握していますので」

木村も手を挙げる。焦燥を隠さず唐沢は言った。

「頼む。呼び出しは頭数が多いほうがいい。山岸も付き合ってやってくれないか。おれも一緒に行きたいところだが、これから渋谷署の帳場と一悶着あっても困るから」

一時間後、木村から連絡があった。困惑を露わに木村は言う。

「まずいですよ。越川裕子が行方不明です」

「どこかへ出かけているのか」

「自宅にはもちろんいません。勤め先の幼稚園に出向いたら、きょうは無断欠勤しているそうです。連絡をとろうとしても携帯が通じない。着信拒否とかじゃなく、電源が切れているようなんです」

迂闊だったと唐沢は歯嚙みした。井川とカーンの追跡に集中し、越川や村本、勝俣たちの行確に手が回らなかった。そのわずか一日の隙を突かれたとしたら結果は最悪だ。井川のように殺害されたとしたら、重要な情報ルートがまた一つ断たれたことになる。

「これから自宅周辺で聞き込みをします。幼稚園にはきのうは出勤しており、定時に帰ったそうです。なにか起きたとしたらきのうの夕方からきょうの朝にかけてで、不審な動きを目撃している人がいるかもしれません」

木村は焦燥を滲ませる。さっそく連絡すると、打てば響くように高坂は応じた。

「だったら助っ人がいるな。本庁からじゃ時間がかかるし捜査員に土地勘もない。城東署の警備課から人を出してもらおう」

「お願いします。行確中の連中にも伝えておきます。なにか新しい動きがあるような気がします」

さっそく手配すると言って、高坂は通話を切った。唐沢は同報メールで行確中の捜査員にその事実を伝え、状況を報告するように指示をした。すぐに返ってきた報告では、村本と勝俣はどちらも事務所に籠っていて、とくに動きはなさそうだ。高木はつい先ほど事務所を出て、向かった先は東京簡裁だったとのことで、きょうは本業で忙しいようだ。

問題は谷沢で、ホテルのフロントで確認すると、けさ早くチェックアウトしたという。向かった先はわからない。居住地のシンガポールに戻ったとしたら、日本とのあいだで犯罪人引渡し条約が締結されていないから、逮捕は著しく困難になる。入管当局に協力を求めれば出国したかどうかの確認はできるが、逮捕状が出ているわけではないから阻止はできない。

君野に問い合わせると、谷沢の空売りは継続的に進んでおり、ときおり安値買いが入って揉み合うが、もしテロが実行されれば、標的の企業の株はもちろん日本株全体が暴落し、谷沢はそこで買いを仕掛けて、莫大な利ざやを稼ぐはずだと懸念を示す。

すべてが悪いほうに転がりつつある。犯人グループは、最初の三ヵ月の猶予を勝手に一ヵ月に短縮した。その一ヵ月の猶予もおそらく守る気はないだろう。

予告自体が罠だったと考えれば納得がいく。期限が近付けば警察は警備に総力を挙げる。しかし猶予期間を信じさせておけば、それまでは負担の大きい警備態勢はとらないはずだ——。そんな計算のうえでのテロ予告だとしたら、不意打ちをされた場合は対処できない。


夕刻になって、木村から連絡が入った。

「惧れていたことが起きましたよ。越川裕子の死体が出ました」

落胆を覚えて唐沢は問い返した。

「殺されたんだな」

「ええ。区内の親水公園の木立のなかで、喉を切り裂かれて——」

木村は声に憤りを滲ませる。慄きを覚えて唐沢は言った。

「井川と同じだな。カーンかどうかはわからないが、ISがらみの連中が関与しているとしたら、いかにもやりそうな手口だよ」

二〇一五年にISによって処刑された日本人二名は刃物で首を切断された。首をかき切るというのは、イスラム系のテロリストが好む殺害方法で、ISの支配地域ではそんな事例がいくらでもある。

「そこまでやってくるということは、ハンクスのグループのテロ計画も、決してブラフではありませんね」

怖気を震うように木村は言う。

「そういう連中が関与しているとなると、9・11同時多発テロ並みの被害も想定できる。それが防げなかったら、公安刑事としてのおれの人生は終わりだよ」

唐沢は重いため息を吐いた。犯人グループに繋がる太い糸が断ち切れた。あとは村本と勝俣を任意同行するしかないが、どちらもハンクスとより近い。それがテロ実行のトリガーとなる可能性は越川裕子よりはるかに高い。

木村との通話を終えたところへ、間を置かずに携帯が鳴った。ディスプレイを見ると、記憶にない番号だ。怪訝な思いで応じると、聞いたことのある声が流れてきた。

「現場資料班の岡田ですけど、ちょっと時間がとれませんか」

「まだおれを追っかけ回そうというのか」

「そうじゃないんです。じつは上に内緒で会いたいんですよ」

「どういうことなんだ」

「さっき渋谷署に帳場が立ったんですが、現場にあった物証で気になるものがありまして。あなたにそれを提供したいんです」

思いがけない申し出に当惑した。

「物証って、いったい？」

「帳場の連中は無視しています。事件とは関係ないとみているんですが、ひょっとして、そちらにとっては意味があるんじゃないかと思いましてね」

岡田とは午後七時に四谷の喫茶店で落ち合った。岡田が差し出したのは、証拠品収納用の透明ビニール袋に入った井川の名刺だった。

「本人のじゃないか。物証としての意味は乏しいだろう」

「だから渋谷の帳場では誰も気にしないんですよ。裏を見てください」

言われてひっくり返すと、ボールペンで書かれたアルファベットと数字がランダムに並んだ文字列がある。唐沢は閃(ひらめ)いた。

「パスワードか」

「そんな感じです。そちらが追っている事案に関係するんじゃないかと思って」

「どこにあったんだ」

「背広の内ポケットです。名刺入れにあったんじゃないですから、メモ用紙代わりに使ったんじゃないでしょうか」

「そうかもしれない。預かっていいか」

「それはできません。証拠品リストに入っていますから、紛失したら私の責任になります」

「この名刺に指紋は？」

「本人のものだけでした」

「わかった。メモだけとらせてもらう。しかしあんたも大胆なことをするな。ばれたら大変なことになるだろう」

「そっちが黙っていてくれれば、ばれる心配はないですよ。私だって、渋谷の帳場はそちらと合流するのが筋で、庶務担当管理官の決定はピントが外れていると思います。そのせいで大勢の死傷者が出るかもしれない。そんな状況を見過ごせませんから」

岡田は深刻な口ぶりだ。捜査一課殺人班にも、まともな人間が一人いてくれて助かった。

「恩に着るよ。絶対に表には出さないから」

「役に立ちそうですか」

「たぶんね。事件解決の突破口になるかもしれない」

唐沢はその文字列を手帳に書き写し、気ぜわしい思いでその場を辞した。

信濃町の分室に戻り、ＳＤカードからコピーしておいたフォルダーをクリックする。現れたダイアローグに名刺の裏にあった文字列を入力すると、圧縮フォルダーが解凍された。

そこにあるのは二つの文書ファイルで、一つ目を開いてみると、アラビア文字で書かれていて判読できない。さらにもう一つを開くと、そちらは英語で表記されていた。

その内容は驚くべきものだった。

8

翌日、本庁の帳場は一気に動いた。

大田区大森北三丁目の賃貸マンションでは、シリア国籍のムハンマド・カディフという男が、爆発物使用予備罪で現行犯逮捕された。

室内には二〇キロのセムテックスと起爆用の雷管があり、それを収納するためと思われるスーツケースがいくつもあった。普通のビル一つ破壊するには二、三〇〇グラムで十分とされるから、その量はテロ予告を受けた企業や団体すべての施設を破壊してもたっぷりお釣りがくるほどだ。全量が使用されれば9・11テロで倒壊したワールドセンタービルを十数棟破壊できると、ガサ入れに同行した警備部爆発物処理班の係長は言った。

さらに北区赤羽台二丁目の賃貸アパートにはインドネシア国籍のユスフ・アリという男がいた。こちらは危険なものは所持していなかったが、二年以上オーバーステイしており、入管法違反の容疑で逮捕された。室内からは攻撃対象の企業の施設を中心とした地図や何枚もの偽造国際免許証が見つかった。

三人目は豊島区上池袋四丁目のシェアハウスのオーナーで、日本国籍を取得しているウサイン・サイード。旧国籍はバングラデシュだった。当人の住居はシェアハウスの二階で、一階には十部屋ほどがあり、そこには不法滞在しているバングラデシュやインドネシアの若い男女が暮らしていた。サイードはその若者たちを埼玉県で経営する廃車解体ヤードで働かせており、自身も不法就労助長罪で逮捕された。

それらの場所はすべて位置情報の追跡で把握していた三人のいたエリアに含まれており、彼らの所持していた携帯の番号はハンクスと通話したときのものと一致した。

彼らの所在が発覚したのは井川が残したSDカードに保存されていた文書からだった。それは予告テロ事件の作戦計画書というべきもので、英語とアラビア語の二種類があり、どちらも内容は同一だった。

どうして井川がそれを入手できたのかはわからない。SDカードの指紋から考えれば越川裕子からと見るのが妥当だが、井川と越川の接点がどこにあったのかもわからない。

しかしそこには標的の企業や団体の地図、攻撃計画、さらにメンバーのリストまでが事細かに記載されていた。もちろんそれぞれは偽名だが、そこに併記されている携帯番号から、全員がグループのメンバーだということが確認された。

逮捕された三人の偽名はコウイチ、アキラ、ケンジという日本人風の名前で、さらにトシオというメンバーがいて、併記された携帯番号からそれがハンクスだと判明した。

上池袋のシェアハウスに居住していた若者は全員がイスラム原理主義の信奉者で、自爆テロの要員だとみられた。おそらくサイードはその指導者で、シェアハウスのサロンにはイスラム原理主義関係の書物やテロ実行の教科書とみられる印刷物が多数置かれていた。

そこまでの事実が判明してなお、ハンクスを同時に逮捕しなかったのには理由があった。彼らは慎重で、セムテックスと起爆装置を二ヵ所に分散して保管していた。そのうちの一ヵ所が大森北在住のムハンマド・カディフのマンション。もう一ヵ所がトシオの偽名をもつハンクスのいるマンションだった。どちらかが検挙されれば、もう一方が報復攻撃を仕掛けるというプランだ。

一気に検挙に踏み切るとしても、複数箇所となれば時間差が生じる。どちらかがそれを察知した場合、その場で自爆することもあり得るし、安村のときのように爆発物を楯に籠城されることもある。とくにハンクスに関しては、生かして逮捕しなければ、谷沢を含む黒幕たちの追及も出来なくなる。

三ヵ所のガサ入れは、万一に備えて機動隊や爆発物処理班も動員しての物々しい態勢で行われ、その情報はメディアでも報道された。当然ハンクスは外堀が埋められたことに気づいているはずだ。こちらが検挙に乗り出したとき、ハンクスがどう出るかは予断を許さない。しかし分散した敵を相手にするよりも、ハンクス一人に集中できる現在の態勢のほうが遥かにやりやすい。

9

サイドたち三人を逮捕した翌日、唐沢たちは満を持してハンクスの検挙に乗り出した。「レクリア四谷」の住人は、ハンクスのいる五〇三号室を除き全員を公民館に退避させた。さらに周囲二〇〇メートル以内の住民も同様に退避してもらい、機動隊を動員して一帯を完全に封鎖した。

高坂を含む帳場と分室の主だったメンバーは、マンションから一〇メートルほど離れたエントランスが見通せる場所に防弾装甲の特型警備車を駐め、それを指令車とした。爆発物処理班の専用車両もすぐ近くで待機する。防弾装甲とは言っても、超高層ビルをいくつも破壊できるほどの量のセムテックスの爆発に堪えられる強度はないわけで、それ自体、命懸けの布陣というべきだろう。

カディフのときは不意を突いてのガサ入れだったからドアを蹴破って踏み込めたが、ハンクスのほうは警察の動きをすでに察知しているはずだ。その性格からすれば考えにくいが、迂闊に踏み込むと自爆する惧れもないとは言えない。

圧力をかけるために、きょうは積極的にマスコミに情報を流している。万一の危険に備え、取材用の車両やヘリコプターの進入は禁止したが、電話での取材には随時応じている。

ハンクスはテレビやラジオでその情報に接しているはずだ。

交渉役には唐沢が指名された。もちろんそれは望むところだ。

まずは電話を入れてみる。これまではこちらからかけても一度も応答しなかった。電話で話ができなければ、直接戸口に向かうしかない。そこで二〇キロのセムテックスを起爆されたら、唐沢の人生は一瞬にして消える。

二十年前のあの日、久美子が生きた世界もそうやって消えた。久美子の意思によるはずがない。そう確信してきょうまで生きてきた。助けを求めていた久美子を救えなかった――。その負い目こそ、きょうまで自分を生きさせた原動力だともいえる。その死の真相を知る唯一の人物、そしておそらく彼女を殺した張本人。そのハンクスに相まみえるチャンスがようやくやってきた。

きょうは着信拒否のメッセージが流れない。呼び出し音が五回ほど鳴り、忘れもしないあの声が応答した。かつてのニックネームで唐沢は呼びかけた。

「ハンクス。おれだよ。レオナルドだよ」

ハンクスは驚いた様子もなく問い返す。

「なんの用だ」

「自分がどういう状況にいるのかわかっているだろう。いますぐ投降しろ」

「冗談を言うなよ。おまえたちこそ命は惜しくないのか。おれが起爆装置のボタンを押せば、この一帯は瓦礫の山と化す。機動隊やら公安関係者がうろうろしているようだが、そいつらにだって妻や子供はいるだろう」

「ところが、おまえのようなろくでなしのテロリストを検挙するために、全員が体を張っている。そのためには命を捨てる覚悟だってある。しかしおまえにはそれがない」

「おれを舐めているのか。この国の政治家と企業による卑劣な帝国主義的野望を打ち砕くためなら、いつでも命を擲つ覚悟はできている。その飼い犬のおまえたちを地獄の道連れにするくらい屁とも思わない」

「相も変わらぬ低次元な思想だな。日本国内じゃ相手にされなくて、今度は外国人頼みか。お仲間は全員検挙した。残るはおまえだけだ。いま投降すれば死刑にまではならない。自分が死なないやり方が好みじゃなかったか」

　携帯でのやり取りを車内のスピーカーでモニターしている高坂や佐伯たちは、そんな唐沢の挑発的な言葉にやや不安げな様子だが、敢えて止めようとはしない。

　もちろん唐沢には勝算がある。あの安村とは違い、ハンクスに大義のために命を擲つような覚悟はない。安村は人質を道連れにせず自ら命を絶った。しかし今回のテロ計画にしても、ハンクスたちは純真なイスラム教徒の若者を、死を厭わない原理主義者に洗脳していたようだ。人の命を道具に使う、そういうテロに唐沢はいかなる大義も認めない。

「ケイトが死んだのは、おれに騙されたからだといまでも信じているらしいが、彼女は真の革命家だった。おれはいまでも彼女を尊敬し、愛している。ところがおまえは自分が捨てられたのも気づかずに、いまだに恋人面をして、妄想にふけって生きている」

唐沢の心の傷をいたぶるように、ハンクスは久美子のことをかつてのニックネームで呼ぶ。憤りを抑えて問いかけた。

「どうしてそんなことがわかるんだよ」

「情報のパイプはいくらでもあるんでね」

「井川とつるんでいたわけか」

「あんなの、ただの使いっ走りだよ」

「使いっ走りなら仲間でも殺していいのか。井川も越川裕子も殺された。手口は同じで、どちらも喉をかき切られた。やったのはカーンという男だ。指示したのはおまえか」

「おれじゃない。殺されたって本当なのか」

当惑したような口振りだ。唐沢は言った。

「だったらおまえも使いっ走りの一人か。いい歳をして中身のなにもない反日反米思想を看板に、趣味の人殺しに興じる。ところがその妄想を利用して、おまえを食い物にする一枚上手の悪党がいる。わずかな金を供与しておまえにテロを実行させて、濡れ手で粟で何百億もの金を稼ぎ出す。そういう人間こそ、おまえたちの言う人民の敵じゃないのか」

「だれのことを言っている？」

「谷沢幸一だよ。そういう人物をスポンサーにした赤色テロなんて、理論的破綻もいいとこだ。おまえに革命を語る資格なんてない」

「だからどうだと言うんだよ。目的さえ正しければ方法はなんでもいい。谷沢のような男だって利用する価値はある」

「もう遅い。谷沢はシンガポールへ逃げた。実行部隊は全員検挙した。すべては終わった。おまえにできることはなにもない」

「まだあるぞ。おまえたちのような権力の犬を血の海に沈めてやるくらいは十分できる。それが嫌ならヘリコプターを用意しろ」

「ヘリコプター？」

「屋上でホバリングさせろ。それに乗って羽田まで行く。そこに旅客機を待機させるんだ。一万キロ以上飛べる機体だ。おれは二〇キロのセムテックスを背負って搭乗する。ふざけたことをしたら自爆する。そのときは高価な機体がパイロットごと粉みじんだ」

「おまえみたいな時代遅れのテロリストを受け入れてくれる国なんて、世界のどこにもないぞ」

「そんなことはない。北朝鮮もあればシリアもある。ほかにもテロリストに寛大な国はいくらでもある。それなりの持参金があればな。そっちは谷沢が用意してくれる」

「おまえはもう用済みだ。強欲な谷沢がそんな金を払うわけがないだろう」

「あいつだって、喉笛をかき切られて死にたくはないはずだ」

「井川と越川裕子の殺害は、やはりおまえの指図によるものなんだな」

「おれは関与していない。カーンみたいな殺し屋は世界中のどこにでもいるんだよ」

「一つ教えてくれないか。久美子はどうして死んだ」

「言っただろう。革命のために命を捧げた」

「だったら事件の直前に、どうしておれに助けを求めた？」

「いろいろ迷いはあったんだろうよ」

「あのスーツケース爆弾には時限装置がセットされていた。自爆なら必要ないはずだ」

なにか琴線に触れるところでもあったのか、ハンクスは唐突に憎悪を漲らせた。

「だったら教えてやるよ。あの女はおれを裏切った。テロを決行するふりをして、苦労してつくったあの爆弾を警察に持ち込んで自首しようとした。そんな気配を察知したからタイマーをセットしてやった。急におまえとよりを戻そうとして、あいつはおれを警察に売ろうとしやがったんだよ」

久美子はあの日、ハンクスの監視の目があって、テロ決行を演じるしかなかったのかもしれない。その現場に自分を呼んだのは、そんな窮地から救ってくれるのが唐沢だけだと思ったからだろう。しかしその爆弾にタイマーがセットされていることを久美子は知らなかった――。吐き捨てるように唐沢は言った。

「とことん卑劣な男だな」

唐沢の心を襲ったのは、憤りではなく悲しみだった。窮地にあった久美子を救ってやれなかった自責の念だった。最初に助けを求められたとき、なんであれ行動していれば、悲劇は起こらずに済んだのだ。久美子が自分を捨てたと思い込み、明らかにあのときの自分は冷淡だった。素っ気ない調子で唐沢は言った。

「残念だが、ご希望には応じられないな。つべこべ言わずに投降するんだ。おまえに自爆なんかできるはずがない」

ぎりぎりの状況で犯人と対峙するとき、刑事には不思議な共感が生まれるものだ。あの安村との交渉のなかで、人質はもちろんのこと、唐沢は安村にも本気で生きて欲しかった。それはある意味、友情にも似たものだ。しかしここまでのハンクスとのやりとりに、心に響くものはなにもない。

「舐めてかかって後悔するなよ。おれが持っているセムテックスの量からしたら、ここを包囲している全員が人質だ。いくら大口を叩いても、本音じゃだれも死にたいとは思わない。おれにそれをさせようというんなら、おまえこそ血も涙もない大量殺戮者だ」

太々しい調子でハンクスは応じる。足元を見透かすように唐沢は言った。

「だったらおれを除く警察関係者は、全員半径二〇〇メートルの範囲外に退避させる。そのあとおれが一人で出向いて、ドアをぶち壊し、おまえを検挙する。自爆したけりゃすればいい。死ぬのはおれとおまえだけだ」

さらりと言ってのけたその言葉に、高坂と松原が顔を見合わせる。第五機動隊副隊長の秋田信正も、慌ててこちらに視線を向けてくる。

安村の事件では強引な射殺作戦を敢行し、危うく人質を巻き添えにするところだった警備一課長の柳原は、爆発物の量に怖気づいてか、今回は臨場の要請に応じなかったらしい。

「馬鹿なことを考えるなよ。おれだっておまえだって、死んで得することはなにもない」

ハンクスはうろたえる。唐沢はさらに押していく。

「それなら投降すればいいだろう」

「だったら自爆する。いいよ、道連れはおまえ一人でも――」

ハンクスは開き直ったように応じるが、その語尾がひどく震えている。久美子、川内、加えて井川と越川裕子の殺害にも、やはりハンクスは絡んでいるのだろう。たとえ教唆でも殺人罪は適用される。これだけの人間を殺せば極刑は免れない。ここまで投降を渋る理由はほかに考えられない。時間を稼ぐ必要があるから、唐沢はわずかに引いて見せた。

「じゃあこっちも検討する。結論が出たら電話を入れる。着信拒否はするんじゃないぞ」

脅しつけるように言って通話を切った。慌てた様子で高坂が言う。

「ちょっと待て。ボタンを押す可能性が一〇〇パーセントないわけじゃないだろう。そんな特攻隊のような作戦、おれは認めない」

「あいつにそんな勇気はありません。まかり間違ってやられてもかまいません。私にとっては殺しても飽き足りない相手です。しかし警察官である以上、それはできない。そういうかたちで刺し違えられるなら、私にとってはむしろ本望です」

唐沢は本音を吐き出した。久美子の殺害への報復だけの話ではない。湧き起こっているのはハンクスという男への堪えがたい憎悪だった。

惨殺された井川の姿が瞼に浮かぶ。越川もまた同様に殺された。それを防げなかった自身への慚愧もむろんある。ハンクスが直接手を下したわけではないにせよ、人の命を虫けらのように扱いながら、革命の戦士気取りで偉そうな口を利く。そんな男が同じ人間として生きていること自体、いまや到底許せない。

「だめだ。要求どおりヘリを飛ばすしかない。警察のヘリならいつでも出動できる。機内にSATの隊員を隠しておいて、隙をみて取り押さえる。場合によっては射殺する」

高坂は高坂で大胆なことを口にする。むろんこうした籠城事件で犯人が逃走手段を要求したとき、とりあえずそれに応えておいて、移乗するとき一瞬の隙をついて検挙するというのはセオリーだ。しかし今回に関しては、失敗したときの実害が大きすぎる。

「下手をしたらヘリの乗員もSATの隊員も死にますよ。オフィス街や住宅地で爆発が起きたら、地上にも被害が及びます」

「だったら狙撃はできないか」

　松原が身を乗り出す。秋田が首を横にふる。

「SATの先乗りチームが確認したんだが、五〇三号室は窓を閉め切ってカーテンも引いている。周囲は戸建ての家が多くて、適当な狙撃場所もないらしい」

「私を信じてください。心配はありません、ハンクスが自爆するなんてありえない」

　唐沢はふたたび主張した。高坂の案も松原の案もリスクは伴う。むしろ失敗したときの被害はより大きい。黙って話を聞いていた木村が口を開く。

「唐沢さんの案に賛成です。ただし、僕も一緒に向かいます。ドアを壊すのは得意ですから。ほかのみなさんは退避してください」

　滝田も臆する様子なく手を上げる。

「おれも行くよ。唐沢さんの読みに賛成だ。ハンクスは自爆なんかまずできない。ほとんどあり得ない可能性を惧れていま取り逃がしてたら、べつのところでまた新しいテロをやらかすに決まってる」

「おい、待てよ。それじゃおれたちがへたれになっちまう。機動隊はこの一帯でがっちり警備を固めるよ。上と相談してSATの出番もつくるから」

　秋田が慌てだす。テロなら本来は警備部の事案だ。ここで逃げれば恥さらしだという思いもあるだろう。しかしいまやろうとしている作戦なら、申し訳ないが機動隊が出る幕はない。それだけのために命の危険にさらされる隊員が気の毒だ。面子を潰さないように唐沢は応じた。

「とりあえずＳＡＴがバックアップしてくれれば心強いです。自爆されてしまえば、現場に機動隊員が何人いようと被害は防げませんので」

「理屈はたしかにそうだが、おれたちにだって心意気というものがある。ＳＡＴのほかに爆発物処理班も居残ることにするよ」

「有難うございます。それは心強いです」

ハンクスが自爆する可能性はまずないし、もしやられたら周辺にいる全員が粉みじんになる。唐沢からすれば意味のないバックアップだ。秋田もそこはわかっているはずだが、やはり退避はありえないと考えているようだ。

「おれもここに張り付くよ。ただしみんなに強制はしない。おまえたちはどうする？」

高坂は問いかける。車内にいる公安の捜査員全員が躊躇なく頷いた。松原も問いかける。

「おれだって引けないよ。おまえたちは？」

特殊犯捜査係のメンバーも頷いた。彼らはＳＩＴの異名でも呼ばれ、立て籠りやハイジャックなどにも対応するＳＡＴと並ぶ実力部隊の側面をもつ。秋田はきっぱり言い切った。

「機動隊も全員居残るよ。ここはおれたちの現場だ。これで逃げるようなら、日本の警察に機動隊なんて必要ない」

10

「ハンクス。おまえはもう逃げられない。ドアを開けろ」

二時間後、唐沢はレクリア四谷五〇三号室の戸口からインターフォンで呼びかけた。切迫した声でハンクスは応じる。

「ヘリを用意しろと言っただろう。それともいまここで死にたいのか」

「ご期待に沿えなくて申し訳ないが、テロリストの要求に屈するわけにはいかないんだよ。投降する気がないんなら、ドアをぶち破って踏み込むぞ」

「出来るもんならやってみろ。一緒に死ぬのはおまえだけじゃない。封鎖されたエリアには、いまもずいぶん警官がいるようじゃないか。強がって見せているんだろうが、セムテックス二〇キロの爆風は、痩せ我慢して堪えられるもんじゃないぞ」

ハンクスは強気を崩さない。しかしその内心を表すように、声はかすれて語尾が震える。

唐沢もむろん緊張している。当初の考えでは、ハンクスと対峙するのは自分一人で、残りの人間はすべて危険地域から退避するはずだった。ところが全員が居残ることになった。

自分一人ではなくそのすべての命を懸けての行動となれば、背負う責任は遥かに重い。

傍らでドア破壊用のハンマーを握る木村の顔も強張(こわば)っている。滝田は背広の前を開いて、ショルダーホルスターから覗く銃把に手をかけている。

山岸を筆頭に特殊犯捜査係の三名の刑事たちも拳銃を両手持ちして待機している。こうした突入は彼らのほうがプロフェッショナルだが、ハンクスを刺激するのはできるだけ避けたいという考えから、まず唐沢が部屋に入り説得するという段どりだ。

ＳＡＴの急襲チームはマンションの屋上にいる。唐沢たちの突入にタイミングを合わせてラペリング（懸垂下降）でベランダに下り、必要なら窓ガラスを破って突入する。

唐沢が頷いて促すと、木村は重いハンマーをドアノブに叩きつける。二度、三度と叩くと、ドアノブがごろりと外れた。ドアを開くとさらにドアチェーンが掛けられている。山岸が素早くワイヤーカッターを差し込んで切断する。

開いたドアから唐沢は室内に踏み込んだ。山岸と滝田が銃を構えて背後に張り付く。自爆する可能性はないと確信はしていても、さすがに緊張で喉が渇く。

「ハンクス。いや、溝口俊樹。逮捕状が出ている。テロ等準備罪容疑と爆発物使用予備罪容疑だ」

声をかけながら廊下を進み、突き当たりのドアを開けると、そこがリビングルームだった。

生活用品や食料品の入った段ボール箱やレジ袋があちこちに散らばり、部屋の中央にソファーセットがある。壁際には薄型テレビが置かれている。ソファーテーブルにはノートパソコンがあるが、ほかには家具や備品といえそうなものはない。

　やや大き目のリュックサックを傍らに置き、ハンクスはソファーに座って、暗い表情で唐沢を睨め付ける。かつてグループ・アノニマスの集会で会ったときの闊達で如才ない印象は消え失せて、敵意と不安がない交ぜになった眼差しと、血色の悪い憔悴した印象が、追い詰められた獣のような心境であることを物語る。窮鼠猫を嚙むという諺もある。自爆などするはずがないという確信がわずかに揺らぐ。

「死にに来たのか。おまえ一人じゃ怖くて、道連れを何人も連れてきたようだな。だったら希望に応えてやるしかないな――」

　ハンクスは手にした小さな装置をかざしながら、傍らのリュックサックを目で示す。

「このなかに雷管付きのセムテックスが二〇キロ入っている。これは無線式の起爆装置で、ボタンを押すだけで爆発する。もう一度考えたほうがいいぞ。安全装置は解除してある。ボタンは押すと言ったって軽く触るだけだ。おれを射殺しようとしても、撃たれた瞬間にボタンは押せる。なんなら試してみたらどうだ」

「試してみたいのは山々だが、事件の全容を解明するために、いまおまえを死なせるわけにはいかないんだよ」

　動じる素振りを見せず唐沢は言った。ハンクスの顔に安堵の色が滲む。

「けっきょく死ぬのが怖いわけだ、そんな飛び道具を構えていられると落ち着いて話せない。引っ込めてくれないか」

「残念ながら、それは逮捕したあとの話で、いまおまえと話すことはなにもない。そのたちの悪いおもちゃを捨てて投降するんだ。おまえが生きる道はほかにない」

「どこまで頭が悪いんだ。おれが本気なのがまだわからないのか」

ハンクスは動揺を露わに手にした起爆装置を振り回す。本気ということならこちらも同じだ。滝田と山岸が拳銃を構えて唐沢の傍らに歩み出る。その表情に怯えの色はない。

弱みを見せれば付け込まれるという判断もあるだろう。しかしおそらくそれだけではない。ここまでのやりとりと、いま目の当たりにするハンクスの哀れな悪あがき——。それに屈したら警察官としてのプライドが瓦解する。そんな唐沢の思いを彼らも共有しているはずなのだ。

「おれたちだって本気だよ。投降しないなら、おまえの頭を吹き飛ばしてもいいと上から許可はとってある。そのときおまえがボタンを押せるかどうかだ」

その点に関しては最大の賭けになる。ＳＡＴと爆発物処理班の考えは二つに分かれた。ハンクスがボタンを押すような素振りを見せたとき、遅滞なく射殺すればボタンは押せないという見解と、撃たれたショックによる筋肉の反応で指に力が入ってしまい、起爆しないとは言い切れないという見解だ。

だったら起爆装置を持っている腕を撃てばいいという意見も出たが、筋肉の反応による起爆の可能性に関しては同様で、かつ標的としては小さく動きの大きい腕を狙っても、外れる可能性が高いというのがSATとSITの共通した見解だった。

「そんなこと、できるはずがない」

ハンクスの顔が恐怖に歪む。そこに勝機を見て、唐沢は鋭く言った。

「死にたくなければ起爆装置を渡せ」

ハンクスは起爆装置を持った手を、逡巡するように唐沢のほうに突き出した。

投降に応じる気なのか――。その目からぼろぼろと涙がこぼれ落ちる。異臭がしてふと見ると、ハンクスの股間がぐっしょり濡れている。失禁したらしい。

その様子に戸惑った。ハンクスのなかでなにかが変わった。それもより危険な方向に――。

滝田と山岸も緊張した面持ちでトリガーに指をかける。

慟哭(どうこく)とも悲鳴ともつかない絶叫がハンクスの喉から絞り出される。起爆装置に添えられたハンクスの指がぴくぴく痙攣する。滝田と山岸が判断を仰ぐようにこちらに顔を向けてくる。

そのときベランダの方向でガラスが割れる音がして、カーテンが開き、続いて銃の連射音が聞こえた。

ハンクスの頭部が弾け飛んだ。頭骨や脳髄の破片と血液が床やソファーに飛び散って、唐沢の衣服にもその一部が付着した。

唐沢は目を閉じた。一秒、さらに二秒——。なにも起こらない。目を開けると、ソファーの背にもたれてぴくりとも動かないハンクスの足元にあの起爆装置が落ちていた。

アサルトスーツに防弾ベスト、防弾バイザー付きのヘルメットを着用したＳＡＴの隊員がベランダから飛び込んできた。その手には標準装備のＭＰ５短機関銃——。

ベランダの壁からコンクリートマイクで室内の音声をモニターし、異変を感じたら突入する。ＳＡＴとは事前にそんな段どりを決めていた。ＳＡＴにとっても命懸けの作戦だった。

山岸が、携行していた携帯通信系無線機で指令車に一報を入れ、爆発物処理班の出動を要請した。

11

共犯の外国人三人は、全員がテロ等準備罪の容疑で再逮捕された。

三人の供述からは谷沢との直接の関係は立証できなかった。しかしＪＡＦＩＣが調べた情報によると、彼が著名なタックスヘイブンの一つであるケイマン諸島に設立したペーパーカンパニーから、総額五〇〇〇万ドルの資金が、やはりタックスヘイブンであるバハマの二つの匿名口座に送金されていた。

その口座の一つはインドネシアを中心に東南アジアから南アジア一帯に影響力を持つIS系テロ組織、ジェマ・イスラミアの指導者の一人のものだった。そしてもう一つの口座の隠れた持ち主が、トシキ・ミゾグチという日本人だと判明した。

特捜本部はテロ等準備罪容疑で谷沢の逮捕状を取得し、国際指名手配を行っているが、現在はシンガポールを離れてどこか他国に潜伏しているとみられ、その消息が摑めない。

村本と勝俣は谷沢の顧客だったことは認めたが、テロ計画への関与については否定した。勝俣は、ハンクスのアジトがあったマンションを訪れたのは、そこに居住する別の人物に用があったためだと言い張って譲らず、それが誰かは相手のプライバシーに関わることだからと明らかにしない。

村本はハンクスとの電話のやりとりは認めたが、相手がテロリストだとは知らず、ハンクスやカーン、勝俣とは、谷沢が主宰する投資セミナーで知り合った仲だと言い逃れる。お互いの接触はもっぱら投資に関わる情報交換だったと村本と勝俣は口裏を合わせ、ハンクスに部屋を貸したのも、そんな関係で頼まれただけで、彼の計画については一切関知していないと村本は主張する。

弁護士の高木も、自分は谷沢の顧問弁護士で、同時にファンドの顧客でもあり、高輪のホテルで谷沢と会ったのは投資に関わる相談で、やましい話はしていない、井川の弁護を引き受けたのは本人からの依頼で、井川の殺害には一切関係ないと、こちらも容疑を頑として認めない。

村本の話では、カーンはフルネームがダウード・カーン。江戸川区内で中古自動車の輸出を行う会社を経営し、日本滞在歴は十数年に及び、仕事の関係で日本とパキスタンのあいだを頻繁に往来しているとのことだった。しかし特捜本部が裏付けをとると、そんな会社は実在しなかった。村本に再度問い合わせたが、そこまでは自分も確認していなかったとしらばくれた。

カーンの行方はわからない。井川が殺害されたラブホテルの周辺でも、越川裕子が殺害された江東区内の親水公園の周辺でも、カーンと思しい人物の目撃情報は得られず、近隣の防犯カメラにもその姿は映っていなかった。

法務省に確認したが、ダウード・カーンという名で在留資格をもつ江戸川区在住のパキスタン人はいないとのことだった。おそらくそれは偽名だろう。居住地も嘘で、本人はすでに国外に逃亡しているものと思われる。

村本も勝俣も高木も、言っていることはすべて嘘だと状況証拠は物語るが、立証することは困難だ。

ところがその壁を突き破る証拠が越川裕子の家宅捜索で出てきた。越川には日々の出来事を詳細な日記に記録する習慣があったようで、パソコンに保存されていた文書ファイルの内容から、驚くべき事実が浮かび上がった。

越川はかつて井川のエスだった。村本と結婚する以前、ある左翼団体の事務局で機関誌の編集に携わった。その時期に井川は越川をリクルートし、彼女が村本と結婚し、そこを退職するまで付き合った。

その越川と井川の関係が再び始まったのが、二年前に村本と離婚する前後からだった。エスとして付き合っていたころ、井川は越川を公私にわたり面倒を見ていたらしい。公安刑事とエスとの付き合いで、そういうことはとくに珍しくもない。

そんな井川に越川が相談を持ち掛けた。最初のきっかけは村本の不倫で、井川は親身に相談に乗り、離婚したほうがいいと勧めたらしい。ところが蓼食う虫も好き好きで、そのうち二人はただならぬ関係に陥った。

そんな交際を妻に知られないように、井川は別の携帯を契約し、越川との連絡はすべてそっちで行っていた。井川の通話記録から越川の名前が出なかったのはそのためだった。その越川から人生上の相談を受けているうちに、奇妙な話が井川の耳に入った。

越川は父親の仕事の関係で少女期をエジプトのカイロで過ごし、アラビア語に堪能だった。かつて左翼団体の事務局に職を得たのも、中東の過激な民族主義勢力との連携を重視するその団体にとって、アラビア語に堪能な人材が必要なためだった。

越川のほうは左翼思想にとくに関心はなかったが、大麻所持での逮捕歴があり、まだ執行猶予中だったため、そんな団体以外にまともな職には就けなかった。その団体もやがて左翼勢力の退潮に伴って消滅した。やむなく江東区内のカラオケスナックで働いていたとき、出会ったのが村本だった。

その村本の不倫に気づき、悶々と悩んでいたある日、夫から奇妙な文書をアラビア語に翻訳するように頼まれた。政治家としては右寄りで、中東の過激な勢力とは縁がないはずなのに、それはパレスチナやシリアなど、中東のきな臭い地域の怪しげな団体に宛てた親書のようなものだった。

そのうち別の翻訳者の手当がついたのか、越川に翻訳を頼むことはなくなった。そんな話を聞かせると、井川は大いに興味を持って、村本の不審な動きを自分に知らせるように頼んできた。

エスの時代に慣れ親しんだ仕事である上に、自分を裏切った夫への復讐という意味もあり、越川は積極的にそれに応じた。夫が個人用に使っているクラウドストレージのパスワードを越川は知っており、そこからデータを抜き取っては井川に渡した。

その内容は次第におかしな方向に進み、越川の目からも明らかなテロ計画に変容していった。その情報のなかに勝俣の名前があった。

たまたま彼も井川のエスだった。井川は言葉巧みに勝俣に接近し、その計画を公安が察知していると嘘を吐き、捜査情報を流し、可能ならミスリードすると約束し、少なからぬ金銭を要求した。

しかし本音はテロ計画の決定的な証拠を握り、それを使って谷沢を強請り、億単位の金をせしめることだった。妻と離婚し警察も辞めて、二人で悠々自適の人生を送ろうと井川は越川に言った。彼女もそれを信じ、離婚してからも村本のクラウドストレージからせっせと情報を抜きとって、井川に提供し続けた。二人が殺害されたのは、おそらくそれがどこかで発覚したためだろう。

むろん井川の自宅も家宅捜索した。ＩＴ音痴だと思っていたが、必要最小限のパソコン操作はできたようで、越川から得た情報を公安刑事のセンスで整理した、詳細な手書きのノートが発見された。

そのノートの内容からは、谷沢を黒幕とし、ハンクスを実行部隊の司令塔とし、国内では自由に動けないハンクスの、いわば事務方として村本と勝俣が動いていた構図が読み取れた。案の定、勝俣のオフィスからは、テロ予告文の原文と、投函されたときと同じ封筒も見つかった。

ハンクスのネットスーパーとの契約に使われたクレジットカードは、名義は越川裕子だったが、引き落とし口座は村本の口座になっていた。おそらく離婚するまえに村本が無断でつくったものだろう。

村本、勝俣はテロ等準備罪容疑で逮捕・送検したが、高木は逮捕に至る容疑は立証できなかった。しかし予告テロ事件への関与がマスコミに派手に扱われ、度重なる事情聴取を受けたことから、所属する弁護士会は「品位を失うべき非行」を理由として除名処分を決定した。それにより、今後三年間、弁護士としての資格を失うことになる。

12

「谷沢とカーンを検挙できないのは心残りだが、あのとんでもないテロ計画を潰せて、とりあえずおれたちの仕事としては万々歳だよ。おまえも宿願を果たせたわけだし」

二人で帳場を抜け出して、行きつけの虎ノ門の小料理屋で美味そうにビールを一呷りして、高坂が満足げに言う。

勝俣たちと外国人グループを送検し、唐沢たちの帳場はとりあえず一段落ついた。渋谷と城東署の帳場は合同で井川と越川の殺害事件を追っているが、いまもカーンの行方はわからない。谷沢もどこに雲隠れしているのか皆目足どりが摑めない。

「殺しても飽き足りない男でしたが、それでも法廷でとことん裁かれるべきだった。久美子だってそう思っていたはずです」

唐沢は無念さを滲ませた。望んだのは生かして捕えることだった。しかしあのときSATが射殺してくれなかったら、自分も彼らも、指令車にいた高坂たちも、爆発物処理班も、警備に当たっていた機動隊の隊員たちも、あの現場にいた全員が死んでいたかもしれない。

あるいは唐沢の読みどおり、けっきょくハンクスはボタンを押せず、生かして逮捕できた可能性もある。しかしそれは理屈の上での可能性であり、SATの判断を唐沢は非難できない。そんな唐沢の思いを宥めるように高坂は言う。

「きょうまでおまえにハンクスへの執念を燃やさせてきたのは久美子さんの魂だった。今回のテロ計画を防げなかったら、どれだけ大勢の人命が失われたかわからない。おまえの手でそれが成し遂げられたことを、いまいちばん喜んでいるのが彼女じゃないのか」

「そうかもしれません。彼女が大切にしたのは命でした。人でも動物でも、人間によって命が失われることが堪えがたかった。この世界のあらゆる命を理不尽な死から救うために、なにができるかいつも考えていた。そんな善意を利用して、ハンクスは彼女をテロリストに仕立て上げようとした」

「テロに正義なんてものはない。殺人を手段にして実現される社会なんて、暗黒社会以外のなにものでもない」

「ところがこの世界にはいまもそういう狂気が蔓延しています。なのに我々にできることは限られている。きょうも世界のどこかで夥しい命がテロで失われていることでしょう」

「だからこそ、おれたちにはやるべきことがいくらでもある――。むしろそう考えるべきじゃないのか。じつは心配してるんだよ。ハンクスが死んでおまえが目標を失って、警察を辞めるなんて言い出すんじゃないかとね」

その読みは図星だ。唐沢は率直に言った。

「私の仕事はもう終わったような気がします。高坂さんに乗せられて、きょうまでハンクスを追い続けた。捕えてみれば、あそこまで低俗な屑だった。あんな男に殺された久美子の不幸を、この先も私は抱えて生きることになりそうです」

「それは違うよ――」

空いた唐沢のグラスにビールを注いで高坂は言う。二十年前、久美子を失い、生きる目標さえ失いかけていた唐沢に、刑事という思いもかけない人生を提案してくれた、あのときの高坂を思い出す。

「ハンクスに限った話じゃない。テロリストなんて屑しかいない。安村にしたって、思想という名の自分勝手な思い込みを暴力的手段で社会に押し付けようとした。そういう人間はいつの時代にもいる。だからそれを潰し続ける人間が必要だ。モグラ叩きみたいな仕事だが、その道を歩き続けることこそ久美子さんの魂を救うことなんじゃないのか」

高坂は真摯な表情で唐沢の顔を覗き込む。心のなかで久美子が語り掛ける。

——そのとおりよ、龍二。私が出来なかったことをあなたはやってくれた。でも辞めるのは早いわよ。悪いモグラはまだいくらでも出てくるんだから——。

キャンパスの芝生で人生や社会や自然環境のことを語っていた、久美子の明るく闊達な笑顔が脳裏に浮かぶ。そんな議論が始まると、言い負かされるのはいつも唐沢だった。それでも悔しいとは思わなかった。そんな久美子の知性の輝きに接することが嬉しかった。

心のなかで頷いて、高坂が注いでくれたビールを一呷りした。

「たしかにここで逃げたら負けですね。もうしばらく悪いモグラと闘うことにします。久美子が願っていた世界を実現するためにも」

高坂は我が意を得たりと微笑んだ。

「それはよかった。おれもそろそろ定年だ。後継ぎができて安心したよ。おまえのあの突っ走りで、一つ間違えれば殺されるところだった。定年後は儲けものの余生を存分に楽しませてもらうよ」

皮肉な調子で唐沢は応じた。

「ずるいですよ。いまは警視以上なら再任用制度があります。働ける限り働いてください。とことんこき使ってやりますから」

「そうだよな。おまえみたいな暴れ馬の手綱もしっかり握らなきゃいかんしな」

高坂は大きく頷いた。信頼を込めて唐沢は言った。

「だったらこれからも安心して暴れられます。振り落とされないように気をつけてくださいよ」

この作品は2020年3月徳間書店より刊行されました。
なお、本作品はフィクションであり実在の個人・団体などとは一切関係がありません。